戦争・文学・表象

試される英語圏作家たち

福田 敬子　伊達 直之　麻生 えりか 編

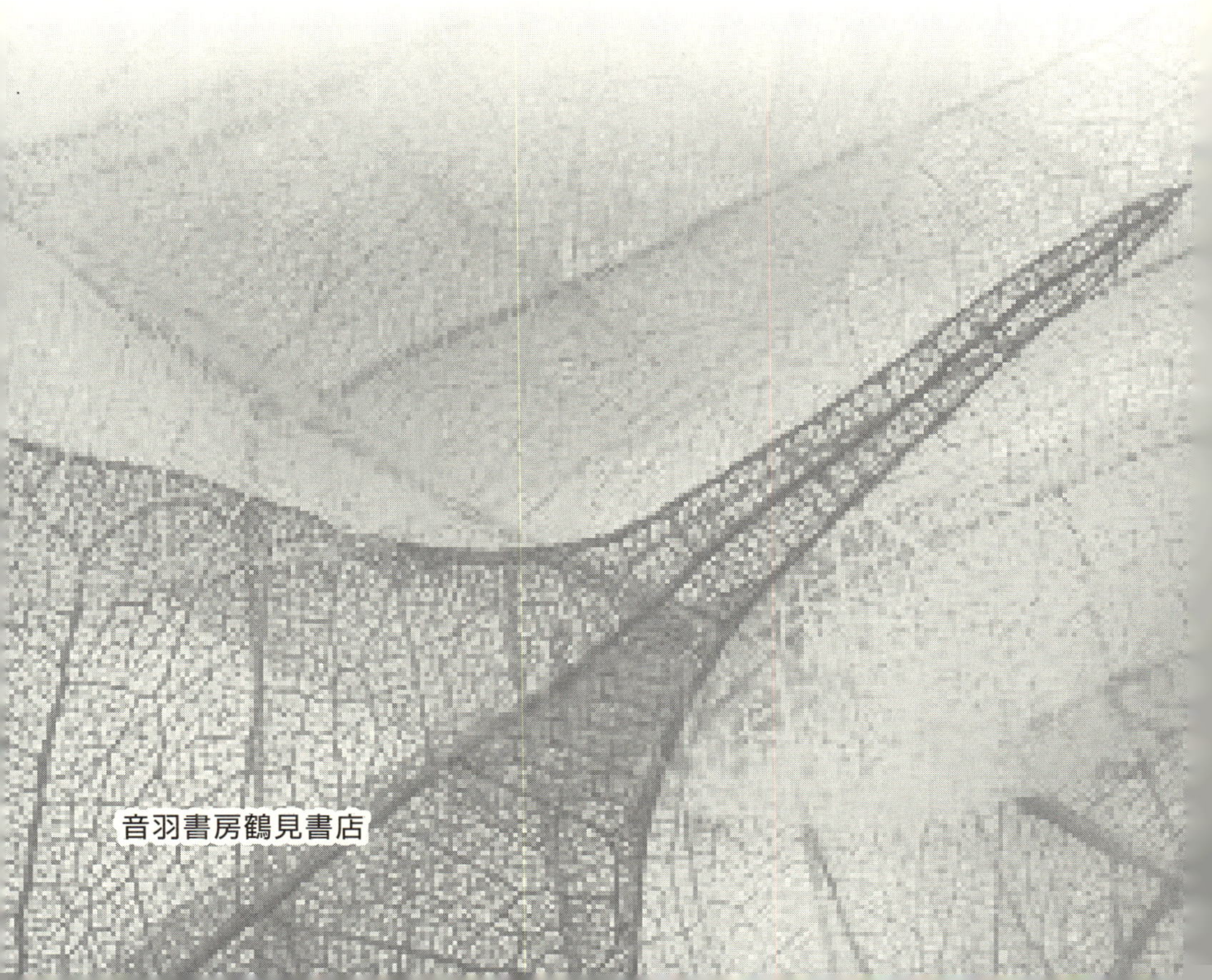

音羽書房鶴見書店

目次

序　戦争と……

富山　太佳夫

肝心な問題はということになると――軍需品の備蓄とか、潜水艦からの攻撃への対処とか、高性能の爆薬を作るとかいう話になると――何もできていないのです。それなのにイングランドはどうすれば介入できるんですか。とりわけアイルランドの内戦のようなものを引き起こしてしまい、窓割り女どもが荒れ狂い、内側にしか眼が向かないというときに。(1)

このような一節を含む短編「彼の最後の挨拶」が『ストランド・マガジン』誌の一九一七年九月の号に発表されたとき、コナン・ドイルがそれにつけた副題「シャーロック・ホームズの戦争への貢献」は、のちには抹消されてしまうことになる。「窓割り女ども」云々が当時の女性参政権運動の中心であったパンクハースト母娘への言及であろうことを、『ペンギン版第一次世界大戦短編集』(二〇〇七)の注釈はきちんと示唆しているのに対して、オックスフォード校訂版『最後の挨拶』は、ドイルは「女性の投票権に反対し、参政権派の暴力には反対する動きをした」(2)と説明するにとどめている。これだけのことからでも分かるのは、戦争という歴史上のどの時代のどの社会も経験したことがあるはずの事象の扱い方が無惨なほどに多様化してしまうということだ。ドイルとボーア戦争、第一次大戦の関係にしても、多少なりとも彼の伝記を知っていれば別に驚くことではないのだが、そうでないと、言葉を失ってしまうような事実ということになるかもしれない。そしてウィンストン・チャーチル――彼もまたボーア戦争と第一次世界大戦のためにその人生を大きく振り回されてしまった人物のひとりである。しかも彼は多数の歴史的著作を残し、一九五三年にはノーベル文学賞を手にしている。この二人の作家をつなぐボーア戦争と第一次世界大戦は一体どのようにとらえればいいのだろうか。その双方に関与しているドイツは、すでにアースキン・チルダーズの『砂州の謎』（一九〇三）の中でも、大きな黒い影を落としていた――つまるところ、戦争とは何なのだろうか、どう定義すればいいのだろうか。

＊

言葉の規定に困ったときにまずやるべきことは、言うまでもなく、『オックスフォード英語辞典』を開くことであるだろう。その定義によれば、「戦争（war）」とは、「武装した勢力による敵対的な争いで、民族、国家、支配者、もしくは同じ民族、国家内の党派の間で行なわれるもの。武装した勢力を外的な権力、もしくは国家内の対立党派に対して使うこと」とするのが基本で、一二世紀の半ばの使用例から始めて現代にいたるまでの夥しい用例が各頁三コラム、合計五頁をうめつくしている。そうした用例をひとつずつ丹念に読んでいけば、それこそ戦争の概略はつかめると言ってもいいかもしれない。そこに引用されているのがチョーサー、シェイクスピア、ダン、ミルトン、ドライデン、ポープ、コールリッジ、バイロン、テニスン、イェイツ他の詩人であり、サッカレーからキップリング、そしてジョン・ル・カレにいたるまでの小説家であり、雑誌や新聞であり、ナイチンゲールやチャーチルであるとすれば、そこからは戦争の文学史の巨大な影も浮かびあがってくるだろう。SF文学の原点としてではなく、戦争小説の作者としての（とりわけ戦争のルポルタージュを残した作家としての）H・G・ウェルズに出会わないともかぎらない。

勿論、辞典をめくれば話が終わるわけではない——そのそばには各種の百科事典があるのだ。ゴードン・マーテル編『戦争の百科事典』五巻本（二〇一二）やG・カート・ピーラー編『軍事学の百科事典』（二〇一三）など、第一次世界大戦から一世紀を経過した現段階でのこうした事典の相次ぐ刊行は、決して単なる偶然と言ってすまされるものではないだろうし、これまで一般には知られていなかった映像資料を活用したテレビ番組も放映されている。『新観念史事典』（二〇〇四）は、「戦争」の項で映像化の問題も取りあげて、「ハリウッドは一九六〇年代になっても第二次世界大戦をめぐるすさまじい映画を作り続けたが、ベトナム戦争が戦争を持ちあげる類の映画をシラケさせ始めた」[3]と指摘する。そして次のようにも述べているのだ。

戦争についての有力な定義の多くが、国家を鍵となる項とみなしている。そうした定義は、国家は合理的な行動をとるものであって、地域的なまとまり、指導者と認められた人物、政治性をもつ制度、それと分かる市民社会からなると想定している。しかしながら、一九八〇年代と一九九〇年代の大きな紛争の多くにおいて、国を越える行動が、鍵となるものとしての国家のもつ意味を低下させてしまったのである。……テロリストの引き起こした大混乱は戦争の定義そのものにも疑問を突きつける。……テロリストの中に複数の市民権と引き裂かれた忠誠心をもつ者がいるという場合、標的となる国はどのようにして決まるのだろうか。民族的な国家の境界線を越える政治的な観念や宗教的な教義のために闘うテロリストがいるという場合、どのようにして交戦的な国を区別するというのだろうか。テロリストによる攻撃は戦争行為のひとつとみなせるだろうか。こうした問題は、国家こそが戦争のさいの鍵となる単位であるという想定に疑問を突きつけ、戦争の原因とルールという考え方に疑問を突きつけてくるのである。(4)

我々の前にはさまざまの角度から試みられた夥しい数の戦争研究があるということだ。戦争と文学もしくは文化という問題に取り組むとき、問題が問題であるだけに、それらからあっさりと顔をそむけてしまうことはできないはずである。そして、国境線を越え、ときには時代を越えた——すべての境界線を越える——グローバルな世界に眼を向けることになるはずである。

＊

そのことを或る意味では端的に示しているのが、戦争に関わるさまざまの作品を（ときにはその一部分を抜粋した作品を）収録したアンソロジーではないだろうか。大抵の場合、そこに収録されているのは、有名な大作家の傑作ではなく、殆ど無名に近い作家たちの殆ど読まれることのない作品であることが多い。そのこと自体が、文学が戦争という事象に対してとってきた姿勢を物語っているとも言えるはずである——『オックスフォード英語辞典』に用例が挙げられている大作家や有名人たちは、あくまでも「戦争」という語を使用したというにとどまるのであって、それ以上のものではないということだ。

幾つかのアンソロジーを実際にめくってみることにしよう。ジョン・E・ルイス編『真の戦争物語のマンモス版』（一九九二）はツキジデス、リヴィウス、シーザーの抜粋から、T・E・ロレンス、ヘミングウェイ、チェ・

ゲバラにいたる六三人の文豪の抜粋集。アンガス・コールダー編『さまざまの戦争』（一九九九）はコンラッドの『闇の奥』から始まって、セリーヌ、トロツキー、プリモ・レーヴィ、イタロ・カルヴィーノ、ブレヒト、イーヴリン・ウォーなど八九人の詩文や詩の引用を集めたもの。セバスチャン・フォークス編『ヴィンテッジ・ブック版戦争物語』（一九九九）は既に名前を挙げた作家たちの他にも、遠藤周作、オンダーチェ、バオ・ニン（ベトナム系）など四〇人の作家の作品を集めたもの。バーバラ・コート編『ペンギン版第一次世界大戦短編集』（二〇〇七）に収録されている二六の作品は、「前線」、「スパイと情報活動」、「国内では」、「回想」の四つのセクションに分類され、マンスフィールド、モーム、ゴールズワージィ、ラドクリフ・ホール、ミュリエル・スパーク他、合計二五人の名前がならび、西部戦線の地図ものせられている。もうひとつ、編者名のない『第一次大戦詩』（一九九八）もつけ加えておくことにしよう。(5) 収録されているのはジーグフリード・サスーン、ウィルフレッド・オーウェン、ルパート・ブルック他の詩――T・S・エリオットやエズラ・パウンドをかつぎあげるモダニズム中心の詩の文学史からは除外されてしまう人々である。

私はこうした本をすべて東京にある幾つかの洋書店で入手した。それは、英文学と戦争というテーマに興味があったからそうした本に眼が行ったということではなく、ひとりの批評家のあとを追いかけているうちに、彼の生きた時代のイギリスの文化と文学のありように引きつけられてしまったからである。彼の名前はクリストファー・コードウェル、二つの世界大戦の間に起きたスペイン市民戦争に参加し、ハルマ川のそばで機関銃を抱いて戦死した人物だ。もし彼が生きのびて、批評の仕事を継続していたら、ジョージ・オーウェルやレイモンド・ウィリアムズよりもずっと大きな存在になっていただろう。今でも、私はそう信じている。私の勝手な想像力の中では、ルカーチやベンヤミンのそばに彼の影姿が見えるのだ。

〈戦争〉という言葉の意味を多少なりとも明確にし、対象となる作品を選定して、それを読むというとき、その前後に、もしくはそれと平行して行なうべきことは何だろうか。それは最先端の戦争史の、戦争学の研究を多少なりとも参照するということかもしれない。戦争を扱う文学を読んで研究するときに最も厄介な障害となるのは、その悲惨さを単純に理解できると思い込んでしまう、あまりにもイノセントな姿勢であるような気がする。そうだとすると、ウィリアム・H・マクニールの『力の追究』における次のような発言には馴染みにくいところがあるかもしれない。

＊

戦場における英雄的行為や自己犠牲や武勇は、人間の社会性が、その達しうる最高水準まで発揮される場である。肩をならべてたたかう戦士たちのあいだで、団結の絆は凶暴なまでに強固となる。……他方において、組織的・意図的な人命と資産の破壊は、現代人の道徳意識に深い嫌悪感を催させる。とりわけ、遠距離から非人格的な仕方で人命を奪う能力が飛躍的な進歩をとげた一九四五年からこのかたは、なおさらである。[6]

彼はこのような考え方を土台として、「過去の新時代がいかにして軍事力の強化を追求してきたかを回顧し、技術と、軍隊組織と、社会の三者間の均衡がどのように変遷してきたかを分析する」[7]と主張する。軍隊と兵器技術と人間社会の在り方の相互関係を、主に中世初期から現代にいたるまで分析してみせるのが、この本なのである。私はこの本を読む。

そしてイギリスを代表する軍事史家ジョン・キーガンの『戦いの顔――アジャンクール、ワーテルロー、ソンムの研究』（一九七六）。サンドハーストの陸軍士官学校で教鞭もとった彼は、この本を、「私は戦争に加わったことはない。近くにいたことも、遠くからその音を聞いたことも、その結果を見たこともない」[8]と書き出している。そして一四一五年、一八一五年、一九一六年にそれぞれ異なる地域で行なわれた三つの戦争について論じていくことになる。たとえ強い不快感が込みあげて来ることは分かっていても、私があえてこの本を読み通したのは、あまりにも単一的な戦争のとらえ方から距離をとるためであった。そのあとで、彼の手になる『ウィンストン・チャーチル』（二〇〇二）を読むことには何のためらいもない。二つの世界大戦を政治的な中心人物として体験するという信じがたい体験をした彼の人生をまったく黙殺してこの時代の文学を読み、論ずるということは、私には考えられない――そのチャーチルにはどれだけの著作があり、どれだけの評伝があるのだろうか。ひょっとすると、二つの大戦期あるいはその前後の文学について考えるための不可欠の条件とは、チャーチル他のこの時代のさまざまの人々の伝記を読みあさるということではないだろうか。そこには、文学史上のいわゆる大作家の他に、H・G・ウェルズやアガサ・クリスティの姿もあったし、戦争短編集で初めて眼にした作家たちもいたのだから――『オックスフォード国民人名事典』を引くといい。そこに幾つもの入口がある。

勿論、そうした方向にのめり込まないで、別の本『戦争の変化する顔、マルヌからイラクまでの戦闘』（二〇〇八）に向うという手もある。戦いの顔、そして戦争の顔、この言葉の重なり合いは偶然のものとは思えなかった。げんにこの本の中にはキーガンに対する批判も含まれているし、二〇世紀の初めから二つの大戦期を経て、文字通り今、現在にいたるまでの諸々の〈戦い〉が論じられているのだ。その見出しの中には「ヒロシマへの道」、「シンク・タンク戦争」、「北アイルランドのイギリス人」、「ハマスのアサド」、「イラクのアメリカ人」なども含まれている。ここには、戦争史の研究対象をヨーロッパとその周辺のみに限定しようという隠された欲望は感じられないと言うしかないだろう。著者の名前はマーティン・ヴァン・クレヴェルト。イエルサレムのヘブライ大学の教授であり、間違いなく現代の最もすぐれた軍事史、軍事文化史研究者のひとりである。(9)

その彼の手になる『戦争という文化』(二〇〇八)は、次のように書き出されている。

理論上は、戦争とはひとつの目的を達成するためのひとつの手段にすぎないのであって、ひとつの集団をなす者たちを利するために、その集団と対立する者たちを殺害し、傷を負わせ、もしくはその他の方法で力を奪うことによってその利益に貢献しようとする、きわめて残忍ではあるにしても、合理的な行為ということになっている。実際にはこれほど真実から遠い考え方はないだろう。今では経済学者でも、戦士や兵士も含む人間はただ利益をめざすだけのマシーンではないという考え方に同意するだろう。数えきれないほどの事実が、戦争はそれ自体として強力な魅力をもつことを証明している——それに加わる者たちに強大なインパクトをもつものの、その対象となるのは決して彼らだけではないのだ。闘い自体が喜びの源に、ひょっとすると最大の喜びとなることもあり得るのだ。このような魅力からそれを取り巻く、いや、それに浸りきるひとつの文化全体が出現したこともあったのだ。他の文化と同じで、戦争と絡む文化はあらゆる種類の「無用の」戯れや飾りや見せかけからなる部分が大きいのである。(10)

そして彼はこの本の中で、ギリシャ、ローマ時代から現代にいたるまで、西洋でも、中国や日本でも、この議論が通用することを、多数の例を挙げて証明してみせることになる。とりわけ第三部の「戦争を記憶する」では古今東西の戦争と関係する像や記念碑の問題が焦点化され、「美術と戦争」や「文学と戦争」という見出しがならんでいる。「平和の短かい歴史」や「フェミニズム」という見出しも。

私はこの本を読みながら、ケネス・O・モーガンの『二〇世紀のイギリス』(二〇〇〇)を思い出してしまった。[11]「第一次世界大戦」、「二〇年代」、「三〇年代」、「第二次世界大戦」、「戦後の世界」、「七〇年代から九〇年代へ」といった章のならぶこの小さな本は、二つの世界大戦と政治、経済、思想、文学、ポピュラー・カルチャーなどの関係を論じた、少なくとも私にとっては最もすばらしい本のひとつである。当然ながら、パンクハースト母娘の話も出てくるけれども、強烈な衝撃を与えるのは何枚かの写真かもしれない――一九一五年の秋、満面の笑顔で徴兵を待つ労働者の群れ、一九一六年、ソンムの戦場でインド兵に話しかけるロイド・ジョージ……一九九七年九月、ダイアナ妃の死を悼むためにケンジントン宮殿の外に集まった人々の後頭など。この小さな本の随所に、大英帝国とコロニアリズムの問題が示唆されているのだ。

『戦争という文化』の中には「戦士を教育する」と題された章もある。それを読みながら私が想起したのは、マイケル・パリスの『戦士の民族、一八五〇―二〇〇〇年のイギリスの民衆文化に見られる戦争のイメージ』(二〇〇〇)という衝撃的な研究である。著者は初めにこう説明している。この本は「戦争がポピュラー・カルチャーの重要なテーマとなった経緯を、それが一九世紀の後半にどのようにしてイギリスの若者たちを楽しませ、教えるのに使われたかを研究するものとなる。……物語をのせた新聞や漫画は、ポスターや絵葉書や写真と同じように、ヒーローの活躍する話を提供しただけでなく、戦争の興奮を眼で伝える有力な源泉となったのである」。[12]児童文学と戦争、少年少女向けの文化と戦争というつながり。戦争文学の研究はここまで拡がってきているのだ。

註

（1）Arthur Conan Doyle, "His Last Bow," Barbara Korte ed., *The Penguin Book of First World War Stories* (London: Penguin Books, 2007), p. 126.

（2）Arthur Conan Doyle, *His Last Bow*, ed. by Owen Dudley Edwards (Oxford: Oxford University Press, 1993), pp. 230–31.

（3）David M. Hart, "War and Peace in the Arts," Maryanne Cline Horowitz ed., *New Dictionary of the History of Ideas* (New York: Scribner's Sons, 2004), vol. 6, p. 2456.

（4）Movindri Reddy, "War," *ibid.*, pp. 2449–50.

（5）Jon E. Lewis ed., *The Mammoth Book of True War Stories* (New York: Carroll & Graf Publishers, 1992); Angus Calder ed., *Wars* (London: Penguin Books, 1999); Sebastian Faulks ed., *The Vintage Book of War Stories* (London: Vintage, 1999); anon., *Poems of the Great War: 1914–1918* (London: Penguin Books, 1998).

（6）W・マクニール『戦争の世界史――技術と軍隊と社会』（高橋均訳、東京：刀水書房、二〇〇二年）、五頁。なお、著書のタイトルは原文の直訳に戻した。

（7）同書、五頁。

（8）John Keegan, *The Face of Battle* (1976. London: Pimlico, 2004), p. 15.

（9）Martin van Creveld, *The Changing Face of War: Combat from the Marne to Iraq* (New York: Ballantine Books, 2008).

（10）Martin van Creveld, *The Culture of War* (New York: Ballantine Books, 2008), p. xi.

（11）Kenneth O. Morgan, *Twentieth-Century Britain* (Oxford: Oxford University Press, 2000). もともとは別のかたちで、一九八四年に出版されている。

（12）Michael Paris, *Worrior Nation: Images of War in British Popular Culture, 1850–2000* (London: Reaktion Books, 2000), p. 10.

第一部

戦争、社会、個人

内乱というモーメント
――『ウェイヴァリー』とブリテンの読者共同体

松井　優子

一．ジャコバイト蜂起

フランスに亡命したジェイムズ七世／二世の孫、チャールズ・エドワード・ステュアートが率いた一七四五年のジャコバイト蜂起は、現代においてなお多様な立場からの解釈やときに感情的な反応を引き起こす一方で(Pollard, *Culloden* 1)、ジェイムズの子フランシスを指揮官とした一七一五年蜂起もふくめ、ジャコバイト主義を学問的考察の対象としてとらえる姿勢にはこれまで限りがあったようである。たとえば、軍事史の面から四五年蜂起の分析を試みたダフィは、「ジャコバイト精神が犠牲者の記憶とともに死に絶えてしまうのをとどめたものは何であり、この精神が消滅するのではなく、ブリテンの国民意識の一部となるにいたらせたものはじつのところ何なのか」とたずねるかたわら、学術的な先行研究の少なさに驚きを表明する(541, 25)。近年の入門書『ジャコバイト』も、こうしたジャコバイト主義の歴史研究の流れを大きく三つのグループ、すなわち、楽天派（ジャコバイトの脅威が深刻だったとする立場）、悲観派（その逆の立場）、および拒否派（ジャコバイト主義は歴史学の周縁を占めるにすぎないとする、一九世紀から二〇世紀にかけての一部の歴史学者の立場）に分類しつつ、拒否派が主流を占めてきたことを示唆している (Szechi 2–4)。他方、学術的な立場からの再検討が進みつつあることも指摘しており、右のような文献の存在じたい、その証左と言えそうである。

この『ジャコバイト』は右の楽天派の定義に続けて、「ある意味で、この一派は一九世紀初頭のサー・ウォルター・スコットの手になるロマンティックな伝統の直系の子孫である」(2) と説明しているが、前掲のダフィもふくめ、ウォルター・スコット (Walter Scott, 1771–1832) やその作品に言及したジャコバイト研究書は少なくない。たとえば、ジャコバイト主義を「文化」ととらえて新しい方向性を示したモノドは、やはりロマンティックな伝統との関係でスコットやアンドルー・ラングらに触れ、こちらは彼らが「反動的な郷愁という阿片にふけっている」と主張する (*Jacobitism* 1)。彼が編者の一人を務め、より多様な側面や幅広い文脈からの「ジャコバイト研究」をめざした最近の文献でも、従来の傾向を概観した第一章で、四五年蜂起を題材としたスコットの歴史小説『ウェイヴァリー——六〇年前の物語』(*Waverley; or 'Tis Sixty Years Since*, 1814) が考察の対象になっている (*Loyalty*)。一方、スコットや彼の作品じたいも、ラムズデンやリンカン、スティーヴンズらによる研究など、その意識的ないし自意識的な物語技法の試みや言語という媒体への鋭い感覚、ブリテンやスコットランドというネイションの想像をふくめ作品に内在する未来への志向や文化的記憶の問題、さらには同時代の文脈との関連での再評価が活発化している。

そのスコットの『ウェイヴァリー』は、四五年蜂起というブリテン近代史における内乱を具体的にはどのように語っているのだろうか。以下ではまず、この蜂起を扱った先行作品や、特にこの蜂起の主力を占めていた高地兵の表象を中心として同時代の小説を検討し、この作品の位置を出版当時の文化的な文脈のなかで確認したい。次いで、語り手と読者との関係に注目しつつ、主人公エドワード・ウェイヴァリーの行動や作中の邸宅タリー・

ヴィオランの象徴的役割を中心に読み進め、この作品において、カロドゥン後のブリテンが多層的、対抗的な記憶の集合体として想像的に構築され、過去の出来事が未来の読み手を呼び込んでいく過程を考察したいと思う。

スコットはジャコバイト研究資料の収集でも知られるが、その蔵書中、四五年蜂起鎮圧直後に出版された『アスカニウス』(*Ascanius, or, The Young Adventurer*, 1746)、『アレクシス』(*Alexis, the Young Adventurer*, 1746)、『放浪者』(*Wanderer*, 1747)、『真の日誌』(*Genuine and True Journal*, 1749) などの代表的文献では、その党派的性格がまず目を引く。また、戦いそのものよりも、ディヴァインが指摘しているように、「ヒースの野の王子」(215) の物語、つまり、支持者たちの忠誠心に支えられて高地の荒野での逃亡を生き延び、無事フランスに戻ったカロドゥン後のチャールズに焦点を絞ったものが多いことも特徴だろう。特に注目されるのは『アスカニウス』で、右の王子の物語をそのまま追った初版から、その後大幅に増補されてカロドゥン以前の記述が加えられ、巻末にはコメントが付されるとともに史料として手紙が添えられ、将校の演説も転記されている。一方、『放浪者』は対フランス・親イングランド的立場から『アスカニウス』に異を唱え、その記述を具体的に分析、反論し、さらに『真の日誌』はこれらをふくむほかの作品を真実ではないと批判する。

これらの多くは、チャールズを記述の中心としつつ、「アスカニウス」や「放浪者」という呼称によってジャコバイトへの立場や見解が明示され、それに沿って語りが組織化される可能性を思わせる点でフィクション的要素が加わっている。こうした古典的な呼称によるアレゴリカルな表象は、ジェイムズ六世／一世時代に活躍したラテン語の鍵小説『アルゲニス』(*Argenis*, 1621) を著したジョン・バークリー (John Barclay) の作品世界とも共通点を持っており、この点で、鍵小説に分類される『アレクシス』(巻末には「鍵」一覧が付されている) は、このジャンルと歴史小説との一つの交錯点を示しているように思われる。これに対し、じっさいには『アスカニウス』と重なる記述も多い『真の日誌』がほかの著作のようなアレゴリカルな題名と呼称を避け、プリンスとプリテンダーのいずれにもとれる「プリ (Pr.)」という表記を採用して、フィクション的連想を排することで事実性を主張しようとしているのは示唆的と言えるだろう。また、史実とフィクションとの中間に位置するようなこれらの著作のほかに、四五年蜂起に言及している当時の小説として重要なのがヘンリー・フィールディング (Henry Fielding, 1707–54) の『トム・ジョウンズ』(*Tom Jones*, 1749) だが、こちらについては後述したい。

一方、『ウェイヴァリー』出版前後の小説には、勇猛さで評判の高地兵が戦う姿が多数登場するが、その戦いの場は中世、ないし作品と同時代が中心である。たとえば、アン・ラドクリフ (Ann Radcliffe) の『アスリン城とダンベイン城』(*The Castles of Athlin and Dunbayne*, 1789) は中世を舞台に高地地方のクランどうしの確執を扱っており、これと同様の設定は、ジョン・ヒューム (John Home) の『ダグラス』(*Douglas*, 1757) やジョアナ・ベイリー (Joanna Baillie) の『一族の伝説』(*The Family Legend*, 1810) などの詩劇にも共通している。高地には限られないものの、その影響を受けたとスコットが述べたとされるジェイン・ポーター (Jane Porter) の歴史小説『スコットランドの長たち』(*The Scottish Chiefs*, 1810) も、一三世紀末から一四世紀にかけてのウィリアム・ウォレスやロバート・ブルースの戦いが題材である。これに対し、エリザベス・ヘルム (Elizabeth Helme) の『ダンカンとペギー』(*Duncan and Peggy*, 1794) では、カロドゥンの戦い直後に幕が開く。この作品では、アーガイルシャーの地主キャンベル大佐が蜂起制圧の際に戦死した政府軍の息子のかわりとして引き取って育てた、弟の孫で主人公の一人ダンカンが大陸での戦いで活躍する。クリスチャン・イゾベル・ジョンストン (Christian Isobel Johnstone) の『クラン・アルビン』(*Clan-Albin*, 1815) の主人公の場合、四五年蜂起後に大陸に亡命したジャコバイト貴族の孫であることがのちに判明するものの、物語は彼が義勇兵としてナポレオン戦争に従軍するようすを中心に展開する。メアリ・ジョンストン（Mary Johnston）の『グレンファーンの当主たち』（*The Lairds of Glenfern*, 1816）の双子の主人公の一人チャールズもナポレオン戦争で武勲を立て、作中、先述の中世以来のクランどうしの確執も重要な役割を演じている。これら同時代の政府の連隊に所属して北米や東インドに派遣されたり、ヨーロッパ大陸やナポレオン戦争で戦う高地兵が登場する小説は、タータンやバッグパイプをふくめ高地地方の風俗への強い関心を示している点で『ウェイヴァリー』との共通点がみられるものの、ジャコバイトの戦いが中心となっているわけではない。

歴史学者マキロップは一七四六年から一八一五年までの高地兵像について検討し、この間、世界各地の戦いで印象的な戦績を残したかつての「反逆者」を、世論が「模範的ブリテン人」にして「最も忠誠心の強い臣民」とみなすようになったと論じている（187）。また、先述のモノドは、『アスカニウス』等の著作は四五年蜂起を率いたチャールズを神秘的な魅力に満ちた「ボニー・プリンス・チャーリー」として神話化し、「神のような君主」から「民衆の伝説的英雄」や「おとぎ話の王子」に変容させていったと指摘する（37）。ジャコバイト・ソングの分野でも、ロバート・バーンズ（Robert Burns, 1759–96）によるものを始め、一八世紀末にかけて低地地方の民衆歌謡と結びついた新たな「いとしのチャーリー」像が歌われ始めていたという、ドナルドスンの指摘がある。こうした民衆レヴェルでの受容の変化を示すかのように、『アスカニウス』の一八〇二年版では扉にチャールズの挿絵が、末尾にはバラッドが加えられている。その一方、演劇界ではジャコバイト関連の演目はいまだ検閲の対象だったようで、演劇史家のベルによれば、一八一九年一月、エディンバラ王立劇場がチャーリーとフローラ・マクドナルドを扱った劇の上演許可を求めた際には、劇場許可法にしたがってこれが退けられたという（144）。このように、一九世紀初頭までには政府軍として戦う高地兵の姿が肯定的な存在感を確保し、ジャコバイトへの一般的な態度にも変容がみられた一方で、四五年蜂起を直接とりあげた『ウェイヴァリー』はこの時期の小説としては確かに異色の、そしてなお内乱時の分裂を想起させうる試みであったことになる。そうした、当時においてなお高い政治性を備えた歴史的事件を題材とした物語を、作品はどのように語っていくのだろうか。まずは、語り手と当時の小説読者との関係から考えてみよう。

二．六〇（ないし七〇）年後の読者たち

『ウェイヴァリー』の語り手は特に前半部においては、作品の舞台である一七四〇年代の小説作法を意図的に模している印象を与える。なかでも、自己の語りをイングランドの駅馬車や旅にたとえるなど、やはり四五年蜂起を背景とする『トム・ジョウンズ』の影響をうかがわせる箇所も少なくない。この作品を蜂起との関連で分析したデイヴィスによれば、反ジャコバイトの論客だったフィールディングが、「異なる読者たちが読書行為を通して一個のナショナルな統一体となる新しい共同体」(56) の形成に関心を抱いていたという。[1] ここでデイヴィスが直接比較の対象としているのはトバイアス・スモレット (Tobias Smollett) の『ロデリック・ランダムの冒険』(*The Adventures of Roderick Random*, 1748) だが、時代背景はもちろん、作者と読者との関係やその共同体をめぐる関心は『ウェイヴァリー』も共有しており、その点で、スコットによる『トム・ジョウンズ』の書きかえと読めるような側面もある。以下では、作品が示す読書モデルにしたがって最終章の「前書きたるべき後書き」から読み進め、この問題について検討したい。

この『ウェイヴァリー』最終章では、語り手はまず読み手に「旅」の終わりを告げたあと、今少しのつきあいを求める。そして、ここに「前書き」がおかれている理由として、大半の小説読者は前書きをとばしがちで、かつ最終章から読み始める習慣があることを挙げ、したがってこの位置でも前書きとして読まれる見込みが最も高いことを指摘する。そこから今度は、「この半世紀あまりのあいだにこのスコットランド王国ほど完全な変化を遂げた国はない」として、一七四五年の反乱の影響やその後の富の蓄積と商業の拡大といった政治・経済的変化について説明し、ステュアート王家に愛着をもっていた人々とその現状に触れる。さらに次の段落では、「私は、生まれは高地人ではないものの、青少年時代を右のような人々のあいだでたまたま過ごすことになり」(363) と始めて、自分の見聞した出来事や人物、目撃者の証言や文献調査、一般的習慣の見聞や言い伝えが作中のエピソードの材料になっていることを明かすとともに、作品執筆の目的や経緯、先行作品に言及していく。

この最終章を分析したフェリスは、ここでの語りの声には変化が見られ、最初は案内役としての小説家の、次いで政治や文化を分析する歴史家の声、そして「私は」で始まる段落はこれらとは異なり、非公式な「自伝と個人的な証言の言葉」(121) を語っている点で作者自身の声に近いと指摘している。[2] つまり、最初の二つは歴史小説というジャンル横断的な作品の性格を支持し、異なる語りのトーンや語彙を備えたテクスト上の存在であるのに対し、最後の語り手はスコットランドに生まれて年齢と経験を重ねた、目撃者や聴き手としての個人的な身体の持ち主であることになる。この身体性を備えた語り手の存在や、頁をめくって前書きをとばし最終章から先に読むという行為への言及は、これに呼応して読み手自身の歴史的特殊性や身体性、あるいは書籍そのものの物質性をも想起させる。こうした個別の身体をもつ読み手どうしをつなぐ印刷物の例として、作品は、第二章の冒頭近く、エドワードの伯父サー・エヴァラードから始まって、その妹、執事、司祭館の人々、最後は大勢の近隣住民にいたるまで、およそ一カ月をかけてぼろぼろになるまで週刊新聞が回し読みされ、ここの住人どうしや、彼らと首都の出来事、日頃疎遠なホイッグの弟の政界での動向とトーリーの兄とを結ぶ媒体となっているようすを描く(8)。物語の実質的な冒頭部分で示されるこの市民的な公共空間と作品執筆時点でのその拡大への言及は、旧王家復辟の支持派と議会政府との対立という作中の内乱が歴史的に帰趨する側をいきなり、そして密かに予告する役割も果たしている。事実、新聞は、物語の転換点となる出来事を伝える最も重要な媒体として、作中、数度にわたって用いられることになる。一方、新聞ならぬ小説の読み手にはどのようなふるまいが期待されているのだろう。たとえば、ゴットリーブは、スコットは「自己のネイションの近過去を集団で旅してきたという読者の感覚を強化し」、また、多様な読み手たちが「『ウェイヴァリー』の語り手の力強い手本にならって、まとまった一個のネイションの市民として共に未来へと進んでいく姿を想像することを学びうる」(180)のではないかと示唆するのだが、[3]この旅は具体的にはどのように手本を示され、導かれているのだろうか。最終章での語り手の期待に沿って、第一章に戻って読み始めてみよう。

『ウェイヴァリー』の第一章は一個の小説論でもあり、題名となる主人公の姓と副題の選択についての議論を通じて小説というジャンルに自らを位置づけつつ、期待する読み手像を提示する身ぶりから始まる。ここで語り手は、読者がこれから与える意味以外には前もって何かを連想させないことを基準に「ウェイヴァリー」を主人公の名前に選んだが、副題の場合は、「往時の物語 (A Tale of other Days)」にしろ、「現代の物語 (A Tale of the Times)」にしろ、これによって読者が期待する物語の場面や登場人物、筋が決まってしまうため、より選択が難しかったと具体例を挙げつつ打ち明ける。続けて、自分の物語が一八〇五年一一月一日である現在から六〇年前に設定されていることを明示し、中世でも現代でもないこの中途半端な時代設定からくる不利を、「どの段階の社会の人間にも共通する感情」(5) に訴えることで少しでも避けたいという希望を述べる。

この書き出しは、スコットによる先行作品との差別化の試みとして注目を集めることが多い箇所であり、先述の同時代の小説と比べると、その印象は一層強まる。が、さらに重要なのは、ここで「さまざまな種類のロマンスや小説の創作に必要な特定の材料に」精通し、副題からそれを「予想」するばかりか、作者に「要求」(4) しさえするような、知識と想像力、それに能動性を備えた小説の読者像が思い描かれ、ガストンの言う「テクスト産出への参加」(52) を読み手に促してもいることだろう。その意味で、「ウェイヴァリー」という名前が、現代の研究者も指摘する (Trumpner 139–40)、シャーロット・スミス (Charlotte Smith) の『デスモンド』(*Desmond*, 1792) やジェイン・ウェスト (Jane West) の『王党派』(*The Loyalists*, 1812) の登場人物や邸宅名と共通する事実 (ただし、いずれも綴りは Waverly) に気づいた同時代の小説読者は少なくなかったはずであり、[4] そうした読者にとっては、この名は内輪の合図を送るとともに、彼らの優柔不断や旗幟不鮮明を連想させ、既視感が期待感につながったかもしれない。あるいは、この作品をじっさいに読み進める過程で城や廃墟、洞窟、秘密結社的な組織、野外でハープをつまびく乙女など、この章で言及されている「特定の材料」にあちこちで遭遇し、『ウェイヴァリー』のジャンル混淆的な性格をより一層評価できた読者も多かったことだろう。むろん、この題名をめぐる議論が、主人公はあくまで「ウェイヴァリー」であってチャールズではないことを明示する役割を果たしていることも、従来あまり指摘されてこなかったものの、「四五年蜂起もの」という観点からは重要だと思われる。

加えて、スティーヴンズが作成した一七六二年から一八一三年までのスコット以前の歴史小説八五作品のリストを参照すると (16–18)、語り手の主張する「題扉の重要性」(4) や「六〇年前」という副題の独創性も、当時の読者にはより説得力をもって響いたと考えられる。というのも、このリストに挙げられた作品の多くには「歴史ロマンス」、あるいは舞台となる時代を表した「一五世紀」といった副題が付されている。当時は匿名での出版も多く、そこでは題名や副題は作品のジャンルや内容への重要な、ときには唯一の手がかりとなっていただろうし、そのなかで、右のようなジャンルそのものの呼称や直線的な歴史年表における具体的な位置ではなく、作品が執筆、出版された時代をおのずから喚起、参照させる「六〇年前」という副題は確かに斬新に映ったことだろう。自作の時代設定の不利を補う基盤として「どの段階の社会の人間にも共通する感情」に訴えるという先述の語り手の発言は、こうして呼び出された同時代の読み手に、半世紀少し前の歴史的内乱を扱った物語への想像力や共感による積極的な関与を期待し、奨励する呼びかけでもある。

この第一章は、教訓と楽しみを調和させる難しさについて六〇年前と現代とを対比して締めくくられるが、第二章以降も、たとえば、情報伝達の方法、こどもの教育法、農法や馬の値段、ティーの習慣など「六〇年前」との対照で現代が頻繁に引き合いに出され、過去と現在が分節化されると同時に、その往還が語り手と読者の同時代への帰属感を強化する。また、語り手は、「親愛なる読者よ」、「寛大なる読者よ」という定型表現はもちろん、時には二人称をまじえつつ、「親愛なる読者よ、もしあなたが、――か――で駅馬を借りたことがおありなら（上の空白部分の少なくとも一つ、おそらくは二つとも、お住まいの最寄りのインの名で埋めていただけるだろう）、以下のことを、それも疑いなく同情の痛みをもって目にしたことがあるにちがいない」(221) と、文字通りテクストの空白を埋め、かつ共感に訴えるよう読者に話しかけることもある。呼びかけの対象も、「学者、兵士、ロマンスの読者、スコットランドの愛国者、啓蒙的現代人など」(Ferris 99) 多岐にわたり、読み手に自分以外の読者の存在をも意識させる。

こうして、語り手や異なる読み手を道連れとし、語られる時間をともにしている意識とともに、ロマンティックな想像力と感受性豊かな「われらが主人公（our hero）」（この表現も頻繁に用いられる）をめぐる物語の頁が繰られていく。とはいえ、このわれらが主人公と同じような読書のありようが推奨されてはいないしるしに、先に最終章でも耳にした歴史家の声で歴史的経過の説明や風俗描写がなされたり、ラテン語の学識や難解な法律用語の連続など、語られている物語に距離をおく機会も設けられている。一方、エドワードが二度も監禁されたり、あまりに他人に翻弄される状況をめぐって読者が物語の展開そのものに思わず注意を向けそうなときには絶妙なタイミングでフォローがはいり、これによって物語や主人公の運命への関与の感覚にライヴ感も加わる。そして、ついに物語の終盤、最後から二番めの章では次のような一節が読み手を待っている。

学校をさぼって遊んでいる少年が丘の上から転がした石が（私自身幼いころ得意だった遊びだが）どんなふうに転がっていくか読者には思い出していただかねばならない。（中略）ちょうど今お読みの物語のように、物語の流れもまさにそんなもので、最初のころの出来事は念入りに描かれ、寛大な読者よ、あなたを登場人物に引き合わせるときには、直接的な描写という退屈な方法よりも、むしろ物語を用いるだろう。けれども、話が終わりに近づくと、どれほど重要なことだろうと、すでに先回りして想像しておられるはずのことがらは急いですませ、長々と語るといらいらさせてしまうことはご推測におまかせすることになる。（353）

これは、語り手と多様な読み手とのあいだでは語られる時間が、語り手、登場人物、読み手とのあいだでは物語が共有されるこの作品での関係を要約すると同時に、最終章での語り手の個人的な身体が読者のそれとともにちらりと姿を現している（「私自身幼いころ」「ちょうど今お読みの」）ような一節である。そして、このあとに続く三回めに登場するタリー・ヴィオランの場面で、物語の時間とそれが語られる時間、そして六〇年後の歴史的時間とがついに一つになり、同時に、一個の多層的な記憶の空間が示されていく。が、その前に、「われらが主人公」ウェイヴァリーと蜂起との具体的なかかわりを追っておく必要があるだろう。

三．ウェイヴァリーのゆくえ

『ウェイヴァリー』においては、四五年蜂起は主人公エドワード・ウェイヴァリーのふるまいを軸として、しばしばジャンル的移行や混淆をともなう場面転換とともに、いくつかの段階や枝分かれを経て、あるいは時にそれらが重なりながら、読み手の想像力や能動性を最大限に期待かつ要求するかたちで語られる。あわせて、作品はウェイヴァリーをロマンス的空間と歴史的時間の双方にたくみに住まわせて、内乱をめぐる政治・社会的ダイナミズムの伝え手とする一方で、その後の歴史的主体のモデルをも提示していく。

スコットはエドワードを一族内での政治的均衡と無時間的な空間のなかで成長させ、歴史的内乱を題材としたこの作品とその主人公を、明確な党派性やそれが引き起こす精神的分裂から自由な状態で読み手に引き合わせる。『ウェイヴァリー』におけるジャコバイト主義は、まずはイングランドの伝統ある地主階級ウェイヴァリー家代々の家訓としてこの主義を受けつぎ、ジョージ一世の即位とともに議会を引退したトーリーの当主サー・エヴァラードと、次男として現政府への支持に活路を見出し、ホイッグの高官として政界で影響力を増しているエドワードの父リチャードという、当時の政党政治の文脈のなかで語り出される。エドワード自身は理解力も高く、感受性にも富み、伯父の地所ウェイヴァリー・オーナーではオックスフォード卒の忠誠拒誓者が家庭教師につくものの、体系だった教育は施されない。かわりにゴシック様式の書斎で好みの読書をほしいままにし、伯父や伯母が語る一族の伝説を聞いては空想にふけるという、自身の興味を心ゆくまで追求する生活を送り、伯父や父の主義や政治方針に関心を示したりもしない。やがて、父の手配で政府軍に大尉職を得ても、気ままな生活に慣れた身には軍隊の規律は合わず、早々に休暇をとって伯父の友人のジャコバイトの男爵邸を訪ねることになる。と、このように彼の行動や動機そのものは非政治的に描かれている一方で、トーリーの地主と忠誠拒誓者に対する現政府高官という、エドワードを容れているジャコバイト対ハノーヴァーの一族内均衡には、その後リチャードがホイッグ内部の抗争から現政府に対する不満分子に転じ、また、エドワードが知らぬまに休暇の無断延長のかどで大尉職を解かれるとき、大きくジャコバイト側にふれて彼を内乱の武力闘争に巻き込んでいく力学もまた潜在している。

とはいえ、その前におかれているのは、政治の話題から一転、感受性と好奇心にあふれる青年の、発見と驚きと共感に満ちたスコットランド旅行記および滞在記であり、これを通して、今度は監督教会派と高地地方のクランというスコットランドにおけるジャコバイトの主要二勢力の生活が記される。エドワードが向かった男爵邸タリー・ヴィオランは、今後その様相を大きく変えて三回登場し、この作品の異なる局面を象徴的に示す重要な場所だが、初回は静物画のような静謐さのなかで彼を迎え、古事物研究家でもあった作者自身の深い関心を思わせる愛着と熱意をもって館や庭園の姿が一つひとつ丁寧に描写される。ここで低地地方の言語や文化を知り、やがて高地地方への興味に駆られたエドワードは、眩暈を引き起こしそうな峠を越え、ゲール語しか話さない案内役と月夜の湖を渡り、盗賊の洞窟での一夜を経て、高地地方のジャコバイトのクランの長ファーガス・マッカイヴァーの領地グレナクオイッヒで、一族の盛大な宴やファーガスの妹フローラの歌とハープにもてなされることになる。

これは、おそらく彼ならずとも「ロマンティックな想像力を駆使する種がいっぱい」(84) だと考えそうな状況ではあるし、「ロマンティックで荒々しい景色」(114) のなか、フローラが滝のそばでつまびくハープの響きに「ロマンティックな歓びの荒々しい感情」が「痛みの域にまで達する」(115) というエドワードの経験それじたいは疑いなく本物である一方で、繰り返される「ロマンティック」な表現は、それらが彼の認識の枠によるものである可能性を暗に読み手に伝えもする。事実、エドワードが月夜の湖で「彼がおかれている状況のロマンスに浸りきって」(84) いるその裏では、彼と蜂起とをめぐる現実的な思惑や政治的な陰謀がじつはすでに発動している。したがってエドワードの行動に対する彼自身の認識と他人による解釈や実際の出来事とのあいだにはずれや齟齬が蓄積しつつあり、作品はそれを最初はほのめかし、やがてあらわにすることで、並行して進行していた四五年蜂起の実質的な始まりを告げるかたちをとる。故郷の家族や連隊の指揮官からの便りや新聞記事によって父の失脚と自分の解任を知ったエドワードがこのいきさつに納得がいかず、怒りと涙をあらわにしたとき初めて、ファーガスが蜂起の計画と参加への誘いを口にするからである。

物語はここから、心理的恐怖に一瞬身が凍る現代的ゴシック・ホラー、次にはスパイ・アクション、さらには探偵小説に戦闘ドキュメンタリーといった様相を次々と呈し、エドワードと読み手を一気に蜂起の中心に引き込んでいく。平行して、滞在先で彼が新しく結んだつながりの上に、既存の関係やそれらが知らないうちに引き起こしていた結果が重ね合わされ、エドワードを新たな存在様式へと導く過程も開始されている。また、知らぬまに盗まれ悪用されていた印章や届かなかった指揮官からの手紙の謎は、ロマンティックな一青年とならんで、イングランドの有力なジャコバイト一族の出身という政治的文脈でエドワードをとらえる公の視線を浮上させ、それにつれて、物語はこれら両面から彼を確保しようとする動きを活発化させていく。というわけで、故郷に向かう途中、自分が連隊内に反乱を広げジャコバイトに参加した罪で逮捕状が出ていることを知らされたエドワードは、反論しようにも携行していた手紙、預かっていた原稿や詩、これまでの滞在の事実すべてが不利な証拠として解釈され、長老教会派低地人の義勇隊によって連行されてしまう。が、突然見知らぬ行商人が義勇隊を襲ってエドワードを救出し（ただし、またもや負傷し看護され）、高地人の巧みな誘導作戦で追跡をかわすと、半分廃墟となった城に設けられたジャコバイトの駐屯地を経て、ついにはエディンバラのホリールード宮殿で、「ロマンスのヒーロー」(206) を絵に描いたようなチャールズその人から先祖の名とともに声をかけられて、彼に忠誠を誓う、というなりゆきが待っている。

が、ファーガスが一族のタータンで調えてくれた衣装一式を身にまとい、「マッカイヴァー一族の養子」(220) としてフローラや男爵と再会したのもつかのま、やがて政府軍との戦いの場でそれ以前の別の関係が次々とエドワードの前に現れ、彼のこれまでの行動の責任（ないし無責任）を問い始める。たとえば、伯父の借地人の息子でかつての部下のホートンは懐かしいアクセントや呼称で「若様」に話しかけ、自分たちを軍に置き去りにした理由をたずねつつ息を引きとる。あるいは、プレストンパンズの戦い前夜の交戦の際には、エドワード自身、見慣れた政府軍の旗と周りの兵士たちを見比べて突然の違和感を覚え、かつての指揮官が高地兵に狙われているのを目にして「目の前で父親殺しを見ているように」(236) 感じる。さらには彼が命を救って捕虜にした政府軍将校トルボット大佐は伯父の友人であることが判明し、エドワードへの反逆罪の嫌疑のせいで伯父や父が拘束されていたこと、エドワードを連れ戻すためにここに来たことを告げられもする。かつての味方に敵として遭遇するこうしたエピソードはこの戦いが紛れもなく内乱であることを具体的に伝えると同時に、双方の側とつながりのあるエドワードを介してこの作品における両者の合流点を物語が探りつつあるようすもうかがわせている。

それは、一つには、エドワードが無時間的なロマンス空間から歴史的時間への参入を自覚する瞬間として記されていく。ジャコバイト軍がダービーから謎の退却に転じたのち、クリフトンではファーガスが敵兵に取り囲まれ、救おうとしたエドワードも折しも雲に隠れた月の闇にはばまれて隊からはぐれる。と、これに続いて、同名の自分の恋人とまちがえてエドワードに声をかける村の女性セシリーが登場する。これはウェイヴァリー・オーナーでのかつてのエドワードとセシリア嬢との交流を想起させ、物語が冒頭場面との接続を図る局面に入る合図となる。こうしてエドワードは、折からの雪で農場でかくまわれる期間が長引く間にジャコバイト軍退却の知らせが続々と届くという状況のもと、トルボット大佐の言葉やかつての指揮官の死に際の表情を思い浮かべ、今後内乱で剣を抜くことがないよう望む一方で、ファーガスらのことを案じる。そして、「アルスウォーターの冬の岸辺を何度も歩きながら、逆境によって抑えられ、以前の自分の経験が与えてくれていたよりもっと完全に精神を制することができるようになり、そして、自分の人生のロマンスは終わり、現実の歴史がもう始まったと、おそらくはため息交じりではあるものの確固として口にする資格がある」(301)と感じるのである。

すでにみたように、高地地方やその文化がエドワードにとってこれまできわめて「ロマンティック」に映り、ジャコバイト蜂起に最終的に参加することになったのが「ロマンスのヒーロー」を髣髴させるチャールズその人の姿であったことも確かである。けれども、ここでの「彼の人生のロマンス」とはそうした具体的な場所や対象よりもむしろ、エドワードにそうした認識や行動を可能にさせていた、好奇心や自由な願望に導かれるままに無時間的な空間に生き、歴史的時間におけるそれらの集積が他者や自身におよぼす、時として回復不可能な影響を顧慮しない生の状態それじたいを指しているように思われる。こうして、これまでほしいままになっていた精神に逆境によって抑えがかけられ、「現実の歴史」に生きる主体がため息とともに立ち上がってくるとき、以前のロマンス的な状況を体現するジャコバイトの高地地方もまた、言わば歴史的無意識の領域に引き入れられて、その後もウェイヴァリーの、彼を主人公とする物語の、そして、それを共感的想像力とともに能動的に読んできた者たちの一部を構成し続けることになる。

この新しいウェイヴァリーは、大佐に指揮官、ファーガスに男爵、フローラにローズを同時に思い浮かべ、政府軍とジャコバイト軍のいずれの側の人間にも責任を負い、イングランド、低地地方、高地地方のどの言葉や文化にも通じていずれにも共感をもって接することのできる人間だからこそ、内乱後の歴史的主体として大きな意味をもつはずである。したがって、このあとロンドンで大佐と再会したのち再び北に向かうエドワードは、ウェイヴァリー・オーナーの若様として、そしてマッカイヴァー一族の「養子」となり高地の衣装をまとってチャールズとともに戦った記憶と責任とともに行動する人間であり、物語はそれを今一度確認するかのように、旅の途中で大佐の甥にピーブロッホの口笛を吹き、ストラスペイを踊り、高地の歌謡を歌ってみせる彼の姿を描き出す。そして、国境を越え、カロドゥンのニュースを耳にすると、生死不明のファーガスや男爵、フローラやローズの消息を求めて、まずはエディンバラへ、次いで男爵邸へと急ぐことになる。

四．記憶と再読

歴史小説『ウェイヴァリー』はさまざまなかたちで四五年蜂起の記憶を記すとともに、歴史を語ること、あるいは語り続けることそのものを問いにかける。この試みにおいて重要な役割を果たしているのが、様相の異なるタリー・ヴィオランと、時間とともに変化する読み手の姿である。

たどりついた男爵邸は最初の訪問のときと同じ静謐さのなかにあるが、描かれる対象の様相は一変しており、まるでかつての好古的筆致を裏返してなぞるかのように、そして、破壊や損傷を表現する英語の語彙には果たして限りはあるのかと問いたくなるほどに、門から庭、邸内にいたるまで、暴虐の限りを尽くした徹底的な破壊の跡が一つひとつ、一頁以上におよぶ長い描写のなかで描き出される。また、「国王」の正統性そのものを争う戦いを題材とするこの作品では、当然ながらこの語はきわめて問題含みの語なので、留保なしではめったに用いられることはない。それがこの場面では、「屠殺者」カンバーランド公の残虐な行為とそれを支持した政府とを絶対的に糾弾するかのように、「国王軍によって略奪がおこなわれていた」と説明抜きで使用されている。なかでも「おそらくは切り倒す手間さえ省こうと、悪意に富んだ思いつきでもって」爆薬で吹き飛ばされた二本のマロニエの大木は、カロドゥンの戦いやその後の虐殺を想起させるかのような象徴性をもって、「一本は爆発によってばらばらになっており、その残骸があたり一面に散らばって、この木がはるか昔から影を落としていた地面一帯をおおっていた。もう一本の地雷の効果はこれよりは部分的だった。胴体の四分の一ほどが引きちぎられ、残った胴体は片側が切断され醜くされながらも、一方の側はまだ以前どおりの豊かな大枝を広げていた」(316) と描写される。

この作品ではクリフトンでのエドワードの離脱以降は、ジャコバイト軍の動向は読み手には伝聞として知らされるだけで、カロドゥンの戦いやその後についても、男爵がごく短く言及することはあるものの、直接は描かれない。かわりに、右のタリー・ヴィオランの徹底的な破壊の描写をふくめ、複数のエピソードに分散してその戦闘の激しさやチャールズの放浪や変装のようす、その後の高地兵の忠誠心との関係等が提示されている。たとえば、クリフトン後のエドワードの潜伏生活や変装、あるいはカロドゥン後に窮屈な岩穴に身を潜め近隣の住民にかくまわれる男爵のようすは、先述の「ヒースの野の王子」のイメージに重なり、また、マックニールが論じるように(101)、[5]ファーガスの乳兄弟にして腹心の部下エヴァンの裁判での発言とそれに対する判事の評言(342)は、長に対するクラン社会的な忠誠心、および、その性格や対象の転換の契機を記している。ほかにも、高地のクラン内部のジャコバイト対ハノーヴァーの政治分裂やフランスから同行したアイルランド人将校とスコットランドの地元の参謀との対立など、近年のジャコバイト研究でも指摘されている要素が作中のエピソードに組み入れられている例は多く、陣営や時間の推移による呼称の細かな使い分けもふくめ、作品は内乱の複雑な実態を伝えようとしている。その一方、連合以後、スコットランドの反対派をとりこむために新たに加えられた連合破棄というアジェンダ(Szechi 32)は直接には扱われず、プレストンの戦いについて報じる新聞記事の引用中での連合(とロバート・ブルース)への言及や、[6]ファーガスによる連合後のイングランドの法律の批判というかたちで側面から示唆されるにとどまっている。

ただ、だからといって、現体制に対するジャコバイトの異議申し立てが深刻な脅威として扱われていないわけではない。たとえば、「僕はこどもじゃないし、運が自分に味方しなかったからといって座りこんで泣いたりはしない。自分が何を賭けていたのかも覚悟と承知のうえだ。僕たちは大胆に勝負をしたし、払うべきものは堂々と払うだけだ」(346) という処刑の日の朝のファーガスの言葉も、一見たんに、成功の見込みのない勝負に出た者の「反抗的なポーズ」(Monod *Loyalty*, 1) に響く。けれども、この言葉は、それより少し前にトルボット大佐がファーガスに特赦を与えられない、というよりも与えてはならない理由について述べたときの「あの若い紳士は自分のしている一か八かの勝負について十二分に理解していた。生か死か、宝冠か棺桶かの賭けに出たのだ。運が彼に味方しなかったからといって賭けたものを取り下げることは、この国の正義にとって許されない」(340) という文言にそのまま対応しており、それによって、国の正義をかけて同じルールと覚悟をもって戦うという両者の対等な立場が主張されている。また、頑迷な偏見の持ち主ながらふだんは冷静な大佐がわざわざこの発言を二度繰り返して念を押していることも、ジャコバイトの脅威の深刻さを印象づける。加えて、処刑の前には、警護兵中にプレストンでの逃亡兵がいることをエヴァンが指摘して蜂起当初の政府軍の狼狽ぶりを思い出させ、「ジョージ王万歳！」と叫ぶ州長官にはファーガスが「ジェイムズ王万歳！」と返し、これが「エドワードが耳にしたファーガスの最後の声」(350) となる。作品はジャコバイト主義者をハノーヴァー政府にあくまで対抗させたまま、処刑場に赴く彼らを見送っている。

右との関連で注目されるのが、作中で描かれる二つの戦いがいずれもジャコバイト側の勝利に終わった戦いであること、そして、それらがイングランド軍対高地軍との戦闘として提示されていることだろう。冒頭で言及したダフィは、高地兵が政府側、正規兵と低地兵がジャコバイト側で戦った例を挙げ、ジャコバイトといえば高地兵を思い浮かべる根強い固定観念を問いにかけている (24)。じっさいには双方とも混成部隊であり、この作品でもジャコバイト軍は特に具体的にそのように描かれている。作中での軍の名称も、通常は「王子軍」や、「コープ軍」「公爵軍」といった表現で区別されていることが多い。ただ、特にプレストンの戦いの描写では、おそらくは軍服や武器、戦法の差異に言及することで両陣営の対比を明確にし、戦闘場面の劇的効果を上げるためか、イングランド軍対高地軍という図式が強調されている。この図式のその後の一般的な固定化は、ほかのジャコバイト言説との相互作用のなかで作中のある要素が前景化され、それにしたがって別の要素は看過されるという受容の一形態を示しているようである。

こうした現実世界での受容も内乱の記憶の一つのありようだが、ファーガスらの処刑と前後して、作品には人々がこの蜂起を記憶するさまざまな方法や、そうした記憶の集合体としてのブリテンが記され始める。たとえば、宿のおかみはファーガスの形見のボンネットを飾り、エドワードの伯父と伯母、フローラはそれぞれ、甥と兄を一族の英雄伝説の一人に加える。あるいは、ホートンの両親は息子が若様の側で戦死したと事実に反してあくまで信じ、そして、エドワードの従者は、彼らに事実を認めさせるのを諦めた埋め合わせに戦闘や処刑の話を誇張してウェイヴァリー・オーナーの使用人たちに話して聞かせる。加えて、最後から二番目の章に置かれたタリー・ヴィオラン復元をめぐる以下のエピソードも、この内乱の記憶という点できわめて重要な役割を果たしている。

三回目に、そして最後に登場するタリー・ヴィオランは、エドワードとローズの結婚を祝うために関係者が一堂に会する場として、庭の彫刻や室内、飾り棚の中身にいたるまで原型をできるかぎり精巧に復元した姿で登場する。これを可能にした「イングランド人の金銭の女神」(356) に男爵が言及し、さらに「ブラウニーや妖精」(362) を持ち出すように、あの徹底した破壊の惨状を思い出すなら、この復元ぶりだけでも確かにおとぎ話を思わせる。加えて、このオリジナルそっくりに復元された空間には、足されたものと足りないもの、あるいは足りないものを記した足されたものがあり、現在が過去を語りつつ未来を呼び出し、歴史的時間が寓意性へと開かれるという点でも、ある種のおとぎ話的な時空間を構成している。というのも、邸の古い大食堂の壁には、エドワードが「この不幸な内乱で帯びていた武器」とならんで、高地の衣装姿のファーガスとエドワードを描いた肖像画がかけられ、その姿がレイバーン（Henry Raeburn, 1756–1823）の描く高地のクランの長の姿と比較されているからである（361）。(7) 作中、それまでは作品と同時代の事象はもっぱら過去との対比で言及されていたのに対し、この場面ではむしろ両者の類似性を指摘するためにこの言及が用いられていて、作品が執筆された時代、さらにはそれ以降の現象までをも包摂する展開になっている。

スコットの小説をツーリズムとの関係から読み解いたデッカーも、やはり妖精やレイバーンへの言及に触れ、この「民族博物館」にかけられた肖像画について、この場面の登場人物たちが自分たちの直近の歴史をスコットと同時代の読者たちの目を通して見るようにスコットが意図的にアナクロニズムを用いていると指摘しつつ、これら登場人物たちと読者とが最終的に目にするのは歴史的変化の否定を前提とした社会・政治秩序を代表する二人の戦友であるとする（139–40）。一方、リンカンは文化的記憶や遺産、それらと現代的主体との関係という観点から、「このエピソードの趣旨は改良ではなく、再現と保存」にあり、また、「社交性（sociability）という文脈からは、負け戦に赴こうとしている二人の肖像画はこれ以上反乱を生じさせる」ことはなく、「過去は今やテイストという私的な領域に入り、そこでは政治的関与の世界とは切り離された読み手の感情を喚起する」と論じている（60–61）。事実、男爵自慢の家宝の杯の回収には、大佐の甥の、やはりスコットと同時代の現象を思わせる「タータン熱」（362）も関係しており、また、主人公の性格造型が支持する蜂起の文化的側面の強調という点からも、このエピソードを博物館や文化遺産という視点から読むことを作品も示唆していると思われる。

ただ、ここではそのすぐ次の段落でわざわざカロドゥンの名を出して、「カロドゥン以降消息のない、一、二名」の不在の召使に言及されていることに目をとめたい。ほぼ元通りに復元された館に加えられた肖像画が描き出している二人は、一人は処刑によって、もう一人はロマンス的な生の終焉というかたちで、この不在の召使たちと同様、いずれも今はこの場にいない。エドワードが現実の歴史の開始を自覚していった過程や、元の館のようすとその破壊、そして復元の過程をこの物語そのものを通して知る者にとって、この肖像画は現状が所与のものではなく、抑圧や排除をともないながらあくまで（再）構築されたものであることを今一度思い出させる。あるいは、この「民族博物館」を訪れた観光客でさえ、館や絵画の由来を語るガイドの説明を通してかつての内乱について知ることになるだろう。そこには、ジャコバイト蜂起という歴史的内乱を扱った『ウェイヴァリー』の未来への志向、記憶のラディカリズムの一つのかたちが存するように思われる。構築とはつねに過程の結果、あるいは過程のなかにあることを考えると、現状構築の過程の再演には変革の種もまた潜んでいるはずだからである。復元されたこのタリー・ヴィオランはまるで何ごともなかったかのように内乱の跡を消すため、あるいは内乱以前の状態を懐かしむためというよりも、むしろ内乱による破壊や排除を記憶し、現在の空間の構築性を指摘し、そして、その認識に基づいて未来を構想し続けるための空間なのだ。物語の最後に今一度示されるこのロマンス的空間は、この歴史小説が内乱を記録しつつ、なお過去の複数性や未来の可能性を呼び入れる手段でもある。かりにこのエピソードに落ち着きの悪さや違和感を覚えるとすれば、むしろそれこそが、この物語をここまで読み進めてきた一つの結果を証しているだろう。

こうして再びたどりつく『ウェイヴァリー』の最終章が作品の一部として構造化しているのは、再読という行為である。この構造に導かれて再び第一章からひもとけば、たとえば、狩猟大会の前におかれた一見おどけた調子の語り手のコメントが周到に準備され、続く鹿狩りの描写に組み込まれた「小軍隊 (a small army)」という表現がいかに実質的な意味をともなっていたかに気づくだろう。それはそのまま、この作品の隠れた主題でもある、わたしたちの回顧的な歴史認識のありようの実演でもある。同時にそれは、スコット作品に一貫する、「歴史を語る」、あるいは「語りつづける」行為や可能性それじたいを問う問題意識とも密接にかかわっている。この再読という行為によって、この作品はいかにもスコットの歴史小説らしく、四五年蜂起という歴史的事件の叙述に時の経過による変化をもちこむ。生物学的、歴史的時間とともに生きる身体をもった読み手たちによる再読は、読み手そのものや読まれる文脈をおのずから変化させ、彼らがウェイヴァリーに与える意味は次々に重なりつつ、最終的にはいつも先送りされる。そうした読書のかたちへと導くことも、ついには語り得ぬ過去の姿を記述する一つの有効な手段であるはずである。

かりにこの作品によって形成される読者の共同体があるとしたら、その一つは確かに、語り手から、「六〇年前のブリテンで一般的だった場面や感情をこの先目にしたり抱いたりすることのないよう、切に願おうではないか」(340) と誘いかけられる、当時のブリテンの読者たちだっただろう。加えて、現在なお四五年蜂起の記憶やその研究に『ウェイヴァリー』が占める重要な位置は、内乱の記憶におけるこの歴史小説の影響力の大きさを物語る。あわせて、それが現在形で語られる時間とともにあり、語り手がいつもそこにいて読み手を待っているという点で、この記憶の共同体はつねにそれ以外のどの読者にも開かれ、内乱というモーメントを通して、歴史を語る行為や可能性を問いつづけている。

註

（1）デイヴィスはここでベネディクト・アンダーソンの想像の共同体の概念を援用しており、これはゴットリーブやダンカンにもみられる。また、ラムズデン (78) やフェリス (96)、ガストン (passion) もフィールディングとの関係にふれている。

（2）ロバートスンは、スコットが本名を明かしたあとに執筆され、この部分との類比が可能な、「大全集」版でのより自伝性を増した序についても分析している (Chap. 1)。また、ガストンは歴史叙述との関係で、ウェイヴァリー叢書の語り手と序の役割やテクスト性に対する意識について論じ、特にスコット作品のペルソナたちがみな生きた存在としての問題を抱えていることに注目している (39)。

（3）ゴットリーブは続けて「目撃者の権威と客観的傍観者の正統性を結びつける語りの声」が多様な声を単一の視点へとまとめていると主張する (181)。一方、ダンカンはスコットの小説はむしろ、作品に埋め込まれた多層的な文学的、歴史的言及を理解できるエリート読者層と、登場人物に同一化しプロットを追う大衆的読者層という異なる読者層を喚起し続けることで、統一されたナショナルな読者層じたいがフィクションであり、暫定的な構築物であることを示していると論じている (280)。また、マックラケン＝フレッシャーも、特に第一章で、スコット作品における読み手の能動的な役割や語られるプロセスについて考察している (Chap. 1)。

（4）一七世紀の内乱を扱ったウェストの『王党派』も『トム・ジョウンズ』を意識していたと思われ、『ウェイヴァリー』には両作品への密かな目配せが感じ取れる。

（5）マックニールはあわせて、この忠誠心はクラン制度を前提としているため、スコットはこの転換の基礎にはウェイヴァリーが示しているような高地人や文化への共感と同一化が必要であることを示唆していると論じる (102-3)。

（6）デイヴィスはフィールディングのジャーナリズムとの関連で、このプレストンパンズの戦いの報道には蜂起の成否を左右するような政治的行為としての性格があったと指摘している (49)。

（7）ジャコバイトの文化について、カントリーハウスで犠牲者の遺品を絵画のそばに並べる殉教者文化があったという指摘もある (Szechi 36)。一方、男爵邸がいずれもハノーヴァー側の人間の蓄財による資金を介して購入されたという事実は、この館の将来が現代的な商業主義という文脈におかれていることを示してもいる。

引用文献

A Genuine and True Journal of the Most Miraculous Escape of the Young Chevalier. London: B.A., 1749.

Alexsis; or The Young Adventurer. London, 1746.

Ascanius: or, The Young Adventuer. London: G. Smith, 1746; Paisley: James Davidson, 1769, third ed.; Stirling: C. Randall, 1802, tenth ed.

Bell, Barbara. 'The Nineteenth Century'. Ed. Bill Findley. *A History of Scottish Theatre*. Edinburgh: Polygon, 1998: 137–206.

Davis, Leith. *Acts of Union: Scotland and the Literary Negotiation of the British Nation 1701–1830*. Stanford: Stanford UP, 1998.

Dekker, George G. *The Fictions of Romantic Tourism: Radcliffe, Scott, and Mary Shelley*. Stanford: Stanford UP, 2005.

Devine, T. M. *To the Ends of the Earth: Scotland's Global Diaspora 1750–2010*. London: Allen Lane, 2011.

Donaldson, William. *The Jacobite Song: Political Myth and National Identity*. Aberdeen: Aberdeen UP, 1988.

Duncan, Ian. *Scott's Shadow: The Novel in Romantic Edinburgh*. New Jersey: Princeton UP, 2007.

Duffy, Christopher. *The '45*. London: Cassell, 2003.

Ferris, Ina. *Achievement of Literary Authority: Gender, History, and the Waverley Novels*. Ithaca: Cornell UP, 1991.

Fielding, Henry. *The History of Tom Jones, A Foundling*. Ed. Thomas Keymer. Harmondsworth: Penguin, 2005.

Gaston, Patricia S. *Prefacing the Waverley Prefaces: A Reading of Sir Walter Scott's Prefaces to the Waverley Novels*. New York: Peter Lang, 1991.

Gottlieb, Evan. *Feeling British: Sympathy and National Identity in Scottish and English Writing, 1707–1832*. Lewisburg: Bucknell UP, 2007.

Helme, Elizabeth. *Duncan and Peggy: A Scottish Tale*. London: J. Bell, 1794.

Johnston, Mary. *The Lairds of Glenfern; or, Highlanders of the Nineteenth Century*. London: Minerva Press, 1816.

Johnstone, Christian Isobel. *Clan-Albin: A National Tale*. Ed. Andrew Monnickendam. Glasgow: Association for Scottish Literary Studies, 2003.

Lincoln, Andrew. *Scott and Modernity*. Edinburgh: Edinburgh UP, 2007.

Lumsden, Alison. *Walter Scott and the Limits of Language*. Edinburgh: Edinburgh UP, 2010.

Mackillop, Andrew. 'For King, Country and Regiment? Motive and Identity in Highland Soldiering 1746–1815'. Ed. Steve Murdoch and A. Mackillop. *Fighting for Identity: Scottish Military Experience c. 1550–1900*. Leiden, Boston, Köln: Brill, 2002: 185–211.

McCracken-Flesher, Caroline. *Possible Scotlands: Walter Scott and the Story of Tomorrow*. Oxford: Oxford UP, 2005.

McNiel, Kenneth. *Scotland, Britain, Empire: Writing the Highlands, 1760–1860*. Columbus: Ohio State UP, 2007.

Monod, Paul Kléber. *Jacobitism and the English People, 1688–1788*. Cambridge: Cambridge UP, 1989.

Monod, Paul, Murray Pittock and Daniel Szechi eds. *Loyalty and Identity: Jacobite at Home and Abroad*. Basingstoke: Palgrave Macmillan, 2010.

Pollard, Tony ed. *Culloden: The History and Archaeology of the Last Clan Battle*. Barnsley: Pen & Sword Military, 2009.

Porter, Jane. *The Scottish Chiefs: A Romance*. Ed. Fiona Price. Ontario: Broadview Editions, 2007.

Radcliffe, Ann. *The Castles of Athlin and Dunbayne: A Highland Story*. Ed. Alison Milbank. Oxford: Oxford World's Classics, 1995.

Robertson, Fiona. *Legitimate Histories: Scott, Gothic and the Authorities of Fiction*. Oxford: Clarendon Press, 1994.

Scott, Walter. *Waverley; or 'Tis Sixty Years Since*. Ed. Peter Garside. Edinburgh: Edinburgh UP, 2007.

Stevens, Anne H. *British Historical Fiction before Scott*. Basingstoke: Palgrave Macmillan, 2010.

Szechi, Daniel. *The Jacobites: Britain and Europe 1688–1788*. Manchester and New York: Manchester UP, 1994.

Trumpener, Katie. *Bardic Nationalism: The Romantic Novel and the British Empire*. Princeton, NJ: Princeton UP, 1997.

Wanderer: or, Surprizing Escape. London: Jacob Robinson, 1747.

West, Jane. *The Loyalists*. 3 vols. London: Longman, Hurst, Rees, Orme and Brown, 1812.

2

南北戦争後の「酒」と「金」

――「禁酒作家」ルイザ・メイ・オルコットの場合

福田　敬子

はじめに――オルコットと「酒」とのかかわり

ルイザ・メイ・オルコット (Louisa May Alcott 1832–88) と酒との縁は長くて深い。かけ出し時代に彼女が匿名で執筆していた煽情小説のひとつ、『仮面の陰で』(*Behind a Mask*, 1866) では、早くも酒が重要なモティーフとされている。純情娘のふりをしながら玉の輿を狙う主人公ジーンは、ワインで酔ったさいにうっかり自分が女優であった過去を話してしまい、世間体を気にする上流階級の男性との結婚の機会を逸するという苦い経験を持つ。

新しい雇用主、コヴェントリー家に到着したジーンは、ガヴァネスという身分を家人に見下され、初日から屈辱的な思いをする。疲れ果てて自室に引きこもった彼女が最初に行った行為は、酒を飲むことだった。「彼女は携帯用の瓶を取り出し、かき混ぜてグラス一杯分の強いアルコール飲料を作り」、「心から楽しんで味わう」。そして、「ありがとう。昔からおまえだけは私に気力と勇気を与えてくれるわ」(150) と言う。こうして元気を取り戻した彼女は一家の長を騙すのに成功し、見事「レディ・コヴェントリー」になる。実のところ、ジーンは悪女で、酒は彼女の道徳的堕落を象徴してもいるのだが、作者オルコットが彼女を応援しているのは明らかで、ここでは、一度失敗の原因となった酒が、成功のためのエネルギー源になることが示されているのだ。

二年後に出版された『若草物語』(*Little Women*, 1868) でもひんぱんに酒が登場する。マーチ家の長女メグが裕福な友人アニー・モファットの家に泊まりがけで遊びに行ったときのことだ。きれいに着飾り、ちやほやされていい気になっていたメグは、ローリーにその姿を見られて恥ずかしいと思う。そして、「どんなに馬鹿なことをしたかは自分でお母さんに報告するから、あなたは何も言わないでね」(93) と頼むが、その舌の根も乾かないうちに、彼女はシャンペンを飲み始める (94)。メグはまだ一六歳。当然未成年である。

帰宅後メグは、ローリーとの約束通りに自分が取った馬鹿げた行動を母親のマーチ夫人に報告する。しかし、ここで問題となるのは、世間が「マーチ夫人が娘を金持ちと結婚させようともくろんでいる」と噂をしていることであって、メグが酒を飲んだことはおとがめなしなのだ。

また、この作品には、飲酒が推奨されているシーンもある。南北戦争中、北軍の従軍牧師として戦地に赴いていたマーチ氏が倒れたという電報が届いたとき、夫人は、隣のローレンス家から古いワインを二本もらってくるように三女ベスに命じる。また、ベスが危篤になって悲しみに暮れる次女ジョーに、一六歳のローリーはワインを渡し、一五歳のジョーは躊躇なくそれを飲んで「元気」になる (187)。このように、『若草物語』では酒は未成年にさえ許容されている。物語の最後でも、ジョーはわざわざワインを取りに行き (221)、健康を祝してみんなで乾杯するのである (222)。

ところが、この後、オルコットの飲酒の描き方に大きな変化が起こる。続編の『第二若草物語』(*Little Women, Part II*, 1869) では、ローレンス氏やマーチ伯母がメグの結婚祝いに高級なワインを贈るものの、披露宴でそれが出されることはない。マーチ氏は、「ワインは病気の時にしか使うものではない」と考え、マーチ夫人も「自分や娘がこの家で若い人に酒をすすめるのはやめよう」(252) と言うようになっている。さらに、第一部ではシャンペンを飲んでいたメグまでもが、婚礼の席で、「ワインは水と同じくらい身近」(252) な環境で育ったローリーに、禁酒の約束をさせるのである。

『第三若草物語』(*Little Men*, 1871) では、酒は人生の破滅を招くものとして描かれている。第二部で結婚したジョーとベア教授が営む学校プラムフィールドの生徒ダンが、仲間をビールと葉巻とポーカーに誘う。火のついた葉巻を布団の中に隠そうとしてボヤを出し、その結果、ダンは「酒とばくちと悪態」(106) が大嫌いなベアによってプラムフィールドから追放されることになる。ここにはかなり強い禁酒メッセージが込められている。

さらに、『花盛りのローズ』(*Rose in Bloom*, 1876) では、ローズのいとこチャーリーが、ローズの再三の警告にもかかわらず酒をやめられなくて、結果的に命を落とすという悲劇的な展開になっている。酒をすすめる側の責任も厳しく問われ、さらに、ヒロインのローズは、絶対禁酒主義者にされているという徹底ぶりだ。

より一層禁酒色が濃くなっているのが、「銀の水差し」("Silver Pitchers", 1875) である。これは、プリシラ、ポリー、ポーシャというPで始まる名を持つために「スイート・ピーズ」("Sweet P's") と呼ばれる三人の美少女が禁酒運動をくりひろげる物語である。

三人には、それぞれ禁酒運動をする事情がある。プリシラは、父が酒が原因で死に、母もそのショックで亡くなるという辛い過去を持つ。ポリーは、最近浮わついてきた兄ネッドが心配で、どうしても酒をやめてほしいと思っている。ポーシャの父親は、夕食後かならずワインをたしなむ習慣が身についてしまい、母親がそのことを心配している、という状況だ。

まず彼女らは町のパーティに出ないことから始めようとする。そうすれば、人気者の三人娘が来るのを楽しみにしていた男性たちが、彼女らの意図をくんで酒をやめるだろうと思ったのである。結局出席したパーティでは禁酒の歌を披露する。さらに、プリシラは、酒をやめない恋人フィルとの婚約を解消する。ポーシャはあの手この手で父のワインタイムの邪魔をする。最終的に、フィルも酒をやめ、ネッドも酒が原因でけがをしたことをきっかけに改心し、ポーシャの父も酒をやめる。こうして彼女たちの禁酒運動は大成功するのである。

このように、一八六八年の段階では比較的酒に寛容だったオルコットの作品は、一八七五年までの間に大きく変わっていく。では、オルコット自身は酒を飲んでいたのだろうか？

残された手紙や日記から、オルコット自身が飲酒を楽しんだ経験があったことがわかる。[1] たとえば、一八六六年一月には、新年を祝ってシャンペンで乾杯をしたことが日記に書かれている (*Journal* 149)。このときオルコットは、新年をニースで迎えていた。南北戦争中に従軍看護婦として働いた経験をまとめた『病院のスケッチ』(*Hospital Sketches*, 1863) によって作家としての知名度が増し、仕事が舞い込むようになった時期とも重なる。年収も七〇〇ドルを超え、アンナ・ウェルド (Anna Weld) の付き添いとして初めてヨーロッパ旅行に出た時のことでもあり、開放的な気分になっていたと察せられる。

その後、『若草物語』で成功をおさめたオルコットは、翌一八六九年二月九日に若者たちと日曜の夜にパブでワインを飲んでいる (*Letters* 123)。また、同年四月一日にもワインを「これ以上ないほど思いっきり」飲んだようだ (*Letters* 125)。一八七五年の一二月には、七、八品の豪華なコース料理と五種類のワインを楽しんでいる (*Letters* 206)。

しかし、そのわずか一カ月後の一八七六年一月になると、やや様相が変わってくる。パーティで酒を飲む男性がいなかったことや、ホステスが酒を客に無理強いしなかったことを喜ぶようになっているのだ (*Letters* 215)。

その後は、薬として酒を必要としていた記録が続く。一八八二年に、倒れた父親（Amos Bronson Alcott 1799–1888）のためにワインを送ってくれた友人に感謝し（*Letters* 265）[2]、彼女自身の体調が悪化した一八八五年には、ラガービールのおかげで具合が良くなったことを記録しており（*Letters* 265）、亡くなる八カ月前の一八八七年六月にはブランデーを口にしている（*Letters* 302）。

間違いなく言えるのは、禁酒を訴え始めた『第二若草物語』の執筆時と出版時の一八六八年末から六九年にかけてと、明らかに「禁酒小説」と呼べる「銀の水差し」が掲載された後の一八七五年一二月も、オルコット自身は酒を飲んでいたということだ。自分が酒を飲んでいたのに、「禁酒せよ」と作品に書いたのは何故だろう。オルコットは偽善者か。

一．「新大陸」アメリカと「酒」

ここで、アメリカにおける飲酒と禁酒運動の歴史の概略を確認してみたい。オルコットを扱う本論の性質上、植民地時代から一九世紀半ばまでを中心に論じることとする。[3]

一七世紀初頭以降、アメリカ大陸に移住したイギリス人は、できる限り多くの酒を積んでやってきた。しかし、それだけの量では到底足りないため、まもなく酒の製造を開始するものの、家庭で作ることができたのは、せいぜい藁や麦を発酵させたアルコール度数一％程度のビールに似た飲料だけだった。

植民地時代に一般的に飲まれていた強い酒はラム酒で、材料となる糖蜜は西インド諸島から輸入されていた。

一八世紀初頭になると、ラム酒はニューイングランドを中心に大量に製造されるようになる。これが奴隷貿易と深くかかわる三角貿易の一端をになったことは言うまでもない。

ワインは一九世紀にいたるまでヨーロッパからの輸入に頼っていた。前述のラム酒も高価だったため、ワインとラム酒を飲むのはもっぱら上流階級の人々だった。一方、「サイダー」と呼ばれる比較的アルコール度数が低いリンゴ酒は、ヨーロッパから持ち込んだリンゴを栽培して作れるようになっていたため安価で、下層階級の飲み物と見なされていた（岡本　二二八）。

植民地で酒が積極的に飲まれていたのには理由がある。第一に、当時のヨーロッパ人の概念では、そもそも水というものは不衛生で飲用に適していないとされていたことが挙げられる。病気を防ぐためには水以外のもの、つまりアルコールを飲む方が安全だと考えられた。そのため、どうしても水を飲む必要が生じた場合は、煮沸するか酒を混ぜることが推奨された。また、アルコールは薬にもなると信じられていた。

さらに、アルコールは栄養源としても貴重だった。ことのほか寒いニューイングランドでは、木材伐採業など、戸外で働く労働者が体温を高く保つためも、酒は欠かせなかった。雇い主が賃金の代わりに振る舞い酒を出す習慣がある地域も珍しくなかった。暖房がない教会での礼拝で冷えきった体を温めるために、教会のすぐそばに酒場があるのが一般的だった。

また、少しでも加工したものの方が価値があると考えた植民地人の中には、貧乏だと思われるのが怖くて「未加工」の水を他人には提供しない者もいたという (Burns 34)。

従って、植民地の飲酒量はかなり多かった。[4]一七九〇年代まで、一五歳以上のアメリカ人は、年六ガロン（約二三リットル）のアルコールを消費していた。アルコール度数五％程度のビールで換算すると、一人当たり年平均四〇〇リットルに相当する。飲まない者もいることを考えると、飲む者の飲酒量はけた外れだったと推測される。

このように、飲酒は植民地での生活に必要不可欠なものであったが、その一方で、過度の泥酔や酩酊は処罰の対象となった。また、酒の製造と供給には制限があった。たとえば、一六四五年には、居酒屋で三〇分間にワイン二三五ミリリットルを超える販売は禁止していた（岡本　二九）。また、酒場は管理されていて、都市行政委員が許可証を発行し、経営は地元の名士が行うなど、飲酒が野放しにならないように細心の注意がはらわれていた。それでも、節酒や禁酒を訴える世論はまだ生まれていなかった。

独立後、アルコールの摂取量はさらに増えて、一八三〇年には七・一ガロン（二六・八七二リットル）になる。[5]すでに述べたように、雇い主の多くはこれまで日当の一部として労働者に酒を提供することがあったが、産業革命を迎えたこのころの新興産業資本家は、就業時間中の飲酒は生産性の低下を招くとして、労働者の禁酒に乗り出したのである。絶対禁酒主義を唱えたり、禁酒団体の前身組織ができたりしたのもこのころだ。

四〇年代に入ると禁酒運動がさらに活発化する。中でも「ワシントニアン運動（Washingtonian Movement）」が注目に値する。これは、ボルティモアの居酒屋に集まった六人の労働者が禁酒の誓いをたてたことから始まった。「酒の支配から解放されて自由になりたい」という思いから、ジョージ八世の圧政から解放してくれた独立革命の英雄ジョージ・ワシントンの名をつけたという（森岡　二六、岡本　七八）。

ワシントニアンは、飲酒は飲む者個人の道徳的な問題と考えていたため、社会を変えようという発想はなかった（森岡　八三）。しかし、同じころ、多量の飲酒の習慣を持つアイルランド人やドイツ人移民が急増すると、酒は社会全体の問題と考えられるようになり、酒の製造・販売・運搬そのものをやめさせようという政治的なものに発展していく。その結果、一八五〇年代にはメイン州をはじめとする一一州と二準州で禁酒法が成立している。[6]

二．南北戦争後の禁酒運動

他の多くの社会改革運動同様、禁酒運動は南北戦争中には一時低迷するが、戦後は一八六九年創立の「全国禁酒党（National Prohibition Party, 以下ＮＰＰ）」と一八七四年創立の「キリスト教婦人禁酒連盟（Women's Christian Temperance Union, 以下ＷＣＴＵ）」によって復活する。前者は、アルコール飲料の製造、輸送、販売の法的禁止を目的に、二〇州の代表がシカゴに集まって結成された政治政党である。こうした政党が禁酒団体と共闘するようになって、南北戦争後の禁酒運動は新たな展開をみせていく。

一方、後者創立のきっかけは、一八七三年一二月、禁酒運動家の医師ダイオクレシアン・ルイス(Dioclетian Lewis 1823–86)がオハイオ州でキリスト教徒の女性の義務について講演を行ったことだとされる。[7] 彼が、禁酒運動は女性の義務であるという主旨のことを述べると、その翌日、女性たちは聖書を持って酒販売店におしかけ、店の主人が店の閉鎖を約束する書類に署名するまで居座ったのだった。これがいわゆる「禁酒十字軍(Temperance Crusade)」と言われる活動である。

一時的には二五〇にもおよぶ酒場や酒店が閉鎖を約束したが、こうした署名には法的な拘束力はなかったため、店主たちはほとぼりがさめるとすぐに営業を再開した。しかし、自分たちの行動が一時的でも影響力を持つことを知った女性たちは、飲酒という害悪から家庭と社会を守れるのは自分たちだけだと確信したのである。

その結果、一八七四年一一月に設立されたのがこのＷＣＴＵで、一九〇〇年には、すべての州に七千の組織と一六万の会員を持つ大団体となった。最初は禁酒運動が中心だったが、一八八一年から全国会長を務めたフランシス・ウィラード(Frances Willard 1839–98)の方針で、次第に健康、食事、運動、売春婦の更生、参政権の獲得

まで、幅広い改革を目指すようになっていく。(8)

ウィラードは、特に女性参政権運動を重視していた。周知のように、アメリカでは参政権を求める運動は南北戦争よりもかなり前から行われていたが、多くの一般女性にとって、参政権だけはいまだに「女性の領域」を逸脱した過激な要求に思われていた。従って、WCTUにとっても、参政権を求める運動は慎重に行う必要があった。そこで、ウィラードは、禁酒運動に関連した住民投票への参加など、限定された政治参加を求めることから始めることにしたのである。つまり、参政権を「政治的な権利」としてではなく、「家庭を守る道徳的手段」として要求したのであった(岡本、一四一―四二)。

一方、一八七〇年に憲法修正一五によりアフリカ系アメリカ人の男性に選挙権が与えられたことをきっかけに、NPPも禁酒運動と女性参政権をむすびつけることに目をつけ始めていた(Fletcher 77)。実のところ、一八七〇年代のアルコール消費量は一人当たり年間二ガロン(七・五リットル)を切っていて、ピーク時を迎えた一八三〇年代の三分の一以下だった。その結果、飲酒に関する問題意識や危機感が低下していたため、禁酒運動を盛り上げるには、ほかの社会改革運動と関連させる必要があったのである。

この時期、南北戦争に従軍した父や夫の代わりに畑や工場で働くという経験をした女性たちは、自分が男性と同等の能力を持つことを知って自信を深めて、女性の「社会的役割」について考えるようになっていた。つまり、南北戦争は、女性の「家庭的義務」である禁酒運動と「社会的権利」である参政権運動が連携する絶好の機会をもたらしたのである。

オルコットが人気作家となったのは、このような時期だった。では、彼女自身は禁酒運動と参政権運動にどのようにかかわっていたのだろうか。

三．オルコットと禁酒運動・参政権運動

前述のフランシス・ウィラードが一八八一年にWCTUの会長になった翌年三月、コンコードにも支部が設立され、オルコットもその手助けをしている。そのときはコンコードで四〇〇人もがメンバーになった（*Journal* 233）。次いで、同年五月にも禁酒協会の仕事を行い、「二七人の男性が誓約書に署名してくれた」と記録している（*Journal* 234）。その二年後の五月には、青少年禁酒協会のために旗を購入した旨が記録されている（*Journal* 244）。しかし、彼女自身が禁酒問題に対して強い思い入れがあったことを示す記述は少ない。

それに比べると、参政権運動の方は強い精神的かかわりが感じられる。オルコットの両親は、かなり早い時期から女性参政権の獲得に意欲を燃やしていたことで知られる。父ブロンソンはもちろん、稼ぎのない夫の代わりに働いた母親アビゲイル（Abigail May Alcott 1800–77）も、女性にも男性と同等の権利が与えられるべきだと考えていた。一八五三年にマサチューセッツ州憲法改正のための集会が行われたさい、アビゲイルは女性に選挙権を認める修正条項成立の請願書を提出する。それが、「アビー・メイ・オルコット他によるマサチューセッツ市民に対して行う女性の平等な政治の権利を求める請願書（"Petition of Abby May Alcott and Others to the Citizens of Massachusetts on Equal Political Rights of Women"）である。彼女は、アメリカの独立が「代表なければ課税なし」の理論で推し進められたこと、マサチューセッツ州に長年住んで納税もしてきた教養ある女性が投票できないのに、読み書きもできない無学な移民が、男性だという理由だけで簡単に投票を許されることの矛盾を訴え、「妻、母、娘、財産の所有者として、女性は守られるべき重要な権利を持っている」と述べている。(9)

一方、娘のルイザは、当初はこの問題にあまり積極的ではなかったようだ。一八七三年にはルーシー・ストー

ン (Lucy Stone 1818–93) に対し、今は「女性が労働する権利」を証明することでとても忙しく、「女性が投票する権利を証明する手助けをする暇がない」(*Letters* 178) というそっけない手紙を送っている。また、翌年一〇月には、「選ばれた名士の一人として集会へ招待していただきましたが、お受けすることができなくてすみません。手が離せない仕事があるのでその名誉を受けることができません」(Stern 1978, 438) と招待を断る手紙を書いている。しかし、やがて彼女は『女性ジャーナル』(*Woman's Journal*) に、参政権獲得を支持する内容の手紙や記事、物語、詩を寄稿するようになっていく。(10)

一八七九年七月には、オルコットは、コンコードの教育委員選挙の投票人として登録された最初の女性になっていて、一八八〇年三月には、「とにかく意味のある最初の一歩を踏み出した」と感慨深げに述べている (*Letters* 247)。しかし、多くの女性がいまだに参政権問題に無関心なことに失望もしており、一八八四年五月には、コンコードの女性の多くが家事や家族の世話を優先したため、タウン・ミーティングで時間内に投票にやってきた女性は八人だけだったことを嘆いている。そして、投票という「新しい義務」は「間違いなく彼女らの領域を広げ、機知を鋭くし、意志の力を強め、勇気や知性や独立を教えてくれるのに」と言っている (*Letters* 281–2)。

一八八五年八月には、長年の体調不良や家庭内の事情により、オルコットは参政権運動への支援を断念せざるを得なくなるのだが、女性を「アメリカの白い奴隷」と呼んで、彼女らを解放する仕事に関わらなかったら「裏切り者」になってしまう、と無念そうに述べている。一家そろって奴隷制廃止論者だったオルコットらしい表現だ (*Letters* 291)。

このように、少なくともオルコットの日記および手紙では、禁酒運動よりも参政権運動に関するコメントのほうが圧倒的に多いことがわかる。そのことから考えると、「銀の水差し」のような、明らかに禁酒を訴える作品でも、オルコットが伝えたかったことは、必ずしも禁酒そのものではないようにも思われる。というのも、禁酒を薦める女性たちのセリフが、禁酒の理念よりも、「女の役割」、「女の力」の発露に向けられているからだ。

三人の少女「スイート・ピーズ」が、「自分たちのような少女でも何かできないかしら」と頭を悩ませるシーンで、誇り高いポリーは、「ええ、女の子にしかできない方法があるわ。私たちは通りや酒場で説教をしたり祈ったりすることはできないけれども、家庭や自分たちだけの小さな世界で、良いことのために影響力を発揮したいと望んでいることを示すことができるかもしれないわ」(5) と宣言する。困難にぶち当たっても、「私たちは遊びで始めたけれど、本気で続けましょうよ。若さと美しさと影響力を、単に男の眼を楽しませたり心を弄んだりするよりももっと崇高な何かに使うのよ。私たちは男を善良で勇敢で誠実にする手助けができるし、そうすることで、私たちもより優れた女性になって、もっと愛される価値がある存在になるのよ」(34) と強い決意を語っている。夫のワイン癖で悩んでいたポーシャの母も、頑張る娘たちの姿を見て、「私たちは、家庭が女の領域だと言われ、家庭の中にいなさいと助言されているのだから、家庭があるべき状態になるように取り計らわないといけないわ。そうすることで、やる気を出せば、私たちはもっと大きな分野の仕事にも適しているということを示すことになるはずよ」(42) と言って、女性の役割はまず家庭にあるということを認めながらも、社会的な仕事もできる可能性に気づくのだ。オルコットはここで、女性が目標を決めて協力し合っていけば、「女性の領域」から逸脱せずとも、崇高なことを成し遂げる力があることを強調している。見方を変えれば、禁酒運動は、そのきっかけのひとつとして提示されているだけなのだ。

むしろ、オルコットは、禁酒運動に対して疑念を持っているようにも見受けられる。なぜなら、当時、禁酒運動に参加する人々の中には、それを「ファッション」ととらえて「中産階級的気どり」を見せていた者も少なくなかったからだ。[11]

「銀の水差し」で、娘の説得によって酒をやめた父は、上流階級の社交行事には必要不可欠だった酒の提供もやめる。普通はここで「社交ルール破り」のそしりを世間からうけるところだが、彼が判事で地元の名士だったため、いとも簡単に許される。結局のところ、禁酒だろうが何であろうが、大衆は地位と金のある人物の行動に追随するだけだという皮肉な事実が、この「禁酒小説」ではわざわざ指摘されているのである。

判事がやったことは隣人から「結構なことだ」と見なされた。なぜなら、彼はもっともよい家柄の出身だっただけではなく、町で一番の金持だったからだ。ある種の人々にとっては、こうした事実が非常に重要だった。ポーシャはそのことを知っていたので、父に「味方についてほしい」と言った時、そのことを勘定に入れていた。だから、酒を出さないという新しい流行に人々が追随したとき、彼女は大喜びしたのである。原理原則に同意したから禁酒に賛成した者もいたが、多くの人々は、単に決めたのが判事だったから従ったのだった。(40)

四．オルコットと「金」

一八六八年一〇月に出版された『若草物語』の成功が確実になると、オルコットはすぐにコンコードを離れてボストンに居を移し、一一月から『第二若草物語』を書き始めた。一二月には妹メイとともにビーコン通りのべルヴュー・ホテル（Bellevue Hotel）に移っているが、このホテルは前述のダイオクレシアン・ルイスが経営していた「禁酒ホテル」だった。しかし、実はこれは、最新式のエレベーターと呼び出し装置があり、おまけにオルコットが大好きな蒸し風呂設備までついた大変な高級ホテルだったのである。[12]

メイと私はビーコン通りにある新しい「ベルヴュー・ホテル」に行った。メイは私と違って静かで辺鄙なところを好まないので、私たちは最上階の部屋を取り、エレベーターで上がったり下がったりするという奇妙な時間を過ごした。大理石のカフェで食事をし、ソファベッドで寝たりした。まるで「上流階級の様な」感じがした。（*Journal* 168）

一八六八年一二月といえば、『若草物語』が三〇〇〇部も売れて、最初の印税三〇〇ドルを手に入れたばかりのころだ。すでに見てきたように、一八六八―六九年は、まだオルコットがワインを楽しんでいた時期でもある。また、外に出ればいくらでも酒が飲める環境だったことを考えると、彼女がこのホテルに泊まったのは、これが禁酒ホテルだったからではなく、成功の証を味わうためだったと解釈できる。

オルコットにとっては大義よりも「金」が大切だったことは、一八八三年一一月に発表された禁酒物語「禁酒講演の成功（"A Successful Temperance Lecture"）」からもわかる。[13] 主人公は、父親が酒飲みのせいで生活費にも事欠く一一歳の少年ジミー。彼は、働かない父の代わりに大人がやる力仕事もやらなければいけない。ある日、彼は母からウィスキーを豚小屋に捨てるように言われる。「酒は母をみじめにし、父をけだものに変える」からだ。すると、捨てたウィスキーを飲んだ豚が酔っ払ってしまう。酩酊した豚を見て最初は面白がるジミーだが、その様子が酔った時の父親と同じだと気づくとひどく落ちこむ。そして、彼は豚相手に禁酒演説を始める。それをたまたま聞いていた父親は、息子の気持ちを知り、さらに息子の荒れた手やボロボロの服を見て申し訳ないと思う。わずかなお金も酒代に使っていたため、どんなに家族に迷惑をかけていたかわかったからだ。

一か月分の給料がその男のポケットに入っていた。彼は、酒瓶が空になったらウィスキーに使うつもりだった。今やその金は息子の服装をきちんとするにはあまりにも少なすぎると思われ、彼はこれまでどんなに低俗な快楽のために無駄遣いしたかを考えると耐えられなくなった。そのせいで、自分は豚よりももっと野蛮なけだものになったのだった。(32)

ここに見られるのは、「酒をやめれば貧困から脱出できる」というお決まりのメッセージだが、一滴の酒も飲まず、道徳的にも崇高な父ブロンソンに稼ぎがないために、生涯身を粉にして働かなければならなかったオルコットが、そんなとってつけたような陳腐な理屈を本当に信じていたとは考えにくい。

周知のように、『若草物語』は、一八六七年にロバート・ブラザーズ社の編集者トーマス・ナイルズ (Thomas Niles 1857–98) から「少女向けの作品を書かないか」と言われ、オルコットが「しぶしぶ」引き受けたものだった。しかし、『若草物語』は爆発的に売れた。この予想外の「成功」がもたらした「金」の味をしめた彼女は、二度とそれを手放すことはない。すぐに第二部を書いたのも、そのためだ。

飲酒に反対するメッセージ性が強くなった『第三若草物語』は、姉アンナの夫ジョン・プラット (John Bridge Pratt) が一八七〇年一一月二七日に亡くなったあと、姉とその家族を養う必要ができて急きょ書かれたものである。また、一八七五年に発表された「銀の水差し」は、出版社が「七〇〇ドル払う」と約束してくれたから書いたものだ。「銀の水差し」が連載された雑誌『若者の友』(*Youth's Companion*) には、オルコットは定期的に月に二本ずつ寄稿していて、三五ドルから五〇ドルの執筆料が保障されており、オルコット家にとって財政上非常に重要な雑誌であった。(14)

つまり、ルイザ・メイ・オルコットがものを書く理由は、主に「金のため」だった。そのことは、彼女自身が一八七四年一二月に書いた手紙の中で認めているが、これはくしくも、「銀の水差し」の執筆を始めた時期と一致する。おまけに、「銀の水差し」はＷＣＴＵができた一カ月後に書き始められていた。要するに、このとき、「禁酒」をテーマにする作品を書けば売れるというタイミングだったのである。

> 『若草物語』は病気の時に書いたもので、女の子向けの本は「書けない」ことを証明するためのものだった。出版社は「退屈」だと思ったし、私もそう思い、どちらも期待をかけなかった。私たちはそれが間違いであることを知った。それ以来、私は若い人向けの「道徳的な物語」を書くのは楽しくないと思っているが、それでも書いている。金になるからだ。(*Letters* 232　傍点引用者)

このようなオルコットの姿勢は生涯を通して一貫していた。成功前の彼女は、前述の「仮面の陰で」のような「不道徳」と思われる煽情小説を匿名で書いていたが、その理由もまた「金になるから」だった。一八六五年二月の日記には次のように書かれている。

哀れな古い『成功』に少し加筆した。[15] でも小説には飽き飽きしていたので、私はすぐに放り出して、ごみくずのような物語 (rubbishy tales) に戻った。なぜなら、それが一番金になるからだ。煽情物語は半分の時間で書けて家族を心地よくしてくれるというのに、賞賛を得るために飢える余裕なんてない。

(*Journal* 139 傍点引用者)

しかし、『若草物語』のような「道徳的」な作品が莫大な収入をもたらすようになると、今度は煽情小説を「不道徳」と言って自ら非難するようになる。二枚舌のようにも見えるが、彼女は常に「金になる仕事」を選んでいるだけであって、何も変わっていない。書く作品が「退屈」でも「ごみくず」でも「道徳的」でも、彼女には「金」が必要だったのだ。

おわりに――一九世紀女性作家にとっての「金」と「道徳」

オルコットと並んで、著作の中で禁酒を強く訴えていた一九世紀アメリカの女性作家として、ハリエット・ビーチャー・ストウ (Harriet Beecher Stowe 1811–96) の名があげられる。大勢の家族を養うために生涯を通じて執筆を続けなければならなかったこともオルコットと同じだ。[16]

厳格な禁酒主義者で高名な牧師の父ライマン (Lyman Beecher 1775–1865) の影響を強く受けていたストウは数多くの作品で禁酒を訴えている。『アンクル・トムの小屋』(*Uncle Tom's Cabin*, 1852) では、トムを死においやる残虐な奴隷主レグリーを大酒飲みの設定にしたことにも大きな意図があろう。しかし、この作品の成功のおかげで実現したヨーロッパ旅行の間中、彼女は夫とともにしばしばワインを楽しんだのだった。[17]

一九世紀のアメリカの中産階級の女性にとって、ワインは特別な存在だった。「禁酒」が叫ばれる中、各種料理本にはワインを使うレシピが載っていたし、裕福な家庭の居間にはさまざまな種類の酒をつぐためのグラスを収納するサイドボードが必要だった。輸入品の高価なワインやシャンペンをパーティで客にふるまうことは、一家の主人の経済的成功の証であり、社交界には必要不可欠なものだった (Murdock 55–58)。

オルコットの作品でもワインを持っているのは富裕層の人々である。『若草物語』では、貧しいマーチ家にはワインがなく、ボトルを差し入れるのはいつも大金持ちのローレンス家かマーチ伯母さんだ。「銀の水差し」では、ワイン好きのポーシャの父は街の名士である。

このように、ワインは裕福さの証明であったから、一八六九年二月から一八七五年一二月にかけて、ワインを楽しんでいることをオルコットがとりわけ明確に日記や手紙に書き残したのには理由があるだろう。長年経済的に苦労してきた彼女が、しばし成功の味にひたったとしても何の不思議もない。おりしも南北戦争後の「金ぴか時代」幕開けのころで、「禁酒活動家」ルイスでさえ豪華なホテルを建てて利益を図っていた時代である。オルコットが「成功したことで私がもっとも高く評価するのは、老い先短い私の愛する母を幸せにし、家族の世話をすることができたことだ」(*Letters* 232) と言ったのは、本心からに違いない。

しかし、やがてオルコットの金銭感覚はどこかおかしいことがわかってくる。南北戦争終結時の一八六五年に七四五ドルだった彼女の年収は、『若草物語』が出た一八六八年には一三〇〇ドルを超え、七一年には八〇〇〇ドル、七三年には一二〇〇〇ドルを超えている。それでも彼女は家族のためにもっと金が必要だと考え、次々に仕事を引き受ける。使い方も半端ではなく、一八七三年には姉アンナの家に二〇〇〇ドル、自分の家に三〇〇〇ドル払っている。七五年にはアンナのために損保つき社債二〇〇〇ドル、七七年にもアンナの住宅購入資金として二五〇〇ドルを支出。一八七九年にはアンナの息子たちのために計二〇〇〇ドルを貯金、八〇年にはアンナのために一六〇〇ドル貯金、八三年には甥の誕生日に一〇〇ドルを渡す、というように、アンナの家族のためだけでもかなりの出費をしている。一八七四年に中産階級で五人家族を養える年収は八五〇ドルだったということを考えると (Volo 55)、その一〇倍も稼いでいながらまだ足りないと感じた彼女もまた、「金ぴか時代」の落とし穴にはまってしまったのかもしれない。

確かに、オルコットはいくつかの作品に禁酒のメッセージを託した。しかし、「売れる」ために、彼女が、必ずしも心から信じていないことをも書く作家であったことも事実である。それでも、家族の幸せと、女性の地位向上を望む彼女の思いに偽りはなかったはずだ。そんな生き方には、「道徳家」の仮面をかぶりながら、実は「金」という世俗的価値観にとりわけ敏感だった一九世紀アメリカの女性作家の本当の姿が垣間見られる。「金」もまた、彼女たちにとって、愛する人を幸福にするため、ひいてはよりよい社会を築くために絶対に必要な「道徳」の一部だったのである。

註

（本論は、二〇一二年一〇月一三日のアメリカ文学会第五一回全国大会における発表「ルイザ・メイ・オルコットと酒」を大幅に改稿したものである。）

（1）以下、Myerson, Joel, and Daniel Shealy, ed. *The Journals of Louisa May Alcott.* (Athens: U of Georgia P, 1989) からの引用時は*Journal*、Myerson, Joel, et al., eds. *The Selected Letters of Louisa May Alcott.* (Athens: U of Georgia P, 1987) からの引用時は*Letters* と表記する。

（2）オルコットが「父の健康によいかもしれない」(Letters 262) と漏らしたために友人はワインを送ってくれたのだが、完全禁酒主義者のブロンソンは「頭が熱くなるから」と言って、飲まなかった (*Letters* 270)。しかし、彼は、酒の薬としての効用は認めていたという。

（3）アメリカの飲酒や禁酒運動の歴史については、主に岡本、森岡、Rorabaugh の文献を参考にした。

（4）本論のアメリカ人のアルコール摂取量は、Rorabaugh (361) の表を基準にしている。

（5）一八三〇年代にアルコールの摂取量が増えた主な原因は、ウィスキー製造技術を持ったスコットランド系、アイルランド系の移民が入植した結果、大麦、ライ麦、トウモロコシなどを大量に収穫されて生産過剰になったものをウィスキーに加工して市場に運ぶようになったからだという。ウィスキーに加工すると麦のままで運ぶより六倍分多くの量を運ぶことができた（岡本　五〇）。しかし、四〇年には三・一ガロン、四五年は一・八ガロンまで摂取量は減っていて、その原因としては、禁酒運動が効果をあげたことや、消費より貯蓄や投資を重視する方向にアメリカ社会全体が変化していったことが挙げられる (Rorabauch 362)。

（6）「メイン法」は、一八五一年にメイン州で成立した禁酒法。「医療、製造、産業」以外の目的でアルコールを販売することを禁止する法律。五六年に廃止された。

（7）ルイスは元教師で医師、禁酒活動家。健康問題、女性の運動や教育の必要性についても多数の著書がある。一八六四年から六七年にかけて、マサチューセッツ州レキシントンで少女向けの学校を開いており、そこでは女子教育の先駆者で家政学の創始者でもあるキャンサリン・ビーチャー (Catharine Esther Beecher 1800–78) も講師をつとめている。

(8) ここでのウィラードの説明については、主に岡本（一四一―五六）を参考にした。ウィラードについてはおびただしい数の資料があるが、Caroline De Swarte Gifford, ed. *Writing Out My Heart: Selections from the Journal of Frances E. Willard, 1855–96*, (Chicago: U of Illinois P, 1995)、Richard W. Leeman, *Do Everything Reform: The Oratory of Frances E. Willard*, (Westport, CT: Greenwood, 1992) が便利であろう。

(9) この文書は一八五三年四月の『ウナ』(*Una*) に掲載された。『ウナ』は、ポーリナ・ライト・デイヴィス (Paulina Wright Davis 1813–76) によって一八五三年から五六年まで刊行された、女性の問題のみを扱ったアメリカ最初の定期刊行物のひとつ。なお、M・スターンは、この文書は『ウナ』一八五三年一一月に掲載されたとしている (Stern 2002, 209)。

(10) ルーシー・ストーンは、奴隷制廃止論者、男女同権論者。ヘンリー・ブラックウェル (Henry Blackwell 1825–1909) との結婚を承諾する際、結婚しても対等の関係を保つことと、姓を変えない事を宣言した。一八六六年にはアメリカ女性参政権協会 (American Woman Suffrage Association) のメンバーとなり、夫とともに『女性ジャーナル』(*Woman's Journal*) を編集。マサチューセッツの女性参政権協会も組織する。オルコットがこの『女性ジャーナル』に初めて投稿したのが一八七四年一一月一四日で、一八八七年までに、計一八の手紙、記事、物語、詩を寄稿している (Stern 1978, 431)。

(11) 実際、富裕層はその社交上の必要性からワインを愛好していることが、禁酒運動の障害となっていた (Fletcher 67)。紳士同士の付き合いにも酒や酒場は必須だった。男女が一緒になるパーティでは、男性はグラスをかかげて暗黙のうちに女性に飲酒を促し、女性は形だけでもこれを受けなければならなかった。そこでWCTUは、中産階級の女性に禁酒させるために、飲酒は「下層階級的堕落と上流階級的気取り」の証拠であり、禁酒することが本当に「リスペクタブル」であることの証明となる、と説いたのである (Murdock 59, 64)。

(12) この土地と建物は数名の手を経て、一八六八年にルイスに売却されたものだった。禁酒運動家であると同時にホメオパシー医師だったルイスは、地下に二四時間営業のトルコ式蒸し風呂を設置して開業した (Guarino 41)。水療法とホメオパシーを信奉していたルイザはトルコ風呂が好きで、一八七四年にニューヨークに泊まった時も、医師イーライ・ペック (Eli Peck Miller 1828–1912) が経営するバス・ホテル (Bath Hotel) に滞在している (*Journal* 197, 8)。その後オルコットは、七四年一〇月、七七年一月、七九年一月、八〇年四月、八二年秋、八四年一〇月にもベルヴュー・ホテルに滞在している。しかし、その後の一八八四年一一月の日記に、「ベルヴュー・ホテルは快適ではない上に、料金が高いとわかったので、私と甥の両方のためを思い、チェスナット通りに下宿」(*Journal* 245) と書いていることから、このホテルは相場より大分高かったことがわかる。なお、ホメオパシーとオルコットの関係については、拙論「水が生んだ奇跡――一九世紀中葉アメリカの健康改革運動と文人たちの奇妙な関係」を参照されたい。

(13) 一八八三年一一月に『平和の支持者』(*Advocate of Peace*) に掲載されたが、*Letters* にも *Journal* にも、この作品に関する言及は見当たらない。

(14) 最終的にルイザはこの雑誌に三一もの作品を投稿している。ちょうどこのころ、ルイザの母はひどい病気にかかっており、その治療費と母を喜ばせるための出費がかさむため、これ以外に『セント・ニコラス』(*St. Nicholas Graphic*)、『独立』(*Independent*) 紙二社にも物語を書いた旨を彼女は日記に書き残している (*Journal* 193)。

(15)『成功』(*Success*) は一八六一年一月に書き始めて七二年には『仕事』(*Work*) として手を加えている。最終的に七二年一二月から七三年六月にかけて『クリスチャン・ユニオン』(*Christian Union*) 誌に連載された。

(16) 一九世紀女性作家の禁酒小説についてはMattingly (chap. 7) が参考になろう。

(17) ヨーロッパ旅行中の彼女の飲酒についてはCharles Beecher, *Harriet Beecher Stowe in Europe: The Journal of Charles Beecher* (Hartford: Stowe-Day Foundation, 1986) の中でしばしば指摘されている。また、息子フレデリックがアル中だったことはよく知られている。夫カルヴィン (Calvin) も酒を好み、彼女自身も強硬な禁酒主義ではなく、日常的にワインを好んでいた (Hedrick 290: Mattingly 161)。

参考文献

(Louisa May Alcott の小説については、便宜上出版年順に並べ、初版の出版年を書き添えた)

Alcott, Louisa May. "Behind a Mask: or, A Woman's Power"(1866). *The Feminist Alcott: Stories of a Woman's Power*. Ed. by Madeleine B. Stern. Boston: Northeastern UP, 1996. 141–244.

——. *Little Women*, Part I (1868). New York: Penguin Books, 1989: 1–235.

——. *Little Women*, Part II (1869). New York: Penguin Books, 1989: 236–491.

——. *An Old-Fashioned Girl* (1870). Boston: Little, Brown and Company, 1997.

——. *Little Men* (1871). New York: Puffin Books, 1994.

——. "Silver Pitchers" (1875). *Silver Pitchers, and Independence: A Centennial Love Story*. Charleston, SC: BiblioBazarr, 2008. 1–46.

——. *Rose in Bloom* (1876). New York: Puffin Books, 1995.

——. "A Successful Temperance Lecture" (1883). *Advocate of Peace*, vol. 14, No. 4 (Nov. 1883), 31–32.

Burns, Eric. *The Spirits of America: A Social History of Alcohol*. Philadelphia: Temple UP, 2004.

Cheever, Susan. *Louisa May Alcott: A Personal Biography*. New York: Simon & Schuster, 2010.

Cheney, Ednah D. *Louisa May Alcott: Her Life, Letters and Journals*. Boston: Roberts Brothers, 1889.

Clark, Beverly Lyon. *Louisa May Alcott: The Contemporary Reviews*. Cambridge: Cambridge UP, 2004.

Dardis, Tom. *The Thirsty Muse: Alcohol and the American Writer*. Boston: Haughton Mifflin, 1989.

Fletcher, Holly Berkley. *Gender and the American Temperance Movement of the Nineteenth Century*. New York: Routledge, 2008.

Goodwin, Donald W. *Alcohol and the Writer*. New York: Penguin Books, 1990.

Guarino, Robert E. *Beacon Street: Its Buildings and Residents*. Charleston, SC: History Press, 2011.

Hedrick, Joan D. *Harriet Beecher Stowe: A Life*. New York: Oxford UP, 1994.

Johnston, Norma. *Louisa May: The World and Works of Louisa May Alcott*. New York: Simon & Schuster, 1991.

Lender, Mark Edward, ed. *Dictionary of American Temperance Biography: From Temperance Reform to Alcohol Research, the 1600s to the 1980s*. Westport, Conn.: Greenwood, 1984.

Mattingly, Carol. *Well-Tempered Women: Nineteenth-Century Temperance Rhetoric*. Carbondale: Southern Illinois UP, 1998.

Murdock, Catherine Gilbert. *Domesticating Drink: Women, Men, and Alcohol in America, 1870–1940*. Baltimore: The Johns Hopkins UP, 1998.

Myerson, Joel, et al., eds. *The Selected Letters of Louisa May Alcott*. Athens: U of Georgia P, 1987.

Myerson, Joel, and Daniel Shealy, eds. *The Journals of Louisa May Alcott*. Athens: U of Georgia P, 1989.

Rorabaugh, W. J., "Estimated U.S. Alcoholic Beverage Consumption, 1790–1860." *Journal of Studies on Alcohol*, Vol. 37, No. 3, 1976,

357–64.
Shepard, Odell, ed. *The Journals of Bronson Alcott*, vol. 1 & 2. Port Washington, NY: Kennikat,1966.
Stern, Madeleine. *Louisa May Alcott: A Biography*. Boston: Northeastern UP, 1999.
——. "Louisa May Alcott's Feminist Letters." *Studies in the American Renaissance*, 1978. 429–52.
——. *L. M. Alcott: Signature of Reform*. Boston: Northeastern, 2002.
Volo, James L. and Dorothy Volo. *Family Life in 19th Century America*. Boston: Greenwood, 2007.
Warner, Nicholas O. *Spirits of America: Intoxication in Nineteenth-Century American Literature*. Norman: U of Oklahoma P, 1997.
阿部斉ほか『世紀転換期のアメリカ――伝統と革新』東京大学出版会、一九八二年。
岡本勝『アメリカ禁酒運動の軌跡――植民地時代から全国禁酒法まで』ミネルヴァ書房、一九九四年。
髙田賢一編『若草物語』ミネルヴァ書房、二〇〇二年。
福田敬子「水が生んだ奇跡――一九世紀中葉アメリカの健康改革運動と文人たちの奇妙な関係」『英文学思潮』（青山学院大学英文学会）第七九巻、二〇〇六年。一三九―六三。
森岡裕一『飲酒／禁酒の物語学――アメリカ文学とアルコール』大阪大学出版会、二〇〇五年。
森岡裕一ほか『酔いどれアメリカ文学――アルコール文学文化論』英宝社、一九九九年。
師岡愛子編『ルイザ・メイ・オルコット――「若草物語」への道』表現社、一九九五年。

アスレティシズムへの抗議
――イーヴリン・ウォーとアレク・ウォーのパブリック・スクール表象

三枝　和彦

序論

ピカレスク小説あるいはビルドゥングスロマンのパロディとも言える構造を持つ、イーヴリン・ウォー (Evelyn Waugh, 1903–66) の社会諷刺的小説、『衰退と滅亡』(*Decline and Fall*, 1928) では、主人公ポール・ペニーフェザーが運命に翻弄され、社会のいかさまと理不尽を見た果てに物語の冒頭と同じ立場に戻ってしまう。始まりと終わりが同じという円環的な物語構造や、作品中に現れるその象徴に注目する批評家は、第一次世界大戦を経験する中で認めざるを得なくなった、大英帝国の、延いては西洋文明の衰退に対する諷刺としてこの作品を解釈してきた。[1] 他方では、上流階級の諷刺的表象をめぐってモデル探しが行われたのはもちろん、大戦を敗北へと導いた社会上層部への批判だという解釈も提示されている。[2] ウォーの作品は専らロンドン社交界やカントリー・ハウスに代表される上流階級の文化を描くため、スノッブだと見なされることも少なくないが、グリーン (Donald Greene) が分析するように、むしろ上流階級の見るに堪えない振る舞いを暴露し、軽蔑の対象として表象しているのである。

オックスフォード大学で繰り広げられる乱痴気騒ぎで始まるこの小説では、教育の場も重要な要素だ。ラナバ・キャッスルという私立学校が舞台の第一部では、一九世紀半ば以降ジェントルマンを育成する教育機関として社会的に位置づけられたパブリック・スクールが諷刺されている。ところがそのことに十分な注意が払われてきたようには見えない。グリーンの議論を土台として、この小説はスノビズムに対する攻撃だと主張するボガーズ (Winnifred M. Bogaards) は、ジェントルマンシップやパブリック・スクールの滑稽な表象について表面的な言及に留まる。別の批評家は小説冒頭で大学生達の狼藉を副学生監らが傍観している構図に注目し、「ウォーは責任感のない権威者の欠陥を精査している」(Heath 66) と解釈するが、教育機関を議論の対象にはしていない。[3]しかしながら、パブリック・スクールの表象に割かれた紙数や、作品に散りばめられたジェントルマンシップに対する揶揄を考慮すれば、これらについても本格的な議論が必要だろう。

パブリック・スクールの表象が看過できない重要性を帯びているのは、それが徹底的に戯画化されているだけではなく、一九世紀末以降の学園小説で重要な問題であった、アスレティシズム (athleticism) という、クリケットやフットボールなどのチームスポーツを重視し、そこで活躍することが何よりも大切だと見なす風潮にも関わっているからだ。[4]また、大いに注目すべきことに、この小説にはイーヴリン・ウォーの兄アレク (Alec Waugh, 1898–1981) が著した自伝的小説、『若者を織る機』(*The Loom of Youth*, 1917) の一節に酷似した部分がある。イーヴリンはアレクの作品の中で『若者を織る機』がお気に入りだと言っているだけに、[5]この類似は両作品の関連を考えさせずにはおかない。『若者を織る機』はアスレティシズムを主要なテーマとする作品であり、そこには当時進行中であった第一次世界大戦が影を落としている。一方、大戦終結の十年後に書かれ、『若者を織る機』と共通点を有する『衰退と滅亡』におけるパブリック・スクールの表象でもアスレティシズムが扱われており、ここでもこの戦争との関連を読み取ることができそうである。本論はまず『衰退と滅亡』のラナバ・キャッスルの表象を、学園小説の系譜の中で分析していく。続いてウォー兄弟それぞれの小説におけるアスレティシズムの取扱いを分析し、第一次世界大戦という歴史的事象が、パブリック・スクール表象にどのように取り込まれているかを解明していく。これらを通して『衰退と滅亡』のパブリック・スクール表象が持ちうる意味を考察したい。

一．『衰退と滅亡』における、ジェントルマンシップとパブリック・スクールに対する揶揄

『衰退と滅亡』で真っ先に目に飛び込んでくるのは、ジェントルマンと目される上流階級の粗暴な振る舞いだ。スクーン・カレッジで催されるボリンジャー・クラブの夜会では、卒業生も交えて野蛮な乱痴気騒ぎが繰り広げられる。胡散臭くはあるが貴族や王族も含む「大変堂々とした名前と肩書の人々」が、泥酔して「騒々しいうめき声とガラスの割れる音」(7)をたてながら大学構内を徘徊し、偶然出くわしたポールに難癖をつけてズボンを脱がせてしまう。小説冒頭は上流階級の人々が秩序を破壊する現場を描き出しているのだ。

この事件がきっかけで放校処分になるポールは被害者と言えるが、彼自身も諷刺される対象だ。ポールの経歴――両親を亡くし、後見人の保護を受け、プレップ・スクール、パブリック・スクールを卒業し、奨学金を得て大学に進学――は、中産階級出身の彼がジェントルマンになる道筋を歩んでいることを示している。彼はジェントルマンであることを意識しているが、その自意識がおかしさを生み出す。小説後半、彼は白人売春婦斡旋の濡れ衣を着せられて刑務所に収監され、刑務所付きの教師から学歴を尋ねられてパブリック・スクールだと明言す

る。彼の母校はパブリック・スクールか公立学校かという「問題に関してかなりやかましかった」(153)ので、そこで学んだ自負が彼の胸にも植え付けられているのだ。ところが卒業時のレベルを訊かれると、彼は自分が卒業した時のレベルを覚えておらず、自分の学校にそのような区分があったかすらも判然としない。尋ねた教師はポールの記憶が曖昧であることを「記憶喪失」(153)と片づけるが、このやり取りはポールが卒業した学校にいかがわしさを漂わせる。

また、金をめぐる次のようなポールの言動は、教育機関としてのパブリック・スクールの機能に疑問を抱かせる。ボリンジャー・クラブの一人は、自分達のせいで放校になったポールを気の毒に思い、罪滅ぼしに送金しようと申し出る。ジェントルマンたる者、臨時収入を受け取らないという意識があるポールは、十分な正当性があるにもかかわらずそうすることを躊躇うが、辞退を決心するまでには欲望と散々格闘する。そして「わたしにも名誉があるんです。代々イギリスの中産階級は自分達のことをジェントルマンだと言ってきましたが、そう言うことで何よりも、不規則な臨時収入を強い自尊心から軽蔑することを指してきました。(中略)そして僕はジェントルマンです。仕方がありません、生まれついてのものですから。断じてその金は受け取れません」(44)と、自分の決断について同僚の教師達へ誇らしげに説明する。しかしながら、同僚のひとりが勝手に受け取りの返事を出したことが判明すると、それに憤慨してはみせるものの、「思わず満足の大波が自分の中でせり上がってくるのを感じる」(44)。このエピソードは彼のジェントルマンとしての規律の脆さを露呈させ、彼が受けてきたパブリック・スクールでの教育が、確固たるジェントルマンシップを育むことに失敗していることを示唆していよう。

これ以外でも、ジェントルマンシップを涵養する場であるはずのパブリック・スクールは茶化されっぱなしである。ポールが赴任する学校は、背面からはありふれた大きなカントリー・ハウスに見えるが、正面からは堂々とした中世建築に見えるという、ちぐはぐな外観の建物だ。いかがわしいのはそれだけではなく、中では奇妙な教師達が教鞭を執っている。落ち窪んだ目と、白い長髪、黒玉色の眉をもち、手の甲は毛深く、かぎ爪のように曲がった指をしたフェイガン校長は、『オリヴァー・トゥイスト』(*Oliver Twist*, 1839) で浮浪児を手先にスリを働くフェイギンを髣髴とさせるし、文学史上に残ると評されるほどに強烈な存在感を放つグライムズは、(6) 重婚者で同性愛と幼児性愛の傾向があり、義足の足を騒々しく鳴らして歩く。フィルブリックはいくつもの偽名を使い、驚くべき経歴をでっちあげている。生徒達はいつもやかましく悪ふざけして教師をてこずらせており、「この学校には規律がまったくない」(22)。このように、トマス・ヒューズ (Thomas Hughes, 1822–96) の『トム・ブラウンの学校生活』(*Tom Brown's Schooldays*, 1869) を嚆矢とする学園小説群によって作り上げられた、パブリック・スクールのイメージが徹底的に崩されてしまっている。

現実には、一九世紀半ばまでパブリック・スクール生の振る舞いは、周辺住民との軋轢が生じるほど悪評高かった。(7) トマス・アーノルド (Thomas Arnold, 1795–1842) が校長として学校改革を行った時期のラグビー校をモデルとするヒューズの小説でも、(8) 生徒達が粗暴に振る舞うのは珍しくないし、後世の小説においても生徒達の乱暴狼藉が描かれていないわけではない。とりわけ二〇世紀に入ってからはアーノルド・ラン (Arnold Lunn, 1888–1974) の『ハロウ校卒業生』(*The Harrovians*, 1914) のように、パブリック・スクール出身者が母校に抱くような、郷愁の込められた理想的なイメージをはぎ取る作品も書かれるようになっていた。(9) アレク・ウォーの『若者を織る機』はその影響下に書かれた作品と言えるが、より大きな波紋を呼んだことで、母校を批判的に描き出す小説の出現を明確に跡付けた作品である。(10) この小説は、パブリック・スクールが内包してきた少年同士の同性愛的関係やアスレティシズムの風潮等の問題を鮮明に描出した。『衰退と滅亡』におけるパブリック・スクールの諷刺的な扱いも、この流れに位置づけることができよう。そうは言っても、アレク等の小説があくまでリアリスティックな描写に徹しているのに対して、『衰退と滅亡』におけるパブリック・スクール表象は格別に戯画的だ。

二．『衰退と滅亡』と『若者を織る機』の結節点

『衰退と滅亡』のパブリック・スクールの表象は、むしろ二〇世紀以前に書かれた小説、例えばディケンズの作品に類似を見出せるかもしれない。校長フェイガンの名前と不気味な容姿がディケンズの小説を想起させるように、ラナバ・キャッスルでは「どの職員もディケンズ的なグロテスク」(McDonnell 46) なのだ。指摘があるように、「ラナバ・キャッスルは『ニコラス・ニックルビー』に負うところが多い」(Myers 7) ようにも見える。確かにディケンズの『ニコラス・ニックルビー』(*Nicholas Nickleby*, 1838–39) には、寄宿学校が主要な舞台の一つとなっていることや、主人公が家庭教師になること、ピカレスク小説的な物語構造を持っていること等、『衰退と滅亡』と共通点が少なくない。[11] ウォーがディケンズの作品群を身近に育ち、小説やエッセイで繰り返しそれらに言及していることも考慮すれば、両作品の学校の表象を比較してみることは無意味ではないだろう。

きっかけはポールの場合とまるで違うが、『ニコラス・ニックルビー』の序盤でも主人公が生活の糧を得るために寄宿学校で働くことになる。父亡き後、母親と姉を連れ、叔父を頼ってロンドンに出てきたニコラスは、ヨークシャー州にあるドゥザボーイズ・ホールに雇われるが、そこでは高額の寄宿料で引き受けられた生徒が、お

ざなりの教育とみすぼらしい生活を強いられ、肉体的虐待まで受けている。見るに見かねたニコラスは、校長スクウィアーズを叩きのめして飛び出してしまう。ディケンズが一八三九年刊行の初版に付した序文からも読み取れるように、[12] 物語全体を貫く明確なプロットを欠いたこの小説を書き始める際、「ヨークシャー州の学校を非難することが（中略）ディケンズの唯一定まった目的であった」(Collins 110) と言っても過言ではない。一九世紀前半、イングランドの教育システムは劣悪であり、十分な能力を持たない者が教鞭を執ったり、欲に駆られた経営者が卑劣なやり方で私腹を肥やそうとしたりするのは珍しくなかった。[13] バーナード・キャッスルという土地の周辺にも、「怠慢や虐待、無能さで悪名高い」、「私設の少年監獄に過ぎない」寄宿学校がおよそ二〇はあり、それらを少年時代から聞き知っていたディケンズは、その実態を暴くために現地取材を敢行し、作品中でスクウィアーズのモデルとなった、ボウズ・アカデミーを経営するウィリアム・ショーにインタビューまで行っている (Carey xvi)。小説を通して社会悪を糾弾し、改善しようと志していたディケンズは、ドゥザボーイズ・ホールの表象によって、劣悪な寄宿学校を告発して改革を促そうとしたのだ。[14]

ドゥザボーイズ・ホールとラナバ・キャッスルとの間には、教員の募集要項や、それぞれの主人公が面接を受ける場面等、よく似ている点も少なくないため、ウォーはディケンズの小説を模倣したかのようだ。しかしラナバ・キャッスルでは虐待は行われていないし、フェイガンはショーのようなサディストでもない。ウォーの筆致には滑稽さ以上の効果は込められていないように見える。ディケンズは教育機関に対する明確な問題意識を持ち、現地取材をもとにドゥザボーイズ・ホールという表象を作りあげた。一方、ラナバ・キャッスルの源泉はウォー自身のパブリック・スクールでの体験と、ウェールズの私立学校で教師を務めたときの経験だろう。[15] 生徒には不人気で、その扱いに手を焼きうんざりしていたことが、小説中の教室風景に反映されているように見える。

また、自伝中の「わたしには何の証明書もなかった。ギリシア語もほとんど忘れてしまっていたし、フランス語や数学は取るに足らぬものだった。自分をクリケットのコーチに仕立てることもできなかった。（中略）だが、教員斡旋人が言ったように、要求する能力すべてを備えた人を見つけられる校長はほとんどいないのだから、わたしはやけになって思慮を失い、求められそうなことは何でも教えられると申し出た」（*A Little* 215）という述懐は、ポールが教員斡旋人と交わす会話を彷彿とさせる。募集要件をまったく満たしていないにもかかわらず、ポールが斡旋人の勧めに乗せられて応募するように、ウォーも実力以上に自分を売り出してしまっていたのだ。応募者の能力が大して問題にされていないのも同じで、面接に呼ばれたウォーが尋ねられたのはディナー・ジャケットを持っているかどうかだけだった。教育能力を厳しく問われずに就くことのできる私立学校の教師という職業について、ウォーは「わたしのような能力の人間に開かれた唯一の職業がある。どんなに教育が不十分でも、どんなに素行が自堕落でも、引き合いに出せる立派な保証人がどんなに少なくとも（中略）パブリック・スクールと大学というお決まりの道筋をたどってきた人なら誰にでも私立学校は開かれていた」（*A Little* 215）とも述べている。つまりパブリック・スクールから大学という課程さえ終えれば、能力にかかわらず私立学校の教師になることは可能であり、自分のような教師が珍しくなかったというのだ。こうした実体験に基づく記述を参照すれば、ポールが教師の契約を結ぶ際の描写にも当時の教育システムに対する諷刺を読み取れよう。

パブリック・スクールの戯画的表象に更に面白みを加えているのはグライムズの存在だ。彼曰く、ハロウ校を出た事実のおかげで度重なる苦境を切り抜けられた。実のところ彼は卒業すらしていないが、寄宿したハウスの寮監がパブリック・スクール出身で、グライムズを憐れみ人物証明書を書いてくれ、それがことあるごとに彼を助けてくれた。戦争中に軍法会議にかけられたときでさえ、知り合いのハロウ校卒業生によって命を救われた。

こうした経歴について彼は「俺はパブリック・スクール出だよ。それがすべてさ。イギリスの社会制度には素晴らしい衡平法があって、（中略）パブリック・スクール卒業生が飢えないようにしてくれている。どのみち人生が地獄でしかない年の頃に、完全な地獄の四年か五年をくぐり抜ける。するとその後は社会制度が決してそいつをくたばらせない（"the social system never lets one down"）」とうそぶく。更にグライムズは、自分が何度も救済されたように、パブリック・スクール出身者同士は「決して見捨てはしない」（"they never let you down"）のだと繰り返す（27–28）。グライムズの言う「パブリック・スクール制度」とは、一般にオールド・ボーイ・タイ（the old boy tie）ないしはオールド・ボーイ・ネットワーク（the old boy network）と呼ばれる卒業生同士の閉鎖的で互助的な連帯であろう。ジェントルマンとは程遠いグライムズにまで救いの手が差し伸べられていることから、この特権的な連帯の是非に疑問が生じてくる。

ふざけたような書きぶりが特徴のウォーの諷刺的小説の中でも、ずば抜けて滑稽な人物であるグライムズの描写に真面目な意図を読み取るのは難しいかもしれない。もちろん素直に信用することなどできないが、『衰退と滅亡』の初版に付された「著者注解」には、「この小説は冗談のつもりであることを常に覚えておいていただきたい」（qtd. in Bradshaw xxviii–xxix）と書かれている。また、ウォーが教師時代に出会ったリチャード・ヤングがグライムズのモデルであることはほぼ間違いなく、(16) ウォーはパブリック・スクールに対する批判などまったく念頭に置かず、ヤングをグライムズに仕立て上げただけかもしれない。だが、そのような情報があるにせよ、小説内に散りばめられた教育者や教育機関を揶揄する表象を考慮すれば、グライムズにも諷刺的機能を見ることができるだろう。これは『若者を織る機』の次の一節によっていっそう明瞭になる。語り手は、「パブリック・スクールのフリーメーソン的な絆は驚くべきものだ。良い学校を卒業して除け者になる者は誰もいない。（中略）ひとつ確信できるのは、［卒業生］が決して［同胞］を見捨てないことだ（"he will never let you down"）。同胞に卑劣なことができるパブリック・スクール卒業生はまずいない」（80）と言う。[17] この趣旨は、既に引用したパブリック・スクールの制度に関するグライムズの説明とほぼ同じで、まるでイーヴリンがアレクのテクストをパロディしたかのようだ。イーヴリンが兄の著作を意識して執筆したことは十分ありえよう。両者の作品は文体も調子も非常に異なるが、パブリック・スクールを扱う点で共通している。そして移植されたかのような一節の存在により、いっそう強固なテクスト間相互関連性が生じてくる。二つのテクストを読んだ後では、アレクのテクストからグライムズを想起して笑みを浮かべずにはいられないが、[18] グライムズの冗談めかしたセリフからも真面目な意図を読み取らずにはいられない。

三．アスレティシズムをめぐる言説

『若者を織る機』は、シャーボーン校を出たばかりで、第一次世界大戦のために訓練中のアレク・ウォーが、学校生活をもとに執筆した四部構成の自伝的小説である。主人公ゴードン・カルサーズがファーンハーストという架空のパブリック・スクールに入学してから卒業するまでが、郷愁と批判を込めて描かれている。ファーンハーストでもアスレティシズムが支配的で、クリケットやフットボール等に熱狂的な情熱が傾けられ、学業よりもスポーツで有能な者こそが称賛され、学生間での権力を握ることを許されている。その魅力に誘惑されたゴードンは運動に明け暮れる。ところが次第にそのような風潮に疑念を募らせ、ついに最大の影響力を手にしたとき、スポーツそれ自体が狂信的に重視されている現状を痛烈に批判する。また、最終巻は第一次大戦と時代が重なり、パブリック・スクールと若者に対する戦争の影響も書き留められている。

「純粋に入学してから卒業するまでの少年の学校生活の物語」(Gallagher 74)であるこの小説は、少年同士の同性愛についても描写したことで読者を大いに驚かせた。[19]それは「この作品が学園生活のあらゆる側面を含んでいるようにみえた」(Quigly 199)ことの証拠でもあるだろう。語り手曰く、「パブリック・スクールの制度は（中略）批判の渦中にあった」(27)だけに、随所にこの制度に対する批判的な言説が含まれている。例えばゴードン達はある雑誌に、「パブリック・スクールの制度に対するありふれた攻撃のひとつ」が掲載されているのを見つける。「それは、時勢に遅れずについていくことや、もっと現代語をやって古典語を減らすことについての、言い古された議論を繰り返していた」(102)。こうしたパブリック・スクールの古典語偏重や実学軽視に対する不満の声は、教育制度が拡充された一九世紀末から上がっていた。[20]パブリック・スクールへの批判が込められた小説も少なくなく、多くは内部事情をよく知る卒業生によって書かれた。[21]その中で『若者を織る機』が興味深いのは、アスレティシズムを主要な標的としていることである。

アスレティシズムに取り込まれた主人公がその批判者になるという物語展開が最大の批判であるが、作品中で提示される意見が戦争と関連していることにも注目したい。上級生になり、スポーツの有能さも証明したことで影響力を持つゴードンは、アスレティシズムを批判するための集会を学内で開く。ゴードンと親交のある教師が口火を切り、「これから先どれだけの間（中略）わたし達はボールを蹴ることに時間や体力、精力を浪費するのだろう。わたし達には他のことに傾ける力はない。ドイツが計略を練り、軍備を増強している間中ずっと、わたし達はチェルシーやウェストハム・ユナイテッドに声援を送っていた。その結果を見たまえ。準備はできておらず、今ようやく支度が整ったに過ぎない」(261) と述べて、スポーツにかまけて戦争への準備を進めていなかったことを非難する。スポーツで活躍する生徒達もアスレティシズムに対する懐疑の声を上げ、いよいよゴードンの番が来る。彼はゲーム、すなわちクリケット等のチームスポーツの有用性を認める。「健全な精神は健全な肉体に宿るから」、人々は「肉体を健全に保つ」ために運動し、「ゲームは人々が運動を楽しみたいから創りだされた」からだ。しかしゴードンは、「クリケットが好きだ」が「クリケットを崇拝しようとは思わない」と言う。そして「ある愚か者が『ワーテルローの戦いはイートンの運動場で勝ち取られた』と言った。（中略）ゲームは戦争に勝利できないが、頭脳はできる。だが頭脳はフットボール場で訓練されない」(263) と主張する。ゴードンは、この広く人口に膾炙した言葉を否定することで、[22] スポーツを偏重しているパブリック・スクールは戦争に貢献できないと批判している。『若者を織る機』におけるアスレティシズム批判は、第一次世界大戦との関連の中で形成されているのだ。

『若者を織る機』は、ゴードン在学中の学内の描写に徹していて、戦争の直接的な記述は見当たらない。しかしながら第四巻には、戦争の影響を随所に認めることができる。[23] たとえば、映画館に出掛けたゴードン達は、スクリーンに映し出された「英・対独宣戦を布告国王陛下万歳！」(227) という告知から、イギリスの参戦を知る。上級生が兵力として学校から去ったり、戦時下であるためにスポーツの遠征試合が中止されたりもする。更に、ゴードンと親しい卒業生の一人は進行中の戦争について、幻滅と絶望を吐露する。

「僕達の世代は皆犠牲にされた。もちろんそれは避けられないことだ。だがかなりつらいことだ。年長者達は自分達の希望のいくらかが実現されるのを見てきた。しかし僕達は何も目にすることがないだろう。（中略）僕達に関わる限り、バラのように華やかな日々はおしまいだろう。（中略）最初から僕達は戦争の虚飾に欺かれていた。ロマンスはなかなか消え去らないが、今では僕達は分かっている。おとぎ話はもう必要ない。戦争に名誉なことは何もないし、戦争から良いことが生じるはずもない。戦争は忌まわしい、まったく忌まわしい」。（251）

この小説が書かれたのは戦争が終結する数年前で、作者が戦地に赴く前でもあったが、後に第一次世界大戦の余波として挙げられるようになる、若者の喪失感や世代間の軋轢といった要素が既に書き留められている。このようなテクストと共に一つの作品を形成することで、アスレティシズム批判と戦争とは、より密接な関連を持っているように見えてくるのだ。

『若者を織る機』の五年後、アレク・ウォーは『パブリック・スクールの生活――生徒・両親・教師――』(*Public School Life: Boys Parents Masters*, 1922) を出版した。この序文で著者は、「パブリック・スクールの生活を単に分析して公開」(vi) することで、スクールが孕む問題点を指摘し、その解決策を提示するために本書を執筆したと述べている。ここでもアスレティシズムが主要なテーマであることから、この現象に対する著者の問題意識の高さが窺える。このようにアレクは一貫してアスレティシズムを批判しているが、それは必ずしも広く受け入れられたわけではない。パブリック・スクール生が『若者を織る機』に批判的な書物を著したり、[24] マールバラ校出身のビヴァリー・ニコルズ (Beverley Nichols, 1898–1983) がオックスフォード大学在学中に『序曲』(*Prelude: A Novel*, 1922) を執筆したりしている。この小説は、登場人物が『若者を織る機』の名を上げて批判する等、明らかにアレクの小説を意識して書かれている。

『序曲』の語り手が言うには、パブリック・スクールを舞台に書かれた近年の書物において、「学校はラグビーやハウス対抗戦の他には関心が向かない、荒々しい若い野蛮人が混じり合った場であり、その好ましくない連中の間を青白いインテリが自分の精神をどうにか護り導き、その精神を維持したまま潜り抜けたとしたら幸運だ」というような物語ばかりだが、このような見方は「つまらないだけでなく誤りでも」あり、「少年は、パブリック・スクールに携えてきたものを得る。もし頭脳を持ってきたならばそれが磨かれ、もし何も持ってこなければ恐らくフットボールのキャプテンになるだろう」(34–35)。つまりアスレティシズムはパブリック・スクールの一面に過ぎず、生徒はスポーツで活躍できなくても自分に合った能力を伸ばすことが可能なのだ。この小説はこの意見の具現化である。幼くして父を亡くし、母の手で育てられた女性的な主人公ポール・トレヴェリアンは、クリケットやフットボールのような花形の団体競技では活躍できないが、勉強や走ることが得意で友人も多く、学校生活を楽しんでいるのだ。確かにアスレティシズムは一九世紀後半から二〇世紀初頭のパブリック・スクールにおいて優勢だったが、ニコルズの作品等が反駁しているように、それはあくまでもパブリック・スクールの側面に過ぎない。どの学校にも運動好きと運動嫌いの対立があり、運動以外の教育の価値がまったく無視されたわけではなく、運動競技で名声を得られなくとも他方面で活躍することは可能だった。[25]

また、アスレティシズムは戦争に不利な結果をもたらすということが、『若者を織る機』が提起する批判の要点だが、この見方も支配的だったわけではない。むしろそれと反対の言説も存在していた。運動競技を通して戦場で必要な勇気や忠誠心、粘り強さ等が育まれるという意見が広まっていた。とりわけラグビーのような団体競技は「団体精神」(“esprit de corps”)を涵養するのに有効で、本国から遠く離れた土地で戦う兵士の士気を鼓舞し、イギリスの領土拡大と植民地経営を支えると考えられた。[26]　ヘンリー・ニューボルト(Henry Newbolt, 1862–

1938）の「生命のともしび」（"Vitaï Lampada," 1892）は、この精神を体現する好例だ。この詩はパブリック・スクールの運動場と異国の戦場を並置し、運動場で培われたフェアプレーの精神が戦場の兵士の士気を鼓舞するのだと謳い上げる。パブリック・スクールのアスレティシズムは、帝国主義を担う若者の育成に貢献するものとして支持されてもいたのである。

だが、第一次世界大戦を分岐点としてこの見方は変容していく。ボーア戦争以降二〇世紀前半にイギリスが従事した主要な戦争は、教育に関する世論の高まりを促し、教育関連法規が可決される契機となったが、(27) パブリック・スクールも無関係ではいられなかった。大戦後の教育改革を通して旧態依然とした古典語偏重が改められ、現代的で実用的な科目が取り入れられる中で勉学が重視されるようになり、アスレティシズムを絶対視する風潮は弱まった。(28)『トム・ブラウンの学校生活』では、ラグビー校の英雄ブルックが、「わたしは将来ベリオール校の奨学金を得るよりも二度続けてハウス対抗戦に勝利する方がいい」（123）と述べて喝采を浴びるが、もはやそのような態度は通用しなくなったのだ。そうは言っても運動が戦争に役立つという考え方が容易に消え去ることはなく、パブリック・スクールでは依然として重要なものであり続けた。(29) イーヴリン・ウォーのような諷刺的作家にとって、その状況は格好の題材だっただろう。

四．『衰退と滅亡』におけるアスレティシズム

スポーツに関するエピソードは『衰退と滅亡』にも挿入されているが、伝統的な学園小説に見られるようなものではない。ラナバ・キャッスルの運動会では、運動に熱中する生徒達が活き活きと描かれるわけではないのだ。フェイガン校長は父兄の歓心を買うために、豪華な花の装飾やお茶の用意、打ち上げ花火や楽団の手配に躍起になるが、肝心の競技はなおざりだ。規則はないも同然の徒競争では、勝者をめぐって口論が引き起こされる。規律とフェアプレー、団体精神を涵養するものとしてのスポーツの位置づけが、完全に覆されてしまっているのだ。

この運動会の表象はウォーのスポーツに対する態度を反映しているのかもしれない。ランシング校に在籍中、彼には「スポーツやフェアプレー、団体精神への愛は一切なく、健全な身体に健全な精神が宿るという、半ば倫理的なパブリック・スクールの基本理念を彼はまったく信じていなかった」(Stannard, *The Early* 51)。有能なクリケット選手でもあった兄とは異なり、スポーツで活躍することのなかった弟にとっては、その精神的効能など受け入れ難かっただろう。ラナバ・キャッスルの運動会は、そのような姿勢の反映かもしれない。だが、それはまたパブリック・スクールへの社会的な批判の潮流に棹さすものでもある。

戦間期から第二次世界大戦を越えて執筆活動を続けたイーヴリン・ウォーの小説には、戦争の具体的な描写はまず見当たらないが、適切に指摘されているように、ウォーの「小説のほとんどはなんらかのかたちで戦争絡み」である（富山、『英文学への挑戦』三三八）。表面的には戦争と関係が無いように見える『衰退と滅亡』にも、大戦への言及が散見される。例えばグライムズは列車に轢かれて失った脚を戦争で失ったことにしているし、彼

やフィルブリックの身の上話では大戦のことが言及される。運動会で号砲に使われる拳銃は、大戦で使用されたものだと推測させる。誤射された銃弾が一人の生徒の足を傷つけ、やがて死に至らしめるエピソードは、この武器が本来使用された状況を想起させる。また、この小説では「戦前は（"before the War"）」、「戦争以来（"since the War"）」、「戦後は（"after the War"）」といった表現が頻繁に使われる。もちろんここでいう戦争とは第一次世界大戦を指している。大戦を時間軸上の重要な境界に位置づけるこのような表現は、作品が大戦後の社会に書かれたことを読者に意識させ、戦争の前後の断絶感を強調する。『衰退と滅亡』には英国社会が大戦を経験した証拠が刻印されているのだ。

更にはっきりとした戦争への言及も認めることができる。大会前日の予行練習は、雨降りで寒い日に実施されたため、生徒達が競技の途中で逃げ出してしまう。徒競争の進行状況を尋ねられた出走係は、「最初のレースから誰一人戻ってきていません。（中略）次から次へと出発させて誰も戻ってこないのにはがっくりきますよ。まるで兵士を戦闘に送り出すみたいでねえ」(55) と答える。寒い雨の中、泥まみれで走る生徒の姿を兵士に見立てるこの比喩は、厳しい塹壕戦で多大な犠牲が払われた、ソンムの戦いのような戦場を容易に想起させよう。

ポールが父兄の一人と交わす次の会話には、戦間期の英国社会が怯えていた、大戦の再来への不安が反映されているが、戦争と運動がより明瞭に関連付けられている。

「スポーツは好きかな」と言った。「つまりこれから始まるようなスポーツのことだけれど」。
「ええ、はい」とポールは答えた。「生徒には大変良いと思います」。
「そうか。そう思うのか」とサーカムフェランス卿はとても真剣に尋ねました。「こういうスポーツが生徒に良いと思うんだな」。

「はい」とポールは言った。「そう思いませんか」。

「わたしか？　ああ、そうだよ。わたしもそう思うよ。生徒にとても良い」。

「戦争などが起きたときには大変役立ちます」とポールは言った。

「そう思うのかい。本当に本当にそう思うのか。つまり、もう一度戦争が起きると」。

「はい、きっと起きるでしょう。そう思いませんか」。

「ああ、もちろん、わたしも起きると確信しているよ」。(64)


スポーツは戦争に貢献するというポールの言葉は、大英帝国が隆盛を極めた時代にパブリック・スクールの運動に期待された効能を繰り返しているが、これは大戦後の社会においては受け入れ難い意見だろう。スポーツマンシップのひとかけらもない運動会は、そのような見方を嘲るかのようだ。『衰退と滅亡』におけるスポーツの表象は、アスレティシズムと、運動が戦争に貢献するという言説に対する懐疑の表明なのだ。

結論

本論では『衰退と滅亡』におけるパブリック・スクールの表象、とりわけアスレティシズムの取り扱いに焦点を当て、それが持ちうる意味を考察しようと試みた。この小説は従来の学園物語が作り上げたパブリック・スクールのイメージを転倒させ、二〇世紀以降に書かれたパブリック・スクールに批判的な小説に同調しているようであった。アレク・ウォーの『若者を織る機』との関連性を考慮すれば、『衰退と滅亡』のパブリック・スクール表象、とりわけアスレティシズムの扱いに、強い諷刺的意図が認められるのではないだろうか。『若者を織る機』は、作者が執筆中に進行していた大戦に強い影響を受け、アスレティシズムの効能に深い疑念を呈したのだ。このようなテクストと関連性を有することを踏まえてみれば、『若者を織る機』と同様に『衰退と滅亡』にもパブリック・スクールのシステムに対する批判、アスレティシズムに対する疑念を認めることができよう。ウォー兄弟によるこれらの小説は、テクストの調子はまったく異なってはいるが、第一次世界大戦との関連の中で形成された、パブリック・スクールとアスレティシズムに対する批判的な言説の一片として読むことができるのである。

註

（1）Bradshaw xvi–xviii を参照。
（2）Heath 66 を参照。
（3）本論中の引用は拙訳だが、『衰退と滅亡』については柴田訳、及び富山訳を参考にした。
（4）アスレティシズムの起源と変遷については Mangan や McIntosh, *Physical* 及び村岡「アスレティシズム」が詳しい。
（5）Gallagher 74 を参照。
（6）プリーストリー (J. B. Priestley) やジョン・ウィレット (John Willet) 等、グライムズのキャラクター造形を賞讃する声は多い (Stannard, *The Critical* 84, 93)。

(7) 村岡「アスレティシズム」248を参照。
(8) 一八二八年―四二年に在任した。
(9) パブリック・スクールを舞台とする小説の起源と変遷についてはQuiglyが詳しい。
(10) Patey 5を参照。
(11) 山﨑もこの点に着目している (2)。
(12) Dickens 3–4を参照。
(13) Dickens 5を参照。
(14) 一八四八年刊行の廉価版に付された序文では、この小説はディケンズが企図した通りの影響を及ぼし、劣悪な「ヨークシャー州の学校」は減少したと述べられている (Adrian 238–39)。
(15) Waugh, Evelyn, *A Little* 220, 222; Stannard, *The Early* 108を参照。
(16) Stannard *The Early* 112; Waugh, Evelyn, *A Little* 227–30; Stovelを参照。
(17) 『若者を織る機』は一九五五年に改版された。新たに著者序文が付され、小説テクストも改変され、特に第四巻は八章から六章に大幅に改められた。筆者は新版を基に本論を構想したため、新旧版を対照して議論に影響がないことを確認のうえ、新版から引用している。
(18) Quigly 211を参照。
(19) 『若者を織る機』への反響は、ウォー家へも重大な影響を与えた。Waugh, Evelyn, *A Little* 96, 114; Quigly 209–211を参照。
(20) Briggs 196–98、村岡『ヴィクトリア時代』一八二―八三を参照。
(21) Ogilvie 199を参照。
(22) ウェリントン将軍の言葉だとされるが、真実ではないようだ (McIntosh, *Physical* 15)。
(23) クウィグリーは、「『若者を織る機』は戦争について何も語っていない」(241) と述べているが、この小説の第一次世界大戦への言及に、もっと光が当てられるべきだろう。
(24) あるイートン校生が著した『若者の夢――「若者を織る機」に対するイートン校生からの返答』(*A Dream of Youth: An Etonian's Reply to "The Loom of Youth,"* 1919) は、『若者を織る機』に描かれたアスレティシズムは、著者にとっては「別世界の事」(52) のように見えると述べる。別のパブリック・スクール生が著した『生徒の心』(*The Heart of a Schoolboy*, 1919) は、『若者を織る機』におけるアスレティシズム崇拝は「無根拠ではないが、誇張されている」(21) と批判する。

(25) McIntosh, *Sport* 77 を参照。

(26) Tozer 126–28 を参照。

(27) 一九〇二年にバルフォア教育法、一九一八年にフィッシャー教育法、一九四四年にバトラー教育法が可決されている。McIntosh, *Physical* 174–75; Mangan 211–12 を参照。

(28) 戦後のパブリック・スクールで学問的な教育において改善があったことについてはOgilvie 206、運動を偏重する風潮の変化についてはMangan 212 を参照。

(29) McIntosh, *Physical* 202–03; Mangan 217–18 を参照。

引用文献

Adrian, Arthur A. "'Nicholas Nickleby' and Educational Reform." *Nineteenth-Century Fiction* 4.3(1949): 237–41.

Bogaards, Winnifred M. "Evelyn Waugh's England: Class in *Decline and Fall*." *Swansea Review* (1994): 129–38.

Bradshaw, David. Introduction. *Decline and Fall*. By Evelyn Waugh. ix–xxxiv.

Briggs, Asa. *A Social History of England*. London: Book Club Associates, 1983.

Browne, Martin. *A Dream of Youth: An Etonian's Reply to "The Loom of Youth."* London: Longmans, 1919.

Carey, John. Introduction. *Nicholas Nickleby*. By Charles Dickens. London: Everyman's, 1993. xi–xxix.

Collins, Philip. *Dickens and Education*. London: Macmillan, 1965.

Dickens, Charles. *Nicholas Nickleby*. 1839. London: Penguin, 2003.

Gallagher, Donat, ed. *The Essays, Articles and Reviews of Evelyn Waugh*. Boston: Little, Brown, 1984.

Greene, Donald. "A Partiality for Lords: Evelyn Waugh and Snobbery." *The American Scholar* 58.3 (1989): 444–59.

Heath, Jeffrey. *The Picturesque Prison*. 1982. Kingston: McGill-Queen's UP, 1983.

Hood, Jack. *The Heart of a Schoolboy*. London: Longmans, 1919.

Hughes, Thomas. *Tom Brown's Schooldays*. 1857. London: Oxford UP, 2008.

Mangan, J. A. *Athleticism in the Victorian and Edwardian Public School*. 1981. Cambridge: Cambridge UP, 2008.

McIntosh, Peter. *Physical Education in England since 1800*. 1952. Rev. ed. London: Bell & Sons, 1972.

——. *Sport in Society*. Rev. ed. London: West London, 1987.

Myers, William. *Evelyn Waugh and the Problem of Evil*. London: Faber, 1991.

Nichols, Beverley. *Prelude: A Novel*. London: Chatto & Windus, 1920.

Ogilvie, Vivian. *The English Public School*. London: B. T. Batsford, 1957.

Patey, Douglas Lane. *The Life of Evelyn Waugh*. 1998. Oxford: Blackwell, 2001.

Quigly, Isabel. *The Heirs of Tom Brown: The English School Story*. 1982. London: Faber, 2009.

Stannard, Martin, ed. *Evelyn Waugh: The Critical Heritage*. 1984. London: Routledge, 2007.

——. *Evelyn Waugh: The Early Years 1903–39*. New York: Norton, 1987.

Stovel, Bruce. "The Genesis of Evelyn Waugh's Comic Vision: Waugh, Captain Grimes, and *Decline and Fall*." *Thalia-Ottawa-* 11 (1989): 14–24.

Tozer, Malcolm. "From 'Muscular Christianity' to 'Esprit de Corps': Games in the Victorian Public Schools of England." *Stadion: Journal of the History of Sport and Physical Education* 7.3(1981): 117–30.

Waugh, Alec. *Public School Life: Boys Parents Masters*. London: W. Collins Sons, 1922.

——. *The Loom of Youth*. 1917. New ed. London: Methuen, 1984.

Waugh, Evelyn. *A Little Learning*. 1964. London: Penguin, 2010.

——. *Decline and Fall*. 1928. Ed. David Bradshaw. London: Penguin, 2001.

ウォー、イーヴリン『ポール・ペニフェザーの冒険』柴田稔彦訳、福武書店、一九九一年。

——『大転落』富山太佳夫訳、岩波書店、二〇〇六年。

富山太佳夫「ふてくされて、戻る——イーヴリン・ウォーの戦争」『英文学への挑戦』岩波書店、二〇〇八年。三三七—六九頁。

村岡健次「『アスレティシズム』とジェントルマン——一九世紀のパブリック・スクールにおける集団スポーツについて——」村岡健次、鈴木利章、川北稔編『ジェントルマン・その周辺とイギリス近代』ミネルヴァ書房、一九九五年。二二八—六一頁。

——『ヴィクトリア時代の政治と社会』ミネルヴァ書房、一九九六年。

山﨑麻由美「*Decline and Fall* と *Nicholas Nickleby*: Charles Dickens から読み解く Evelyn Waugh」、神戸常盤短期大学紀要、二八号（二〇〇六）、一—九頁。

第二部

戦争の歴史化

「正史」と「記憶」
――独立後のアイルランドとW・B・イェイツ

伊達　直之

一．ナショナリズムの運動と独立革命の詩人

一九二二年、独立をめぐって勃発した内戦の中で新政府の上院議員となったW・B・イェイツ（William Butler Yeats, 1865–1939）は、アイルランド西部ゴールウェイ州の自宅で家族とともに、武装勢力による襲撃の危険に息をひそめていた。連作「内戦時の瞑想」（'The Meditation upon the Time of Civil War'）の第六部は、その軟禁時の経験に基づいている。（*Later Essays* 522–23; Foster, *Life II* 214–15, 221–22）

私たちは家に閉じ込められている。その私たちの不安の上に／錠がかけられる。どこかで／誰かが殺され、家が焼き討ちされている／だが確かなことは何もわからない。／（中略）／石や木組みのバリケード／一四日も続いている内戦。／昨夜は手押し車が街道を／あの若い兵士の血まみれの死体を乗せていった。／［蜜蜂よ］椋鳥の空いた巣跡に来て巣を作れ。／／私たちは心に妄想を喰わせていた／それを喰って心臓は獣のように膨れた。／憎悪の方がずっと喰いでがある／愛よりもずっと。蜜蜂よ／椋鳥の空いた巣跡に来て巣を作れ。（VI 6–20）

戦闘の脅威によって抑圧され、暴力の応酬によって袋小路化した現状は停滞しているようでいて、実は心の内に眼前の閉塞を打破し変化を潜在させる憎悪と暴力の想念をはぐくみ、歴史を動かす。だがイェイツは、反復する椋鳥の巣と蜜蜂の営巣のイメージによって暴力からの再生と治癒をも示唆し、さらにはこの人為的暴力の歴史を、大きな自然あるいは神話的な時間の感覚から官能的に相対化してみせてもいる。

イェイツは、一九世紀末から二〇世紀前半の英詩の歴史に大きな足跡を残したアイルランド出身の詩人で、ヨーロッパの象徴主義及びモダニズムの運動に深く関与した英語の作品を残した。活動の拠点をロンドンなど、アイルランドの外にも置き、英国文壇にも強く結びついた国際的に著名な詩人であった。だが同時に、いわゆる連合王国の英国人（ブリテン人）としてではなく、英国に征服された被植民国のアイルランド人として（その中でもイングランドやスコットランドからアイルランドに移住し、土地の所有者となって支配層を形成したアングロ・アイリッシュのプロテスタント系文化に連なって）、英国支配に抵抗する創作活動を展開した。一八九〇年代のアイルランド文芸復興運動、その後の独立運動と二〇年代の内戦、「自由国 (Irish Free State)」建国期を通して、新たな「国民文学」の確立と発展に取り組んだ。一九二二年にアイルランドが「自由国」として独立を果たした翌二三年には、その功績によってノーベル賞を受賞している。また、深い神秘と精神世界に早くから憑かれ、二〇世紀の奇書にも数えられる『一つの幻視』(*A Vision*, 1925, 1937)[1]の執筆によっても知られるように、人類の文明史に関するオカルト的とも呼べる独自の象徴的な循環史大系を構想しており、幻視によって現実界と霊的世界の二重の世界を往還する詩人でもあった。芸術としての英詩の伝統と、植民地アイルランドと、歴史と精神の霊的連繋とは、それぞれが関係し重なり合いながらイェイツの創作活動の基盤をなすものだった。

初期の代表作「イニスフリーの湖島」('The Lake Isle of Innisfree,' 1889) で、イェイツは大英帝国の中心、帝都ロンドンの街中で卒然と故郷アイルランドの平和な田舎に想いを馳せると、湖島で農耕する自給自足の生活を夢想する。「さあ今立って私は行こう　イニスフリーへ行こう／泥と編んだ枝で　そこに小さな小屋を建てよう」(1-2) と始まる叙情詩は、土着の自然の美とそこで労働自活する喜びとを、五感の幸せな解放を通じて描きだす。夕日に鮮やかな群鳥の羽ばたきや丘のヒースの紫の輝き、肌寒い湖島の風、そして蜜蜂の巣箱の羽音や朝露が葉先から静かに滴り落ちる音の精妙さと豊かさ。詩語が心の底に喚起する痛いほどの憧憬は、表面では田舎を美化する当時の大都市生活者のロマンチシズムを引き寄せつつ、深層では、大英帝国と被支配国のアイルランドとに同時に生きなければならない詩人イェイツに、自己の（そしてアイルランド国民全体の）緊迫した二重性を強く意識させて閉じる——「夜となく昼となく聞こえるのは／岸辺に寄せ打つあの波のさざめき。／［ロンドンの］灰色の車道、石畳の舗道に立ちながら／その波の音を、心の奥深くに私は聴いている」(9–12)。

エズラ・パウンド (Ezra Pound, 1885–1972) やT・S・エリオット (T. S. Eliot, 1888–1965) など多くの英米モダニストたちは、ロンドンやヨーロッパ、アメリカの大都市へと移り住み、その最先端の文明の中心でコスモポリタンとして振る舞い、西欧文明に対抗するアフリカやアジアなどの周縁文化の反発を意識しつつ創作を開始した (Bradley 97–8)。(2) イェイツはむしろアイルランドへの土着性を強化する。ケルト神話の英雄的な男女や妖精の想像力と健全な農民たちが生活する、理想化された祖国アイルランドを象徴的に詩の主題に掲げて、国土に「深く下ろした根」を決して引き抜くことはなかった (Yeats, 'Municipal Gallery Revisited' 41–48)。これにはアイルランドが、英連合王国として直接に英国に組み込まれるほど、地理的にも英国に近いケルト的周縁 (Celtic fringe) であった特殊事情も大きい (Said 63)。だからこそ、イェイツは帝国イングランドの権威と文学的伝統の内部に活動の場を確保して芸術的知性の高度な達成を目指しつつも、同時に文化的ナショナリストとして英国の植民地支配を否定し、自立した新しいアイルランドの実現を目論んだのだ。矛盾をはらむ運動の両方に属して、自らの詩作の両義的な現実とその歴史的な意味とを深く自覚し葛藤を続けたイェイツは、よく指摘されるように、コロニアルからポスト・コロニアルへの移行期の困難な状況を自ら体現した詩人だったとも言えよう。

独立達成期までのイェイツのナショナリストとしての意義について、例えばサイードは、「イェイツと脱植民地化」の中で次のように指摘する。ナショナリズムの抵抗文化が最初に担う働きとして、植民地化によって奪われた土地に関わる三種の回復の主張――土地所有権の再主張 (reclaim)、変更された地名の再命名 (rename)、追い出された土地への再居住 (rehabit) ――があるが、これらの主張と実践と奪還は、まさに「詩的」に構想された想像力を基盤において行われる。そこで探求されるのは、植民地化とそれ以後に起きた仮借無き隷属の現実や事実の記録的な「歴史」ではなく、本当はそうあるべき、あるいは最初にはあったはずの、親しみと誇りとを感じられる自民族のそれらしい起源についての「歴史」であり、その集合的な祈願から民族の再生を新たに象徴しうる英雄や神話の再生と再創造、そして土着言語の復興も行われる (226–27)。[3] これは一九世紀末にアイルランド、スコットランド、ウェールズで展開された文化的な「ケルト復興 (Celtic Revival)」運動の中で、ダグラス・ハイド等のゲール語同盟 (Gaelic League) が民族固有のゲール語や伝統ダンスや習俗の復活運動を行ったり、イェイツ自身が中心的な役割を担った「アイルランド文芸復興運動 (Irish Literary Revival)」とも符合するものだ。

植民地支配の現状から脱し、民族としての自由と独立を夢見るとき、自民族のアイデンティティに関わる過去から未来への「歴史」構想が切実に意識されることは、容易に想像がつく。だが同時にこうした「歴史」に求められるのは、抵抗をそれぞれの内から支えながら集団をまとめる「詩的」な精神の高揚と強度を与えることであって、学問的「歴史」が与える科学的理解や事実性、客観性とは限らないことも、また明らかだろう。イェイツの初期の詩、アイルランドの神話や英雄の行為を主題化した「時の十字架にかけられた薔薇」('To the Rose upon the Rood of Time,' 1892) などの作品群では、アイルランドは薔薇に喩えられ、英雄クフーリンやファーガス、オシーンらの物語に象徴の手法で官能的な美しさと意味の深さを与えた。こうした表現と受容を通じ、自民族の誇り高き精神と伝統を同時代のアイルランド読者に復活させた歴史的な意義は、詩よりさらに公衆に開かれたアベイ座などでの演劇活動も合わせて、帝国支配に抗う植民地アイルランドの独立運動を支えたナショナリズムの包括的な議論の枠内で理解し、評価することが確かに可能である。このようなイェイツの創作は、表現形式の上で一九一〇年代に大きな変更があった。それは象徴派の世紀末詩人イェイツが、モダニスト詩人へ変貌したとも見られる、大きな変化であった。二〇歳年下の若いアメリカ人詩人パウンドは、ロンドンに移り住むとイェイツと親しく交流し始めるが、一九一二年頃から、詩表現の語彙と文体と主題を「現代」を表現するために刷新する「イマジズム」の運動を起こす。(4) 彼らモダニストたちからの刺激もあり、イェイツ初期のロマンティックな夢想と世紀末風の官能的でおぼろな情緒表現、象徴的なほのめかしに富んだ叙情的な文体は、詩集『責任』(*Responsibilities*, 1914, 1918) の集中的な改稿過程を通じて影をひそめ、代わりに言葉数をコンパクトに切り詰め、既成の雅な詩語に加えて同時代の身近な日常の語彙を増やし、生活にリアルで具体的なイメージを簡潔鮮明に描術するような、写実と客観性の強い文体へと重心を移していった。写実と具体が与える現実感覚は、詩人個人の極めてプライヴェートな情感や、時に難解な象徴を用いた個性的表現にも、読者の理解と共感を引き寄せやすくする。イェイツの文体の革新は、『責任』という詩集のタイトルが示唆する通りに、詩の主題を社会の現状に直結させ、自分と同時代の社会との関係を直截に、現実味をもって読者に伝える手段をイェイツに与えた。詩に取り上げられる「歴史」対象もまた、神話的過去に加えて、同時代の「現代史」へと広がっていった。

極めて興味深いのは、イェイツが試みた詩表現の現代化が、英詩における芸術的モダニズム運動に呼応していると同時に、アイルランド独立運動史の歴史的な転換期にも符合していたことだ。具体的には一九一六年四月に勃発した復活祭蜂起 (Easter Rising) とそこでのアイルランド共和国樹立宣言、そして英国軍による鎮圧と首謀者一六名の死刑執行を含む仮借無き懲罰である。それ以前の独立運動の直接の目標は、一八八〇年代末のパーネル (Charles Stewart Parnell, 1846–91) が示した、帝国内での合法平和的な自治権獲得（ホーム・ルール）による国民の自治であった。それが武装蜂起と鎮圧を機に、以後、断固たる武力闘争と「共和国」樹立による英国からの完全独立へと、目標が変わって行った。英国からの平和的な自立を重視するホーム・ルール支持派だったイェイツは、「復活祭蜂起」以降過激化した独立運動に当初衝撃を受け動揺する。だが政治的信条の許諾とは別に、戦争戦闘の激しい暴力が、予想をはるかに超えて人々の身体、精神の奥にまで影響し、アイルランドの独立革命を劇的に実現させていく事実を認めないわけにはゆかない。「復活祭、一九一六年」('Easter, 1916') の詩を閉じる有名なリフレイン「全てが変わった。恐ろしい美しさが生まれたのだ。(All changed, Changed utterly, / Terrible beauty is born.)」(15–16) には、暴力の行使による現実の変化を緊迫した官能的体験として主体的に受けとめようとするイェイツ個人の姿勢と、歴史を変転させた事件そのものの重要性とが同時に表されている。

だがそれでもイェイツは、もし詩人が戦場の現場の悲惨を詩に書こうとすれば、現実に対し「受け身」にしか対処できないとして、ウィルフレッド・オーウェンやシーグフリード・サスーンら第一大戦の戦場を生々しく再現した戦争詩人たちの詩の在り方を頑ななまでに否定し、自分自身もリアルな戦争詩を書くことは拒否し続けた (*Later Essays* 199)。無残に傷ついた身体やシェル・ショックで破壊された精神、死の直接的提示はせず、しかしその一方でイェイツは、「独立」という建国のプロセスには戦争とその暴力が本質的な力をふるい、「革命」の暴力が「歴史」を動かしたことについて、数多くの詩で積極的に取り上げ続けていくのである。暴力を称揚する挑戦的な身振りを交え、イェイツのこの傾向は、独立を果たしたアイルランドが「自由国」からエーモン・デ・ヴァレラ (Éamon de Valera, 1882–1975) 率いる「共和国」へと、国家体制を確立していく一九二〇年代後半から三〇年代に向けて、ファシズムとの関係を指摘されながらもますます緊張感を高め、中心主題の一画を占めてゆく。

二．建国の混乱・一九三〇年代の「歴史戦争」

独立達成後の一九二〇年代後半から三〇年代は、アイルランド社会全般においても、同時代の「歴史」に対する——特に直近の独立戦争から建国期の「歴史」に対する——関心が高まっていた時期でもある。理由の一つに、対英独立戦争と同国人同士の内戦という、全く異質な立て続けの暴力に文字通り深く傷つき、錯綜し混乱したままのアイルランド民衆の国民感情を、「自由国」成立以来の政権や政党が、政治的な正当化に利用しようとしたことが挙げられる。特に身内同士が殺し合った内戦での、過酷な暴力の経験と悲痛な記憶が語る歴史は、癒しを求めても即座には心の解決がない。いまだむき出しの傷と痛みは、それが分かりやすくパターン化された言葉で人々と共有できる大きな物語に変えて与えられた時、ようやく我が身に引き受けることが可能にもなる。人々の怨嗟と復讐心をパターン化し、街中や学校の教室で謳われた多くのストリート・バラッドは、「記憶」を「歴史」に変える受け皿としても機能した。それらが収斂し、さらに統制のとれた「歴史」が正史化されるには三〇年代を待たねばならなかったのだとも言えよう。

以下ではまず、アイルランド独立の経緯を簡単に辿った後、三〇年代の社会に流布した国家の政治的でもある「正史」の言説と、これに対峙して対照的な「現代史」を謳った、イェイツのいわば詩的な「歴史」の言説の在りようと布置とを瞥見したい。

一九一六年の復活祭蜂起とその鎮圧後、英国の対応に不満を高めたアイルランドでは、一九一八年の英連合王国国会の選挙において、対英独立を掲げウェストミンスターの英国議会を否定して独自のアイルランド議会を置くことを求めるナショナリスト、シン・フェイン党が各選挙区で圧勝した。同党の当選議員たちはダブリンにアイルランド議会の設置を宣言する。翌一九年、これを認めない英国との間に独立戦争（Anglo-Irish War, 1919–1921）が勃発し、熾烈なゲリラ戦が開始された。一九二二年一月、アイルランドは三年におよぶ戦闘の末に停戦に合意し、大英帝国内の自治国となる「独立条約」（Anglo-Irish Treaty）を批准して「アイルランド自由国」としての自治独立を遂げた。だが、自治領にとどまり、アイルランド国会の開会に際して国会議員が形式的にも英国国王への忠誠を誓う「自由国」のあり方に対して、完全なる分離独立の理想を求めた「共和国」独立派のリパブリカン・ナショナリストからの反発は激しかった。条約下の「自由国」は、カトリック教徒が多数派を占める南部二六州に限られた建国であって、プロテスタントが多数派をしめる北部六州が分離されていたことへの抵抗も根深かった。北部の六州は多数派を占めるプロテスタントのユニオニスト（連合王国派）主導の下に英国内にとどまることを選んだが、その北部の人口の三分の一におよぶカトリック系住民と共に、南北のナショナリストは、自治領であるにしても統一されたアイルランドによる独立を求めていた。緊張の中で行われた二二年の総選挙で、国民の大勢が独立条約を批准する現実的な「自由国」を支持すると、デ・ヴァレラら強硬派リパブリカンは政府や党、軍隊を分裂させて非正規軍（Irregular）を編成し、内戦（Civil War, 1922–23）が始まる。七百年におよぶ英国支配の末にようやく独立を果たしたアイルランドは、建国と同時にアイルランド人同士の間で血を流し、独立戦争以上の犠牲者を生み、国内に分裂と混乱、暴力の犠牲による遺恨を長く残すことになった。内戦の終結には、カトリック教会が反政府軍に加わった不正規兵に対して聖体拝受の拒絶を宣言したことも影響した（Macardle 801）。宗教的破門に直面した多くのリパブリカン兵士の士気は落ち、以後自由国政府の政権運営において、教育や文化政策、社会道徳の枠組みに関し、カトリック教会の権威が無視できないものになっていった。他方で、初等・中等教育におけるゲール語授業の必修化やケルト的伝統の教育強化に顕著に見られる、国家の文化的アイデンティティの基盤をケルト民族の本質に求める土着主義（nativism）の進行が、アングロ・アイリッシュを始めとして、実際には多種複雑な人種や民族が構成するアイルランドの問題を、あえてあぶり出すことにもなった。独立達成までの指導者アーサー・グリフィス（Arthur Griffith, 1871–1922）の急死とマイケル・コリンズ（Michael Collins, 1890–1922）の暗殺を受けて大統領に就いたコズグレイヴ（William Thomas Cosgrave, 1880–1965）は指導力を欠き、秩序の回復を図った「自由国」は、カトリック教会と接近した。このように宗教的な道徳の拘束力を借りて、現体制を逸脱する言説への検閲制度や法的な抑圧を強めた政府に対し、文学者や芸術家たちは表現の自由の抑圧への危機感を募らせていく。二〇年代後半には、英国との独立条約による賠償義務や経済活動を含めた諸規制に甘んじる「自由国」のあり方への不満も高まっていった。

アイルランドが建国期の長い混乱期を乗り越え、「共和国」としての体制をほぼ整えたのは一九三〇年代、内戦時の政治的な失脚と服役から復帰し、フィアナ・フォイル党（Fianna Fáil）を率いて一九三二年の選挙で勝利したデ・ヴァレラの政権下のことである。カトリック教会との和解を果たしたデ・ヴァレラが、さらに国民投票によって「新憲法」を採択し、国号も「エール（Éire）」として独立と建国のプロセスをほぼ完成させるのは、

「自由国」の樹立から一五年を経た一九三七年だった。

この新憲法発布の一九三七年に、独立と建国のいわば「正史」として刊行されたのが、大著『アイルランド共和国』(*The Irish Republic*, 1937) である。著者のドロシー・マカードゥル (Dorothy Macardle, 1889–1958) は既に内戦時のケリーにおける犠牲者に取材した実録『ケリーの悲劇』(*Tragedy of Kerry*, 1924) を著しており、リパブリカンの女性ジャーナリストであった。[5] デ・ヴァレラ当人の出版依頼と内容への介入 (Smith 76–78) も受けつつ、執筆には一九二六年頃から一〇年の歳月がかけられている。大部の同時代史が焦点を定めるのは、特に英国下院でアイルランドの自治法案が可決される一九一二年以後、そして一九一六年の復活祭蜂起から独立戦争と内戦を経て、デ・ヴァレラが政治に復帰する一九二五年頃までの紆余曲折に満ちた時期である。マカードゥルは周到に集めた膨大な一次資料に基づいて同時代を記述しつつ、二〇年代には自治と条約支持派に主導されてきた同時代の「歴史」言説を、三〇年代以降のリパブリカンの言説に書き替える。共和国政権による建国期の正統な歴史解釈を示した。現「共和国」の最初の本格的な「通史」と呼べるものであった。アイルランドのナショナリズム史観を総合した同書は以後一九六〇年代にいたるまで、与党フィアナ・フォイル党の共和国史観の主柱として大きな影響力を保持する。

マカードゥルの『アイルランド共和国』は、基本的姿勢として客観的な歴史解釈を標榜しており、月ごとに章を分けた実録風の記述は多種多様な資料から引証して、具体性によって史実としての信憑性を印象づける。その一方では、ジャーナリズム的な臨場感と断定的主張も色濃く残し、広範な国民を読者層に想定したプロパガンダ的な「歴史書」の意図をうかがわせる。同書の一貫した政治的主張は、歴史記述が閉じる一九二六年当時を回想した結論部分にも明らかだ。一九二二年の「条約」と「自由国」を受け容れた国民の多くは、実は独立戦争の直後の闘う余力など全く残っていない情況で、［もし条約を受け容れなければ］英国と新たな戦争を始めねばならなくなるぞという脅し文句を突きつけられたことにより、だまされ、混乱させられ、屈服してしまった者たちなのだった。だが屈服を拒んだ者たちには、自国の同胞たちの手によって、さらに二度目の敗北が与えられた。この人々にあっては、この当時［一九二六年頃］もまだ公民権を剥奪されたままであり、政治的力を持たなかった。デ・ヴァレラは、軍隊も、国会での発言権も、そして資金ももたないリーダーになった。

そのような時代にあっても、「自由」を求めるアイルランド人の情熱の真の深さ、勇気の力、そして忍耐を理解していた者たち、そしてデ・ヴァレラの穏やかだが不屈のリーダーシップを認めていた者たち、この者たちだけは予見することができたのだ。一〇年も経たないうちに、アイルランド国民の大多数が再び統一されることを。真の独立達成に向けた運動を通して、そして英国との「条約」のくびきを、戦争を起こすこと無く解放することにも成功して。(Macardle 897)

本書にはこのように随所で挿入されるプロパガンダの面と、実証的分析の積み上げによる客観性を具えた説得力とが、力強く同居している。「一九二二年七月」と題された第七八章では、後に「自由国」政府となる暫定政権が、コズグレイヴの指揮下でリパブリカンの活動を押さえ込むために行った狡猾なプロパガンダの実態や、リパブリカンが「不正規軍」というマイナスの名称で呼ばれるに至った不当なプロセスを、当時のメディア報道の具体的な言説分析を用いて暴く(Macardle 765–67)。[6] アイルランドの歴史語りの主流としては、過去の遺恨と感情とに直情的に訴える大衆プロパガンダがあったが、全体を通じて豊富な一次資料を実証的に突きつける記述と主張には、同じプロパガンダでも別格の説得力がある。

この時期に現れた、「自由国」建国と内戦の複雑な時期を、同様の詳細な一次資料と考証によって評価した歴史著述の嚆矢としては、三五年出版のロングフォード伯による『試練による平和――一九二一年イギリス・アイルランド条約の交渉――』(*Peace by Ordeal*, 1935) を挙げることができる。二年後に出るマカードゥルの『アイルランド共和国』に較べて、主題は条約締結交渉の短い時期に限定されるが、著者は実際に交渉に参加した両国の当事者たちと精力的なインタビューを重ねて、当時の対立した利害の構図を客観的に記録し、再現、提示した。著者のロングフォード伯は、アングロ・アイリッシュの貴族の出自で英国の高等教育――イートン校からオックスフォード大学――を受け、後には英国の政治家としてアトリーやウィルソンの労働党内閣で要職に就く。明らかにリパブリカンとは異なる立場に立って、本書が独立後のアイルランドと英国の相互理解と和解のための基礎資料となることを念じている。興味深いのは、ロングフォード伯が執筆当時の一九三〇年代アイルランドに言及するエピローグで、デ・ヴァレラが三〇年代以降に見せる国内での政治統合への柔軟姿勢に対して積極的な評価を与え (Pakenham 275)、さらには、もしも将来デ・ヴァレラの伝記とアイルランドの共和国運動史が出版されれば、その政治の正当性は更に説得力を増すだろうとまで論じていることだ (284)。[7]

『アイルランド共和国』と『試練による平和』は異なる立場ながらも、政局の緊張緩和と安定を目指し始めたデ・ヴァレラ現政権の政策目標を、資料と実証に基づいた歴史言説によって公的に再評価しつつその正当化を試みる姿勢で共通する。この点で共に「歴史」の言説を三〇年代の「政治」の目的へと肯定的に接続するものだった。独立後のアイルランドが国体を確立するこの時期に、現状を長期の視点で肯定して位置づける政治化された歴史言説は、必然の要請でもあったと考えられる。

これら極めて政治的な現代史編纂の動きと並行して、同時期の一九三六年には「アイルランド歴史学会」が、ダブリン (Irish Historical Society) と北アイルランドのベルファスト (Ulster Society for Irish Historical Studies) で連携され同時に設立されている。この学会は後に修正主義 (Revisionism) と呼ばれ、精緻な実証的資料研究の方法論に基づいた、冷静で客観的な分析的学問としての歴史学をめざしたものであり、国民の反英世論やマカードゥルらの共和国イデオロギーに顕わな政治感情に対して、直情に左右されない客観的で学問的なアイルランド史の再構築を目的に掲げた。学術機関誌 *Irish Historical Studies* は二年後の一九三八年に創刊され、以後今日に至るまで影響力のある活動を続けている。当初は過去の事象に研究対象を限定することで、現実の政治経済的な利害に影響されにくい学問的枠組みを確保したが、その冷静と客観の基本方針は、当時のリパブリカンによる高度に政治的な「ナショナリスト史観」に対する、歴史研究者たちからの抵抗の側面ももっていた（勝田八一―八二、Boyce 216–38）。[8]

「自由国」から「共和国」への国体が確定していくまでの一九二〇年代から三〇年代は、このように現政権の正当性を主張するプロパガンダ合戦としての「歴史戦争」が激しく闘われた時期でもあった (Smith 75)。「歴史」を掲げた出版に限らず、ゲリラ兵士たちによる個人的な回想録など、きわめて私的な歴史語りの類も多く著された（森 八）。だが、マカードゥルの『アイルランド共和国』出版の意義は、同書が単なる私的な記録やプロパガンダにとどまらず、確固とした一次資料に基づく実証に裏付けられ、学問的信頼にも耐える史的記録として出版されることだと認識されており (Smith 76)、また「アイルランド歴史学会」のような専門的な研究者による非政治的な学術組織が、このような同時期の社会潮流を横目に見据えつつ抗うように立ち上げられたことは、三〇年代は、「歴史」が目先の政治のプロパガンダに支配される現状が疑問視され、程度の差はあれ実証と客観を謳いながら自国の歴史の建設的な再評価に進み始める姿勢が、広くはっきりと現れ始めた時期であったことを物語る。

こうした過去の（そして現在の）国民的な経験を合目的に客体化せんとする三〇年代のアイルランドの「歴史」言説にあって、イェイツがほぼ同時期、一九三五年に出版した詩集『三月の満月』(*A Full Moon in March*) の巻頭詩「パーネルの葬儀」('Parnell's Funeral') は、詩であるとしても異彩を放っている。詩の前半では、歴代のアイルランド独立蜂起の失敗の歴史が、まるで神話か悲劇の舞台劇を観るかのように語られる。だが語り手の声は、いつしか詩人イェイツ当人の声となり、自由国建国に加わりながら現在の失敗を招いた自分自身と同時代の国民に対する、激しく苦い批判の言葉を投げつける。

さあここに来て、その非難がましい目を私に向けるがいい。／私は非難を喜んで受けよう。アイルランドで歌われてきたことは、みんな、／アイルランドで口にされたことは、みんな、群衆に感染迎合して生まれた／嘘っぱちではないか。(I 24–29)

もしもデ・ヴァレラがパーネルの心臓を喰らってさえいたら、／口先だけのデマゴーグどもが我が物顔で勝ち誇り、／内政の遺恨で国を引き裂くことも無かったろう。／もしもコズグレイヴがパーネルの心臓を喰らってさえいたら、／アイルランドの想像力は十分に膨らんでいただろう。／もしも（以下略）。(II 1–5)

我が身を歴史語りに没入させての迫真の言葉は悲壮感に満ち、前述の歴史言説が政治的な現実主義から今の「正しさ」を追認しようとする姿勢とは厳しい対照をなしている。

パーネルは、一八八〇年代に土地政策を通じてアイルランドを宗教や民族の党派を超えた国民的な統合に導いた。当時二〇歳そこそこの青年イェイツの、愛国の象徴的な英雄だった。英国政府との交渉でアイルランドのホーム・ルール化の実現に迫ったものの、不倫スキャンダルによってカトリック教会から激しい批判を受けて失脚し、翌年急逝する。「パーネルの葬儀」は「葬儀」の名の下での、先王殺しとカニバリズムによる神話的な王権継承を連想させ、パーネルが作りかけた「歴史」の事実的な記録よりも、彼の「心臓」、つまりその胸に抱かれた大志と情熱の心意気の「記憶」に焦点を当て直している。失脚によって頓挫し、主体を失って宙に消えた大志（心臓）が当時に帯びていた、想いの熱と強度を思い出させようとするのだ。儀礼参加の姿勢を通じて身体化される共有の想いの記憶は、読む者にあたかもそれが自分自身も関わった体験であったかの錯覚を与える。《かつて統一への情念と精神的充実感が確かに存在していたことを想いだした》と、読者の心に我がこととして追認させる、いわば感情移入の感覚が、この詩の批判と悲憤に共鳴させる力を授ける。仮構された情念の「記憶」は、現在に向ける批判的な視座を与え、暴力性を帯びた感情で革新、革命への意志を煽るようでもある。この共有されるべき「記憶」の仮構あるいは再創造に、本論の冒頭で触れたサイードの指摘——民族独立運動の胚胎期においてイェイツの神話に満ちた詩が、民族の未来に向けての起点となる歴史への詩的構想力を供給したという、ナショナリズムの議論——を再び想起することも可能だろう。

しかし、詩人イェイツ自身を非難せよと挑発するイェイツの言葉は、外部の植民宗主国を国外に排斥せよと唱えるナショナリズムとは、決定的に異なった立場から発されている。マカードゥルら、ナショナリストのリパブリカンが形成する「正史」の言説は、アイルランド社会が現デ・ヴァレラ政権の施策によって秩序と平和に収束するはずだという既定の目的と結論とに向けて、過去と現在を承認し正当化する。それは共通の歴史解釈を固め、カトリックの一元的な宗教道徳支配によって、アイルランド国民を囲い込み、政治・社会の体制的な集団化と安定を目論む歴史言説だったといえよう。同じナショナリズムから出発しながら、イェイツはむしろ「正史」に見られる社会の制度的な集団化は人間の自由と想像的活力を奪うものなのだと批判しており、ネイション（国民）の内側に居る個人の立場から国家を批判挑発している。この違いをもたらしたものは何であったのか。

三．戦争に裏打ちされた歴史と詩

一九三〇年代のイングランド詩壇を代表するオーデン (W. H. Auden, 1907–73) は、イェイツの英詩全般への影響を高く評価するにあたり、彼のケルト的地域性や「オカルト趣味」を一括して排除した上で、イェイツが英詩の伝統の一つ、同時代の政治や社交界の事件を公然と記憶する時事的な詩 (Occasional Poem) の可能性を拡大したと指摘した。イェイツの詩は、ある出来事を、極めて個人的で私的な立場から等身大に語りつつ、同時にその事件の歴史的な重要性を「象徴的な公共の意義 (symbolic public significance)」に拡大して読者に納得させる。それは「私的 (private) な関心と公共的 (public) な関心を両立させ」、私的な内容を共同体にとっても「真摯な内省に耐える意味へと変容させる」、高度な社会性と歴史性を帯びた創作であるとした (386)。イェイツ詩のこの特性を前出のサイードはアイルランドのナショナリズムに帰すと、「イェイツは個人的で民衆的な経験のレヴェルから、民族の原型（national archetype）のレヴェルへと、前者の直接性も後者の威厳も失うことなく一息に上昇するのだ」(237) と評している。オーデンの評価が大切なのは、英詩のイングランド的伝統の視点からイェイツを捉え直すことで（これはイェイツが内部から抵抗したイングランド中心主義でもあるのだが）、イェイツの詩が持つ、アイルランドの民族性やナショナリズムだけには回収しきれない他の領域の可能性を思い出させることだ。プライヴェートとパブリックの重なり方は、ただ一つの位相だけに単純化されたりはしない。

第一節で述べたように、イェイツにとっても、アイルランドにとっても同時に「全てが変わってしまった」一九一六年の復活祭蜂起をはさむ時期に、イェイツの詩や戯曲のスタイルも劇的な革新を遂げた。かつて戦争詩を拒否したイェイツは (Yeats, 'On being asked for a War Poem')、「記憶」を通過させることで一定の距離を担保しつつ、間接的に（象徴的に）戦争に言及する作品の数を増やす。折しも日本の能の影響を受けて一七年以降に発表された『骨の夢』(*The Dreaming of Bones*, 1919) など、韻文舞踏劇の連作に凝縮された高度な象徴表現はその成果でもある。しかしこれらの作品内で前景化される、独立戦争の戦士が国や共同体の要求と個人の欲望の狭間でみせる内面の葛藤は、当時ちまたで勢いを得ていた愛国武装蜂起のいわば全体主義的プロパガンダと、明確な一線を画している。イェイツにとっての「戦争」は、特定の民族独立戦争のみと同一化される大義の暴力だけではなかったからだ。

「戦争」や暴力的な力に対するイェイツの高い関心は、はるか以前にさかのぼる。一九〇〇年前後にニーチェの著作に接し、ニーチェの示す「悲劇的な情況」と、そこで際立つ超越的な意志の力、抗しがたい暴力に内在する変化と新生の可能性などに対し、自らも創作に生と霊魂を捧げる芸術家として、イェイツは深い思想的な共感と憧憬を抱いた。いわゆる生の哲学に連なる関心のあり方自体は、科学分野での「優生学」とも照応して、停滞と退化を怖れる当時の時代感覚に共有されたものでもある。[9] 一四年の第一次大戦勃発時には英国内のメディアにも、戦争が社会に与える危険と緊張感が、世紀末以来弛緩して乱れた英国国民の精神を粛正して再生し、国内に秩序を回復させるという、知識人たちによる精神論的戦争待望の言説が流通した (Goss 313)。特に未来派や前衛の芸術家たちはこぞって変化と革新を呼ぶ破壊を支持している (Gaudier-Brzeska 33)。イェイツ自身も大戦勃発時のロンドンで、ニーチェと、戦争と、アイルランドの未来とを重ね合わせた。「この戦争は（中略）［アベイ座の］観客の心理に、どのような影響を与えるのか。ニーチェは領土獲得の戦争に言及しては、戦争が悲劇的な精神を回復させ、忌まわしい大衆的心性を消し去るのだと予言した。アイルランドでは、私たちは戦争と平和の、両方を求める。戦争は、私たち全員を統合するために」(Foster *Life I*. 522)。イェイツが言うここでの戦争は、実は英帝国からの自治権を期待してアイルランド義勇軍が英国軍に参加する第一次大戦のことであり、独立戦争のことではない。大戦の早期解決がまだ楽観されていたこの時点では、イェイツにとっても、戦争はまだあまりに抽象的で現実味に乏しく、ニーチェ哲学に少しの現実感を添える以上のものではなかったろう。イェイツ自身は長期の英国滞在中でもあり、復活祭蜂起に関する情報も国外での報道に頼った。イェイツが、現実の戦争のもたらす壊滅的な暴力の一端に触れるのは、復活祭蜂起後の、個人的に身近な蜂起首謀者たちの相次ぐ処刑や、友人たちの戦死による、親しい世代が短い期間に集中的に消滅する喪失の体験に始まる。

死と喪失が突如もたらす「終焉」の実感は、翻って「新しいアイルランド」の独立革命が始まる予感でもあった。一〇年代の後半は、イェイツ自身の青春と壮年期に強制的な終了をもたらすが、詩人の意志を未来の革命に向け駆り立てもした。[10] 当時に書かれた作品を収録した詩集『クール湖の野生の白鳥』(*The Wild Swans at Coole*, 1921) と『マイケル・ロバーツと踊り子』(*Michael Robartes and the Dancer*, 1923) には、死者や時代を追悼

(commemoration) して公的な記憶に残す「ロバート・グレゴリー少佐を偲んで」('In Memory of Major Robert Gregory,' 1918) などエレジーの諸傑作と並行し、革命の時代の幕開けを暴力的な破壊と創造の予感で満たす「再来」('Second Coming,' 1919) のような黙示録的ヴィジョンに溢れた作品が共存する。さらに二八年出版の詩集『塔』(*The Tower*) は、独立戦争と内戦期の作品も収め、イェイツ詩の現代化の成果を高度に結実させた代表的詩集となる。だがそれらに啓示される新時代のリアリティは、訪れる未来についての啓示に内在するというよりも、むしろ暴力的な破壊と終焉で消えゆく過去へと向けた詩人の深い想いと、その「記憶」が放つ強い光輝に照らされてこそ与えられている。イェイツにおける、アングロ・アイリッシュ文化の終焉はその一例だ。アングロ・アイリッシュの植民地的な支配階層は、ケルト性とカトリックの宗派を民族のマジョリティの本質的な土着要素に据えるとき、独立と同時にマイノリティに転落する。その象徴でもあったゴア＝ブース姉妹の死やグレゴリー夫人の荘園クール・パークの解体に際して、イェイツの詩は、アングロ・アイリッシュ階層の存在自体は過去の遺物と葬りつつ、新しいアイルランドが未来に継承すべき文化的成果と美徳の一端を、詩の光輝で照らそうとした。[11] 過去の破壊と未来の創造という、相反する視線をいずれも暴力が紡ぎ出すものとして統合しようとするこうした意志と姿勢に、イェイツの詩人としての強い個性が表れている。

イェイツの暴力的な力(権力)が歴史を形成することへの強い意識について、人間の「法」とは暴力の中から生まれ、暴力のみがその「法」を保証し、そこに真の正義は関与しないとしたベンヤミン (Walter Benjamin, 1892–1940) の歴史観を並置させる見方もある (Bradley 134)。人を縛ることで社会の歴史を始動する「立法」も人間の暴力であるならば、以前の「歴史」と徹底的に決別し、全く新しく開始する「革命」もまた、「歴史」に関わる人間の暴力である。その暴力のさなかでも人を今現在の限られた知覚から解放し、新しい自由を達成させられる人道的贖いが「教育」の力だ。このような「暴力（戦争）」による「歴史」の開始と「革命」による仕切り直しが反復する明確な歴史観や、歴史の断絶をつなぐ「教育」に対する建設的な期待を、あえてベンヤミンとイェイツの共通点に探ることは (136)、イェイツの思想面をモダニズムの系譜から理解することを容易にする。そしてそれは、いわゆるナショナリズムの歴史観とイェイツの歴史観との差異をも浮き上がらせる。

「歴史」と「革命」と「教育制度」[12]を意識するイェイツが一九一六年以降に、個人の経験を公の歴史へと繋げる「自伝」の執筆に取り組んだことは必然のことでもあった。特に対英独立戦争勃発直後の一九二〇年から二一年にかけて、後に自伝集『薄絹のゆらめき』(*The Trembling of the Veil*, 1921–22) の第一巻となる『四年間』(*Four Years*, 1921) が精力的に執筆された。一八八七年から九一年までの四年間、三〇年前のロンドンやオックスフォード滞在での青年イェイツの文学修行、研究や交友録は、実際には「革命と再構築のプロセスにある同時代のアイルランドの観察の成果として読まれるべきものである」(Foster *Story* 73)。歴史家フォスターは、特に最終章のイェイツの結語の重要性を強調する (73)。ここでイェイツは革命による「新アイルランド」の調和統一 (unity) へのプロセスを語る。

一つのイメージによって、あるいは関連し合ってまとまるイメージの束によって、「アイルランドの」さまざまなる国民たち (nations)、さまざまな人種 (races)、そして個々人 (individual men) が、調和して統一されること。統一を助けるそうした共有イメージ群とは、個人や人種、あるいは国民にとって、心理的に不可能を越えない範囲の、だがその中でもっとも達成が困難な次元の、象徴的、あるいは想像力をかき立てるイメージである。なぜなら絶望感を感じないで試みうる最大の障害によってこそ、人間の集合的な意志は、充実感の極限にまで奮い立たせられるからだ。（中略）もしも私たちが、哲学と少々の情熱を最初にもつことさえできれば、私たちはアイルランドに調和と統一を見いだすことだろう。（Yeats, *Autobiographies* 167）

揺るぎない啓蒙と教育の信念でイェイツが伝えるのは、国民を形成する根本的に異なる多様な人々が、可能な共有の包括的な理念（イメージ）を構想し、自由意志を合わせて困難を承知で築き上げていく、主体的で革命的な国家建設のヴィジョンだ。このヴィジョンは、復活祭蜂起での共和国樹立の最初にパトリック・ピアスが抱いていたケルト本質主義や、それを引き継いだ先述の共和国の「ナショナリスト史観」による「正史」とは大きく異なっていた。世紀末のロンドンを舞台にした『四年間』は、まさに「イニスフリーの湖島へ」が書かれた時期であり、英国の植民地支配を詩人がその心臓部から思い返すのに適した時期であった。しかしその時期は同時に、芸術至上主義の最後の光芒の中で、イェイツが「新しいアイルランドに革新する芸術独自の政治性による影響力」を強調しつつ、集合的な「ナショナリストのプロパガンダ政策と、個性的で自由な創造的な芸術家の使命とのあいだの葛藤」について繰り返し主題化することができる「記憶」の舞台でもあった（Foster *Story* 67）。[13]

「歴史」の視点で共和国の現在を挑発した一九三一年の「パーネルの葬儀」を、前後それぞれ五年の年月で挟んだ一九二七年の「学童たちのあいだで」（'Among School Children'）と、一九三七年の「市立美術館再訪」（'Municipal Gallery Revisited'）は、興味深い対を成す。「学童たちのあいだで」では、新国家の教育制度と施設の現場を査察する上院議員として、イェイツは小学生のあいだを歩きつつ、子供たちの顔に浮かぶアイルランドの来し方行く末を自分の青年時代の独立革命と恋愛の記憶に重ね合わせる。そこには穏やかに持続する生成と調和統一への期待がある。一方、部分的にこれと同じ詩形式を共有する、イェイツの死の二年前に書かれた「市立美術館再訪」(1937) では、イェイツは語り手の「私」として久々に訪れた市立美術館の回廊を歩き巡りながら、かつて創設に奔走したヒュー・レーンのコレクションを順に閲覧している。美術館は、民主主義の共和国における公共教育の場でもある (Loizeaux 34–36)。イェイツの視線は、独立運動から建国の時期に戦場を描いたアイルランドの風景画から、やがて物故した革命の盟友たちの肖像画へと移動する。既に七〇歳を越えた老詩人の足取りはおぼつかず、心臓の痛みに喘ぎつつ、一点一点の絵に向かい合うのである。その時、イェイツの目の前の絵にある「アイルランドは、私の青春と共に死んだ過去のアイルランドではない／詩人たちが思い描いてきた、凄まじく／そして　陽気なアイルランドだ」(10–12)。肖像画の姿からよみがえる、当時の生気溢れる記憶と気概は、現在に失われたものを逆照射する。当時脈々と息づき溢れていた自由と力に満ちたアイルランドと、そこに生きた人々の個人の力や集合的な力、国民的な目的、希望。しかし詩を閉じる激しく熱を帯びた言葉は、「パーネルの葬儀」同様に、過去だけを後ろ向きに慨嘆するものではない。

私を評価しようとする者達よ、決して／私が書いた本だけによって私を評価するな。そしてこの神聖な場所に来なさい／私の友人達の肖像画が掛かる場所に、そして観なさい。／アイルランドの歴史が、その肖像の輪郭の中に表われているのを。／考えなさい、人間の栄光の大半が始まり終わるところを。／そして宣しなさい。私の栄光は、このような友人達を持ったことだったと。(50–55)

これは「歴史」を客体化せず、確定しない歴史を未来に向けて「革命」させ続ける、去りゆく世代から次世代の国民への「教え」を込めた呼びかけでもある。独立を求めた戦争の経験によって暴力的な革命の精神的充溢と実効を一度容認したイェイツは、暴力の否定すべき危険までも詩のイメージで美的に昇華し、隠蔽もした。だが同時に時の流れを螺旋的に回転し、繰り返す革命の瞬間に生き、見届けて、よみがえる「記憶」として表現し続けようとするイェイツの詩は、自らに向けられる批判をも覚悟し、むしろその対立の中にこそ新たな「調和と統一のイメージを模索すべき」と信じた。イェイツが抱くあるべき詩人としての矜恃でもある。

註

テキストには *The Variorum Edition of the Poems of W. B. Yeats*. Ed. Peter Allt and Russell K. Alspach. London: Macmillan, 1957. を使用した。邦訳は鈴木弘訳など先行する訳業を大いに参考にした。詩作品からの引用は行数で示した。

(1) 新妻ジョージの自動筆記と霊との対話の記録から始まった本書は、一九二五年に私家版として出版された後、三七年に大幅な加筆と改訂が加えられて再出版された。

(2) これはヨーロッパ文明に非ヨーロッパを都合良く回収し、帝国主義の文化に荷担するモダニズムの一面でもあると、ブラッドリーはサイードを引いて論じる。(Bradley 97)

(3) 一八九〇年頃のイェイツの詩「アイルランド作家たちの物語選集への献辞」('The Dedication to a Book of Stories selected from the Irish Novelists') には以下のフレーズがある。「この悲劇の島エールをエールの民自らが支配していた時代には／緑の大枝には無数の釣り鐘の花が咲きほこって／風にさざめく大枝の緑からは、息を潜めた妖精や／ドルイドの優しい教えが、聞くもの全ての耳に届いていた。(中略)［詩人が過去から現代にこの一枝の釣り鐘花をもたらせば］その鐘の音が、皆の記憶を、／半ば忘れ去られていた、懐かしく汚れなき土地の記憶を呼び戻し／その時マンスターの野からもコネマラの空からも／我らの苦しみと憎悪の痕跡は消し去られているのだ。」(1-4, 21-24)

(4) イェイツの傍らでパウンドが試みた詩の革新については、伊達「『ポエトリー』誌の編集理念と詩論」、「パウンドの『リトル・レビュー』誌編集」参照。

(5) マカードゥルについてはスミスの伝記 *Dorothy Macardle: Life* に拠った。また本稿の執筆にあたり、マカードゥルの歴史分野での著作の意義を含め、当時の歴史学における独立運動期から共和国成立時期のナショナリズム史観に関する知識や、その後の修正主義の学問的および政治的な関係の理解については、森ありさ著『アイルランド独立運動史――シン・フェイン、IRA、農地紛争』（一九九九）の「序章」での概説（五―一八）、および勝田俊輔「学会動向：「共同体の記憶」と「修正主義の歴史学」――新しいアイルランド史像の構築に向けて――」から特に大きな啓発を受けた。

(6) 例えば「一九二二年七月」と題された第七八章では、「自由国」政府となる当時の暫定政権のプロパガンダやリパブリカンが「不正規軍」と呼ばれるに至った不当性を、メディア報道の用語分析を通して厳しく糾弾する。その実証的な主張には説得力があるが、こうした批判は一方的に「自由国」側だけに向けられている。(Macardle 765–67)

(7) 『試練による平和』は、当該分野の歴史研究における一次資料に基づいた基本的文献との評価を得ている。ロングフォード (Pakenham) は、後に自らデ・ヴァレラの伝記を共著で著した。

(8) この面は、一九七〇年以降に北アイルランド問題が激化した時、IRAが依拠するナショナリスト史観を牽制し、英国、あるいはユニオニストの立場を利する政治性を見せることにもなる。ボイス参照。共和国のイデオロギーに基づく歴史学派と修正主義の歴史学派の間には、なお歴史解釈に対する学問的評価や手法の妥当性に対する意見の相違が見られる。森、勝田、他参照。

(9) イェイツの創作と「優生学」など当時の科学的な知との関係については、Armstrong, *Modernism, Technology and the Body: A Cultural Study*、および萩原『イェイツ：自己生成する詩人』参照。

(10) イェイツは三〇年もの間運命の女性と定めてきたモード・ゴンへの最後の求婚が拒絶されると、一七年にジョージー・ハイド・リースと結婚して、新たな生活に入る。

(11) 'In Memory of Eva Gore-Booth and Con Markiewicz' や 'Coole Park, 1929' および 'Coole and Ballylee, 1931' の一連の作品がある。

(12) 自由国の教育制度については O'Callaghan 参照。イェイツと自由国の教育制度との関係については、諏訪知亮「カウンター・アイルランド」の論考が興味深い。および伊達「二十世紀アイルランド詩に見るエスニシティの意識とその脱歴史化」参照。

(13) イェイツ自身も、グレゴリー夫人への手紙で国家をめぐる自身の考察が「未来のアイルランドの若者たちに影響を与えるだろう」。「少なくとも［我々の世代が］いかに真摯に生き、考えたかを示すはずだ」と自信を伝えている。(Foster, *Story* 74)

参考文献

Armstrong, Tim. *Modernism, Technology and the Body: A Cultural Study*. Cambridge: Cambridge UP, 1998.

Auden, W. H., *The Complete Works of W.H. Auden: Prose volume II. 1939–1948*. Ed. Edward Mendelson. Princeton: Princeton UP, 2002.

Boyce, D. George and Alan O'Day, eds. *The Making of Modern Irish History*. Oxford: Routledge, 1996.

Bradley, Anthony. *Imagining Ireland in the Poems and Plays of W. B. Yeats: Nation, Class, and State*. London: Palgrave Macmillan, 2011.

Coolahan, John. *Teaching Irish Independence: History in Irish Schools, 1922–72*. Cambridge: Cambridge Scholars Publishing, 2009.

Cullingford, Elizabeth. *Yeats, Ireland and Fascism*. London: Macmillan, 1981

Foster, R. F. *The Irish Story: Telling Tales and Making It Up in Ireland*. London: Penguin, 2001.

——. *W. B. Yeats: A Life I: The Apprentice Magi 1865–1914*. Oxford: Oxford UP, 1997.

——. *W. B. Yeats: A Life II: The Arch-Poet 1915–1939*. Oxford: Oxford UP, 2003.

Gaudier-Brzeska, Anri. 'Vortex,' *BLAST* 2. London: Blast, 1914. 33–34.

Gosse, Edmund. 'War and Literature.' *Edinburgh Review*, vol. 220 (Oct. 1914): 313–32.

Graves, C. Desmond. *The Easter Rising in Song & Ballad*. London: Stanmore Press, 1980.

Howes, Marjorie. *Yeats's Nations: Gender, Class, and Irishness*. Cambridge: Cambridge UP, 1998.

Loizeaux, Elizabeth Bergmann. *Twentieth-Century Poetry and the Visual Arts*. Cambridge: Cambridge UP, 2008.

Macardle, Dorothy. *The Irish Republic: A Documented Chronicle of the Anglo-Irish Conflict and the Partitioning of Ireland, with a Dtailed Account of the Period of 1916–1923*. Prefaced by Éamon de Valera. Dublin: Wolfhound Press, 1999.

Mansergh, Nicholas. *The Irish Fee State—Its Government and Politics*. London: George Allen & Unwin, 1934.

Mathews, P. J. *Revival: The Abbey Theatre, Sinn Fein, the Gaelic League and the Co-operative Movement*. Cork: Cork UP in association with Filed Day, 2003.

McMahon, Timothy G. *Grand Opportunity: The Gaelic Revival and Irish Society 1893–1910*. Syracuse: Syracuse UP, 2008.

O'Callaghan, John. *Irish Education: History and Structure*. Dublin: Institute of Public Admiration, 1981.

Pakenham, Frank (Lord Longford), *Peace by Ordeal—The Negotiation of the Anglo-Irish Treaty, 1921*. 1935. with intro. by Tim Pat Coogan. London: Pimlico, 1992.

Pearce, Donald R., ed. *The Senate Speeches of W. B. Yeats*. Prendeville Publishing Limited, 2001.

Said, Edward W. *Culture and Imperialism*. New York: Vintage, 1993.

Smith, Nadia Clare. *Dorothy Macardle: Life*. Dublin: The Woodfield Press, 2007.

Yeats, William Butler. *The Collected Works of W. B. Yeats vol. 1: The Poems*. 2nd ed., Ed. Richard J. Finneran. New York: Scribner, 1997.

——. *The Collected Works of W. B. Yeats vol. 3: Autobiographies*. Ed. William H. O'Donnell and Douglas N. Arhibald. New York: Scribner, 1999.

——. *The Collected Works of W. B. Yeats vol. 5: Later Essays*. Ed. William H. O'Donnell. New York: Scribner, 1994.

——. *The Variorum Edition of the Poems of W. B. Yeats*. Ed. Peter Allt and Russell K. Alspach. London: Macmillan, 1957.

イェイツ、W・B『イェイツ全詩集』、鈴木弘訳、北星堂、一九八二年。

勝田俊輔「学会動向：「共同体の記憶」と「修正主義の歴史学」――新しいアイルランド史像の構築に向けて――」、『史學雑誌』一〇七（九）、一九九八年。一六三八―五三。

小関隆、勝田俊輔、高神信一、森ありさ「アイルランド近現代史におけるナショナリズムと共和主義の『伝統』」、『歴史学研

究』第七二六号、一九九九年。二二一―二二二。

諏訪友亮「カウンター・アイルランド――W・B・イェイツと自由国の教育――」『早稲田大学大学院文学研究科紀要』第五七号、二〇一一年。一九―三〇。

伊達直之「パウンドの『リトル・レビュー』誌編集――『個人主義』ということばの綱と結び目」『オベロン』（南雲堂）第二九巻、第一号（通巻五九号）、二〇〇一年。一〇三―一一三。

――「『ポエトリー』誌の編集理念と詩論：パウンドとモンローの二つのアメリカ現代詩観」『英文学』（早稲田大学英文学会）七五号、一九九八年。八八―一〇三。

――「二〇世紀アイルランド詩にみるエスニシティの意識とその脱歴史化：詩人W・B・イェイツの独立運動・内乱・文学」、『近代国家の形成とエスニシティ』渡辺節夫編著、勁草書房、二〇一四年。二二一―六五。

中央大学人文科学研究所編『ケルト復興』中央大学出版部、二〇〇一年。

萩原眞一『イェイツ――自己生成する詩人――』慶應義塾大学教養研究センター、二〇一〇年。

森ありさ『アイルランド独立運動史――シン・フェイン、IRA、農地紛争』論創社、一九九九年。

5

ユダヤ人、ホロコースト、そしてアイリス・マードック
——ポスト・ヒットラーの世界における癒しの可能性

大道　千穂

はじめに

一九九〇年代がもうすぐ終わろうとする頃、私はロンドン大学の修士課程で現代イギリス小説を学んでいた。ある日、現代英米女性作家を読むクラスでエミリー・プレーガー（Emily Prager, 1949– ）の『イヴの入れ墨』（*Eve's Tattoo*, 1991）を読む機会があった。これはナチス政権下のアウシュヴィッツ強制収容所で撮影されたある一枚の女性収容者の写真に強く心をとらわれたヒロインが、自らの腕にその女性と同じ識別番号を彫り、アウシュヴィッツに消えた無名の女性たちの人生を周囲に語り伝えていくという、一風変わった物語である。ホロコーストがもたらした苦しみを非ユダヤ人が語ることはできるのか、歴史を風化させないためには何ができるのか、といったさまざまな問題が、学生たちの活発なディスカッションを招くのではないかと私は期待した。しかし実際には、その授業はある一人の成人学生の発言によって打ち切られるように終わった。「ホロコーストの悲劇を経験しなかった人間がホロコーストを語ることも議論することも、私は許すことはできない」、「ホロコーストはユダヤ人にしか語りえない物語だ」——親戚を強制収容所で亡くした経験を持つというユダヤ人の女性が涙を流

しながらこう言った時、クラスの中には反論を唱えたそうな表情の学生は複数見受けられたが、正面切って言葉を発する者は誰もいなかった。その言葉の前には、非ユダヤ人の学生は沈黙するより他なかったのである。

「私たちはまだ二つの戦争とヒットラーの経験から立ち直っていない」("Against Dryness" 287)。アイリス・マードック(Iris Murdoch, 1919–99)がエッセイ、「乾燥性を排して」にこう書いたのは一九六一年のことであったが、一九九九年のイギリスでも、この言葉は過去のものになってはいなかった。ヨーロッパでヒットラー後の世界を生きるとはこういうことなのかと、強烈な印象を受けた出来事であった。

しかし、はたして本当に、ホロコーストはユダヤ人だけのものだろうか。もうすぐ戦後七〇年を迎える。ホロコーストの悲劇を実際に体験した人口は年々減っている。これからは当然のことながら、非経験者たちによって語り継がれていかなくてはならない。その語り部は果たしてユダヤ人でしかありえないのだろうか。イギリス小説におけるユダヤ人の表象を研究する第一人者の一人であり、自身もユダヤ人であるブライアン・シェイエットは、一九九八年のシンポジウムにおいて、非ユダヤ人による「ホロコーストの盗用には未だ懐疑的である」と述べている。

もっとも皮肉な言い方をするならば、ホロコーストを題材に小説を書くことは、作家としてより高く評価されるために通る道として悪くない。その業績があればその作家は即座に純文学者であると認められるだけでなく、特にその作家が非ユダヤ人である場合には、作家の関心の広さまでもが認められるのである（他方でユダヤ人作家がホロコーストを喚起させる小説を書くと、関心の幅が過度に狭いか、あるいは過去に取りつかれている作家として片づけられかねない）。(Cheyette 104)

ここからは、ホロコーストを非ユダヤ人作家が書くことへの痛烈な批判が読み取れる。やはりヨーロッパでホロコーストを書くことは、非ユダヤ人にとって（シェイエットの文章によるとユダヤ人にとっても）非常に難しいことのようだ。しかしそれでも、ホロコーストを書く非ユダヤ人作家はいる。なぜ書くのだろうか。本稿はアイリス・マードックとその作品を例にとり、非ユダヤ人がホロコーストを語る可能性と意味を探ることを目的とする。

マードックはホロコーストとかかわりを持つユダヤ人を数名描いているが、戦争中を舞台に彼らを描いた作品はない。登場するのは強制収容所からの生還者や、ホロコーストを直接経験してはいないが何らかのかたちで深くホロコーストにとらわれる人々である。そしてホロコーストを語るマードックのユダヤ人は、一様に精神の均衡を崩している。生の輝きにあふれる現在が、死と隣り合わせであった過去とつながっていることに折り合いをつけられない者、他者への共感力を完全に失ってしまった者、同胞の思いと歴史を背負っていかなくてはならないという使命感に押しつぶされそうになる者。ホロコーストを題材にとるだけでさまざまな非難を受けることを避けられないポスト・ホロコーストのヨーロッパにあって、マードックがあえてこの題材を選び、しかも心理的な危機状態にあるユダヤ人を描き続けたことは、勇気ある行動であったとはいえまいか。本稿ではホロコーストとのかかわりを強く持つ登場人物たちの分析をとおして、マードックが彼らを描く意図を考察していく。

一．ウィリー・コスト――強制収容所とメランコリー

「強制収容所を生き延びた人々は、彼らがひどい自責の念と自らを恥じる思いに苦しめられていることを告白するんだ」、マードックの後期小説、『地球へのメッセージ』(*The Message to the Planet*, 1989) に登場する精神科医のマーツィリアン医師は述べる。

「こうした思いがあまりにも大きいために、解放された途端に自ら命を絶つ者や、解放後、何年も月日が経ってから自殺する者が出たほどだ。この特定の罪意識は果てしなく大きく深い。なぜならその罪悪感を誘発した悪が果てしなく大きく深い、人類の歴史の中でも他に例がないものだからだ（略）」(*Message* 498)

『良き人と善き人』(*The Nice and the Good*, 1968) に登場するウィリー・コストはこうしたホロコースト・サバイバーの一人だ。ウィリーは戦争が終わり、ダッハウ強制収容所から自由になった後に難民としてイギリスにわたった古典学者である。政府機関の長を務める裕福で博愛主義的なオクタヴィアン・グレイの好意で、今はグレイ邸の敷地内にあるバンガローで暮らしている。孤独な境遇にある彼を「家族の庇護の下においてやろうと」(*Nice* 48) オクタヴィアンに紹介したのは、オクタヴィアンの部下のジョン・デュケインだった。しかし屋敷に住む誰もがウィリーを温かく迎え入れる用意があるにもかかわらず、肝心のウィリーは周囲に打ち解けようとしない。夜は必ず、そして昼間でも時には数週間にわたって、彼は一切の来客を拒んだ。好奇心からウィリーを夜に訪問してみた者は、彼が部屋で電気もつけずに泣いているらしい姿を目撃したように思ったという (*Nice* 96)。さら

に、彼は折に触れて自分にとって生きることは耐えきれないほどの重荷であり、それ故もうじき自分は自分の命に終止符を打つだろうと宣言した。ますます際立っていく彼のメランコリー気質は皆を心配させた（*Nice* 47–48）。誰もが「ウィリーにじゅうぶんにしてあげられていない気持ち」を持ちながらも、彼は「かんたんに手を差し伸べられる相手ではない」（*Nice* 48）ことを感じていた。

周囲にとってウィリーの扱いが難しいのは、ウィリーのような過去を持つ人間がどのような気持ちで生きているのかが誰にも想像できないからである。ダッハウにいたという彼の過去が、彼と周囲の人間の双方にとって壁になっているのだ。「あなたがもっとウィリーに会うべきなのよ」（傍点は原文ではイタリクス）、オクタヴィアンの妻ケイトはデュケインをけしかける。

「（略）あなたは人と直接話して、何をすべきか言ってあげることができる人だわ。私たちの殆どは、そうすることがこわいのよ」

「ひどいことをおっしゃいますね！」デュケインはそう言って笑った。

「真面目に言っているのよ。もし、あの強制収容所がどんなところであったかを誰かに強制的に言わされたら、それはウィリーにいい効果を生むに違いないと思うの。彼はこれまでに誰にも、一言も、あのことについて話したことがないと思うから」

「あなたが正しいかどうか、疑わしいですね。それがどんなに難しいことかということも想像できますし」、とデュケインは言った。しかし同じ考えは、彼にも前に浮かんだことがあった。

「人間は過去と折り合いをつけなくてはならないわ」、ケイトは言った。

「ウィリーが経験したほどの規模で人間が不正や苦痛を味わった時には」、デュケインは言った、「それは単純に不可能なことなのかもしれませんよ」

「許すことができないということ？」

「許すことはもちろんできないと思いますが、それ以前に、おそらくは、そのことを考えるすべを見出すこと自体が――できないのかもしれません」

ウィリー・コストであるとはどういうことなのか。この問いに答えようとして、デュケインの想像力はそれまでにもしばしば虚しく格闘していたのだ。(*Nice* 48–49)

ここにはウィリーが自分の中に抱え込む経験を語ることでトラウマを克服できるのではないかという期待と、ウィリーが抱えている経験は人間が言葉にしえないほどのものであり、救いの道など土台ありえないものなのではないかという遠慮が交錯している。その答えは誰にもわからないので、周囲は沈黙せざるを得ないのである。では実際のところ、せっかく解放されて自由になったにもかかわらず、心を閉ざして自分の殻に閉じこもるウィリーの心理は、どのような状況にあるのだろうか。

臨床心理学、トラウマ学の専門家である森茂起によれば、「強制収容所症候群」(KZ-syndrome) という用語が初めて使われたのは、一九五四年のことであった（森・港　二八―二九）。長らく極度の飢餓状態におかれていた元収容者は、解放された時にさまざまな身体的病訴を抱えていた。そのため解放直後はそちらの治療にばかり目がいくことになり、収容所体験が収容者の心に与えた影響は一九五〇年代になってようやく注目され始めたのである。(Ryn 27)「強制収容所症候群」という用語の確立は、ホロコーストの「心理学化」に大きな役割を果たしたと森は述べている（森・港　二九）。

それでは強制収容所症候群とはどのような症候群なのだろうか。一言で言えば、「強制収容所経験に由来する症候群」ということになるが（森・港　二九）、その兆候は多様なかたちで現われた。ポーランドの精神科医であり外交官であるズィスワフ・リンによれば、強制収容所の体験は殆どの収容者にとって、それまでの経験とはあまりに異質の衝撃的なものであり、その衝撃に耐えきれない者も多かった。収容所に到着してからあまり時を経ずして亡くなった収容者たちに関していえば、病気や飢えなどによる肉体の衰弱による死よりも、精神の衰弱による死のほうが多かったという。そして最初の衝撃を乗り越えた収容者たちも、その後さまざまなかたちで心身症を患っていった。例えば、現実とは信じられないほどの凄惨な収容所の実態を前に、現実と非現実の境目がわからなくなる者はとても多かった。彼らは現実に対する感覚を鈍らせることでようやく目の前の恐怖から心を守ったのだ。また、生きて収容所を出るという希望をなくした者の多くが鬱病を発症した。[1]

しかしおそらく、収容所で心を病んだ人々が解放とともに健康な心を取り戻すことができていたならば、強制収容所症候群という言葉は生まれなかっただろう。長期間にわたり極度の精神的苦痛を受け続けた彼らの多くは、解放後の普通の社会生活に適応できなくなってしまった。リンは、アウシュヴィッツの元収容者にみられる典型的な行動を分析したZ・ジャゴダらの論文から次の文章を引用している。

強制収容所を生き延び、ふたたび自由を獲得したことに至福の幸せを感じた者はほんの一握りであった。（中略）彼らは周囲を不信と懐疑の目でみた。彼らは自分たちは誤解され、拒絶されていると感じた。そして彼らは家族、友人、あるいは近しい仲間にすら、深い感情的絆を形成することができなくなっていた。外

傷や病訴が癒えた後も、彼らの精神において強制収容所の現実は生き続けた。(Ryn 25)[2]

収容所を生き延びた人々を待っていたのは、彼らがそう信じていたであろうような、以前の普通で幸せな生活への復帰ではなかったのである。

この理解に照らすと、ウィリーのメランコリーは強制収容所症候群の典型的な兆候のようにみえる。少なくとも彼を取り囲む周りの人びとの解釈ではそうである。彼が人を拒絶し、結婚も考えられないのは、彼が人を信じられないからであり、目の前の現実を自分のものとして受け入れられないからである。実際ウィリーはこう言っている。「僕は現在を持たない過去なんだ」(*Nice* 353) と。しかし、もしマードックが強制収容所症候群の悲劇を描こうとしただけなのであれば、非ユダヤ人がホロコーストを書く時に一般的にこのような非難がつきものであるように、強制収容所ともっと近い関係にあった作家の手に任せてもよかったのかもしれない。マードックがウィリーを通して描こうとしたことは、これだけではないように私には思われる。ウィリーの苦しみの本当の原因は、物語の終盤、オクタヴィアンの兄テオとの会話の中でようやく語られる。


「テオ、人は過去に対して何ができるかな?」

「許すことさ。過去を心の平和のうちに迎え入れてやれよ」

「それは無理だ」

「ヒットラーを許さなくてはならないよ、ウィリー。もうその時が来た」

「ヒットラーめ、いまいましい。許すもんか。絶対に許さない。でも違うんだ、あいつなんて関係ない」

「じゃあ何が問題なんだ？」

「僕自身を許すことだ」

「どういう意味だい？」

「奴がやったことじゃない。僕がやったことなんだ」

（中略）

「僕は二人の人間を裏切った、怖かったからだ。そして二人は死んだんだ」

「あの地獄では――。君は自分のことも憐れんでいいんだよ、ウィリー」

「ガス室に送られたんだ。僕自身の命は危険にすらさらされなかった」

「私たちは土からつくられた肉塊にすぎないんだ。苦痛の中でも絶対に理性や善性が崩れない人間などいないんだよ。『僕が殺した』なんて思うな。殺されたって思うんだ」

「でも実際僕が殺したんだ」(*Nice* 353–54)

ここに至り、読者は初めてウィリーの苦しみの本質を理解する。彼はホロコーストという極限の悪を目撃したことにではなく、恐怖心に負けて一瞬であれ自分の良心を捨て、その悪に自らが加担したことに苦しんでいるのだ。ドイツ政府から支給される補償年金で暮らしていることも (*Nice* 48)、ウィリーの罪意識をさらに深いものにしているのだろう。(3) 被害者としての苦しみはもちろん大きい。しかし悪に能動的にかかわった加害者としての苦しみもまた、同等か、あるいはそれ以上に大きいのである。加害者には悔恨の情がつきまとうからだ。

ここで再び『地球へのメッセージ』のマーツィリアン医師の言葉を引用したい。

「（略）なぜ罪のない者が罪悪感に苦しまなければならないのだ？　彼らは自分たちの潔白を喜び、怒りを込めて邪悪な者たちを指し示せばよいのではないのか？　と人は言う。しかし肉体と魂をはぎ取られた時、だれが潔白であるといえようか？　聖人なみの勇気が求められる時、普通の道徳はどこにあるのだろうか。絶対的な悲惨さ、そして絶対的な恐怖は、瞬く間に人間をもっとも下品で堕落したレベルの自己防衛本能の塊へと矮小化してしまう。邪悪な人々は知っていたのだ。犠牲者たちが自分たちと協力しなければ生き延びられないということを。単純な服従が一人の人間を生かし、より勇敢な人間を死なせてしまうというような、おそらくは無限に小さなレベルの協力であったかもしれない。しかしそれでも、悪に協力してしまったという自己認識が、生き延びた者たちをうろたえさせ、恥辱にまみれさせる。そして、自分は自由意思によって生きる価値のある存在であるという自信を彼らから奪ってしまう。静かに、躊躇なく屈服したという意味で協力的であった者たちもまた、同胞を苦しめたとしたら、我々は屈服した彼らをどう考えればよいだろうか？　自分の命の危険を試みずに他者に助けや慰めを与えた高潔で勇気ある者たちですら、後になって自分にはもっとできることがあったのではないかと言い、もう少しできたかもしれなかったのにやりそこねた小さな善の行為を、命尽きるまで思い続けるのだ（略）」(*Message* 498)

ウィリーはまさしく、この苦しみを味わっている。あきらかに被害者でありながら、彼は加害者の苦しみをも背負っているのだ。そして、このような思いを多くの生還者たちが味わっているのだとしたら、ホロコーストは六百万人ともいわれる犠牲者の命だけでなく、生き残った者たちが前を向いて生きていく為に必要な自尊心までも奪った、罪深さにおいて際立つ歴史的できごとであったとはいえないだろうか。森茂起はホロコーストと原爆被爆の二つを「いわゆる通常兵器を超えた攻撃が行われた特異例」、「第二次世界大戦の影響を代表する事象」（森・港　三三）として一括りに考えているが、そういう意味ではこの二つの出来事もまた、大きく異なるのである。原爆被爆者は、加害者意識に苦しむことだけはなかったはずだ。

しかし同時に、このウィリーの告白を聞くに及んで、ウィリーの苦しみと、かつてインドの地で何かの事情で（同性愛だろうか）現地の若い僧侶が若くして死ななくてはならなくなった原因を作ってしまった自分に対する罪意識をひた隠しにしてきたテオの苦しみ、その日に限って夫とけんかをし、外に出ていく彼を呼び止めなかったがために、家の前を偶然通りかかった暴走車に夫がひき殺されたことを悔やみ続けるメアリーの苦しみ――こうした多様な登場人物の秘めた苦しみが、不思議なことに、重なってくる。もちろん家の前で偶然起きた自動車事故とホロコーストは本質的に異なる。しかし個人の苦しみという次元において、メアリーの苦しみとウィリーの苦しみは、全く異質のものとはいえない。そして、二人ともが語ることによって救われていく点でもまた同じである。それまで誰にも語ることができなかった夫の死の瞬間をデュケインに語り終えた時、「『言葉よ、ジョン』、とメアリーは言った。『言葉、言葉、言葉。』彼女は自分の言葉によって自分が慰められていくのに身を任せた」（*Nice* 214）。テオに促されてすべてを話した後のウィリーも、メランコリーからやや遠ざかった感がある。

ホロコーストは想像を絶する、語る言葉を見つけることが難しいできごとである。しかしそれでも、語ることによる人間同士の共感は可能であるという、小説家マードックならではのメッセージを、ここから受け取ることはできないだろうか。フランシス・ホワイトはこう述べている。

マードックは、（彼女が尊敬した（中略））ジョージ・スタイナーや、（彼女が尊敬しなかった）ハンナ・アーレントのように、ホロコーストを哲学的、政治的、あるいは文化的見地から分析する道を模索しはしない。そうではなくむしろ、彼女はホロコーストを自分の内に取り込み、深く彼女の想像力に浸透させ、彼女の道徳への理解と同化させ、そして彼女の芸術の中に取り込んでいるのだ。(White 93)

マードックはホロコーストを、人間の悪、苦しみのもっとも極端な例として用いていると感じる。しかし同時に、彼女はそれが歴史から隔絶した、経験した者以外には全く理解できない苦しみとは限らないと考えていたのではないだろうか。マードックはその作品の中で、ホロコーストを個別化すると同時に普遍化しながら、人間の苦しみ、共感、癒しの可能性を探っているように思われる。

同じく強制収容所からの生還者である『かなり名誉ある敗北』(*A Fairly Honourable Defeat*, 1970) のジュリアス・キングは、このような議論の流れの中で、どのような位置づけが可能であろうか。

二．ジュリアス・キング――過剰な自己防衛本能と悪魔的人格

ジュリアス・キングはその名のとおり、他者に対して圧倒的な力をもつ支配者のような人物だ。物語はアメリカで生物兵器の開発にかかわっていた彼が、その仕事をやめてイギリスに帰国したというニュースを新聞で見知ったヒルダ・フォースターと、夫ルパートの会話から始まる。ルパートはオックスフォード大学大学院時代のジュリアスの学友である。科学は人間にとって利益をもたらす物を生み出す一方で軍議的関心から破壊的な物を生

み出す、善と悪のきわどい境界線に立つ領域であるというルパートの見解と（*Defeat* 12）、よくわからない物を扱う時の慎重さを思わせるジュリアスに対する二人のどこか遠慮がちな発言が相俟って、ジュリアスの人格そのものもまた、善と悪の境界線上にあるのではないかと読者に予感させる。

しかし実際のところは、ジュリアスの言動から感じ取ることができる彼の人格は圧倒的に悪に傾いている。哲学を志す者として善く生きたいという気持ちの強いルパートを、ジュリアスは冷笑する。「でも善が存在するということは君も認めるだろう？ それが限定的で退屈なものであるとしても」、と問いかけるルパートに対してジュリアスは次のように答える。

「人を助けたり、他人に利用されるがままになっていたりということはあるさ。しかし（中略）君も知ってのとおり、いろいろな動機があって人はこういうことをするのさ。この手のことを私利的な動機から行っていない場合というのをお見かけすることがあんまり稀なものだから、そういうことはあるのだろうかと考えることすら私はやめてしまったよ！ 道徳的に咎められるところが何もない、本当に優しくて無私な存在になろうとしたら、神にならなくてはならない。そしてわれわれは知っている。彼はいないってことをね！」

（*Defeat* 224–25, 傍点は原文ではイタリクス）

ジュリアスにとっては、人間の善などというものは存在しない。同様に彼が信じられないのは、人間と人間の絆である。

「（略）自分自身の私的な要求に追い立てられて人間は盲目的に互いにすがり合い、離れてはまた抱きあう。（中略）その役割を果たすのは誰だっていいのさ。人間が互いを本当の意味で見ることなどないのだから。簡単に壊れない人間の結びつき《リレイションシップ》なんて存在しないんだよ（中略）。壊されて本当に深刻な事態になるような関係もまた、ありはしないのさ。人間は本質的に代わりを探す生き物なのだから」(*Defeat* 233)

ジュリアスは彼のこの信念を証明するために、旧友のルパートとアクセルをそれぞれパートナーから引き離すという計画を立て、周囲の人間を操り人形のように操りながらその計画を淡々と実行に移していく。その結果、アクセルは彼の策略を見破って恋人とのより強い絆を手に入れることができるが、ルパートは彼の策略に見事にはまり、絶望して自殺する。アクセルはもちろんのこと、ある意味では関係が壊れたことに傷ついて自死を選んだルパートもまた、命は落としたが人間の結びつきがジュリアスが思っているよりも深く意味あるものであることを証明したことになる。つまりジュリアスの実験は見事に失敗したのだ。しかしジュリアスはまんざらでもないような爽やかな様子でこの地を後にする。

それでは友人を自殺に追い込んで何の痛みも感じないようなジュリアスが、ホロコースト・サバイバーであるということにはどのような意味があるのだろうか。ジュリアスもウィリー同様自分の過去を人に語ることは殆どないが、ヒルダの義理の弟のタリスにだけは、聞かれるがままに自分の過去のことを話す。彼が戦争中にベルゼン強制収容所に収容されていたことも、彼の苗字が以前はユダヤ人に典型的な「カーン」であったことも、タリスとの会話の中で明かされる。タリスはジュリアスがその存在を否定した、何の利益も求めずに人を助け、人に利用されるままになっているような人物だ。善なるものだけでできているようなタリスと、悪だけでできているようなジュリアスの間にたしかなコミュニケーションが、あるいは絆が、成立することは興味深い。

A・E・デナムはジュリアスを人への共感力のない精神病質《サイコパシー》であるとし、家族や社会から疎外されたり、過激な蛮行を目撃したりした彼の個人史は、精神病質を持つ人々の個人史と共通するものだと論じている(Denham 352)。しかし精神科医の井藤佳恵によれば、人間関係を求める(支配・被支配関係)ことに意味がある彼の行動は精神病質には一般的とは言えないそうだ。(4) それならば、ジュリアスは精神病質を患っているというよりは、やはりウィリーと同じ、強制収容所症候群の一つの兆候をみせていると考えるほうが適切なのかもしれない。リンによれば、強制収容所症候群の一つの特徴的な兆候が、人格変化《パーソナリティ・オータレーシャン》である。強制収容所は収容者の「肯定的な情緒を弱らせ、反社会的、非道徳的言動に報いを与える」ことなどを通して、収容者の道徳観と人格を入念に破壊、剥奪した。そうしていったん意図的に破壊させられた人格は、収容所を解放されたからといって簡単に元に戻るものではなかった。人格変化は主として「社会的態度、性格・情緒障害、固定化した鬱状態、人生に対する虚無感、生と死の両方に対する恐怖感」といった以前とは異なる人生観のかたちをとって表れ、元収容者は収容所経験のない人々に比べ一般的に低いレベルの自己受容を示す傾向があるという。そして彼らの多くは周囲から理解されていないという強い疎外感に苦しむのである。(Ryn 26)(5)

通常の人間が考える範囲をはるかに超える「悪戯」で友人を陥れるジュリアスの言動を、人格変化の説明に照らして考えてみよう。人間性や生きる価値を奪われた過去がある彼は、二度と弱者の側に立たなくてよいように、二度と人間性を否定されないように、他者を支配しようとしたのではないだろうか。自分自身が回復できなくなった人間同士の絆を、他の人間からも奪おうとしたのではないだろうか。これは同時に、人間同士に真の絆があるということをもう一度信じさせてほしいという渇望の表れでもあったのかもしれない。ジュリアスの大きな悪の背後に彼の大きな悲しみが見え隠れする時、善と悪の境界線を引くことは難しくなる。ことによると、タリスは収容所に送られる前のジュリアスの姿であったのかもしれないのだ。二人の奇妙に固い絆は、そのような可能性すら感じさせる。つまりジュリアスもまた、ホロコーストの被害者であり加害者なのだ。

ジュリアスの今後はわからない。しかし、彼の腕に残る強制収容所の識別者番号の入れ墨にタリスが気づいたことの意義は、小さくはないはずだ。「互いを本当に見る人間なんていない」(*Defeat* 233) と言っていたジュリアスが、かつてジュリアスと肉体関係のあったタリスの妻モーガンがジュリアスの入れ墨に気づかなかったことに驚くタリスに、「これ［入れ墨］はある特定の光のもとでしか見えないのかもしれないな」(*Defeat* 430)、と言う時、その言葉の中にはかすかながらタリスへの親愛の情を読み取ることができる。ジュリアスが最後に爽やかな別れの言葉を残すのは、実は、彼の実験の失敗にもっとも深い喜びを感じているのが、彼自身であったからなのではないだろうか。破壊された彼の人格が再統合される可能性を、ほんの少し信じてみたくなる結末である。

三．第二、第三世代のユダヤ人たち――引き継がれる苦しみと、癒しの可能性

以上、強制収容所の直接体験を持つ二人の登場人物をとおして、マードックがホロコーストを書く意図を検証してきた。本節では、マードックの後期作品から『地球へのメッセージ』、『ジャクソンのジレンマ』(*Jackson's Dilemma*, 1995) を取り上げ、これらの小説に登場するユダヤ人がここまでの議論にどのようにあてはまるかを見ていくことにする。

『地球へのメッセージ』に登場するマーカス・ヴァラーとアルフレッド・ルーデンス、『ジャクソンのジレンマ』に登場するトゥアーン［トマス］・アベルソンは、ホロコーストの直接の被害者ではない。マードックがだいたい執筆時と同時代を舞台とする作品を書くことが多いことを考えると、ウィリーやジュリアスは一九七〇年前後、マーカスやルーデンス、トゥアーンは一九九〇年代前半くらいのイギリスを生きているのだろう。マーカスは彼らより上の世代の人間だが、ルーデンスやトゥアーンにとっては、ホロコーストは両親や祖父母の時代のできごとだ。祖先はルーマニアに住んでいたというマーカスは裕福な銀行家の両親のもとスイスに生まれ、主としてイギリスで教育を受けた。若い時は天才数学者として名を馳せた思想家である。若手の歴史学者であるルーデンスは父方の祖父母が子供の時にイギリスに移住したポーランド系ユダヤ人だ。ユダヤ教にもユダヤ人にも興味のない父のもと、特定の民族的アイデンティティを確立することなく育ったと自負している。ユダヤ人、ユダヤの歴史を学者として冷静な目で見ていることは、彼の誇りである。トゥアーンは一四歳の時にヒットラーの迫害を逃れて祖父母とともにイギリスに移住したユダヤ人の父と、スコットランド人の母を持つ三〇歳の青年だ。週の半分はエディンバラで祖父が設立した印刷会社の社長として働き、もう半分はロンドンで本屋の店員として働いている。ユダヤ教神秘主義に強く魅せられているこの青年は、大学を卒業してまだ間がない、これまでに扱ってきたユダヤ人登場人物の中でも格段に若い人物である。

このように自分自身はホロコーストとは直接縁がなかった三人であるが、彼らは三者三様にホロコーストの影の下に生きている。マーカスが感じていたのは生き延びたことへの罪意識ではなく、経験しなかったこと、かかわりを持たなかったことへの罪意識なのだろうか。彼はホロコースト関連の書籍を本棚の見えないところに並べ、読みあさり、ひたすらに知識を習得していく。そのうちにマーカスはある使命感にとらわれていく。あれほどの悪、あれほどの残酷に苦しめられたということは、「もしかしたら、私はもしかしたらと言っているだけだが、ユダヤの民は今一度、神に選ばれたのかもしれない。人類に対して言葉を発するために」(*Message* 166, 傍点は原文ではイタリクス)。自分こそが、人類が今後生きながらえるか滅びるかの鍵を握る「メッセージ」を有するという妄想にとらわれたマーカスは、人を惹きつける天賦の才にも助けられて、やがて「癒す人《ヒーラー》」「救済者」としての地位を獲得する。しかし、伝えるべきメッセージは多くの信者、多くの悩みや苦しみに囲まれれば囲まれるほどに、わからなくなるのである。彼は自分の無力に気づき、絶望し、死を選ぶ。

　強制収容所症候群の特性に、親から子へとその兆候が引き継がれることが挙げられるが (Ryn 30)、もしマーカスの妄想がホロコーストの歴史にのめりこみすぎたために徐々に生まれていったものであるとするならば、彼のそれは親から受け継がれたものではない。ユダヤの民の歴史から受け継がれたものだ。小説から想像する限り、彼の両親はスイスで悠々と優雅な生活を楽しんでいる、深い苦しみとは無縁の人物たちなのである。そうなると、今やこの第二世代、第三世代がユダヤ人である必要すらぼやけてきている。ユダヤ人も本から知識を得るようになった今、ホロコーストを非ユダヤ人が語ることとユダヤ人が語ることの間に本質的な違いがあるとは思えない。ユダヤ人と非ユダヤ人を区別する時代は、終わりつつあるとはいえないだろうか。

　ルーデンスはマーカスが信じようとするユダヤ人の使命を否定する。彼は言う。「神はいないということ、歴史に目的などないということ、同時に神の罰などないということ、そしてユダヤ人であれ他の何であれ、運命もないということ。こうしたことを理解するより大切なことはないんだよ、マーカス」(*Message* 166)。ルーデンスの解釈では、ホロコーストは「ひとつの歴史上のできごとであり、そこから世界の意味や宇宙からの警鐘を抽出することなどできない」。そして自分たちがホロコーストという「傷」を抱えていることは、「他のすべての人々がそれぞれに傷をもっているのと同じ」なのだ（*Message* 166）。しかしこう言いながらも実は、ルーデンス自身が深くユダヤ人であるということ、ホロコーストを経験した民であるということに自意識的である。非ユダヤ人の友人にユダヤ人が特別の民ではないと言われると強い反発を感じるし（*Message* 45）、ホロコーストにばかりとらわれているのは間違っていると考えていると、まるで自分たちを忘れるなと言わんばかりにワルシャワゲットーで暮らしていた先祖のからの合図を感じる（*Message* 195）。マーカスの死後、彼とともに生活したサナトリウムを去るために用意したスーツケースを目にした時、彼は瞬間的に行き先も目的も知らされずにアウシュヴィッツ行きの列車に詰め込まれた同胞たちを思い出さずにはいられない（*Message* 503）。そして、偉大な思想家マーカスが、世界に「普遍的な理解」をもたらす「普遍的な言語」を発見してくれることを期待し続けたその姿は、偉大な救済者マーカスに世界を苦しみから救う期待をかけたマーカスの信者たちと大きく変わるとは思えない。ルーデンスは本人の自意識を超えて、経験していないホロコーストが心に巣食っている例なのかもしれない。

トゥアーンはウィリーとよく似た設定の人物である。彼はロンドンの友人サークルにあたたかく迎え入れられているが、彼自身は無口で過去のことは殆ど話そうとしない。やはり求婚されるが結婚はできないと言う。ウィリーと異なるのは、彼を苦しめているのが自分自身の記憶ではなく、ホロコーストを逃れてイギリス行きの列車に乗った時にやむなく妹を置き去りにした彼の父親の加害者意識である点だ。「僕は背負っていかなければならないんだ。父や祖父、そしてすべての人のために――その重荷を、永遠に、その痛みを――すべてを」（Jackson 167, 傍点は原文ではイタリクス）。トゥアーンは自分の加害者意識ではなく、前の世代の加害者意識を背負っているために、結果的には個人を超え、民族をも超え、マーカスと同じく、すべての人間の重荷を背負うようになる。少なくともマードックの小説においては、強制収容所症候群が個人に与える精神的負荷は第二、第三世代へと引き継がれるにつれてさらに増していくようにすら感じられる。しかしそれでも、やはりウィリーの場合と同じように、トゥアーンの苦しみは周囲の人間一人一人が抱えているそれぞれの苦しみと、全く重ならないということはない。トゥアーンもまた、ウィリーがテオに会ったようにジャクソンに会い、ローズマリーに会い、重荷を語ることで少しずつ解き放たれていく。「僕は正しい相手と結婚した。僕は心から彼女を愛しているし、彼女も僕を愛してくれている。僕の涙も理解してくれる。もちろん苦しみは続くだろうが。やがて違うものになることはあるかもしれないが、なくなることはない――あぁ、僕の愛しい愛しい父と母よ」(*Jackson* 235)。互いの苦しみを、理解できないところも含めてそのまま包み込む深く大きな愛があれば、苦しみを抱えた人間も幸せに生きることができる。そんな可能性をこの物語は提示しているのだ。ヘブライ語で寝言を呟くトゥアーンの声を聞いたロザリンドは、「彼の苦しみがすべてなくなることは決してないだろう。私は私の愛でしっかりと、しっかりと、彼を包み込んでいこう」(*Jackson* 235)、と決意を新たにする。結婚し、愛する人の体の温もりに包まれながら幸せにまどろむトゥアーンには、これまでのユダヤ人登場人物にはみられなかった確かな救いが用意されている。

むすびに

マードックが描くホロコーストは、究極の悪と罪のない犠牲者という一般的に理解されているような二項対立的な図式ではとらえることができない。マードックにとってホロコーストは、すべての人の善と悪の境界を曖昧なものにしてしまった、だからこそよけいに悲劇的なできごとなのである。神を失ってうろたえ混乱していた西欧世界から、人間の善性への信頼をも奪い取ったホロコーストがもたらした不安の大きさを、改めて思わずにいられない。そんな中でマードックが示そうとしたのが、ホロコーストの経験者にはいささか夢想的であったかもしれないが、[6] 物語ることによる癒しの可能性ではなかっただろうか。『地球へのメッセージ』には、繰り返し「編む」というイメージが表れ、最後にあるラビがこう語る。

「私たちはみな、それをしなければならないのです。私たちは、おそらくすべての人は、という意味ですが、過去を現在に中に編みこむのです、一生懸命に、永遠に想像し続けるように（中略）二つの時を結ぶのです（中略）強制収容所に収容された人々が自分たちの物語を紡いだように（略）」

（*Message* 429–30, 傍点は原文ではイタリクス）

森茂起、人見佐知子、ミヒャエル・エルマンは、『〈戦争の子ども〉を考える――体験の記録と理解の試み』の第三部、「戦争体験にみる『被害』と『加害』」において、「癒やし＝忘却」という一般的に見受けられる誤解を指摘している。彼らによれば、苦しみの低減とは過去を忘れることではなく、「安定した心の状態のなかで思い出すことが可能になる」こと、「トラウマ性の恐怖や苦痛によって避けてきた出来事を直視することができるようになる」ことである。（森・港　二七七）トゥアーンが幸せなまどろみの中で両親を思えるようになったことは、苦しみの低減に他ならない。その原動力となったのが、彼に語りたくない過去を語らせたローズマリーの愛であり、ジャクソンの愛である。

セックスは「善なるものすべてを生み出す根源的なエネルギーだ」(*Message* 19) と言ったのは、『地球へのメッセージ』の一登場人物であった。テオとウィリー、ジャクソンとトゥアーンなどの例をみても、必ずしも肉体関係がそこに加わる必要はないが、たしかにマードックの描くポスト・神、ポスト・ヒットラーの世界において、人間の善の可能性は愛に委ねられているようだ。

註

(1) 強制収容所症候群の理解はズジィスワフ・リン博士の論文から得た。
(2) ジャゴダら三人の研究者による論文はポーランド語で執筆されているため、リンの英訳を引用元とした。
(3) ドイツ政府は強制収容所の元収容者をはじめとするホロコースト生還者に対して賠償金を支払うことを一九五二年に決定した。(*The Association of Jewish Refugees*. Web. 27 Mar. 2014)
(4) 筆者へのメッセージ。二〇一四年三月二八日。E-mail.
(5) リンの人格変化に関する記述はアウシュヴィッツ＝ビルケナウ収容所の元収容者の人格変化を研究したR・レスニアックの研究論文をもとに書かれている。
(6) 例えばブライアン・シェイエットは、強制収容所を生き延びた作家たちが一帯に言葉への信頼を失っていることに苦しむのに対し、現代の非ユダヤ人作家たちの多くが、物語による過去の贖いの可能性をあまりにも単純に信じているようにみえることに違和感を覚えると述べている (Cheyette 105)。

引用参考文献

Cheyette, Brian. "The Image of the Jew in Post-War English Literature." *Na 1945 . . . : Het beeld van de Jood in de West-Europese Leteratuur.* Cock van Horzen, Elrud Ibsch, Bertie Turksma-Heijmann (Red)en Bryan Cheyette. Symposium op 18 Oktober 1998 in de Synagoge van Delft. Delft: Culturele Werkgroep Synagoge Delft, 1999. 92–109.

Denham, A. E. "Psychopathy, Empathy, and Moral Motivation." *Iris Murdoch, Philosopher: A Collection of Essays.* Ed. Justin Broackes. Oxford: Oxford UP, 2012. 325–52.

Murdoch, Iris. "Against Dryness." *Encounter* Jan. 1961. Rpt. in *Existentialists and Mystics: Writings on Philosophy and Literature.* Ed. Peter Conradi. 1997. Harmondsworth: Penguin, 1998. 287–95.

——. *A Fairly Honourable Defeat.* 1970. Harmondsworth: Penguin, 1972.

——. *Jackson's Dilemma.* London: Chatto & Windus, 1995.『ジャクソンのジレンマ』平井杏子訳、彩流社、二〇〇二年。

——. *The Message to the Planet.* 1989. Harmondsworth: Penguin, 1990.

——. *The Nice and the Good.* 1968. Harmondsworth: Penguin, 1978.

Prager, Emily. *Eve's Tattoo.* 1992. Vintage, 1999.

Ryn, Zdzislaw. "The Evolution of Mental Disturbances in the Concentration Camp Syndrome (KZ-syndrom)." *Genetic, Social and General Psychology Monographs.* 116.1 (Feb 1990): 23–36.

White, Frances. "Murdoch's Dilemma: Philosophy, Literature and the Holocaust." *Iris Murdoch: Philosopher Meets Novelist.* Ed. Sofia de Melo Araújo and Fátima Viera. New Castle upon Tyne: Cambridge Scholars Publishing, 2011. 89–101.

森茂起、港道隆編『〈戦争の子ども〉を考える——体験の記録と理解の試み』甲南大学人間科学研究所叢書「心の危機と臨床の知」第一二巻、平凡社、二〇一二年。

世界の中心で歴史を抱きとめる
――ロバート・ペン・ウォレンと冷戦

越智　博美

誰の手が、この白い道路をわたしたちの目の前に敷いたのだろう。
誰の手が、丘や沼地、
湿地や高地、
峡谷やバイユーを覆い、そしてわたしたちを
銃口から発射される鉛の弾のごとく
彼の口から発せられる言葉のごとく、投げ飛ばすのか。
わたしたち、名も無き者を――けれど、彼がわたしたちを名づけた――
そして目的もなき者を。けれど、彼がわたしたちに目的を与えた
そしてわたしたちを投げ飛ばす、投げ飛ばすのだ。一握りの
ナイフを投げるように、ナイフが刃で果たす務めのように――おお、務めとは
目もくらむ光のまぶしさに、何も見えなくなる。

(Warren Papers, Box 97, Folder 1812, cited in Brinkley 155)

ロバート・ペン・ウォレン (Robert Penn Warren, 1905–89) の小説の中で最高傑作であるとされている『すべての王の臣』(*All the King's Men*, 1946) は、主人公ジャック・バーデンが、ウィリー・スタークという男がカリスマ政治家として上り詰め、そして破滅する様を語りながら、最終的にはみずからの人生との折り合いをつける物語である。一見してそれは、ウォレンがルイジアナ州立大学に勤めていた頃のカリスマ州知事 (1928–31) ヒューイ・ロングをモデルとした政治小説に見える。しかし、すでに冒頭近くにおいて、語り手ジャックがこの物語を書いているのが一九三九年のことであり、彼にとって「ずいぶん昔のことだった」と語られる事件――スタークの死、アダム・スタントンの死、本当の父親の判明等々――は、その年に至るほぼ三年のあいだに一気に起こっている。この「終わってしまった感覚」と、それを引きうけて語るジャックを考えるとき、この小説をたんにヒトラーにもたとえられたロングという政治家をモデルにした政治小説というかたちでかたづけてしまうことは、もっと深い意味でのこの物語の政治性を忘れてしまうことになりかねない。

冒頭の一節は、『すべての王の臣』の原作とも言える戯曲「誇り高き肉体」("Proud Flesh") の草稿のひとつに書き込まれていたとされているものである (Brinkley 345, n.12)。この一節にはカリスマ政治家が名も無き「わたし」をコントロールするイメージが溢れているが、この戯曲の原稿が少なくとも一六ヴァージョンあるとされていることからすれば (Brinkley 154)、書き手にとってこの戯曲のテーマは意味あるものであり、また容易に解決できない問題であった。アラン・ブリンクリーは、こうした習作めいた数々の創作の末に出版された『すべての王の臣』が、ロングとも取れるカリスマ政治家を主人公に据えて、一九三〇年代から四〇年代にかけての、大衆運動が脅威を与えるように見えた時代における大衆政治がはらむ危険を、個人の責任という問題とともに提示したものと理解している。

本稿では、ジャックが執筆する一九三九年と同じく一九三九年に出された『ナイト・ライダー』(*Night Rider*, 1939)について、二〇世紀初頭の史実を下敷きにした歴史小説の体裁を取りつつもヨーロッパのファシズム――ことに一九三九年のナチスとソ連の不可侵条約によって共産主義もが全体主義と見なされるようになって以降――およびニューディール期から冷戦期にかけてのアメリカのリベラリズムの変化とその不安とに密接に関係した作品であるという意味で政治的であることを指摘し、『すべての王の臣』を準備していることを示したい。「誇り高き肉体」草稿に含まれた詩の最後に出てくる、まばゆい明かりに目が眩むイメージは、『ナイト・ライダー』において転回点をなすシーンにも使われるイメージであり、問題意識は継続していた。『すべての王の臣』でジャックが至る自己のあり方は、『ナイト・ライダー』で提示された社会とセクシュアリティをめぐる問題の解決であり、また冷戦期のリベラリズムの姿を示しているという点で、ウォレンの小説は冷戦期のアメリカのナショナルなイメージと寄り添うものであった。

一．個人の危機

ロバート・ペン・ウォレンは、一九三〇年に農本主義のマニフェスト『わたしの立場』(*I'll Take My Stand*)を出した一二人の南部人の中では、ヘンリ・ブルー・クラインと並んで最年少で、リーダー格のジョン・クロウ・ランサムらに学ぶ教え子の立場だった。この農本主義マニフェストは、産業化の弊害を正すのはコミュニズムや、またそこまで革命的ではないにせよ社会改革ではなく、農本主義に立ち返ることであり、またそうした経済体制に支えられた社会でこそ文化が花開くという反動的なものであった。ウォレンは、このマニフェストではただ一人、人種の問題に触れて、あやうく寄稿を許されなくなるところだったのだが、それはきわめて現実的に南部の問題を理解してもいたということである (Singal 348–49)。しかし、農本主義は、たんに反動的であるというのみならず、ニューディール的な「統計表、社会学や経済学」言説の前に無力であった (Dorman 278)。これは、マイケル・ザレイが『ニューディール・モダニズム』において論じているような社会保険と統計の言語であって、これが国中を覆う主流言説となっていたのである。

このような状況に抗う農本主義者は、一九三六年に反ニューディールに貫かれた第二の論文集『誰がアメリカを所有するのか』(*Who Owns America?*) を発表した。この論集は『わたしの立場』に比べて、具体的に土地所有制度などに踏み込んでいるという点で、政治経済的な議論である。実際、農本主義者の中心人物といってよいジョン・クロウ・ランサムの「南部は何を望むのか」("What Does the South Want?")、およびアレン・テイトの「自由と所有に関する覚え書き」("Notes on Liberty and Property") は、具体的に「農本主義」のイメージを打ち出している。両者ともに、「私有財産制度を擁護する」(110) 立場を取り、大企業による統治は集団主義の国家と同様に個人を押しつぶすと批判する。たとえばテイトにとっては、小さな農場の経営や小さな規模の商売に携わるなら、それらの小さな企業体と「町全体」(121) の関係を理解しながら動くのであり、それこそがアメリカの伝統である。ランサムも同様に、小規模な企業体である限り、人々は「独立」を保つことができると言う。それこそ「市民」の基本であり (244)、それはけっしてニューディールの農業調整局のような国の政策で与えられるものではない。[1] したがって、スタインベックの『怒りの葡萄』で描かれるような小規模農民を追い出す大企業は、ランサムやテイトにとっては、農民が経済的に逼迫するからというよりはむしろ、個としての市民的自由を脅かすゆえに問題となる。

ウォレンは、問題意識を共有しながらも、この論集においては、むしろ文学のみを語る。その文章「徴候としての文学」(Literature as a Symptom) において、ウォレンは三〇年代の文学における地方主義とプロレタリア文学を、どちらも金融資本主義に対してそれぞれの流儀で所有の問題、個人と集団の問題を考えるものだと論じている。ただしそれが、たんなるプロパガンダに堕したり、(おそらくニューディールの連邦作家プロジェクトへの当てこすりもあろうが) 地方色をフォーミュラ化するなど、道具立てだけ整えるのでは不十分である。ウォレンは、ワーズワスとコールリッジによる『リリカル・バラッズ』の序文を使いながら、まっとうな文学になるためには社会の「部分」、「市民」(347) という意味で「人々に語りかける人間」(358) として人間を考えなければならないし、また本来あるべき「文学の地方主義」とは「経済学者、編集者、社会学者、政治家」(357) のニューディールの言語による地方主義とは別ものであるとして論じているが、その関心が「自己と社会」(358) の関係である限り、実のところ、ウォレンのエッセイそのものもまた徴候であるとも言えるかもしれない。

テイト、ランサム、ウォレンの肌合いの違う文章を繋ぐものは、おそらくニューディール期に変容を遂げつつある社会への個としての不安である。彼らのエッセイには、「福祉 (welfare)」(109)、「保障 (insure)」(109)、「金融資本主義 (finance-capitalism)」(358) など、この時期特有の語彙がちりばめられている。政治的なエッセイだから当然とはいえ、これらの用語を介して彼らが一様に懸念するのが集団の中で個人が自由な個人であり得るのかという問題である。むろん、個と社会の問題は、ザレイも認めるとおり、ワーズワスたちロマン主義以降、お馴染みのテーマではあるが、ただしニューディール期の「社会」は、統計処理によってイメージされ、その中の個人はきわめて抽象的なものとなる。この危機を調停するものとして文学における個と全体の表象を考えるときに、ザレイは、マイケル・ノースの議論を借りつつ、エリオットやパウンドのようにファシズムに傾いていく作家達においては、美学が反リベラルな政体と連動して想像され、その際「個人とコミュニティがユートピア的に統合」されていると述べる (83–84)。

それでいえば、ウォレンがクレアンス・ブルックスとともに書いた教科書『詩の理解』(*Understanding Poetry*, 1938) においても、詩は「植物のように、有機的」(19) なものであって、部分は取り替え不可能であり、「意図がなく」(26) 偶然にそこにあるものではけっしてない。個は全体の中に偶有性に左右されない場所を得て、機能し、詩の中においては救われている。それが、小規模農家や小規模な商人のようにということであれば、その意味でやはり農本主義者の仲間と共通する保守的な政治学を美学化した理論であると言うこともできそうである。ただし、ウォレンの場合、むしろ「集団」への懐疑のほうが目立っている。最終的に有機的な組織の一部である個が、取り替え不可能なものとして個としてのエージェンシーを確立していることからすれば、実のところウォレンの詩学はファシズムとは離れていくだろう。このことを、ちょうど『詩の理解』出版と前後して書かれ、一九三九年に出版された『ナイト・ライダー』から考えてみたい。

二.『ナイト・ライダー』における変容する集団と個

『ナイト・ライダー』は、ウォレンにとって初の長編で、二〇世紀初頭にテネシー州、ケンタッキー州を舞台に大規模タバコ産業アメリカン・タバコ社と栽培側の組合、そして組合側でも闘争的な「沈黙の部隊」(タバコ社側からナイト・ライダーと呼ばれる）とのあいだで繰り広げられた「ブラック・パッチ・タバコ戦争」と呼ばれた闘争を下敷きにした歴史小説である。[2] 弁護士でありまた自身もタバコ農場を営むパーシー・マン (Percy Munn) は、大手買い付け業者によるタバコの買いたたきに対抗すべくつくられた「ダーク＝ファイアード・タバコ組合」の役員に選出され、無実の罪を着せられた貧乏白人階級のトレヴェリアンの弁護と並行して組合活動に邁進していた。ところが途中重要人物の上院議員が脱退してタバコ会社側についたことで後ろ盾を失った「組合」は、その下部組織として地下組織の秘密結社「自由農民による保護統制団 (Free Farmers' Brotherhood of Protection and Control)」を立ちあげるが、これは「ナイト・ライダー」として、非組合員のタバコの収穫に火を放つような、テロリスト集団へと変容する。この一部と化すマンは、今やメンバーとなっているトレヴェリアンを農家を恐喝したかどで殺害し、また、そのことで動揺して妻をレイプし、夫婦関係は崩壊する。被組合員の倉庫への焼き討ちを加速させる「団」に一体化するマンの私生活は荒れていく。長年の使用人も離れ、組合仲間の娘ルシールと不倫関係に陥り、自宅も焼き討ちにあう。最終的には結社の指導者から無実の罪を着せられ、追われる身として殺されてしまう。

筋だけ見ると、メロドラマとしか言いようのないプロット展開であり、実際この作品はその後一九五〇年にオリジナルの三分の二縮約版がシグネットのペーパーバックとして出されている。扇情的な表紙で有名なこのシリーズにおいて、『ナイト・ライダー』の表紙はルシールがマンをネグリジェ姿で誘惑するシーンだが、これは示唆的である。彼のこの悲劇的な喪失の連鎖——妻、弁護士資格、親友クリスチャンとその娘ルシール、最終的にみずからの命——は、実のところ個と全体の問題から来ているといってもいいが、それは同時にセクシュアリティの問題でもあるからである。

パーシー・マン——ほぼ一貫してマン氏とだけ呼ばれる——は冒頭から個のアイデンティティに意識的で、「群衆」を恐れる人物である。バーズヴィルでの集会に向かう彼は、満員の列車に乗っている。混み合う乗客は顔の見えない大衆(mass)、個人を圧迫する大衆である。マン氏は、大勢の圧力を予測して「身構える」ものの、予測と違う方向からの圧力で、隣の人にぶつかってしまう(1)。列車が停車する時には、群衆とはいえ列車を降りたいという「意志」ある力となっているため、彼は否応なく押し出される。その力は「人間が作ったものなので人間のもの」だが、同時に「誰かひとりを取り出してその人のせいにできないからには人間にあらざるもの」でもある(2-3)。しかし、彼にとって大切なのは「自由であること、自分自身であること」である(13)。

集会で演壇に立つ際には、集まった群衆をひとつの「空虚」(26)、「顔また顔が遠くまで広がって」(25)いるだけの無機的なものと捉えて吐き気さえ催しているが、突如目の前にいる初老の男を「個人」として理解すると、その恐怖を克服し、成功裡に演説を終える。そしてその晩、外で歌う群衆の声を聴きながら個人と全体の関係を以下のように理解する。

> その時突如ひらめいたのは、ひとりの人間は別の人間ととてもよく似ているということだった。その日の午後、人は別の人に借りがあるということでなにやらしゃべったことを思い出した。人間は別の人間と似ているのだ。自分もあの人たちと似ているのだ。彼らのひとりなのだ。自発的に、暖かく、脈打つように、あの興奮が甦ってきた……意識せずに、彼は自分の腕を上げていた。まるで、群衆に向かって話しかけ、みずからが真実であると理解していることを話そうとでもするように。(30 傍点筆者)

この合法的な「組合」活動が、うまくいかなくなり秘密結社の「団(Brotherhood)」へと変質していくとき、マン氏のアイデンティティは「似ている」という、他者との区分を保持した状態から区別のない状態へと変容する。フリーメイソンやKKKを想起させる同質な男の団体に入る彼は、組織への絶対の服従を誓う。このシーンは、冒頭に挙げた「誇り高き肉体」習作の一節を思わせる。秘密結社の入団の場面、マン氏は暗闇を歩かされた末に、たどり着いた儀式の部屋にはいるやいなや「一筋の明かりが自分に向かって投げかけられる」ただ中に立たされる(154)。その光のために何ひとつ見えないまま、ついたての向こうの闇からの声に従い、「この組織において真に選ばれた上位の者の命令に忠実に従う」(155)ことを誓うのである。演説を回想する先の引用部分と同様、「何も考えていなかった」(156)ところに誓いを立てたことにみずから驚きつつも、それによって「人同士の関係」が変わることについては感じ取っていた(157)。最終的に、社会的地位と妻を失ったときに、「残されたもの」は組合のみであり、「自分が何者かであるとするなら、組合、それこそが今の自分である」(332)。皮肉なことに彼のアイデンティティは、パーシー・マンという個のアイデンティティを失うことと同じことになってしまうのである。それに対して組合の影のボスであるマクドナルドはどんなになってもマクドナルドだろうともマン氏は考えている(323)。

むろん、ここにアレクシス・ド・トックヴィルが、アメリカの民主主義に見て取ったような、多数意見が専制的になる危うさ(Tocqueville 297–98)を重ね合わせることもできるだろう。しかし、同調圧力自体は個と集団、あるいは部分と全体が、最終的には不可分なまでに一体化することの説明にはならない。同調圧力に対しては、たとえば列車の中で押されたら身を守るように押し返す、あるいは押し返すことができずとも個は保たれるからだ。またウィリアム・ベッドフォード・クラークはウォレンとトックヴィルを並べて、ウォレンのこの小説がアメリカの「暴力的で混乱に満ちた、血まみれの誕生」を意識していると指摘する（79）。[3]

しかし、ここで、この小説が歴史小説として書かれていることを思い出しておきたい。歴史小説とは、ウォレンにとって「今、目の前に展開する同時代の問題について、やや単純化して遠くから見るようなイメージ」で書かれ、「そのイメージと現在起こっている事柄が相互作用する」（Watkins 128–29）ことを目指すものである。『すべての王の臣』のもとになった「誇り高き肉体」においても現れる、目もくらむような光で意志が奪われたように集団に同化するイメージは、自由意志を持った人間の合理的な合意からなる古典的なリベラル社会の崩壊イメージとも言える。一九三〇年代のアメリカのハードボイルドというジャンルが福祉国家へとリベラリズムが再編成される過程と交渉するものであるとするショーン・マッキャンは、三〇年代には古典的なリベラル社会像がもはや有効ではないという学問上の議論が盛んであったことを指摘しているが（McCann 15–30）、実際、『ナイト・ライダー』について当時の書評でも、メロドラマではなく「リベラルな男の悲劇」、「弱くて無知な人々のために協力しあう生活」を計画しながら失敗する物語（Curtis 507–08）と紹介されたことからすれば、リベラルな社会と集団の問題というのは、当時の喫緊の課題として認識されていたということだろう。

再度冒頭の群衆シーンを思い起こすなら、そこには集団への不安が、個の輪郭を浸食する脅威として表出している。マン氏はそのような人物であったのが、輪郭を失い、集団に吸収されてしまう。彼とテロリスト集団との関係性は、その後ハンナ・アーレントが『全体主義の起原』において、「アトム化され、孤立させられた個人」を「大衆組織化」して「完全なる忠誠」を求める（Arendt 323）ものとして説明することになる、全体主義国家における個人と全体の関係性を予見するものである。

ここにあるのは、集団の変容のみならず、集団に対する個人の関係の変容である。大企業に挑むための小規模

農家の組合 (Association)、またその意味では共産主義や組合運動を思わせるものであったものが、自警団 (vigilante) 的なテロ集団としての「団 (Brotherhood)」に堕するさまに、さらに「ナイト・ライダー」という、KKKを呼び起こす名が重なるとき、個人の完全な帰依に基づく集団のあり方はファシズムの恐怖を呼び込む。実際、ウォレンがこの小説を仕上げ、また『すべての王の臣』の構想を得たのは、一九三八年のイタリア滞在中であり、この時にはローマでムッソリーニの演説に居合わせた。翌年にもイタリアを訪れたが、その折りに独ソ不可侵条約が結ばれ、ナチスのポーランド侵攻、ソ連のフィンランド侵攻によってヨーロッパが混乱に陥る中、『すべての王の臣』の執筆を続けていた (Watkins 366–67; Blotner 167–84)。この時の経験に多分に触発された詩集『同じテーマをめぐる一一編の詩』(1942) の最後に収められた詩「恐怖 (terror)」において恐怖の対象なのは、香ノ木隆臣が指摘するように、端的にファシズムである。が、さらにそのファシズムになびきがちな人間もおそらく恐怖の対象である。ファシストの宣伝に、人は「寝台列車が通り過ぎたあとになびく草」のようになびいてしまう。「ラジオからは、世界でいかに激しくくり返されることか、聞こえてくる／ピアッツァに、ヴィルヘルム広場に／野獣のごとき群衆の吠え声がとどろき、靴音が鳴り響くとき／オナンの罪が、地面に流されて、くり返されるということが」(*Collected Poems*, 78) と、ムッソリーニとヒトラーのもと、「群衆 (crowd)」が戦争に駆り立てられ、なんらの実を結ばぬ自己愛（オナンの罪）のみで動かされていく様が描かれている。そこで「旧友」と闘うことになっても、それは「純然たるうずきに取り憑かれて」いるからである (78)。

アーレントが語るファシズムは国家体制であるが、しかしこのイメージは、当時まさしく「ナイト・ライダー」のような南部の自警団的な武装集団の犯罪にも当てはめられていた。たとえば農本主義者をファシストと断じたグレイス・ランプキンが関わっていた雑誌『戦争とファシズムに対する闘争』(*Fight against War and*

Facism, 1934–38) を見ると、南部の自警団、あるいはＫＫＫといった集団がいかにテロリスト的でファシズムに近似しているか、南部がナチ化、あるいはヒトラー化しているかといった表現がしばしば登場する。[4] そこにあるのは一九三〇年代の大衆 (mass) 恐怖とみてよいだろう (Brinkley 105–10; 151–64)。『ナイト・ライダー』に登場する顔の見えない群衆は、『すべての王の臣』においても踏襲され、群衆がウィリー・スタークという多分にヒトラー的カリスマ性を与えられた政治家にみずからを託す様子――「あなたの意志がわたしの力」(262) ――が、また彼らが個を失ってひとつの野獣のごとく吠える様子 (146) が描かれる。一九三八年から三九年のイタリア滞在含め、ヨーロッパ状勢に触発される個への不安は、詩集に、習作の断片に、そして『ナイト・ライダー』に繰り返し現れる。

三．よき市民の責任――規範的セクシュアリティと社会

『ナイト・ライダー』が書かれたのは、ヴィルヘルム・ライヒ『ファシズムの集団心理』(一九三三) とエーリッヒ・フロムの『自由からの逃走』(一九四一) に挟まれた時期であり、なぜ人はファシズムに帰依してしまうのか、あるいはこう言って良ければ集団のために個を喪失するのかというこの時代の問題意識を、ウォレンも共有している。というのも、性道徳の抑圧に還元してしまうために今はほとんど読まれることのないライヒの議論を思わせる展開――元を辿ればフロイトの性と家族、文明をめぐる「トーテムとタブー」、「モーゼと一神教」、「文明とその不満」等の一連の議論――が『ナイト・ライダー』であると言ってもよいかもしれない側面を持つから

である。物語において集団と個の関係を考えるエピソードには、性的な関係が絶えず差し挟まれる。マンの性的な関係が、彼の社会的な位相に連動するごとく小説内に回帰するのである。冒頭で列車の群衆に押されたとき、メイがここにいなくて良かったと思い (3)、組合を運営する委員会に誘われ、本心では嫌であるのに受け容れてしまったときには会いたいと願う (34)。マンが「個」にこだわる限りにおいて、妻はそれを支える望ましき対象である。またこの時点では、メイはつねに美しいほほえみをたたえた従順な妻であり、古典的リベラル社会は、家父長制的な社会でもある。が、その関係は彼が「団」と一体化していくにつれて崩壊する。殺人を犯した晩に妻をレイプし、「規律 (discipline)」(213) に満ちたふたりの結婚生活は終わり、それとともに親友の娘で婚約者がいるルシールの誘惑に屈する。ウォレンがフロイトの「文明とその不満」を読んでいたのかどうか、またライヒをはじめとする集団心理の本を読んでいたかどうかは不明だが、セクシュアリティの抑圧と文明という議論については、『ニュー・リパブリック』や『マッシズ』といった知識人にとっては日常的に目にする雑誌で盛んに紹介されており、ある意味で常識になっていた (Hale 38–101)。

この物語において、政治とセクシュアリティは連動している。マンが反社会的な行動に出ることにより、セクシュアリティもまた、規範的セクシュアリティ（一夫一婦制の異性愛）からの逸脱、あるいはフロイトの議論を借りるなら「文明」に反したものになる。文明、ないしは社会が、父母、子、等の位置関係で定められた親族関係を基本単位とするときに、内面がほとんど語られることのないマン氏の物語は、さながらその位置をめぐる放浪である。政治と性の連動は、先に挙げた詩「恐怖」においても同様であり、世界が戦争をくり返すことと、自慰行為の語源にもなっている聖書の人物オナンによる、生殖に直結しないという意味では近代的な性規範を逸脱した性のあり方のイメージが、「オナンの罪」として結びつけられている。父親に育てられていない彼は、組合を率いるトリヴァー上院議員に父親的なものを求めながらも、その上院議員に去られると、結社のボスに従い、妻との関係においても夫という場を確保し続けることができず、メイが妊娠したとしてもその子の父になることもできない。父権性社会における息子にも、父にもなることができないのである。このことが象徴的に現れるのは、今や妻メイに去られたマンの見る夢である。メイは夢のなかで、新聞紙にくるまれた何かを差し出す。それはマンの強姦した結果メイが身ごもった胎児であり、それは死産した胎児の標本のようであるにもかかわらず、その顔はマンが殺したトレヴェリアンの顔であり、しかもまだ生きていた (395–96)。彼の政治的な野望の挫折は、規範をはずれた性的行為と犯罪の結果――死産ともとれる胎児――として立ち現れるのである。

部分と全体という関係において、どのように確固たる部分になるのかという点では、マン氏は親族関係の「場」を次々立ち退かされ、最後には抹消される存在である。では、個人を確保するにはどうすればよいのか。ことに民主主義と集団の問題については、一九三九年の独ソ不可侵条約以降、共産主義が反ファシズムの砦ではなくなり「赤い全体主義」と呼ばれるようになるのであり (Guilbaut 38–41)、ニューディール政策もまた国家の介入のあり方からしばしば共産主義との類縁性が指摘され、批判の対象になっていた。ここで『誰がアメリカを所有するのか』でランサムやテイトが農業調整局を集団主義的だとして批判していたこと (109–26, 233–52) を思い起こしてみてもよいだろう。

しかしながら『ナイト・ライダー』が、国に頼らずに小規模農家が団結した際の危うさを描くとき、そもそも多分に共産主義的なイメージを呼び込む「組合」とは異なり、その裏で動く秘密結社の「団」には、むしろファシズムと農本主義のイメージが絡みつく。中心人物のひとりボール教授は、土地の肥沃さの保護を訴えて新聞に投書する際には「ジェファソンやジョン・テイラー、ヴェルギリウスを多々引用」する (138) 農場主であって、香ノ木隆臣が指摘するように、まさしく農本主義者である（香ノ木『『ナイト・ライダー』』九）。結果としてこのような父権的な人物率いる集団に帰依して「人々との関係が変化し」(157)、犯罪者となる主人公を描くこの小説は、農本主義とパターナリズム的な古典的リベラリズムの戯画である。

ならば、この小説はニューディール的なリベラル社会を、すなわち「人々の関係はますます複雑になっているので、統治の力、すなわち悪を止める力、善をなす力を強めねばならない……一期目の四年間に権力をより民主主義的にした。民間の専制的な権力を正しく公の政府の元においた」(Roosevelt 2) という一九三七年一月のローズヴェルトの二期目就任演説のメッセージを追認するのだろうか。実際、マン氏は、メイとのパターナリズム的な家族関係に失敗したあと、ルシールとはニューディール的な語彙でその関係性を仕切り直そうとする。彼女との関係は「流れやデータの混乱から、一定の参照点を見つけようとする」努力であり、「それがたとえどんなに恣意的で、ひとつの仮説であっても、それにもとづいて計算できる」(251) そのような立脚点なのである。彼が個を失う不安とは、ファシズムに帰依するのと同様に個が全体に溶解するように同一化することであると同時に、統計学のなかで平均値や「一般大衆」として、顔のない大衆のなかに抽象的に組み込まれる不安でもある。物語の舞台ケンタッキー州、テネシー州は言うまでもなく南部の農業地域の貧困対策として打ち出されたニューディールの目玉のひとつTVA（テネシー河流域開発公社）の舞台である。『ナイト・ライダー』における小規模農家団体の自警団化は、皮肉なことに農本主義者にとっては集団主義でしかないTVAの方がむしろ正しかったのだと正当化しているのだろうか。実際TVAを率いたデイヴィッド・リリエンソールが書いた『TVA――民主主義は進展する』（一九四四）は、TVAを、共産主義だとする批判に対抗して草の根民主主義として規定し、アメリカが第二次世界大戦後の世界に向けて発信した海外版 (Overseas Edition) シリーズにも組み込まれた、いわばニューディール的民主主義を代弁する本である。[5] リリエンソールが目指したのは農本主義者の唱えるような個人経営農場の自由に任せるのではなく、あくまで「計量」(57) に基づき、彼らが先端科学や経営の知識を学ぶことを国がリードして保障するという立場であった。それこそが「ゲシュタポ」や「青写真」等ファシズム国家、共産主義国家といった全体主義国家にはできないこと、人々が自主的に取り組むことで、「一個の人間」として「自分より大きなものの必要かつ有用な一部分」でありたいという願いを叶える草の根民主主義だというのである (91–95)。この言葉を額面通りに取るならば、実際のところ、それはウォレンが『わたしの立場』に寄せた「いばらの茂み」での主張、すなわち南部の経済的苦境のなかでは黒人に教育を与えて平和裏に人種分離をすべしということを、むしろTVAは白人の貧しい農民に対してまったく同じことを施し、しかもそれを農本主義者が反対していた機械化や産業化を介しておこなうことで農民の生活向上を実現している。しかも、「個」を保持しながら。とすれば、農業と個人を保持し得たのはニューディールのほうであって、農本主義ではない。では、ウォレンの目指すような、個が有機的に結びつく全体、あるいは社会を、ニューディール言説は体現していたのだろうか。

答えはおそらくイエスであり同時にノーである。この図式がどこまでも新批評の詩学に近接していながら違うのは、ウォレンにとっての個が、逆説的ながら個を希求しつつもここまで明晰なかたちで場を維持しないということかもしれない。維持しているとしても、その個は、つねに危うさ、あるいは不安を抱え込むものである。終盤、マン氏はみずからを裏切った父親的人物トリヴァー上院議員を殺す意図を持って訪ねていく。そこで言われたのは「君は自分のことが自分でわかっていない」(456) ということだった。彼の行動とその軌跡は本人の意志とは関係ない何かに動かされ、本人の意志にもかかわらず描かれたものだ。実際彼は引き金を引きながらも殺せないことによって、殺すというみずからの言葉を裏切り、上院議員の言葉を現実のものとすると同時に、父殺しに失敗した息子として、やはり居場所を与えられないまま外に出て、そしておそらく自分でもわからないままに手を上げるという動作をしたあげくに殺されるのである。しかし、おそらくこのような不安を呼ぶありようにこそウォレンは個人と詩の可能性を見出しているのではないか。

四．リベラルな詩学と規範的セクシュアリティ

『ナイト・ライダー』が個と全体の関係をさぐる物語、つまり社会のありようを探る物語だとすれば、それはあるべき詩への思索でもある。戦争に向かうアメリカが、国家としての体裁を集団として整えながらも、ファシズムにも共産主義にも陥らない集団性を持つためにはどうすればよいのか。また個は全体主義の危機のなかでどのようにみずからの輪郭と場を確保するのか。ひとつにはそれはヨゼフ・ゲッペルスの詩学・政治学――「政治家は芸術家」であって、「政治は国家の造形芸術」、すなわち、「大衆を民衆に変形し、さらに国家に変形する」（ド・マン　二八四頁に引用）――を回避する問いでもある。おそらくこの点への反応と解決が、政治としての農本主義に見切りをつけざるを得ない新批評家としてのウォレンが、むしろ農本主義の理想としていた詩、あるいは「個」の実現を文学とその批評に賭けた部分である。

ここで彼の詩論に立ち戻るなら、個、あるいは詩は、マン氏が抱えていたような無意識ゆえに危ういが、同時に無意識あってこそでもある。ウォレンの創作に大きな影響を与えたと考えられるコールリッジの詩「老水夫

行」を論じた「純粋な想像の詩」("A Poem of Pure Imagination," 1946) において、ウォレンは、「老水夫」によるアホウドリ殺しは「意志の腐敗という神秘」であり、水夫の行為は「実際的な意味での動機がない」(396)「あまのじゃく (perverse)」であるとして、それを原罪の重要な意味としているが、これはマン氏の意志ではない部分で動く人生、あるいは『すべての王の臣』におけるジャック・バーデンの「血液の脈動と神経の痙攣」としての生を思わせる。最終的に水夫の救いもまた「意識しないうちに」(423) おこなわれ、それがワーズワスの言う「自発的 (spontaneous)」、またコールリッジが『文学的自伝』で述べたような「意識していない行為が天才にはある」ということなのだとする (422)。人と自然は想像力によって関係づけられ、そのような想像力を持つ詩人は「人々に語りかける人間」(423) として機能する。パーシー・マンの意志なき行為が、性の規範に反すると言う意味で「倒錯した (perverse)」性的行為と結びつけて描かれるなら、無意識とセクシュアリティは物語上ほぼ同じ作用をするものとして扱われているということだが、他方この意志なき無意識は想像力に関与するものでもある。

無意識もセクシュアリティも、ウォレンにとっては、個人と詩の可能性であると同時に逸脱の不安を常に呼び起こす両義的なものであり、だからこそ全体の中につなぎ止めておかねばならない。社会に場を持てないマン氏の物語は規範的セクシュアリティに基づいた異性愛家族を維持し得ない物語、また南部的パターナリズム社会の機能不全として現れるが、その解決が図られるのが『すべての王の臣』における、ジャック・バーデンの最終的な身の振り方であろう。ふたりの父親的なフィギュアの死（ジャックの憧れだが実の父であることが判明した判事とカリスマ的政治家ウィリー・スターク）、および妹アンを愛人にされた怒りでスタークを殺したアダムの死のあとで、ジャックが選ぶのは、アンとの結婚である。それは、親族関係の崩壊という意味で荒地と化した文明において、親族関係の図式の揺らぎをピンでとめてあらたに親族関係を作り直すこと、それによって巣の真ん中にいる蜘蛛のように、自分がどこかの位置を占めることであった。今や彼には政治的には、理念の人アダム・スタントンと事実の人ウィリー・スタークの両極、あるいはこう言ってよければ共産主義的理念とファシスト的動員政治のどちらにも与することのない半ばの位置で「人は盲目ではない」(436) と意志を動員し、もはやマン氏のようにみずからの制御が効かないなにかに身を委ねることなく、「おそろしい時間の責任」へと踏み出していくのである。それは一九三九年のことであった。ジャックは「ヨーロッパからは離れていたほうがよい」と (430) 母に勧め、みずからも錯綜したセクシュアリティの舞台となった家を去る。

赤い全体主義（ソ連）にも、ファシズムの全体主義にも与しない中道のありようは、イデオロギー無きイデオロギーとしての冷戦期の反共リベラリズムに接続する。『パーティザン・レヴュー』が、非政治的な批評家たちを「無責任」と断じたアーチボルド・マクリーシュ (McLeish 618–23) に反論すべく組んだ特集「ブルックス＝マクリーシュのテーゼ」において、農本主義時代から歩みをともにしているアレン・テイトは、左翼知識人ドゥワイト・マクドナルドとともに、詩人に露骨な愛国メッセージの発信が要求されるなら、それは全体主義的であるとして、むしろ民主主義を露骨に擁護しないことを民主主義的であるとした (38)。[6] ウォレンが詩論「純粋な詩と不純な詩（"Pure and Impure Poetry"）」において詩の「不純」さと呼ぶものも同様である。詩の「不純」な複雑さ、すなわち複雑さやアイロニーは、詩が「排除」の論理を働かせない包摂的な性質を持つということであり、何かの信条だけを純粋に伝える文学はむしろ複雑さを「粛正」すると主張するとき、その詩のイメージは彼にとってのあるべき政体として構想されてもいるだろう。この時の個は、「老水夫行」論と照らし合わせるなら、有機的全体のなかで、何かエネルギーを抱え持ちながらも、確たる場を与えられ、個としての輪郭を保っているという点でファシズムを回避していると同時に、何かのエネルギーを抱え込みつつ、しかし構造としてそれを制御してもいる。ウォレンにとって、詩と政治の問題は国家の本質を「自由な人間、責任ある自己」(31) と規定する『民主主義と詩』(*Democracy and Poetry*, 1975) まで持ち越されている。詩は「自己概念をダイナミックに肯定し、またそのイメージである」ゆえに民主主義を成り立たせる要素のひとつなのである (68)。

再度その詩論を『ナイト・ライダー』における家族崩壊と『すべての王の臣』における家族の再創設に当てはめるならば、彼の詩論は冷戦期における非政治的な詩論として冷戦期リベラリズム——まさしくアーサー・シュレジンジャーJr.の言う、「右でもなく左でもない」中道——に寄り添っている。同時にそれは社会政治的な想像力としては性を制御し、囲い込む規範的セクシュアリティと核家族、すなわち冷戦期の規範的セクシュアリティに裏打ちされたものである。[7] ウォレンにとって部分と全体という、ファシズム恐怖に裏打ちされた政治的な問いの解決は、有機的な詩の構造として想像され、極端に振れる不安を封じ込めながら、イデオロギーがないという意味での冷戦期のリベラリズムに共振する。「個」としてのエージェンシーを確保する詩の部分、あるいはジャック・バーデンによる核家族の再構築は、たしかにファシズムの恐怖を振り払い、冷戦期リベラリズムとその想像を共有している。一九三九年に個を確保することとはとりもなおさずそのような意味において、ウォレンが冷戦期リベラリズムと連動する知識人となる道を開いたのである。

註

本論文は、二〇一二年三月五日に一橋大学でおこなわれた国際シンポジウム「ニューディール・モダニズムの文化――恐慌、人民戦線とインターナショナリズム」にて発表した“Association and/or Aggression: Robert Penn Warren's *Night Rider*”を大幅に加筆改稿したものである。シンポジウムに参加していたミネソタ大学のポーラ・ラビノヴィッツからは「全体主義」を秘密結社と結びつける際の定義の問題等、貴重なご意見を頂戴したほか、作品シグネット版の存在を教えていただいたうえに、実物の寄贈にあずかった。ここに記して感謝する。

（1）この議論を文学の効能としておこなったものが *The World's Body* (1938) である。
（2）この闘争については Dewey W. Grantham, “Black Patch War: The Story of the Kentucky and Tennessee Night Riders, 1905–1909.” *South Atlantic Quarterly*. 59 (1960): 215–25 を参照のこと。
（3）クラークの議論は、ウォレンをアメリカ民主主義やファシズムと繋げる点で大変示唆に富むが、ただし国内の民主主義、あるいはリベラリズムの変化との関わりについては着目していない。
（4）たとえば一九三四年一〇月号（アメリカ連邦議会図書館所蔵のものはページ欠落のため不明）、一九三五年一〇月号九ページ等。あるいは『ニュー・リパブリック』一九三四年八月一日号三〇五頁における、企業が雇った組合潰しの自警団をＫＫＫ的なメンタリティの人々と形容する記事等を参照。なお、ＫＫＫは、マッキャンによれば一九二〇年代にはパルプの題材としてポピュラーであった (39–86)。
（5）Overseas Edition については Hiromi Ochi, “Democratic Bookshelf: American Libraries in Occupied Japan,” Greg Barnhisel and Catherine Turner eds., *Pressing the Fight: Print, Propaganda, and the Cold War* (Amherst: U of Massachusetts P, 2010), 89–111 を参照のこと。
（6）この議論については、拙著『モダニズムの南部的瞬間』（研究社、二〇一二年）第三章に詳述した。
（7）ザレイは、『すべての王の臣』論において、この作品をフロイトの議論から読み解き、また「純粋な想像の詩」にもフロイトの文脈から言及しながらウォレンの描くセクシュアリティが最終的には黒人を排除する社会の想像力となっていることを指摘する。

参考文献

Arendt, Hannah. *The Origins of Totalitarianism*. New Edition. 1968. New York: Harcourt, Inc. 1976.

Blotner, Joseph. *Robert Penn Warren: A Biography*. New York: Random House, 1997.

Brinkley, Alan. *Liberalism and Its Discontents*. Cambridge: Harvard UP, 1998.

Brooks, Cleanth, and Robert Penn Warren. *Understanding Poetry: An Anthology for College Students*. New York: Henry Holt, 1938.

Clark, William Bedford. *The American Vision of Robert Penn Warren*. Lexington: UP of Kentucky, 1991.

Curtiss, Nina. "Tragedy of a Liberal." *The Nation*. 29 April 1939: 507–08.

Dorman, Robert L. *Revolt of the Provinces: The Regionalist Movement in America, 1920–1945*. Chapel Hill: U of North Carolina P, 1993.

Guibault, Serge. *How New York Stole the Idea of Modern Art: Abstract Expressionism, Freedom, and the Cold War*. Trans. Arthur Goldhammer. Chicago: Chicago UP, 1983.

Hale, Jr., Nathan G. *The Rise and Crisis of Psychoanalysis in the United States: Freud and the Americans, 1917–1985*. New York: Oxford UP, 1995.

Le Cor, Gwen. "The Critical Voice and the Narrative Voice: Robert Penn Warren's Essay on Coleridge and *All the King's Men*." *Mississippi Quarterly* 63.1 (2010): 119–33.

McCann, Sean. *Gumshoe America: Hard-Boiled Crime Fiction and the Rise and Fall of New Deal Liberalism*. Durham: Duke UP, 2000.

MacLeish, Archbald. "The Irresponsibles." *Nation* 18 May 1940: 618–23.

Ransom, John Crowe. "What Does the South Want?" Eds. Herbert Agar and Allen Tate. *Who Owns America?: A New Declaration of Independence*. 1936. Wilmington: ISI Books, 1999. 233–52.

Schlesinger, Jr. Arthur. "Not Right, Not Left, But a Vital Center." *New York Times Magazine* 4 Apr.1948: Section 6.

Singal, Daniel Joseph. *The War Within: From Victorian to Modernist Thought in the South, 1919–1945*. Chapel Hill: U of North Carolina P, 1982.

Szalay, Michael. *New Deal Modernism: American Literature and the Invention of the Welfare State*. Durham: Duke UP, 2000.

——. "*All the King's Men*: or, the Primal Crime." *Yale Journal of Criticism*. 15.2 (2002): 345–70.

Tate, Allen. "Notes on Liberty and Property." Eds. Herbert Agar and Allen Tate. *Who Owns America?: A New Declaration of Independence*. 1936. Wilmington: ISI Books, 1999. 109–26.

——. "On the Brooks-MacLeish Thesis." *Partisan Review* Jan-Feb. 1942: 38–39.

Tocqueville, Alexis de. *Democracy in America and Two Essays on America*. Trs. Gerald Bevan. 1835, 1840. NY: Penguin Books. 2003.

Warren, Robert Penn. "The Briar Patch." *I'll Take My Stand: The South and the Agrarian Tradition*. Twelve Southerners. 1930. Baton Rouge: Louisiana State UP, 1977. 246–64.

——. "Literature as a Symptom." Eds. Herbert Agar and Allen Tate. *Who Owns America?: A New Declaration of Independence*. 1936. Wilmington: ISI Books, 1999. 343–62.

——. *Night Rider*. 1939. Nashville: J.S. Sanders & Company, 1992.

——. "Pure and Impure Poetry." *Kenyon Review* Spring 1943: 228–54.

——. "A Poem of Pure Imagination: Reconsiderations VI." *Kenyon Review*. VIII.3 (1946): 391–429.

——. *All the King's Men*. 1946. New York: Harcourt Brace & Company, 1996.

——. *Democracy and Poetry*. Cambridge, Mass: Harvard UP, 1975.

——. *The Collected Poems of Robert Penn Warren*. Ed. John Burt. Baton Rouge: Louisiana State UP, 1998.

Watkins C. Floyd and John T. Hiers eds. *Robert Penn Warren Talking: Interviews 1950–1978*. NY: Random House, 1980.

香ノ木隆臣「『ナイト・ライダー』と南部農本主義の運命」、『関西学院大学英米文学』XLI.2（一九九七年）、一一—一八頁。

——「Robert Penn Warren, *Eleven Poems on the Same Theme* における認識の変遷について——個人、社会、ふたたび個人へ——」、『英文學研究　支部統合号』第五巻（二〇一三年）、一〇九—一一四頁

ド・マン、ポール『美学イデオロギー』上野成利訳、平凡社、二〇〇五年。

リリエンソール、D・E『TVA——民主主義は進展する』和田小六訳、岩波書店、一九四九年。

第三部

偏在する遠い戦争

7

再メディア化された戦争
――女性たちが描いたクリミア戦争

加藤　匠

一・「最初のメディア戦争」

「クリミア戦争」と聞いて、いったい何を想起するだろうか。ウクライナからの独立を訴えるクリミア自治共和国をめぐる昨今の報道で改めて脚光を浴びることとなった戦争ではあるのだが、各種報道でまず出てきたのはフローレンス・ナイチンゲールの名前であった。もっともこれは日本に限った話ではないようで、戦争の当事国であるイギリスにおいても、クリミア戦争から連想されるのは軽騎兵の突撃、体制側の不備、ナイチンゲールだという (Figes xxi)。本来ならば英雄たる資格を持っていたはずの現地の司令官たちが失態続きであったためにナイチンゲールに注目が集まった面があるにせよ、女性が戦争を象徴するアイコンとして機能した稀有な戦争がクリミア戦争ということになるかもしれない。

だがクリミア戦争は、歴史家ファイジェスの言葉を借りるならば、「最初のメディア戦争」(xix) であった。従軍記者ウィリアム・ハワード・ラッセル (William Howard Russell, 1820–1907) を擁する『タイムズ』紙 (*Times*) や現地に画家を派遣していた『挿絵入りロンドン・ニュース』紙 (*The Illustrated London News*) が電信技術の実

図版① ジョン・リーチ「家長の熱狂」、『パンチ』誌（1854 年）

用化により可能となった迅速な報道を行ない、読者数を競い合っていたのだ。イギリス本国から遠く離れた戦場の状況が様々なメディアを通じて刻々と報じられる状況は、本国に残る人々が抱く戦争との距離感を確実に変化させた。

それを物語るのが、『パンチ』誌一八五四年一一月二五日号に掲載された、ジョン・リーチによる「家長の熱狂」("Enthusiasm of Paterfamilias")（図版①）である。同年一〇月二五日に起き、後にテニスンが「軽騎兵の突撃」("The Charge of the Light Brigade," 1854) として記録することとなる戦いを新聞で知った一家の熱狂的な反応を描いたものだ。挿絵において右側に位置するのは、新聞を手に記事を読み上げ、興奮のあまり火かき棒を振り上げる父親の姿であり、その背後からは二人の子どもたちが新聞を覗き込んでいる。一方で左側には机に足を乗せ、自身も敵に向かって行こうとするかのように割れた皿とバターナイフを持つ少年と、ハンカチを振って興奮する少女の姿が描かれている。だが挿絵のタイトルでは人々の熱狂が強調されてはいるものの、余りにも大きな兵士たちの犠牲に眉をしかめて涙する女性の姿が絵の中央に描かれ、しかも彼女の頭が後景の地図のクリミアの位置と重なる形で描かれている (Markovits 187) という構図からすれば、この挿絵の焦点はむしろこの二人の女性に置かれていると解釈すべきだろう。人々の熱狂の背後には大いなる犠牲があることを、この挿絵は見事に描き出してみせている。

そもそもナイチンゲールがクリミアに向かう契機となり、彼女をクリミア戦争のヒロインに祭り上げたのもこうしたマスメディアの力であった。(1) 彼女がクリミアでの体験を自ら積極的に公開しなかったため、当時の人々が持つ知識は報道を媒介とした間接的なものに留まり、彼女の実像とは異なる表象も数多くあった。ナイチンゲールの容姿を知らなかった画家が想像で顔を描く際に、丸顔で黒髪という女王ヴィクトリアを彷彿とさせる姿で描いたのはその一例であろう (Bostridge 265)。まさに新聞報道というメディアを通じて発信された情報が別のメディアを使って表現された、ボルターとグルーシンが「再メディア化」(remediation) と呼んだ状況である。(2) 心理的な距離が接近することで、クリミア戦争をめぐる表象が挿絵だけでなく、芝居やパノラマ、そして文学といった多様なメディアを通じてかつてなかったほど拡散したのだ。(3)

彼女は静かに進みながら、ひとりひとりに
安らぎと助言を与える。熱のある患者の額を冷やしながら、
優しく触れ、青ざめた患者の耳に
安らぎの言葉を囁きかけるのだ。
瀕死の兵士は、彼女の後を目で追うと、
やせた両手を合わせ、彼女を祝福した。(952)

自己犠牲を厭わずに兵士たちを看護し、兵士に安らぎを与えるナイチンゲールという、取り立てて特徴のないこの詩の作者がルイス・キャロル (Lewis Carroll, 1832–98) であると聞くと、意外に思えるかもしれない。だが、

彼のような人物でさえ熱狂の波に飲み込まれずにはいられなかったということが、当時の人々の熱狂を物語っている。換言するならば、「実際のナイチンゲールは、安易な想像力が描いたような人物ではなかった。彼女は全く違うやり方で、全く違う目標に向かって行動していた。人々が想像もつかないような衝動に駆られて、彼女は行動していたのだ。悪魔が彼女に取り憑いていた」(97)と、〈ナイチンゲール神話〉を覆そうと試みたリットン・ストレイチー(Lytton Strachey, 1880–1932)とは対極をなす形で、再メディア化が進んだということだ。こうして構築された神話は、クリミア戦争での体制側の失態を隠蔽するかのように展開した——まるでナイチンゲールがクリミア戦争、ひいてはヴィクトリア朝期の倫理を体現するかのように。

こうしたクリミア戦争をめぐる再メディア化された事象のなかでこれまで注目されてこなかったのが、この戦争に関わりながらも、ナイチンゲールの影に覆い隠されてしまった女性たちをめぐるものではなかろうか。[4] クリミア戦争と関わった女性として、近年ポストコロニアル批評の観点から注目される、ジャマイカ出身のクレオールであるメアリー・シーコール(Mary Seacole 1805–81)を挙げることができるが、クリミアには他にも相当数の女性が存在していた。ロジャー・フェントン(Roger Fenton, 1819–69)が撮影した、談笑する第四騎兵隊の姿を捉えた写真(図版②)には、手にポットを持ち、軍の雑用をこなすロジャース夫人の姿が写っている。同じ連隊で行動を共にしたエドワード・ホッジ大佐(Edward Hodge, 1810–

図版② ロジャー・フェントン『クリミア戦争駐留地におけるパーティ』(Corbis)

94) によれば、「将来メダルをもらうことになる男たちの半数より、一〇倍はメダルにふさわしい人物」(qtd. in Gunning 974) だが、クリミア戦争では一連隊あたり兵士の妻六人の同行が許され、中には三〇人もの女性を抱えた連隊もあったという (Sweetman 79–80)。

こうした戦場を実際に経験した女性のなかには、シーコールのように、本国帰還後に自らの体験を言説化したものも少なくない。もちろんこれを網羅的に扱うことは事実上不可能ではあるが、再メディア化という観点から特に興味深いのは、フランセス・イザベラ・デュバリー (Frances Isabella Duberly, 1829–1903) によるクリミア従軍体験記である。彼女は戦時中から新聞に自らの体験を投稿し、かなりの注目を集めていた。男性原理が支配する戦場を女性の視座から表象する試みがこれまで注目されてきたとは言い難く、女性による周縁のナラティヴを再メディア化という観点から検証する試みが意義を持つはずである。

二．「レディにはふさわしくない場所」

〈ナイチンゲール神話〉の対極に位置していたのは、軍人である夫に帯同した女性たちということになろう。彼女たちは厳冬下の窮乏生活を経験するなかで多くの兵士が死にゆくのを目撃し、時には生命の危機に曝されることすらあった。デュバリーはそうした女性たちのひとりであった。彼女は部隊の会計係を務める夫ヘンリーに同行してクリミアに赴き、司令官だったラグラン (Lord Raglan, 1788–1855) の退去命令を無視して現地に残り、バラクラヴァの軽騎兵隊の突撃をはじめとする多くの戦闘を目撃し、一八五五年末に『ロシアとの戦争の合間に記録された日記』(*Journal Kept During The Russian War*, 1855) という形で、記録を残したことで知られる人物だ。⑤この日記を明確に位置づけるために、『タイムズ』紙で展開されたラッセルのものと比較してみよう。「家長の熱狂」で父親が読み上げていたと思われるバラクラヴァの戦いについての記事は、次のようなものである。

重苦しい沈黙が支配していた。大砲から放たれる音の間には、馬が轡を噛み締める音やサーベルが鳴る音すら下の谷から聞こえてくるほどだ。ロシア軍左手に位置する部隊はしばらく息を潜めていたが、堂々たる列をなしてバラクラヴァへと突撃を始めた。馬の足元からは土埃が舞い上がった。一歩ごとに速度を上げながら、彼らは銃を構えた細く赤い線に向けて突進した。トルコ軍は八〇〇ヤードの距離から一斉射撃し、走り去った。ロシア軍との距離が六〇〇ヤードを切ると、銃を構えた先頭の戦列がマスケット銃で一斉に射撃する音が響き渡った。まだ距離が遠すぎたようだ。ロシア軍はわが砲兵中隊による射撃であちこちなぎ倒されながらも、立ち止まることなく、煙を抜けてなおも突進してきた。息を飲むような緊迫感のなか、誰もが岩のように強固なゲール人の隊列に巨大な波がぶつかる瞬間を待っていたが、ロシア軍が二五〇ヤードを切ったときになされた、構えたライフルからなされた恐ろしい一斉射撃は、ロシア側に恐怖をもたらした。彼らは旋回すると列を左右に崩し、来た時以上の速さで逃げ去った。「ブラボー、高地連隊！　よくやったぞ」興奮した見物人が叫んだ。(123)

ラッセルが行なっていたのは、様々な感覚や具体的な数字を用いた、イギリス本国の読者がその情景を容易に思い浮かべることが出来るように計算された報道であった。情報漏洩という批判に対し、「ロシア軍に有益となる可能性のある事実を報じることは危険なことかもしれないが、イギリス人から真実を隠蔽してしまうことは間違いなく危険なことだ」(151)と反論したことは、彼を突き動かしたのが何だったのかを物語る。彼は主観的な感情を差し挟むことで、読者の共感を誘うのだが、ここで見物人が叫んだとされる言葉は、ラッセルのものであると同時に、読者の言葉でもあったはずである。[6] まるで読者がラッセルの目を通して戦況を追体験することを可能にするような戦争表象こそが、彼の真骨頂であった。「まさかあんな少数の部隊が態勢を整えて待ち構えている軍に突撃するなどということがあるだろうか。ああ！　それはまさに真実だったのだ……英雄的な同胞たちが死をもたらす兵士に向かって、何の助けもなく突進していくほど恐ろしい光景が見られたことなどかつてなかった」(127)という軽騎兵の突撃を表象した記述に見られるように、彼は兵士たちに対する深い敬意を読者と共有している。ラッセルが兵士の強いられた惨状に激怒し、体制側への批判を展開したのは自明のことであったろう。

一方、女性であるデュバリーが戦闘場面をラッセルのように描写することはなかった。クリミア戦争で特に印象的な軽騎兵の突撃の場面ですら、「そしてその日を代表する大惨事――我らの栄光に満ちながらも破滅的であった突撃が起こった。私はまだ気分が悪いので、今でもその戦いについてはほとんど書くことが出来ない」(94)とし、わずかな言及があるのみである。彼女が力を発揮するのは、むしろほとんど報じられることがなかったクリミアの実情を表象することであった。

誰かがイングランドで「バラクラヴァ・モデル」を作りたいというのなら、必要な材料を教えましょう。破壊された家と想像しうる限り最悪の埃にまみれた小屋をひとつの村分だけ準備します。次に全体が踝の深さの汚れた沼地のようになるまで、その内外に雨を降らせるのです。そして疫病に侵されたトルコ民族を平均

一、〇〇〇人ほど捕まえて、それぞれの家に無差別に詰め込みます。一日あたり一〇〇人ほどが死にますから、覆う土もほとんどないような状態で埋葬し、時間をかけて腐敗させます――ただし死者のペースに合うように気をつけること。浜辺の一角に、疲労困憊した荷物運搬用のポニー、瀕死の雄牛、消耗しきったラクダを追いやり、餓死するまで放っておきます。普通は三日ほどで餓死し、すぐに腐敗し始め、臭いを放つようになります。港に面した海から、その町の住民の分は言うまでもなく、一〇〇隻以上の船に乗っている人々のために屠殺された動物のくずを集めて――全身、もしくは身体の一部といった状態で時折流れてくる人間の遺体と海面のかなりの範囲を覆っている流木も一緒に――狭い港で、暑さでくたくたにしてしまえば、バラクラヴァの実態をそれなりに再現できるでしょう。まだ刺激が足りないというのなら、何人かの男たちに指示して、埠頭に陸揚げされた火薬の樽の上で煙草を吸ってもらいなさい。(118)

バラクラヴァの戦場の状況を雄弁に伝えるこの文を読んだ読者は強い衝撃を受け、何よりもこうした状況を招いた軍や政府に対する激しい怒りを募らせることとなるだろう。発表当時には彼女が体制を激しく批判した箇所は割愛されていたとはいえ、この強烈な描写は読者の脳裏に刻みこまれたはずだ。遺体の処理が杜撰なことに象徴される、極めて劣悪な衛生状況に端を発した疫病や町に漂う悪臭といった要素に言及し、読者の視覚と嗅覚に訴えながら、デュバリーは戦地の悲惨な状況を見事に表象してみせる。時に看護婦の駆け落ちをはじめとするゴシップに触れる場面、戦場で周囲から孤立した女性の悲哀を描いた場面、離れた場所にある戦場から聞こえる銃声から、兵士の死だけでなく残されたものの悲しみに思いを致す場面など、ラッセルが描かなかった戦場を、卓越した観察眼で見事に伝えてくれるのだ。

ただラッセルが戦争の現実を本国の人々に伝えたと称賛された一方で、デュバリーに対する反応は温かいとは言えないものであった。クリミア戦争に従軍したフレッド・ダラス隊長が家族宛ての手紙のなかで「私がデュバリー夫人のことを見たほぼ最後の時のことだが、彼女はバラクラヴァでオペラグラスを通して、彼女の部隊がロシアの銃によって吹っ飛んで粉々になるのを静かに見ていたし、(もし噂が確かなものだとすれば、)最初に殺された人々の中には彼女の愛人もいたという」(qtd. in Kelly xvii–xviii) としているのはその典型である。女性が戦場を観察して表象することは、その女性が戦場の惨劇に鈍感であり、無感覚であることの証左とされたのである。ダラスはさらに「女が女性らしくないことによって男たちからの賞賛を得られると考えるなんて、なんという過ちを犯しているのだろう」と続けているのだが、デュバリーに対する反発は要するに女性らしさのかけらもないという点に集約されるだろう。実際には彼女自身も「私が祈りを捧げる度に、自分に子ども――特に娘――がいないことを神に感謝する。ここは女性――少なくともレディ――向きの場所ではなく、男性と自尊心がまっったくない女性にしか向いていない場所だ」(137) と書いており、こうした批判が自身に向けられる可能性については認識していたようだ。ただ当時はこうした箇所が削除されて発表されたため、こうした本音が表に出ることはなかった。

結果的に、デュバリーをめぐる再メディア化は、彼女の意図を離れた形で展開することとなる。彼女の日記はすぐに評判となり、デュバリーという名はすぐに誰もが知るものとなり (Tisdall 167)、自身が狙った「クリミアのヒロイン」たる地位は確たるものとなったかに見えた。だが、彼女の日記が持つ〈ラッセルの報道を補完する、女性の視点から書かれたクリミア表象〉という側面は後景に退き、〈戦場の悲惨さに無感覚な女性〉という評価が徐々に定着してしまったのである。なかでも最も痛烈にデュバリーを茶化したのが『パンチ』誌に掲載された「レディ・ファイアイーターの日記」("The Diary of Lady Fire-eater," 1856) である。「レディ・ファイアイーターという人物が、クリミア戦争の最中につけていたという『日記』がちょうど刊行されたばかりだ。……イギリスにいるレディが買い物に出かけるぐらいのつもりで、彼女はセバストポリに娯楽を求めて出かけた」(47) という冒頭の箇所から、この記事が意図するところは明らかだろう。

二四日、火曜日：六人のロシア兵に囲まれたの。三人を射殺、四人目を負傷させ、五人目をロブスターのように切り刻み、六人目を私のベールで両手を縛って捕虜にしてしまったのよ。臆病な敵兵はこれから寝室説法を聞かされようとする、尻に敷かれた亭主のようにがたがた震えていたわ。(47)

『パンチ』誌特有のユーモアの質の悪さが、デュバリーという格好の題材を得て露骨に出た場面である。レディ・ファイアイーターは爆発や弾丸をも恐れないギャンブル好きの酒飲みとして表象され、「女性の頭が純粋でいるためには、間違いなく火薬ほど効果的なものはない！」(47) という結論からは、デュバリーを異端視し、疎外しようとする姿勢が窺える。

こうした傾向はその後も続いた。その典型が小説と映画という異なるメディアで再メディア化された事例である。ジョージ・マクドナルド・フレイザー (George MacDonald Fraser, 1925–2008) の『フラッシュ、自由のために！』(*Flash for Freedom!*, 1971) では、男勝りで、婚約者がいるにもかかわらず主人公フラッシュマンを弄ぶ女性として登場し、映画『遥かなる戦場』(*The Charge of the Light Brigade*, 1968) ではカーディガン卿の愛人としての地位しか与えられなかった。戦場ジャーナリストの先駆者としての評価を確固たるものとしたラッセルとはあまりにも対照的と言わざるを得ない。冒険心に富み、別の角度からクリミア戦争の実情を鮮明に伝える資料を残したデュバリーのような女性であっても、当時のジェンダーの枠組から完全に逃れることは不可能であったということだろうか。

三　クリミアとイギリス国内を繋ぐもの

デュバリーが行なったクリミア表象が、ジェンダーを媒介として歪曲された形で再メディア化されたとするならば、クリミア戦争を文学というメディアを通じて再メディア化する際にどのような形が考えうるだろうか。クリミア戦争と文学の関係を考察するうえで重要なのは、当時の多くの作家たちがクリミア戦争を主題として取り上げなかったという事実である。サッカレーによる「通信員の記事がこんなに面白いのに、作家に何が書けるだろうか」(qtd. in Hankinson 83) という指摘は、彼らの姿勢を要約している。セポイ反乱におけるナーナ・サーヒブ (Nana Sahib, 1820–1859) のような、イギリス軍に対抗する絶対的な「悪」として設定しうる存在がいない以上、クリミア戦争を題材とした小説は単純な善悪二元論を軸としたものにはなり得ず、描きにくかったのは確かだろう。ここで念頭に置くべきは、テニスンが「軽騎兵の突撃」で行なった〈体制に対する批判と兵士の英雄行為に対する称賛という二つの軸から作品を構築する〉という手法であろう。特に後者を小説の主題としたのが、筋肉的小説家たち (muscular novelists) であった。ジョン・サザーランド (John Sutherland, 1938–) の言葉を借りるならば、「クリミア戦争は、筋肉的小説の最も強力な作品群に霊感を与えた」(458) のである。

彼らの世界観はカーライル的な英雄崇拝をひとつの特徴としており、兵士の英雄的行為との親和性が高いことは容易に窺知しうるはずだ。(7) サザーランドがクリミア戦争に魅せられた作家の代表として挙げたG・A・ロレンス (George Alfred Lawrence, 1827–76) の代表作『剣とガウン』(*Sword and Gown*, 1859) を例として取り上げてみよう。このタイトルが象徴するように、ロイストン・キーンという兵士とフラートンという聖職者のセシル・トレジリアンをめぐる対立が物語の軸となった作品である。臆病で自惚れが強いフラートンに対してキーンが勝利を収めそうな展開のなか、実はキーンが既婚者であり、セシルとの駆け落ちを画策していたことが暴露されてしまう。このキーンの罪を贖い、セシルとの和解をもたらす場として設定されるのが、軽騎兵の突撃であった。だが、ロレンスは突撃の場面を直接描かず、突撃が持つ意味を積極的に位置づけようとする。

突撃について描写するつもりはない。市民が望みうる最高の栄誉を勝ち取るよりも突撃に参加したかったと思う熱狂的なものも少なくないだろうから。これが結局成功に終わらなかったと異議を申し立てる輩などいるだろうか。そんな嘲笑がテルモピュライの栄光に比べて意味を持つことなど断じてない。(中略) 必ずやイングランドの多くの家庭で……われわれの子どもたちが喜んで讃えようとする肖像画ができるようになるだろう。彼らは訪問客に一族のこの上ない栄光について説明する際に、弁護士、聖職者、政治家の威厳ある肖像画には目もくれず、軽騎兵の制服を来た軍人の肖像画の前で立ち止まることになるだろう。彼の祖先で、あの日六〇〇人の先頭に立って突進した地味な兵士に勝るものなどない。(199–200)

軽騎兵の突撃は平時のいかなる行為よりも重い意味を持つというロレンスの認識が、ここでは露骨なまでに展開されている。仮に突撃の場面を直接描いてしまえば、多くの兵士の死を描かざるを得ず、読者の関心が兵士の勇敢な行為ではなく悲惨な死そのものに向かってしまうかもしれない。ロレンスにとって、キーンの死は指揮系統の不手際ではなく、あくまでも英雄的行為でなければならないのだ。「ここに真実の萌芽がないというのなら、われわれの中には生まれてこなければよかったと思うものもいるはずだ」(210) という結末が象徴するように、キーンの罪は軽騎兵の一員として突撃をし、死に至ることで贖われるのである。

兵士が戦争という通過儀礼を経て英雄化するという枠組は後の冒険小説のなかでも脈々と生き続けていくことになるのだが、男性作家がこのような形でクリミア戦争を作品に取り込むなか、女性作家にはどのような表象が可能だったのだろうか。デュバリーが戦場から戦況を報告するという行為だけでも揶揄や非難に曝されたということを踏まえるならば、戦場での戦いを直接描くことは難しかったはずだ。エリザベス・ギャスケル (Elizabeth Gaskell, 1810–65) は『北と南』(*North and South*, 1854–55) を執筆中、クリミア戦争のことが頭から離れなかったが (Uglow 359)、クリミア戦争の影響を直接作品の形で昇華することはなかった。女性作家がクリミア戦争を再メディア化する際にいかなる形が可能であったか、アン・サッカレー・リッチー (Anne Thackeray Ritchie, 1837–1919) の『オールド・ケンジントン』(*Old Kensington*, 1873) から考察する。

この作品は一見したところジョージとドリーのヴァンボロー兄妹、その従兄にあたるロバート・ヘンリー、そしてロバートの友人フランク・ラバン、ドリーの幼馴染にあたるローダ・パーネルという五人の人物を中心とし、ドリーとフランクの結婚で終わる教養小説とすることができるかもしれない。だがこの作品には、貴族、中流階級、聖職者、軍人から労働者階級に至る様々な階級の人々が交錯し、ケンジントンを中心とした社会のパノラマ的な側面があるのだ。ここでプロットを大きく展開させる契機となるのが、クリミア戦争である。当初イギリス国内に留まるドリーにとって、クリミア戦争は「ロバートやジョージが持って来る新聞に掲載され、遠く離れた場所からくるこだまのようにやって来た」(236) ものに過ぎなかったが、状況が一変するのは、ジョージがクリミア戦争に参加してからのことである。クリミア戦争がいわば不在の現前として、ドリーの意識下に留まり続けるようになるのだ。ジョージは名誉、他者への敬意、行動の自由が脅かされていると危惧して戦争に参加するのだが、こうした動機の延長線上に筋肉的小説家たちの認識を認めることが出来るはずだ。ドリーとデヴィッド・フェーン大佐との対話は次のように展開する。


「あなたはあの恐ろしい戦争に行くのですか？」ドリーは数分間話した後で、いかにも少女らしい声で言った。

フェーン大佐の表情は重々しく見えた。

「あなたの父上は勇敢な兵士だった。彼ならあなたにきっと戦争は残酷だけれども、正当な理由のために戦うよりも悪いことがあると言うはずだ」

「つまり、戦わないということですね」ドリーは言った。(304–305)

ここで前面に出てくるのは、自身や国の名誉をかけて死すら厭わずに戦う姿を理想とする、筋肉的小説家を彷彿とさせる思想である。作品中でこの戦争の大義が明示されることはない。だが、ジョージとロバートの従弟にあたるジョナ・ヘンリーがクリミアに従軍し、クリミア戦争に対して当初は批判的であったフランクですらクリミアへの物資を船で運ぶ仕事に従事するのである。たとえ後方支援の形であったとしても、何か行動するに値するだけの正当な理由があるのがクリミア戦争なのだ。後にジョージが戦地からドリーに宛てた手紙のなかで、「大佐のようなリーダーを与えてくれた運命を嬉しく思う。彼のようになりたいものだ」(360) と書くような、理想的指揮官として描かれるフェーンによるこうした発言は、作品中のクリミア戦争に対する位置づけを象徴する。

筋肉的小説家の作品との差異が顕著に見られるのは、作品で描かれるクリミア戦争は、従軍している兵士から故国に残された家族に宛てた手紙や帰還兵の回想という形で間接的に語られるに過ぎないという点であろう。リッチーが描こうとしたのは戦場での兵士の勇敢な行為や犠牲などではなく、むしろイギリス国内に残された人々の姿であった。これが前景化するのは、息子ジョナを戦地へと送った両親の苦悩を描いた場面を通してである。

> 哀れなレディ・ヘンリーはディーンズ・ヤードにある自宅でひどい不安に襲われ、無口で臆病になっていた。もし彼女が払わなければならない犠牲が息子の命だとしたら、勝ち誇った兵士たちがセバストポリを陥落したところで何になろう。彼女は出来るだけ頑張ってはいるものの、その緊張は彼女の健康や気分に影響していた。(中略) トマス卿自身も机から行き来したり、地図や新聞を熟視したりと不安で落ち着かない状態だったのだが、亡くなった兵士の名前が掲載された恐ろしい新聞が初めて来たときには彼は完全に参ってしまった。新聞を燃やし、上の階に行くことを何としても防ごうとしたほどだ。(357)

ここにあるのはセバストポリの戦いにおける兵士の英雄的行為に対する称賛などではなく、そこに参加した息子の無事を一心に祈るあまり体調すら崩すほどの母親と、妻のことを慮り、勝利とその代償とも言うべき多数の犠牲を報じた新聞を妻の目から隠すために燃やしてしまう父親の姿である。トマス卿は『パンチ』誌の図版の父親のように勝利にただ熱狂するのではなく、息子のことを心配しながらも、妻への配慮を忘れない優しさを垣間見せている。こうした細やかな筆致に見られるように、戦闘場面や名誉にこだわりがちな筋肉的小説家とは力点の置き方が違うのだ。

こうした家族の無事を祈る女性たちだけではなく、リッチーは女性たちがより積極的な役割を果たしうる可能性を提示する。「どうやったら平和で安全な家でじっとしている私たちが、他のひとたちのために勇敢に戦うことができるのでしょうか」というドリーの問いかけに対し、フェーン大佐は笑顔で「今日、ある連隊の兵士たちと出会いました。……とても執念深い敵と戦っている、白い帽子を被って、エプロンを着けた兵士たちにね。彼女たちは弟の未亡人にあたる私の義妹の指揮下にあるんですよ。彼女は病院で看護婦をしていて、今は熱病患者の病棟で責任者を務めています」(305)と答えるのだが、ここでは女性が家庭に留まることなく、看護婦として活躍する意義が前面に出ている。注目すべきは、恐ろしい敵に擬えられ、イギリス国内で当時流行したコレラと戦う看護婦たちが兵士と等価の存在とされている点である。すなわちコレラとクリミア戦争は国家的危機という点で繋がり、クリミア戦争の兵士に匹敵する存在として、コレラと戦う女性たちが位置づけられているのである。

女性の視座からクリミア戦争を小説というメディアを通じて再メディア化するには、クリミアとイギリス国内の状況をリンクさせうるシャーロットのような人物が不可欠であったろう。プロットの展開を踏まえるならば、ドリーを突然クリミアに送り込むことは困難であると言わざるを得ない。何の訓練も受けていない彼女が、ナイチンゲールのように看護婦として活躍するという展開をリッチーは選ぶことは出来なかったはずだ。むしろイギリス国内で、クリミア戦争と同等の意義を持つコレラとの戦いや病人や貧民のケアに取り組むシャーロットを登場させることで、クリミア戦争を国内に転移させているのだ。ドリーにとって、ただジョージをはじめとする兵士たちの無事を祈るだけではなく、コレラとの戦いという同等の価値を持つ戦いにかかわることで、兵士と共に国家に貢献しうる道が開かれるのである。

使命感を持って他者のケアを行なうシャーロットは、小説で看護婦が表象される際にありがちであった、満たされないセクシャリティの代用としての看護婦(Poovey 177)などではない。「シャーロット・フェーンが迷宮の手掛かりとしたのは、他人の幸福を願う才能とどんな悲しみでも影を落とすことが出来なかった他者への思いやりだった」(419)とあるように、彼女の軸は「他者への思いやり」であり、これが自己中心的なドリーの成長を促すことになる。そして「他者への思いやり」が持つ意義は、ドリーだけでなく、「私たちは最も充実した人生を送っている人々の高貴な洞察力や豊かな想像力という素晴らしい才能を持っていないかもしれないが、そんな私たちだって彼らのように生きること、人生をより深く理解すること、非常に寛大な思いやりを学ぶことは出来るかもしれない」(432)という形で、読者にも投げかけられている。再メディア化を経たクリミア戦争から学びうるのは、決して兵士たちの英雄的行為だけではない。

四．再メディア化された戦争から見えてくるもの

クリミア戦争を取り巻く言説は、従来の戦争以上に再メディア化されながら展開していった。もちろん、従来の戦争においても芝居や小説、絵画などの形での再メディア化が行なわれていたのは確かではあるが、クリミア戦争においては、電信技術の確立によって戦場の状況がより迅速に、従来以上に現実感を伴う形で伝達されるよ

うになり、戦場との心理的な距離が縮まったことで人々の認識も変化し、多様なメディアを巻き込む形で従来を上回る展開を見せた。メディアは決して単独で機能することはなく、必ずメディア間の相互作用を伴うというのがボルターらの主張なのだが、まさにそうした相互作用が起こったのである。

そうした再メディア化がなされた例をもうひとつだけ挙げるならば、クリミア戦争をめぐる絵画がある。多くの芸術家に霊感を与えたバラクラヴァの軽騎兵の突撃を描いた絵画のひとつ、ウィリアム・シンプソン（William Simpson, 1823–99）の『バラクラヴァの戦いにおける軽騎兵の突撃』（*The Charge of the Light Brigade at the Battle of Balaklava*, 1854）（図版③）を見てほしい。ここでは、部隊の配置を明示するために遠景からパノラマ的に描かれ、戦争が壮大なスペクタクルとして描かれている（Keller 51）。こうした戦場のスペクタクルは当時の人々の期待に応える形で描かれており、時には真実の姿よりも優先されたという（Keller 49）。またここでは先陣をきって敵に突撃するカーディガンの姿も描かれ、戦場のスペクタクルと英雄的行為とが密接に結びつくことが示唆されているのだ。兵士が英雄視される構図は、ロレンスをはじめとする筋肉的小説家が見せた姿勢と重なり合う。この突撃は兵士のもつ英雄性を讃える格好の素材であり、こうしたスペクタクルを通して兵士を英雄として讃える絵画こそが、当時の戦争絵画の典型であった。

図版③　ウィリアム・シンプソン『バラクラヴァの戦いにおける軽騎兵の突撃』(National Military Museum)

一方、同じバラクラヴァの戦いを描きながらも対照的な場面を描き出したのが、エリザベス・トンプソン（Elizabeth Thompson, 1846–1933）による『一

図版④ エリザベス・トンプソン『一八五四年のバラクラヴァの戦い』(Manchester Art Gallery)

八五四年のバラクラヴァの戦い』(*The Battle of Balaklava in 1854*, 1876)(図版④)である。トンプソンは以前にも雪景色のなかで苦しむ兵士の姿を『点呼』(*The Roll Call*, 1874)で描いたが、ここでは戦いから生還を遂げたものの茫然とした兵士の表情や、傷つき、倒れた兵士たちの姿を描き出している。実際に突撃に参加した兵士に徹底的に取材を重ねた迫真の作品となっているが(Paxman 176-7)、風景よりも人物の心理を描くことを重視した画家らしく(Keller 245)、ここで前面に出てくるのは英雄に対する賛辞より、むしろ生き残った兵士たちの悲哀である。シンプソンのように特定の英雄に注目するのではなく、無名の兵士こそが主役であり、彼らに対する同情が色濃く描かれている点でも、従来の戦争絵画との差異を窺知することが可能だろう。

クリミア戦争時にラッセルが報じていた軽騎兵の突撃は、テニスンのように詩という形で再メディア化されただけでなく、絵画など視覚に訴えるメディアでも英雄的行為を讃えるために再メディア化されてきた。そして実際の戦いから約二〇年が経過し、『一八五四年のバラクラヴァの戦い』や『オールド・ケンジントン』が成立した。『一八五四年のバラクラヴァの戦い』では従来正面から描かれなかった兵士の苦難が視覚化され、『オールド・ケンジントン』では、『パンチ』誌の図版に見られるような〈家庭で兵士の無事を祈念する女性〉というイメージを踏まえながらも、女性もより積極的に国に貢献する道があることが示唆されるようになった。

戦争表象は文化的、歴史的コンテクストから多重決定を受けながら形を変え、表現の幅を拡張してきた。実像から乖離したイメージが拡散してしまったデュバリーは、そうした過程で生まれた犠牲者と言えるのかもしれない。クリミア戦争をめぐるイメージは、視覚に訴えうる絵画と心理描写に長けた文学などという形でメディア間の差異を活かしながら、各メディアでなされた表象が交錯しあい、構築されていった。かつてデュバリーは次のように述べている――「戦争の記録のなかに、母、妻、姉妹の吐き気すら催すほどの不安が書かれるスペースはあるのだろうか」(65)と。当時そうした場面は主に絵画を通じて表象され、文学という場でより深化されて描かれるまで時を待たなければならなかった。女性たちによる戦争表象は、そうした声を現代に残すうえで少なからぬ役割を果たしたのである。

註

（1）こうした事例は何も彼女だけに限った話ではない。ヴィクトリア朝を代表するシェフであり、中流階級の家庭向けの料理本で著名なアレクシス・ソイヤー (Alexis Soyer, 1810–58) がクリミアに赴くきっかけとなったのも『タイムズ』紙の記事であった。

（2）ジェイ・デヴィッド・ボルター (Jay David Bolter, 1951–) とリチャード・グルーシン (Richard Grusin, 1953–) が『再メディア化――新たなメディアを理解する』(*Remediation: Understanding New Media*, 1999) で提唱した概念である。彼らによれば「われわれはあるメディアの表象が別のメディアで表象されたものを再メディア化と呼び、再メディア化こそが新しいデジタル・メディアを定義する特徴であると主張する」(45) ということである。彼らは別の箇所で「数百年間にわたって、現実を再メディア化していくことは、われわれの表象テクノロジーの中に組み込まれている」(62) とし、この枠組が現代の事象に限らない普遍性を持ちうることを指摘している。

（3）クリミア戦争をめぐる芝居については、アストレー劇場の支配人クックについて論じた Bratton 論文を参照。一八五五年にレスター・スクウェアで行なわれていたセヴァストーポリのパノラマについては、当時のパンフレットを Garrison らによるアンソロジーで読むことが出来る。またテニスンの他にクリミア戦争を描いた詩として、Alexander Smith and Sydney Dobell, *Sonnets on the War* (1855) を挙げることができる。こうした詩とフェントンの写真が持った文化的意味を論じた Houston 論文は非常に興味深い論考である。

(4) こうした女性たちについては、Rappaport を参照。ナイチンゲールを軸に据え、彼女が様々な文化にいかなる影響を及ぼしたのかという観点からの先行研究が多いのだが、Markovits 論文はその代表例である。

(5) 彼女が本国に残る姉のセリナと義兄フランシス・マルクスに送った手紙が『オブザーバー』紙 (*Observer*) に匿名ながらも掲載されたことに力を得て出版したもので、義兄による編集作業が行われてはいるものの、副題にあるように「一八五四年四月のイングランド出航からセバストポリ陥落まで」の状況について伝える貴重な資料である。

(6) ラッセルによるクリミア報道のこうした文体は、ペックが適確に指摘したディケンズからの影響が前景化したものである。

(7) サザーランドは代表作として、*Westward Ho!* (1855), *Tom Brown's Schooldays* (1857), *Guy Livingstone* (1857), *Ravenshoe* (1862) といった作品を挙げている。こうした作品群では、軽騎兵の突撃が兵士の内面の変化をもたらすものか、過去のあらゆる罪を贖いうる場として描かれたが、この傾向は、実際にクリミア戦争に従軍し、勲章を授与された経験をもつアーサー・グリフィス少佐 (Major Arthur Griffith 1838–1908) の作品でも同様である。

引用文献

Bolter, Jay David and Richard Grusin. *Remediation: Understanding New Media*. Cambridge, MA: Cornell UP, 1988.

Bostridge, Mark. *Florence Nightingale: The Woman and Her Legend*. London: Penguin Books, 2009.

Bratton, J. S. "Theatre of War: the Crimea on the London Stage 1854–5." *Performance and Politics in Popular Drama*. Ed. David Bradley, Louis James, and Bernard Sharratt. New York: Cambridge UP, 1981: 119–38.

Carroll, Lewis. "The Path of Roses." *The Complete Works of Lewis Carroll*. New York: The Modern Library, [n.d.]. 950–53.

"The Diary of Lady Fire-eater." *Punch*, 2 February 1856. 47.

Duberly, Frances Isabella. *Mrs Duberly's War*. 1855. Ed. Christine Kelly. Oxford: Oxford UP, 2007.

Figes, Orlando. *Crimea: The Last Crusade*. London: Allen Lane, 2010.

Garrison, Laurie et al ed. *Panoramas, 1787–1900: Texts and Contexts* Vol. 3. London: Pickering & Chatto, 2013.

Gunning, Sandra. "Traveling with Her Mother's Tastes: The Negotiation of Gender, Race, and Location in *Wonderful Adventures of Mrs. Seacole in Many Lands*." *Signs* 26 (2001): 949–981.

Hankinson, Alan. *Man of Wars: William Howard Russellof* The Times. London: Heinemann, 1982.

Houston, Natalie M. "Reading the Victorian Souvenir." *The Yale Journal of Criticism* (2001): 353–83.

Keller, Ulrich. *The Ultimate Spectacle: A Visual History of the Crimean War*. Amsterdam: Overseas Publishers Association, 2001.

Kelly, Christine. Introduction. *Mrs Duberly's War*. By Frances Isabella Duberly. Oxford: Oxford UP, 2007.

Lawrence, George Alfred. *Sword and Gown*. 1859. Charleston: BiblioBazaar, 2007.

Markovits, Stefanie. *The Crimean War in the British Imagination*. Cambridge: Cambridge UP, 2009.

Paxman, Jeremy. *The Victorians: Britain through the Paintings of the Age*. London: BBC Books, 2009.

Peck, John. *War, the Army and Victorian Literature*. London: Macmillan, 1998.

Poovey, Mary. *Uneven Developments: The Ideological Work of Gender in Mid-Victorian England*. Chicago: U of Chicago P, 1988.

Rappaport, Helen. *No Place for Ladies: The Untold Story of Women in the Crimean War*. London: Aurum, 2007.

Ritchie, Anne Thackeray. *Old Kensington*. London: Smith, Elder & Co., 1873.

Strachey, Lytton. *Eminent Victorians*. 1918. Ed. John Sutherland. Oxford: Oxford UP, 2003.

Sutherland, John. "The Muscular School." *The Longman Companion to Victorian Fiction*. 2nd ed. Harlow: Pearson Longman, 2009. 458–59.

Sweetman, John. *The Crimean War 1854–1856*. Oxford: Osprey Publishing, 2001.

Tisdall, E. E. P. *Mrs. Duberly's Campaigns*. Chicago: Rand McNally & Co., 1963.

Uglow, Jenny. *Elizabeth Gaskell: A Habit of Stories*. London: Faber and Faber, 1993.

8

サモア人になる
——R・L・スティーヴンソンとサモア

小堀　洋

はじめに

一八九四年一〇月、ロバート・ルイス・スティーヴンソン (Robert Louis Stevenson, 1850–94) は、サモア人首長たちに向けて語りかけた。「私は皆さんを愛しています。そして共に生き、また死んでゆく私の同胞に選びました」(*Vailima Letters* (*VL*) 363)。

スティーヴンソンがサモア人の「同胞」になるということは、当時どのような意味をもっていたのだろうか。スティーヴンソンの友人たちは総じて彼のサモア移住を歓迎しなかった。文芸評論家でケンブリッジ大学美術科教授でもあったシドニー・コルヴィンは「あのように辺鄙でしかも教養のある人がいない社会に永住したら彼も彼の作品も劣化する (deteriorate) に違いない」(145) と述懐している。作家で批評家のエドマンド・ゴスも「サモアに住むのはとても素敵なことだけれど、そこで執筆するのは有益 (healthy) ではないというのが現実のようだ。［ロンドンの中心部である］チャリングクロスの半径三マイル以内が文学向きの環境だと思う」(*Letters* Vol. 7 (*L7*) 107) と書いている。『ポスト・コロニアル研究』は、「原住民化」とは、「植民者と被植民者という二項対立において原住民文化を原始的とか退化している」とすることで、「原住民の生活や習慣に同化吸収されて堕落してしまうのではないかという植民者が抱く危惧」(Ashcroft 106) の表れであると説明している。スティーヴンソンの友人たちも彼に対して同様の不安を感じたのではないか。太平洋という「辺鄙」な場で西洋人が「退化する (deteriorate)」のなら、その時間は西洋よりも遅れているということになる。そのような場で彼が執筆活動を行うことは「健全 (healthy) ではない」と考えたのだろう。

「原始的」な環境の影響を受けた西洋人が退化しうるという当時の思想をスティーヴンソンも共有していたはずである。それにもかかわらず彼がサモア人になると公言したのはどのような理由によるのか。本論の関心はそれを明らかにし、「原住民化」とは異なるサモア人としての彼の在り方を論じることである。

一・スティーヴンソンとサモア人社会

スティーヴンソンがサモア人として生きると宣言したのは、内戦に敗れ収監されたサモア人首長たちが、彼から受けた支援に対する返礼として彼のために道路を造ったことが直接のきっかけである。一八九三年七月に勃発したサモア内戦は、ロウペパ王が率いる政府軍とマターファを頂点とする「反政府軍」との戦いであり、マターファの降伏で幕を閉じた。

マターファを支持するスティーヴンソンは、収監されたサモア人首長たちの待遇改善や早期釈放を求める一方で、彼らに食料や日用品などを差し入れた。これは彼の個人的な行為というだけでなく、広く太平洋社会で認められる慣習でもあったであろう。『贈与論』(*The Gift*, 1950) でマルセル・モースは贈与とは社会制度であると述べている。太平洋社会において、「個人間で行われる取引が財産や富や生産物の単なる交換であることはほとんどない。第一に、交換や契約の義務を負うのは個人ではなく集団である。契約の当事者は、氏族や部族そして家族といった法人であり、これらが直接同じ場所に集まって集団で、あるいは首長を通じて、または同時にこれら二つの方法で向かい合う」(5)。スティーヴンソンとサモア人首長との間で行われた贈物の交換もサモアの社会制度に則った集団間の「取引」という一面もあっただろう。彼はコルヴィンに次のように書いている。「われわれ［スティーヴンソン、妻のファニー、義理の娘のベルと義理の息子のロイド］はアピアで馬車を借りて……座席の下に贈物のアヴァと煙草をたくさん詰めて刑務所へ向かった。……われわれは［刑務所の］中庭にやって来て、囚人たちや［刑務所を管理している］キャプテンと共にアヴァを飲んだ」(*Letters* Vol. 8 (*L8*) 184–5)。アヴァ、あるいはカヴァは儀式性の強い飲み物で、サモア人首長が客人を迎えるときには必ずこれを回し飲みする。別の日には「刑務所で開かれたサモア人の宴会に出席した。……私はあの政治犯たちの父親のようなもので、……彼らに対して責任がある」(*L8* 213)。ここで彼が負う「責任」とはモースの「義務」に近いのではないだろうか。彼が用いている親族の比喩も帝国主義的な隠喩としての親子関係というよりも、サモア人社会の親族関係を念頭に置いているように思われる。困窮する親族への援助は、親族関係にある者が負うべき相互扶助の「責任」である。

サモア人首長たちからの返礼が道路づくりという形をとったのは、それが彼を代表とする共同体に向けられているからであろう。彼は自宅に複数のサモア人を雇い、彼らから首長と見なされ、自宅はサモア人共同体の一部としてもサモア人に認識されていた。たとえば、ある日、素行のよくない者がいたので、スティーヴンソンは自宅で会合を開いた。そこで問題のある者の給料を半分にすると彼が発表するとそのサモア人は微笑んでそれを受け入れた。「これは彼らが本当に私を首長として受け入れているというもう一つのよい徴候だ。ここに来た頃にサモア人に六ペンスの罰金を課していたら彼はその場でここを立ち去ってしまっていただろう」(*L8* 186)。R・P・ギルソンはサモアにおける首長の役割を次のように説明している。「それぞれの家族には首長あるいはマタイがいる。家庭内の仕事を割り振り、序列を維持し、また他集落の家庭との関係を調整する上で彼の権威は家族の全構成員に及ぶ」(14)。収監された首長の世話をし、ヴァイリマを取り仕切るスティーヴンソンは、ギルソンが定義する「首長」と呼べるだろう。

ニュージーランド人記者とのインタヴューからスティーヴンソンがどのようにヴァイリマと呼ばれる自宅を運営していたかがわかる。生まれつき労働に無関心なサモア人が彼のために働いているのは待遇がいいからではないか、という記者の質問に対して、彼は次のように答えている。

驚くかもしれないが、私の自慢はサモア一安い賃金にもかかわらず、わが家のサモア人は一番よく働くということです。サモア人が走り回っている姿を見られるのはヴァイリマだけだ、とここに来るお客さんはよく言います。サモア人は働こうとしないし、たとえ働いたとしても数ヶ月しか持たない、と皆はよくこぼしています。サモアでは大抵そうなるようですが、でもここでは違います。待遇をよくしたり、甘やかしたりしているわけではありません。サモア人はむしろ規律を好みます。ただし、身分と名誉を重んじるのです。彼らは公明正大に扱われ、誇りを持てる仕事を好みます。われわれはこれを与えるように努めています。……彼らがわれわれ家族の一員であると感じられるように努めているのです。当たり前のことですが、サモア人は家族のためにしか働きません。……だから彼らにここでずっと働いてもらうために、必要なヨーロッパの

習慣を取り入れながらも、私はサモア人首長として振る舞うよう心掛けてきました。[1]（*L8* 199–200）

サモア人に対する評価は彼と記者との間で大きく異なっている。西洋人同様、サモア人が人格の尊重という人間として当然の欲求を持っていると彼は語る。しかし、欧米人との関係においてそれが無視されているということも彼の話から窺える。また、サモア社会では貨幣とは異なる価値観が重視されていることも読み取れる。スティーヴンソンはそれらを理解し、自宅の運営に取り入れていた。ヴァイリマは西洋と太平洋の異種混淆的な文化空間として機能していたようだ。

スティーヴンソンはサモア人とその社会に対する理解と貢献を通じて彼らに受け入れられていたからこそサモア人になると宣言できたのである。しかし、スティーヴンソンはサモア政治となぜ、そしてどのように関わったのだろうか。

二．スティーヴンソンとサモア政治

当時、サモアの主要な統治機関は王を中心とし、サモア人によって運営されるサモア議会と政府、最高裁判所、そしてアピア外国人自治区議会からなり、それらに加えて、アメリカ、イギリス、ドイツの領事が駐留していた。サモアの支配権をめぐる欧米三国の対立を収拾し、共同統治下における自立的な統治機構を樹立するため、一八八九年六月に締結されたのがベルリン条約である。この体制の頂点に立つのはヨーロッパにおいて任命、派遣される最高裁判所首席裁判官であった。彼は単に民事や刑事裁判を管轄するだけではなく、「政府の顧問、仲裁人、そしてときには行政官としての職務も果した。これらの特別な権限が与えられた結果、首席裁判官は共同統治下における最も有力な役人」(Gilson 400) であった。さらに、外国人自治区の議会を統括する議長もサモア政治の重要な担い手の一人で、サモア政府の大蔵大臣と顧問も兼任した。

ベルリン条約はサモア人による自治を認めており、それに基づいて一八八九年一〇月、有力な首長の四分の三が支持するマターファが王位を得た。しかし三国は彼を王として認めず、同年一二月に元サモア王のロウペパが王座に返り咲いた。表面上、王位交代劇は穏やかに行われたが、「[王の選択という] 重大な決定はそれほど簡単には覆せない」(Gilson 418)[2]。この介入は、その後の首席裁判官や議長の失政とともに、内戦を引き起こす最大の原因となった。欧米三国の介入がなく、マターファが王として認められていれば、彼は自立的で安定した政府を樹立しサモアを平和裏に統治できたはずである。しかし、三国が彼を排しロウペパを王位に就けた結果、両者は対立関係に陥った。さらに事態を悪化させたのは首席裁判官の到着が遅れたことである。その結果、しばしば両者の戦争の噂が流れる。首席裁判官が来なければ、ベルリン条約は効力をもち得ない。したがって、ロウペパの王位はその根拠が不安定になり、マターファにとってはそれを回復する大義名分となり得るからだ。彼がサモアに到着したのは一八九〇年の終りであったが、翌年五月にはマターファはサモア王を名乗る。彼の行動は、ベルリン体制が期待したようには機能せず、サモア人の不満が高まっていることを意味した。開戦の噂が再び広まる中、三国領事と議長は彼に宣言を撤回するよう説得を試みるものの失敗に終わった。

スティーヴンソンがサモア政治に積極的に関わり始めたのはこのような状況下であった。一八九一年の一〇月七日の手紙には、「政治なんてまっぴらご免だが、それでもやはり傍観しているわけにはいかない」とあり、一三日には、「完全に政治に呑み込まれた。やっかいな仕事だ」(*L7* 162-3) とある。同じ日に彼は『タイムズ』にサモアの状況を伝える手紙を書き始めている。

しかし、これに先立つ九月初旬の手紙には、「私は、あの男が大好きだ。……聡明、愉快で機知に富んだ紳士だ……卑劣なことをしていると思われると吐き気がする」、と個人的に親しい首席裁判官を『タイムズ』に告発することへの彼の逡巡が窺われる。それでも、「他の民衆と同じように誠実でも勤勉でもなければ、英雄でも聖人でもない気の毒な原住民はとてもひどい扱いを受けている。私が首席裁判官を好きだからといって彼らは苦しまなければならないのだろうか」[3] (*L7* 156) と続けている。首席裁判官への好意や自身の名誉とサモア人を救うという義務感との間で苦しんでいる彼は、サモア人を圧政から保護されるべき「民衆」と見なしている。彼は「弱者」のために政治の世界に飛び込んだのかもしれない。彼の活動が主にイギリスに向けて行われたのは、本国にサモアの実情を知らせることで、欧米三国にベルリン条約を正常に機能させるよう促すためだった。そうすることで彼は対立するサモア人勢力を和解に導き、両者の関係を、したがってサモアを安定させようとした。

しかし、スティーヴンソンがサモア人を擁護し、首席裁判官や議長と対立した結果、彼とロウペパ王との関係も悪化する。ロウペパ王とマターファを和解させるために一八九二年四月、スティーヴンソンはロウペパ王と密談の約束をするが、当日王は会合場所に現れなかった。「哀れで、無力な操り人形でしかない王は私と密会する勇気すらない」(*L7* 277) と彼は落胆を隠さない。[4] この出来事以降彼はロウペパと距離を置き、マターファとの仲を取りなそうとはしなくなる。内戦勃発直前の一八九三年四月、彼は再びロウペパとマターファを和解させようと試みるが失敗に終わる。

スティーヴンソンは『タイムズ』にサモア政治の混乱ぶりを訴えたものの、反応は芳しくなかった。一八九一年一〇月以降、彼は何度か同紙に首席裁判官と議長や、後には領事を告発する手紙を送っている。しかし、社説はその内容に半信半疑で彼の言葉を真剣に受け止めなかった。(5) 後に彼の主張はドイツの白書やイギリスの青書によって裏付けられ、『タイムズ』も彼の主張を認めたものの、(6) サモアの苦境は続いた。結局、これといった成果を得ることなくこの手紙は打ち切られた。

一八九三年、メディアを通じて一般の関心を惹くことに失敗したスティーヴンソンは高名な個人に支援を求めたが、これも成功したとはいえない。時の外務大臣ローズベリー宛に手紙を書き、ニュージーランド総督や首相などを歴任し植民地での統治経験が豊富なジョージ・グレイや、オーストラリアの元ニューサウスウェールズ総督のジャージー卿と会談をしている。しかし、彼らとの交流は具体的な成果を挙げることなく途絶えてしまったようだ。

彼の政治活動はその目標をロウペパ王とマターファの和解と二人によるサモア統治に置いていたはずである。にもかかわらず、直接二人の関係改善を図らずにベルリン条約にこだわったのは何故だろう。次に、彼の太平洋旅行記である『南海にて』(*In the South Seas* (*ISS*), 1896) や当時の手紙を参照しながら彼の太平洋観を辿ると共に、彼の政治活動を方向付けていたものが何であったかを確認したい。

三.　スティーヴンソンと太平洋

スティーヴンソンの太平洋観は、西洋科学によって補強された紋切り型のイメージと、経験から得た知見の間を緊張を孕みつつ揺れ動いている。『南海にて』の中で彼はマルケサス人の人口減少を次のように説明している。「概して私には問題は次のように思える。すなわち、重要なものであっても些細なものであっても、［社会の］変化が最も少ない場所では種族は生き延びる。最も大きい場所では、重要なものであれ些末なものであれ、あるいは有益なものであれ有害なものであれ、それは滅びる」(33)。ジュリア・リードは、これが「『種が絶滅するもっとも大きな原因』は、『新しい状況それ自体が有害でなくとも、生活環境の変化がもたらす……出生率の低下と健康状態の悪化』であるという『人の系譜』(*The Descent of Man*, 1871) におけるダーウィンの見解を彷彿させる」(147) と論じている。また、ギルバート諸島においてスティーヴンソンが抱いた「過ぎ去った時代にやって来た」(*ISS* 174) という印象に対して、「時間旅行という考え方は進化論者や帝国主義者が『未開』文化を扱うときの標準的比喩である」(144–5) とリードは説明する。ファニーによれば、スティーヴンソンは南海に関する本が「科学性と歴史性を備えた客観的なものでなければならない」(*Letters* Vol. 6 (*L6*) 303) と考えていたようだ。ミシェル・キーオンは彼を「『遅まきの』オリエンタリスト感覚 ('belated' orientalist sensibility)」の持ち主と呼んでいる。彼は「『エキゾチック』との『真正な』出会いを求めて太平洋を訪れた」のだが、西洋との接触によって太平洋が回復不可能なまでに変容してしまっていることにも気づいている。その結果、彼が残した太平洋に関するテクストは「植民地事業に批判的であると同時に、これまでに記録されていない太平洋の側面を伝えたいという欲望を抱いていた点でそれと共謀関係にある」(8) と論じている。

西洋に軸足を置いた太平洋理解がある一方で、『南海にて』にはそれとは相容れない経験も記されている。モイプというマルケサス人はいわゆる「卑劣な野蛮人 (ignoble savage)」として描かれている。スティーヴンソンは彼に「一目で嫌悪感を催した」と記している。しかし、個人としての彼を見れば、印象はよくなる。ネグロイド的な性質と顔つきはそれでも不快ではあるが、彼の醜い口元は微笑みを浮かべると魅力的になるし、彼の姿と物腰は確かに高貴で、堂々とした目つきをしていた。彼がジャムやピクルスを誉めちぎったりダイニング・キャビンにある姿見に大喜びする……様子は愛想のいい子供のようだった。それでも私には確信できないのだが、大人気ない態度に見えたものは逆に礼儀の為せる技だったのかもしれない。……モイプだけがこの二枚舌を使っているのだろうか。マルケサスで［スティーヴンソンの船である］カスコー号は大いに称賛されたが、それもマルケサス人の礼儀だったのではないだろうか。(*ISS* 103)

モイプの態度に二面性を見たスティーヴンソンは、それが単に彼個人の水準に留まらず、マルケサス人に共通する文化的態度ではないかと考えた。

太平洋の住民が持つ二面性はスティーヴンソンの最初の寄港地でも見られた。そこに到着すると、すぐに多数のカヌーが彼の乗ったヨットの周辺に群がった。そして、「皆がわれわれと商売をしようとしたり、明らかに法外な値段で島の土産ものをわれわれに売りつけようとした。歓迎の言葉もなく、礼儀もみられない、首長とレグラー氏を除けば誰もわれわれと握手をしようとしない」(8)。彼らの商品を何も買おうとしないスティーヴンソンに対し、彼らは大声で罵声や冷やかしの言葉を浴びせかける。しかし、三週間ほどこの地に滞在した後には、同じマルケサス人がスティーヴンソンたちとの別れを惜しんで宴をひらき、彼らにたくさんの贈物を贈っている。その中には「われわれがこの島に到着した日に買うのを拒んだ品」もあったが、「友人になれば彼らはそれをただでわれわれに与えてくれる」(17) のだ。

『南海にて』には、マルケサス社会が、西洋がもたらした貨幣経済と伝統的な贈与交換という二重の交換様式を両立させている様子が描かれている。両者の境界線は共同体の内と外の間に引かれているようだ。いったんこの内側に入れば、必要なものはほとんど「ただで」手に入れることができる。スティーヴンソン自身がそうであったように、共同体に所属するには養子縁組が最も確実な方法である。それは外部のものを共同体に迎え入れるための手続と考えられ、共同体内に幅広く血縁関係の編み目をめぐらせることで相互扶助の関係を築く。

　太平洋社会の共同体への参加は西洋の太平洋観とは違った太平洋理解をスティーヴンソンに与えている。彼は次のように述べている。「全くの詐欺だよ。だって私がこの［マルケサス］諸島を［訪問先として］選んだのは野蛮な住民がいるからだったのに。しかしここの住人はずっといい人たちだよ。われわれよりもはるかに礼儀正しい」(*L6* 206)。マルケサス諸島での生活経験があるハーマン・メルヴィルは『タイピー』(*Typee*, 1846) に彼と似た考えを書いている。[7] この作品の中で彼はマルケサス人に人肉食の習慣がありそれを悪癖であると認めながらも、それを最近までイギリスで行われていた慣習と比較し相対化している。[8] スティーヴンソンも「人肉食以上に嫌悪感を催すものはない」(*ISS* 68) と述べながらも、仏教徒や菜食主義者から見れば人肉食も動物の肉を好んで食べるわれわれも違いがないだろうと述べている。[9]『タイピー』には（そしておそらくスティーヴンソンにも）楽園とそこに住む「高貴な野蛮人 (noble savage)」という十八世紀以来の太平洋観の影響が感じられるが、それだけでは説明がつかない部分が残る。太平洋住民の「野蛮さ」を否定し、文化を相対的に見る視点はメルヴィルとスティーヴンソンが太平洋をその共同体の内側から見たということと無関係ではないのかもしれない。たとえば、スティーヴンソンが少年時代に好んで読んだ『珊瑚島』(*The Coral Island*, 1858) にはそのような視点はない。R・M・バランタインはこの作品を文献をもとに執筆した。そこに描かれる太平洋住民は、バーナード・スミスが定義する「卑劣な野蛮人」にほぼ一致している。ロンドン宣教師協会は太平洋とその住民に与えられた楽園や「高貴な野蛮人」のイメージを否定し、未開、異教徒、無知、残忍、人肉食といった否定的なイメージを与え、彼らをキリスト教徒に改宗されるべき人々として、出版物を通じてそれらのイメージを本国に流通させた。[10]

スティーヴンソンは既存の太平洋観からその文化を捉えようとしたと同時に、彼自身の経験からそれに疑問を呈してもいる。滅びゆく太平洋住民という西洋の見解に対しても、彼は異なる事実を並べている。[11]「今日のマルケサス、ハワイの八島、マンガレヴァ、イースター島で、私たちは同じ種族が次々に滅びつつあることを知った。どうしてこのような変化が生じたのだろうか」と彼は述べ、その原因を白人との接触であるとしたすぐ後に、「この人口減少が普遍的に見られないのはどうしてなのだろうか」(*ISS* 31)と考える。なぜなら人口増加がみられる地域もあったからである。もしその理由を、人々が「新しい環境に慣れた」からだとしたら、「私たちは「環境の変化に」苦しむことすらなかったサモア人をどのように理解したらいいのだろうか」(*ISS* 31)、と彼は問いを発している。

マルケサス人の二面的な態度や太平洋の人口減少理論の不確かさを語ることでスティーヴンソンは何を語っているのだろうか。彼は西洋が抑圧してきた太平洋文化の独自性や多様性に触れたことでなかば無意識に第二の視点を導入し、西洋人が当然視していた太平洋の後進性に疑問を呈しているように思われる。二つの視点の違いはどこにあるのだろうか。文化人類学者のヨハネス・ファビアンは次のように論じている。「原始的な、とか野蛮なといった……言葉を使用している言説は、『原始的なもの』について考え、観察し、批判的に研究せずに、原始的なものという観点から考え、観察し、研究する。本質的に時間の概念である原始的なとは、西洋思想の対象ではなく範疇である」(18 傍点ファビアン)。ファビアンの議論がそのままスティーヴンソンに当てはまるとすれば、彼の太平洋描写もキーオンが言うような「これまでに記録されていない太平洋の側面を伝え」るだけの静的なものであったはずであり、したがって西洋の植民地事業に「共謀的」であっただろう。しかし、スティーヴンソンが描いている太平洋は時に範疇としての「原始的なもの」を逸脱している点で動的であり、それとは異なる太平洋観を提示しようとしているという意味で生成的である。それを可能にしたのが彼と太平洋との個人的な関係である。

スティーヴンソンの太平洋叙述には範疇としての「野蛮さ」と思考対象としての「野蛮さ」が同時に存在している。しかしこの二重の視点は彼に難問を突きつける。ヘンリー・ジェイムズに宛てた手紙のなかで彼は、「自説も無しに途方も無い量の事実をどうやってうまくつなげ合わせられるだろうか。理論なしには誰も意見を述べることは出来ない」と訴え、「誓って言うが、それなしには誰も書けない、少なくとも自分が思ったようにはね。私の理論はどんどん溶けて私の文章を流し去り、理解できない土地を後に残してゆく」(*L7* 66) と太平洋旅行記を執筆することの難しさを語っている。理論が「溶けて」、「思ったように」太平洋を描けないのは、経験的に得た「途方も無い量の事実」が出来合の理論や範疇を否定したからである。なぜこのような困難が生じたのだろう。これを理解する上で、人類学における距離と時間の関係を論じたファビアンの議論が役に立つかもしれない。

> 民族誌学者は、……異文化を知る上で同時（代）性が不可欠な条件であるとつねに認めてきた。わ、れ、わ、れ、の現代から他者を排除するためにわれわれの言説が利用する諸々の範疇に対して意識的に戦いを挑む者もいた。……しかし、記述、分析、そして理論上の結論という形で人類学の言説をつくる段になると、当の民族誌学者は研究対象の人たちと経験した同時（代）性をしばしば忘れたり否認したりする。……結局、彼らは、自分

たちの報告が……排除されるのではないかという不安から自然な、とか類型的な時間という範疇の言葉で論文をまとめる。経験と科学、研究と論文の間にあるこういった分裂は……認識論上の問題として悪影響を与え続けるだろう。（33 傍点ファビアン）

スティーヴンソンはこの民族誌学者同様、「同時（代）性」と西洋的な時間の範疇との板挟みになっているようにみえる。彼が初めて出会ったマルケサス人は「卑劣な野蛮人」を彷彿させた（*ISS* 9）。しかし、その社会に触れ、人々と「同時（代）性」を共有することで彼の第一印象は大きく変化している。共同体外部からの印象と内部の経験はマルケサス社会に対する互いに矛盾する理解を彼に与えた。科学的な太平洋旅行記を書くには「自然な、とか類型的な時間」や「野蛮さ」という「範疇の言葉で」それを執筆しなければならない。しかし彼の経験はそれらに抵抗したために「理解できない土地」が残った。彼が直面した太平洋は単に地理的な領域ではなく政治的な領域でもある。彼に求められたのは二つの太平洋観のどちらを選択するかという政治的な判断であったが、彼はそれに無自覚であったようだ。

スティーヴンソンは範疇としての太平洋を採用する西洋人に向かってサモア人を擁護し欧米のサモア統治を批判するという禁じ手を犯したために、西洋からの支援を得られなかった。さらに、サモア問題を解決する上で西洋に頼ったことで、彼はサモア人との「同時（代）性」を犠牲にし、対立するマターファとロウペパを和解させず、両者の対立を深めた。しかし、一連の政治活動が失敗に終わった結果、彼はサモア問題を解決するためにサモア人との「同時（代）性」を尊重する選択を行う。そのきっかけを彼に与えたのがサモア人首長たちの道造りである。

四．サモア人になることの意味

欧米三国によるサモア統治に希望を見出せないなか、一八九四年五月にスティーヴンソンはロウペパ王と和解を果す。その後、スティーヴンソンの尽力もあって、首席裁判官とサモア政府が囚人の解放を認める。そして、その返礼として道路が贈られた。その完成パーティーのスピーチで、彼はサモア人が道作りに従事している姿を見て希望を抱いたと語りかけている。彼にはそれがサモアにとってよい徴候だと感じられたのだ。彼らが「戦場で戦士の一団がわれわれ共通の祖国をあらゆる侵略から守るために戦っている」（VL 361）ように見えたと彼は語る。彼はサモアを守るには自分たちの手でそれを活用しなければならないと話す。スティーヴンソンは続けて次のように述べている。

> 他人事として言っているのではありません。私はサモアと皆さんを愛しています。この土地を愛し、ここを私の故郷と定めました……。私は皆さんを愛しています。そして共に生きそして死ぬ同胞に選びました。決戦の時がやって来ました。……あなた方は黙ってこれを見過ごすのか、それとも毅然として立ち向かい、あなた方が父祖から受け継いだこの土地をあなた方の名誉とともに子孫に残すのか、それを決断する最大にして最後の時が来たのです。（VL 363）

この戦いは銃を用いることも、人を傷つけることもない。「真のサモアの擁護者は誰でしょうか」と彼は問い、次のように答える。「それは道をつくり、食料となる植物を植え育てそして収穫する者です。……それこそが勇敢な戦士であり、真の擁護者なのです」(*VL* 364)。道路作りに従事しているサモア人の姿が彼にとって希望となり得たのは、それが未来を志向した活動だからであろう。サモアの伝統的な権力争いに汲々としている「顔を黒く塗り、木々を切り倒し、豚や傷ついた人々を殺す者たち」(*VL* 364)はサモアの真の擁護者とは言えないと彼は語っている。

サモア人が解決すべきは西洋との非対称的な関係である。サモア人社会の権力闘争は根本的な問題解決につながらない。サモア人自らがこの島の統治主体にならない限り、サモアの安定は望めないという結論にスティーヴンソンは至ったように思える。以前の彼は、欧米を介してサモアの安定を図ろうとしていた。それは、「過去」としてのサモアを保存したいという西洋の太平洋観と結びついた欲望であった。彼はサモア人との交流を通じてそこから逃れた。それはファビアンがいう「西洋とその他の［権力］関係」(28)という二項対立的な関係から脱却した場所に自分を位置づける行為である。

スティーヴンソンがそこに至るまでには、彼とサモア人との間に過剰な贈与交換が行われた。それは伝統的な贈与交換から逸脱し、両者の変容を伴うものであった。

彼ら［首長たち］のやる気が道路の完成まで続くかどうかは私にとって少しも問題ではない。彼らが道路をつくろうとしたのは事実だし、これまでサモアでは聞いたことすらないことを彼らが自ら志願してやろうとしているのは事実だ。考えて見てくれ！道づくりだよ。サモア人は金を積まれたって、罰をちらつかせたってやらないことだ。……ついにサモアで何事かを成し遂げた気分にさせてくれる。(*L8* 359)

「金を積まれたって、罰をちらつかせたってやらない」道路建設にサモア人が自発的に従事したのはスティーヴンソンの贈与があったからである。そして彼を「束縛する法や教養の源であるローマ帝国の影から抜け出」(*ISS* 9)させたのはサモア人の贈与である。一連の行為には両者を束縛していたそれぞれの文化的立ち位置から両者をずらし、彼らを変容させる作用があったといえる。これが可能だったのは、彼がサモア人との「同時(代)性」を尊重したからだろう。スティーヴンソンとサモア人の関係は伝統的で内部循環的な贈与交換の結果というよりも、異文化間交渉としての他者に開かれた贈与がもたらした創造的な関係である。「原住民化」が「西洋とその他の関係」という閉鎖的で相互排他的な範疇間における堕落としての移動を意味するなら、サモア人になったスティーヴンソンとは、贈与を基礎とした、他者との交渉の過程を表現しているのではないだろうか。

註

(1)『オックスフォード英国人名事典』のスティーヴンソンの項目には、「自宅とプランテーションに多くのサモア人使用人を雇いながら、スティーヴンソンは家族を集めて族長のような生活をした」とある。フランク・マクリィンはスティーヴンソンがサモア人使用人からの尊敬を受けていた理由をいくつか挙げていて、その中に彼に人種偏見がなく、弱者への同情心を持っていたこと、サモア人社会のやり方に従ったこととある。そして、彼が敬意を持ってサモア人を扱い、サモア人は絶対服従で彼に応えた、と両者の関係を描いている(399-400)。私見では、スティーヴンソンの弱者に対する同情心は『アマチュア移民』(*The Amateur Emigrant*, 1895)におけるアメリカ原住民描写からも窺えるが(300)、彼に人種偏見がなかったとは思えない。当初、彼が他の西洋人同様、サモア人使用人の扱いに苦慮していたことは書簡集から読み取れる。むしろ、サモア人に対して当時の一般的西洋人と同じ認識を有していた彼がサモア人と直接交流する過程でその認識を改めたと考えられる。また、『人名事典』にはスティーヴンソンが自宅を家父長的なやり方で運営していたとあるが、西洋の家父長制とサモアのそれは全く同じということではなく、「一方、少なくとも成人した［サモア人］家族の構成員はほぼ常に別に滞在可能な場所がいくつかあるので、条件が悪くなれば他の場所に移ることがある」(15)というギルソンの説明をみれば、サモアの家父長制は西洋のそれとはやや異なった響きを帯びるであろう。

（2）サモア史を扱った『歴史の脚註』(*A Footnote to History*, 1892)のなかでスティーヴンソンは、封建制について詳しい人ほどサモア人首長の位は世襲によって引き継がれ、絶対的な権力を有していると思い込みやすいと述べている。首長の地位は世襲だが、この人物の権力は制限されていて、重要事項はフォノと呼ばれる議会が決定する(2)。また、サモア王位は世襲ではなく、絶対的な権力も持たない。王は有力者によって選ばれ、行政は王も含めたフォノが受け持つ。

（3）スティーヴンソンがサモア政治に関わり始めた理由ははっきりしない。ロスリン・ジョリーは、彼女のエッセイ「著述業に携わる者の倫理(The Morality of the Profession of Letters)」(1881)から、作家は「被迫害者を保護し、真実を擁護する」立場にあるという一節を引用して彼のサモア政治への参加を説明している(25)。マッケンジーは、スティーヴンソンが若い頃から社会問題に関心を抱いていたとし、サモア問題への関心もその一環であると論じている(15)。どちらも西洋人としてのスティーヴンソン像を提示しているという意味で興味深いが、本論ではむしろ彼がいかに西洋中心的な思考様式から逸脱していったかに焦点を当てたい。

（4）実際にはロウペパは仕事のために遅れて約束の場所に現れた(*MIS* 165)。スティーヴンソンはロウペパが密会場所に現れなかったのは欧米の介入があったからだと思い込んだようだ。

（5）一八九一年一一月一八日の社説は次のように彼の手紙に応えている。「冒険家は冒険を、ユーモア好きはおかしな出来事と挿話を、健康と安静を求めて遠く離れた太平洋の孤島へ赴いたロバート・ルイス・スティーヴンソン氏は、昨日われわれが出版した彼の面白おかしい手紙に描かれているような喜劇を話さずにはいられない」。

（6）一八九三年五月一八日の社説には、「スティーヴンソン氏はサモア情勢を……必要以上に深刻に書いていた訳ではないようだ。……［彼の言い分を］信用できなければ先日出版された青本にある『サモア情勢に関する続報』の項目を読むべきだ」とある。

（7）「野蛮人という言葉がどれほど頻繁に誤用されていることか。未だかつて本当にその名に値するものは航海者にも旅行者にも発見されていない。彼らが発見したのは異教徒や未開人であって、彼らの残虐な行為がこの人たちを怒らせて野蛮な行為に走らせたのである」(27)。

(8)「反逆罪を宣告されたものは……巨大な斧で首をはねられ、はらわたは引きずり出されて火で焼かれる。体は四つに引き裂かれ、頭は杭に刺して人前で腐りただれるままに晒される。……人の肉をただ食べるという行為がそのような慣習よりもはなはだ野蛮だといえるのだろうか」(125)。

(9)『ロビンソン・クルーソー』(1719) にも同様の記述がある。「彼ら［南米の原住民］が戦で捕えた捕虜を殺すことを罪だとは思わないのは、われわれが牛を殺すことを罪だとは思わないのと同じである。また、彼らが人肉食を罪だと思わないのは、われわれが羊肉を食べることを罪だと思わないのと同じである」(145)。

(10) Smith 第二一章参照。

(11)「ヨーロッパ人との接触の結果、太平洋文化が死に絶えつつあるという考えが一九世紀後半に広く流通した。これは自然淘汰というダーウィンの理論が太平洋の原住民社会に適用されることで強められ、より強く、『優れている』と見なされていたヨーロッパ文化が太平洋文化に取って代わると主張された」(Keown 40)。

引用文献

Ashcroft, Bill, Gareth Griffiths, and Heren Tiffin, eds. *Post Colonial Studies: The Key Concepts*. Abingdon, Oxon: Routledge, 2010.

Ballantyne, R. M. *The Coral Island*. Oxford: Oxford UP, 1990.

Colvin, Sidney. *Memories and Notes*. London: Edward Arnold & Co., 1921.

Defoe, Daniel. *Robinson Crusoe*. Oxford: Oxford UP, 2008.

Fabian, Johannes. *Time and the Other*. New York: Columbia UP, 2002.

Gilson, R. P. *Samoa 1830 to 1900*. Oxford: Oxford UP, 1970.

Jolly, Roslyn. *Robert Louis Stevenson in the Pacific*. Farnham: Ashgate, 2009.

Keown, Michelle. *Pacific Islands Writing*. Oxford: Oxford UP, 2007.

Mackenzie, Kenneth S.. 'Robert Louis Stevenson and Samoa 1889–94.' Ph. D. thesis, Dalhousie University, 1974.

Mauss, Marcell. *The Gift*. Trans. W. D. Halls. New York: W. W. Norton, 2000.

McLynn, Frank. *Robert Louis Stevenson*. London: Hutchinson, 1993.

Melville, Herman. *Typee*. New York: Penguin Classics, 1996.

Reid, Julia. *Robert Louis Stevenson, Science, and Fin de Siecle*. New York: Palgrave Macmillan, 2009.

Smith, Bernard. *European Vision and the South Pacific*. New Haven, Conn.: Yale UP, 1985.

Stevenson, Fanny and Robert Louis. *Our Samoan Adventure*. Ed. Charles Neider. NewYork: Harper, 1955.

Stevenson, M. I.. *Letters from Samoa*. New York: Charles Scribner's Sons, 1906.

Stevenson, Robert Louis. *A Footnote to History: Eight Years of Trouble in Samoa*. Honolulu, Ha.: U of Hawai'i P, 1996.

——. *In the South Seas*. London: Penguin Classics, 1998.

——. *The Letters of Robert Louis Stevenson* 8 vols. Bradford A. Booth and Ernest Mehew eds., New Haven, Conn.: Yale UP, 1995.

——. *Travels with a Donkey in the Cévennes and The Amateur Emigrant*. London: Penguin, 2004.

——. *Vailima Letters*. London: Methuen and Co., 1895.

イギリスの原爆小説
――カズオ・イシグロとカミラ・シャムジー

麻生　えりか

一・「日本人の領分」としての原爆文学

日本の原爆文学の原点は一九四五年八月のアメリカによる広島、長崎への原爆投下であるが、英米における核文学／核戦争文学の起源は、初の原爆が完成する以前の一九世紀末に遡る。核爆発を描いた最初の小説と言われるアイルランドのロバート・クローミーによる『世の終わり』(*The Crack of Doom*, 1895)、核戦争勃発後の世界を舞台にしたイギリスのH・G・ウェルズによる『解放された世界』(*The World Set Free*, 1914) をはじめ、「核文学はヒロシマ以前から存在した」(Schwenger 34) のである。(1)

しかし、だからといって核文学が西洋で広く読まれてきたわけではない。実際はその逆であり、核文学のサブジャンルとされる原爆文学にいたっては、完全にマイナーな「日本人の領分」(Treat 3) とされてきた。創成期から一九八〇年代前半までの核戦争文学を『核のホロコースト――小説に描かれる核戦争　一八九五―一九八四年』(*Nuclear Holocausts: Atomic War in Fiction, 1895–1984*, 1987) で総括したブライアンズは、核戦争を題材とする作品の大半が一般の文学よりも読者の少ないSF小説であったことを強調する。「核戦争は現代世界においてもっとも慎重に避けるべきテーマである。人びとは戦争の詳細を知りたがらないのだ」(3-4) というブライアンズの言葉どおり、日本人の被爆者たちが衰えゆく身体と記憶を頼りに日本語で書き紡いできた原爆文学は、一九四五年以降現在にいたるまで、英米において注目を集めることはほぼなかったといってよい。

英米の核文学、そして後述する核批評における広島・長崎原爆の不在に対する原爆文学研究者の視線は厳しい。たとえば黒古一夫は、被爆の実態を描く原爆文学こそが今後発展していく核文学――原爆だけでなく核の「平和利用」としての原発を容認してきた社会の矛盾を冷静に見つめる文学――の土台になるべきだと考える（二〇―二二）。またトリートは、核批評誕生を華々しく謳ったアメリカの批評誌『ダイアクリティックス』(*Diacritics*) の一九八四年夏の特集号が日本を完全に排除していることを問題視する。トリートは、「核戦争そのものはいまだかつて起きていない。それは中身のない出来事である」(23) と、原爆投下の事実を無視するかのような核戦争論を展開するジャック・デリダの論文を引き合いに出し、「核批評はそもそものはじめから、核兵器を使用した唯一の国に集まった批評家たちによる仲間うちの会話であった」と非難する。『ダイアクリティックス』の特集号がヒロシマとナガサキの排除を通して明らかにしたのは、「核批評の西洋による占有」(353) 状態、つまり、「四〇年にわたる意図的な盲目と洞察の欠如」(358) にほかならない。「日本の原爆文学の多くがヒロシマとナガサキを決して脱構築できない原点として描いているとしたら、その不在が西洋の核文学、核批評を特徴づけているといっても過言ではない」（一谷　二三）といえるのだ。

以上のような英米における核文学の状況を踏まえ、本論では、アメリカに比べても核文学作品の数が少ないイギリスにおける、日本に投下された原爆と被爆者表象の試みに焦点を当てる。[2] ブライアンズの前掲書の文献表にはウェルズの『解放された世界』をはじめ、A・ハクスリーの『サルと本質』(*Ape and Essence*, 1948)、G・オーウェルの『一九八四年』(*Nineteen Eighty-Four*, 1949)、W・ゴールディングの『蠅の王』(*Lord of the Flies*, 1954) のほか、R・ダール、B・ラッセル、C・P・スノウ、A・カーター、D・レッシング、J・G・バラード、K・イシグロなどのイギリス作家の作品が登場する。そのほとんどが来るべき核戦争あるいは核戦争後の世界を描いたディストピア小説であるなか、長崎原爆を小説の背景とする点でイシグロとバラードの小説は異色だといえる。本論では、カズオ・イシグロ (Kazuo Ishiguro, 1954–) の『遠い山なみの光』(*A Pale View of Hills*, 1982) とカミラ・シャムジー (Kamila Shamsie, 1973–) の『焦げた影』(*Burnt Shadows*, 2009) に注目することで、原爆を経験していない二人の作家によるナガサキ表象が英米の核文学に投じる一石の意義について考えたい。

二. 原爆とアメリカ、イギリス

英米と一口に言っても、イギリスとアメリカでは原爆投下に対する考え方、そして核文学の様相には大きな違いがある。第二次世界大戦後、冷戦初期のアメリカではさまざまなメディアで核戦争表象が飽和状態となり、原爆ヒステリアともいうべき様相を呈していた (Boyer)。しかし、それらの大部分は広島・長崎原爆のもたらした未曾有の被害を凝視するのではなく、むしろ原爆という存在そのものに対する脅威を過度に誇張し、今後起こるかもしれないソ連や中国との核戦争を恐怖のうちに想像し、アメリカあるいは地球を滅亡の運命から徹底防衛するための対策を講じる方向へ向かった。アメリカでも原爆投下の是非を問う議論はあったし、広島被爆者の人生を追ったジョン・ハーシーのドキュメンタリー小説『ヒロシマ』(*Hiroshima*, 1946) が大きな反響を呼んだことは事実である。しかし、アメリカの作家たちはハーシーによる「原爆被害の詳細な描写」よりは、むしろ核戦争勃発の可能性という「戦争をめぐる政治問題や長期的な社会的影響」(Brians 40) への強い関心をSF未来小説に表現してきた。政府による検閲の影響もあり、自分たちの国の政府が使った新兵器の功罪を徹底追求したアメリカ人は決して多くはなかった。[3] このように、いわばアメリカ国民全体が核戦争の恐怖にとりつかれていたなか、まだ起きていない核戦争を想像したSF小説に、トリートが原爆投下という「一つの歴史的事実の実体のない未来への先送り」(357) を見るように、アメリカの核文学は意識的にヒロシマ・ナガサキの惨劇から目をそらしてきたといえる。[4]

一方、原爆投下の当事国ではないイギリスでは、アメリカほどには共産主義の脅威が強調されず、社会現象を引き起こすような原爆への拒否反応は見られなかった (Cordle)。この背景にはイギリスならではの二つの要因がある。一つ目は、イギリス政府が戦後、国運を賭けて核エネルギー政策を推進したことである。原爆製造でアメリカに遅れをとったイギリスは、かつての大国の威信をかけて核兵器製造を急ぐのみならず、世界初の原子力発電実用化を目指し、核エネルギー政策推進に邁進した。戦後の好景気に沸いたアメリカとは対照的に、戦勝国とはいえイギリスは、国内では経済の悪化や失業率の上昇に、国際社会では植民地喪失による地位の低下に苦しんでいた。戦後世界の二大勢力となったアメリカ、ソ連とわたりあうために、核は冷戦時代のイギリス外交に欠くことのできないカードとなっていた。[5]「国民の貴重な議論がほとんどないまま、イギリスは躊躇することなく原爆製造と原子力産業に断固たる態度で専念した。」(Hall 31)[6] アメリカにおけるような核をめぐる文化表象の生まれる余地も時間もないまま、イギリスでは核兵器は必要悪、原発は善という神話が形成されていった。原爆ヒステリアも核アレルギーも経験しなかったイギリス国民にとって、核は決して身近な存在ではなかったのだ。

イギリスで原爆が注目されなかったもう一つの要因は、原爆投下を軽視するヨーロッパ人としてのイギリス人の歴史観にある。すなわち、第二次世界大戦終結のために必要不可欠だった原爆投下は、ナチスによるホロコーストに比べればその重要性は取るに足らず、その二つの出来事を比べることさえホロコーストの犠牲者に対する冒瀆にあたるという歴史観である (Torgovnick 112–13)。[7] もちろんイギリスでもアメリカの核戦争小説は読まれたし、原爆投下に触発されて核戦争小説を書いたイギリスの作家もいる。[8] しかし第二次世界大戦の惨劇といえばホロコーストという常識が定着しているイギリスにおいて、ヒロシマ・ナガサキを描く原爆文学は生まれなかった。原爆を意識的に避けてきたアメリカの核文学とは対照的に、イギリスの核文学は原爆を「取るに足らない」存在として無視、あるいは無意識化してきたといえよう。

イシグロとシャムジーが注目する長崎は、広島に比べて英米での認知度が格段に低い。ハーシーの『ヒロシマ』をはじめとする原爆関連の書物のタイトル、あるいは核兵器廃絶運動のスローガン「二度とヒロシマの惨事を繰り返すな！ ("No more Hiroshimas!")」に象徴されるように、被爆地として真っ先に名前が挙がるのは例外なく広島であり、長崎はつねに広島の陰に隠れてきた。「広島の次」という長崎の位置づけは、江戸幕府に禁止されていたキリスト教信仰が密かに命脈を保っていた長崎の異質性への偏見が根強い日本においても変わらない。その偏見を体現するかのように、日本の原爆文学作品は数においても知名度においても広島原爆を題材にしたものの方が勝っている。原爆文学は日本においてさえ、あるいは日米同盟を基盤に原子力政策を推進してきた日本においてだからこそ、「不必要で不愉快なほど陰気なジャンル」(Treat 306) として等閑視されてきた。[9] その中でも隅に追いやられるナガサキを、イシグロとシャムジーはどのように描くのだろうか。

三．『遠い山なみの光』――語らない／語れない被爆者

原爆投下の九年後の長崎に生まれたイシグロは、五歳の時に父の仕事の都合で家族で渡英した。彼は数々のインタビューで、デビュー小説『遠い山なみの光』に子ども時代を過ごした懐かしい日本を「想像の風景」(Swaim 96) として投影したと述べている。しかしこの作品の舞台である一九五〇年代はじめの長崎は、五四年生まれのイシグロの「懐かしい」という言葉には違和感を禁じえない、つまり彼が直接には知らないはずの時期の長崎である。この時間のずれに、美しい故郷の風景の背後につねに原爆の存在を意識してきたであろうイシグロの視線を読みとれる。彼にとっての長崎は被爆の記憶にとりつかれているといえるかもしれない。その一方で、イシグロの描く被爆者たちは決して原爆を雄弁には語らない。その重い沈黙にこそ、被爆というトラウマを一生自らの内に抱えて生きるしかない被爆者の苦悩がこめられている。

『遠い山なみの光』の語り手は、長崎出身の中年の日本人女性エツコである。終戦から四〇年近く経つ一九八〇年代はじめ、エツコはイングランドの片田舎に一人で暮らしている。夫は既に他界し、エツコの二人の娘のうち、日本人男性との最初の結婚で生まれた長女のケイコは数年前に自殺した。二〇代前半の次女ニキは、エツコが日本で出会ったイギリス人ジャーナリストとの再婚により生まれた娘で、現在はロンドンで友人と共同生活を送っている。そのニキが帰省したところから小説が始まる。今は亡き家族、特に実家でのひきこもり後にマンチェスターのアパートで首つり自殺をしたケイコ――ニキにとっては家族の平安を乱した疎ましい異父姉――のことなどを話題にしながら、母と娘は静かな数日を過ごす。エツコは三〇年ほど前の戦後の長崎でのひと夏の記憶を反芻し、ニキはロンドンから頻繁にかかってくる電話に落ち着かない。一緒に過ごしていても二人が互いの心

の内を明かすことはなく、母との生活に息苦しさを覚える娘は滞在を早めに切り上げロンドンへ戻る。

エッコの人生にはトラウマが二つある。一つめは四〇年近く前の長崎での被爆、そして二つめが数年前のケイコの自殺である。エッコはおそらく一〇代で被爆し家族を亡くしているが、長崎のどこでどのように被爆したのか、詳しいことは一切語られない。一つ確かなことは、エッコが精神的な被爆者であることだ。ニキの帰省をきっかけに、エッコは約三〇年ぶりにある母娘のことを思い出し、彼女たちと交流した夏の記憶を断片的に語る。それらは一見、原爆と、そして彼女の人生と深い関係がない。しかし実はそれらこそが彼女の被爆後の人生にほかならないだろうことが徐々に判明する。つまりエッコは、切れ切れになった他人の過去をたどることで、間接的に自らの被爆を語るのだ。

イシグロのこのデビュー小説は、「子ども時代」、「記憶」、「日本的」、「ノスタルジア」などをキーワードに解釈されてきたが、本論では大いなる不在としての原爆を描いた原爆小説として読み解いていく。「原爆 (the atomic bomb)」という言葉がこの小説に登場するのはただ一か所で、この小説における原爆は、まさしく「小説の中心にある驚くべき不在」(Lewis 39) だといえる。原爆を示す「爆弾 (the bomb)」という言葉は三つのシーンで登場するが、その中ではもっとも素直にエッコが原爆に対する感情を吐露するのは、義父と訪れた長崎の平和公園で平和祈念像を間近で見た時である。

わたしは以前からどうもこの像の格好がぶざまな気がしていて、原爆が落ちたあの日の出来事やそのあとのつらい日々と結びつけることがどうしてもできなかった。遠くから見ると、まるで交通整理をしている警官のようでこっけいでさえある。わたしにとってそれはただの像でしかなかった。長崎の人たちの多くは意思表示の一つのあり方としてこの像に多少の意義はみとめていたとは思うが、多かれ少なかれ、みな、わたしと似たような気持ちではなかったかと思う。（137–38）

「たくましいギリシャの神に似ている」（137）祈念像が西洋の作った原爆の犠牲者の魂を鎮めるための像としてふさわしいかどうか、長崎の人びとの間でも完成当時から現在にいたるまで議論があるという。胡坐をかいた姿勢で片足をおろして座り、空を指差しながら挙げた右手で原爆の脅威を指し示し、水平に伸ばした左手で人類に恒久平和を諭し、まぶたを閉じて犠牲者の冥福を祈る、筋骨隆々とした祈念像。(10) 原爆の犠牲者たちの筆舌に尽くしがたい体験とはかけ離れているようにさえ見えるこの像に対するエッコの違和感は、多くの長崎被爆者たちのものでもあるだろう。しかしエッコはその違和感を追求することなく、すぐに祈念像から視線をそらす。像を見てほのめかされる「原爆が落ちたあの日の出来事やそのあとのつらい日々」、「最悪の日々」（11）、「戦時中の悲劇や悪夢の数々」（13）の詳細が語られることはない。

エッコの被爆体験を知る人物は、義父のオガタさんと亡き母の親友フジワラさんである。オガタさんはエッコの夫ジロウの父、つまり義父なのだが、もともとエッコの家族の隣人で、原爆後に孤児となったエッコを引き取った養父でもある。エッコが第一子（ケイコ）を妊娠中の約三〇年前の夏、オガタさんが福岡から息子夫婦のアパートを訪ねてきて数日間滞在する。滞在中、オガタさんはエッコがオガタ家に引き取られたばかりの頃、真夜中に狂ったようにバイオリンを弾いていたと話し、全く覚えのないエッコを驚かせる。その当時の自分の様子を尋ねるエッコにオガタさんは答える。「ひどいショックを受けていたよ、当たり前だ。われわれはみんな、生き残った人間はみんな大きなショックを受けていたからね。さあエッコ、もう忘れて。話を持ちだしたわたしが悪

かった。」(58)

「オガタさんがわたしを家においてくださらなかったら、今ごろわたしはどこでどうしていたか分からない」(76)というエツコの言葉からは、家族と恋人を原爆で亡くし絶望の淵にあった彼女のオガタさんへの深い感謝の念がうかがえる。実際、オガタさんへの恩義からオガタ家の息子ジロウとの結婚をエツコが決意した可能性も否定できない。しばしばフジワラさんが「陰気な」(24)、「とても悲しげな」(77)エツコの顔を見て心配するように、会社人間で亭主関白のジロウとエツコの新婚生活は幸せそうにはとても見えない。心の通わない夫婦間の会話や子どもの誕生を本心から喜べない様子のエツコの姿に、なぜ彼女はジロウと結婚したのか、と思わされる場面が少なくないのである。エツコは、被爆によって自分の人生をあきらめ、抜け殻のようになった女性のようにさえ見える。

オガタさんと同じく、フジワラさんもエツコに原爆を忘れるよう忠告する。戦後、小さなうどん屋を開いたフジワラさんは身重のエツコを親身になって心配し励ます。「『でも、もうみんな過去のことじゃないの』（中略）『わたしたちみんな、昔のことは忘れなくちゃいけなかったのよ。エツコさん、あなたのあの頃の落ちこみようといったら、それはひどかった。だけどちゃんと前に進んできたじゃない。』」(76)夫と四人のこども、財産を原爆に奪われてもなお気丈に店を切り盛りするフジワラさんに背中を押され、エツコは過去を封印し良妻賢母として前向きに生きようと決意する。被爆者が戦後を生きていくこととは、消し難い記憶を心の底に沈め、第二の妥協の人生を歩むことにほかならないことをその決意は示している。

エツコの知り合いの中でただ一人、妥協を拒み自分の意思のままに生きようとする女性がサチコである。エツコが語るサチコは、周りを気にせず自分の欲求に正直に行動する反骨精神旺盛な女性である。その姿はエツコが語らないエッコ自身――ジロウとの結婚生活にピリオドを打ち、日本で知り合ったイギリス人と結婚するために娘ケイコを連れてイギリスへと渡った女性――の姿にも重なり、ルイスも指摘するように、サチコは実在する女性ではなくエッコが生み出した分身であるとも考えられる(27)。[10] サチコは戦争で夫と財産を失ったが、被爆者ではない。戦後、伯父を頼って東京から長崎にやってきたが、伯父の家を出てエッコのアパート近くの古家に娘マリコと二人で暮らしている。英語が堪能で外国への憧れが強い彼女にはアメリカ人の恋人フランクがいるが、彼には既に数回裏切られている。今度こそ神戸でフランクと落ち合い、マリコと三人でアメリカに行くという話を半信半疑で聞いているエッコの本心を見透かすようにサチコが言う。

「わたしのこと、馬鹿だと思っているでしょう?」(中略)

「わたしだって、結局アメリカへ行けないかもしれないことくらいわかっているのよ」と彼女は言った。

「もし行けたとしても、どんなに大変かってことも。そんなこともわからないと思っていたの?」

わたしは何も答えず、二人は互いを見あっていた。

「だけど、それでもいいじゃない」とサチコは言った。「それがどうしたっていうの? 神戸に行って何が悪いの? どのみち、わたしには失うものはないのよ。伯父の家には何もないんだから。空っぽの部屋があるだけ。そこに座りこんでただ歳をとっていくのよ。(中略)エッコさん、あなたにもわかるでしょう?」

(170–71)


マリコはそれでいいのかと問うエッコに、サチコは母親としてではなく女性としての人生を選ぶと自嘲気味に答える。アメリカ行きを嫌がる娘の思いを無視し、「失うものは何もない」と長崎を去っていくサチコは、良妻賢母としての第二の人生を歩もうとするエツコとは一見、対照的である。

しかしその数年後におそらくサチコと似たような選択をしたエツコは、三〇年後の現在、イギリスでサチコを語る。語るといってもニキに話すわけではなく、ニキとの会話の合間に思いを巡らせるという方が正確だろう。「昔のことを思い返しても何の得にもならない」(91) とわかっていても心の中で語らずにはいられないエツコは、サチコを語ることでケイコの自殺と自らの被爆という最終的には原爆に収斂する二つのトラウマに向き合うのだ。被爆者のあきらめがあったからこそ、エツコはジロウと結婚しケイコを産んだが、あきらめの上に成り立つ結婚生活に幸せはなかった。その生活の空虚さに耐えられずケイコとともに日本を飛び出したものの、イギリス人の夫はケイコに冷たく、絶望したケイコは自殺する。ニキは母の再婚を日本人女性の勇気ある行動として美化するばかりで母の本当の気持ちを理解しようとせず、早々にロンドンへ引きあげる。

そしてエツコは再び家族を失い、イギリスで一人になる。しかし、こうなることは初めからエツコにはわかっていたのかもしれない。「わたしが日本を出たのは正しかったし、わたしはいつでもケイコの気持ちを深く心にかけてきた」(91) と自らの人生を擁護するエツコの言葉と、母としてよりも女性として生きる道を選んだことを自嘲するサチコの言葉は、同じコインの表裏である。エツコは原爆から逃れるかのように被爆者ではないサチコの「自由な」人生をなぞり、異国で一人、老年期を迎える。ルイスがいみじくも言うように、この小説で「存在よりも不在 (more absence than presence)」によって特徴づけられる日本を描き、「言葉よりも雄弁な沈黙をつくりだす」ことに成功しているイシグロは、不在の原爆によって被爆者の深い傷を描く (43)。被爆体験そのものを語らない、語れないことにこそ、被爆者エツコの苦しみと哀しみが凝縮されているのである。

四. 『焦げた影』——語る「ヒバクシャ」と世界平和

日本への原爆投下の二八年後、一九七三年にパキスタンのカラチに生まれ、アメリカで教育を受けた後、九八年に小説『海辺の街』(*The City by the Sea*) でデビューした作家シャムジーは、現在パキスタン、アメリカ、イギリスを行き来しながらロンドンを拠点に活動している。彼女の小説第五作『焦げた影』は、舞台を長崎からインド、パキスタン、アフガニスタン、アメリカへと移して展開する。シャムジーがこの小説の執筆を始めた二〇〇五年—六年にかけての時期は、二〇〇一年九月一一日のアメリカ同時多発テロ事件以降、再度イスラム教徒への偏見と敵意が高まっていた。西洋＝善、イスラム＝悪という二項対立に基づく対テロ戦争言説の中で彼女が特に危機感を抱いたのは、「グラウンド・ゼロ」という言葉に象徴されるように、九・一一のテロが「まるで真空の中で起こったかのように」西側の人びとに受けとめられていたことである。シャムジーは、九・一一はゼロ、つまり青天のへきれきではなく必然の出来事であったと確信する。だからこそ彼女はテロそれ自体を描いて九・一一神話に加担することはせず、むしろテロを導くことになったと彼女が信じる、国家によるさまざまな暴力のありさまを描くことを選んだのである。その原点に、長崎原爆がある (Singh)。

シャムジーがナガサキを小説の起点にしたのは、アメリカによる二発目の原爆投下に対する彼女自身の疑問を解くためでもある。ハーシーの『ヒロシマ』や『はだしのゲン』、『火垂るの墓』などの広島を舞台にした原爆作品に衝撃を受けつつも、リサーチを進めるなかで彼女がもっとも大きな衝撃を受けたのは、アメリカが一発目の原爆で広島の街を破壊したわずか三日後に、再び予告なく長崎の人びとの頭上に二発目の原爆を投下したことである (Filgate)。[12] シャムジーの関心は「『合法な』政府によって実行された行為による人間の犠牲」にある。それはすなわち、「長崎への原爆投下、インド帝国へのイギリスの介入、八〇年代アフガニスタンにおけるパキスタン・ロシア・アメリカの行動、そして対テロ戦争」などが、それぞれの国民の支持を得ながらいかにやすやすと多くの人びとの生を踏みにじり、無きものにしてきたか、それらの暴力がいかに密接に関連しあっているかという問題意識である。シャムジーは「長崎の女性とパキスタンの若者がつながっている」(Filgate) こと、長崎への原爆投下と九・一一のテロが「同じ位相に起こった『暴力』」(中地　三) であることを登場人物たちの人生の交錯を通して描き出す。その結果、この作品はナガサキがまだ終わっていないという、西洋人にとっては驚きの事実をはっきりと読者につきつけるのだ。

四部構成の『焦げた影』の主人公は、エッコと同じく長崎出身の被爆女性ヒロコである。第一部の設定は一九四五年八月九日朝の長崎。二一歳のタナカヒロコは、父とドイツ人の恋人コンラッドを原爆で亡くす。原爆に直撃されたコンラッドは、岩にしみついた体の焦げ跡という「とても長い影」(30) を残して即死する。母の形見の白い着物に守られ全身やけどを免れたヒロコの背には、着物に描かれた三羽の鶴の形のケロイドが残る。第二部では、四七年に日本を飛び出し訪ねていったインドのデリーに住むコンラッドの異母姉エリザベスの家で、ヒロコは使用人のインド人サジャドと恋に落ち、結婚する。印パ分離の混乱の中、サジャドの兄弟は離散を余儀なくされる。第三部の舞台は八二—八三年のパキスタン。夫の故郷デリーから移住したカラチで、ヒロコ、サジャドと息子ラザの平穏な暮らしが崩れ始める。母の被爆を理由に恋人に別れを告げられ大学進学も諦めたラザは、アフガニスタンのムジャヒディン（イスラム教徒ゲリラ）になりすますも嘘が発覚して追放され、パキスタンで息子ラザを探していたサジャドはＣＩＡ一味と間違われ殺害される。ラザはこの後、エリザベスの息子ハリーとともにアメリカの警備保障会社の通訳としてコソボ、アフガニスタンなどの紛争地帯で働く。第四部で描かれるのは、ヒロコが九・一一後に移り住んだニューヨーク、エリザベスのアパートでのヒロコ（七七歳）、エリザベス（九一歳）、エリザベスの孫娘キム（三五歳）の交流と別れである。エリザベスは老衰で亡くなり、彼女の息子ハリーはアフガニスタンで射殺される。キムはラザのアフガニスタン人の友人アブドゥラのアメリカ脱出の手助けをする途中、彼への不審感をつのらせ警察に通報、折しも彼と再会していたラザが逮捕されてしまう。以上のように、ヒロコは国境と年代を超え多種多様な人びとと出会うが、一方で原爆やテロ、紛争で愛する人たちを次々と失う。彼女は原爆投下から始まる「合法な政府」による暴力の連鎖を身をもって経験するのである。

『遠い山なみの光』では一度も使われなかった「ヒバクシャ（hibakusha）」という言葉は、『焦げた影』ではヒロコ自身によって何度も発され、「ナガサキ」と同じくこの小説のキーワードとなっている。「ヒバクシャ。それは彼女の語彙のなかで、もっとも憎むべき、そしてもっとも強力な言葉だった。」（226）そもそもヒロコがデリーにエリザベスを突然訪ねていったのは、「ヒバクシャ」のレッテルから逃れるためだった。同情や嫌悪の眼で見下される被爆者としてではなく、人と対等に交わって生きることを求めたヒロコはエリザベスとドイツ語で打ち解け、サジャドと英語とウルドゥー語で心を通わせる。結婚しない理由をサジャドに問われ、ヒロコは医者以外の誰にも見せたことのない背中のケロイドを彼に見せる。「原爆が私から奪ったもう一つのものがこれ。見てちょうだい。（中略）斜めに何が書いてあるかわかるでしょう？　どんな男の人だってわかるわよね。『近寄るな。これはお前の欲するものではない。』ってね。」（92）だが、サジャドはヒロコの背中で羽を広げる炭色の三羽の鶴を優しくなで、ヒロコの全てが美しいと言う。サジャドに触れられてヒロコは心を開き、あきらめていた女性としての人生の一歩を再び踏み出そうとする。それは、「焦げた影」と化した最愛の恋人を失ったヒロコが、自分の背負った「焦げた影」によって初めて人との絆を結ぶ瞬間である。

デリーで始めるヒロコの新しい人生は、「焦げた影」に象徴されるトラウマをいかに言語化するかという、被爆者の抱える重い課題と向き合う人生でもある。この点で彼女は、トラウマを封印しようとするエッコとは大きく異なる。雑誌の写真でしか原爆を知らないエリザベスに、ヒロコは被爆体験だけは「言葉にできない」と打ち明ける。

原爆が落ちた後にわたしがしてきたことといえば、失ったもののことを考えることだけ。本当にたくさんのものを失ったの。わたしはいつでも長崎のことを考えている。あなたは以前、デリーはよそよそしくてなじめない街だと言ったけど、あの日の長崎ほど異様な場所はどこにもないわ。あの日のことは言葉では表せない。どうしても言葉にならない。どんな言語でも無理……。わたしの父はね、イルゼ、わたしは父の最期の姿を見たの。とても人間とは思えなかった。全身かさぶたに覆われていて。皮膚も髪の毛も服もなくて、かさぶただけ。誰も、絶対誰も、かさぶたになった父親を見るものじゃないわ。(中略)今でもわからない。どうしてアメリカにその必要があったのか。なぜ二発目の原爆を落としたのか。一発でも想像を超えていたのに……二発目なんて。(100)

父、恋人、故郷——大切なものをことごとく原爆に奪われたヒロコは、それでも前を向いて生きようとする。「わたしの人生が過去にとりつかれていると思わないでほしいの。(中略)ヒバクシャには生き残ったことへの罪悪感があるという人もいるわ。でも信じて、わたしにはそんなものないから。」(183) 人種や宗教の壁をものともせず、「人間として生きたい」という欲望を素直に追求し行動に移す彼女は、従順な日本女性という従来のイメージを覆すだけでなく、原爆症に脅えて世間から隠れて生きる被爆者という負のイメージを打ち壊す。父親が戦争反対者であった「裏切り者の娘」として戦時下の日本に生き、国家に追従することの愚かしさと危うさを知るヒロコに国家は必要ない。「空虚で有害という矛盾をはらむ国家に所属したいという気持ちは、彼女にはこれっぽっちもなかった。」(207) 彼女はどこにも属さないアウトサイダーとして、形容しがたい被爆体験を言葉にすることを選ぶのだ。

しかしヒロコは、もっとも身近にいたはずの息子ラザにだけは、ついに自分の体験を伝えることができなかった。年老いた彼女は息子を危険地帯に失ってはじめて、被爆体験をおとぎ話としてしか息子に伝えられなかったことを深く後悔する。「ラザに話しておくべきだった。みんなに話しておくべきだった。紙に書いてコピーして、全ての学校、図書館、集会所に貼りつけておけばよかった。」(299) ショックを与えたくない一心から背中のケロイドを息子に見せたことがないヒロコは、自分の犯した過ちの大きさを知る。自分以外の人間にとって、戦争という大きな絵の中でナガサキがどんなに小さく見えようとも、自分の払った犠牲を人に伝えることなくしては暴力の連鎖は止められない。ヒバクシャ一人一人が自分の物語を紡いで後世に伝えることこそが平和実現への出発点にあることを、ヒロコは九・一一後のアメリカで思い知らされる。

なぜアメリカは二発目の原爆を投下したのかというヒロコの長年の疑問の答えは、皮肉にもエリザベスの孫娘キムによって与えられる。イスラム教徒への偏見が強まる九・一一後のニューヨークで、ヒロコとキムは、ラザの友人のアフガニスタン人アブドゥラの逃亡を助ける。キムの運転する車に隠れ無事にアメリカを出国したアブドゥラは、もっぱら他国で戦争をするアメリカを非難する。「いつもほかのどこかで病気になるってわけさ。だから君たちはどこの国よりもたくさん戦争をする。戦争のことなんて全くわかっていないからね。もっと理解するべきだ。」(350) 初対面のアブドゥラに母国を批判されたキムは、法律を犯してまでこのアフガニスタン人の不法出国を助けることに嫌悪感をつのらせ、アブドゥラを車から降ろした後、彼を不審者としてカナダ警察に通報する。だが逮捕されたのはアブドゥラではなく、とっさの機転でアブドゥラを逃がしたラザである。キムは本意に反して親友ヒロコの息子をテロリスト被疑者の収容所として悪名高いグアンタナモ収容所へ送ることになるのだ。[13]

しかし、これはキムの本意に反することでもなければ、青天のへきれきでもない。キムの通報は、アメリカ人は全て悪だとする九・一一を引き起こした狂信、そして今度はイスラム的なものは全て悪だとする九・一一後の対テロ戦争言説と同じく、悪意と偏見と誤解によって助長された暴力の連鎖の一環にすぎないのだ。「アフガニスタン人だからといって嘘つきやテロリストだとは限らない」(351) ことはキムにもわかっている。それでもアメリカに敵意を抱くイスラム教徒は危険な存在である、だから良きアメリカ市民としてキムが疑わしい人物を警察に通報するのは当然だし仕方がない。この「仕方がない」という暴力の正当化は、わたしたちにはなじみ深いものだ。長崎への原爆投下も連合国にとっては「仕方がない」正当な行為だった。ヒロコはキムに言う。「あなたは犠牲者を大きな絵の隅に押しやるのね。第二次世界大戦という大きな絵の中では七五、〇〇〇人の日本人が余計に死んでもどうってことない、仕方がないって。(中略) あなたのおかげでやっとわかった。アメリカ政府が二発目の原爆を落としたことを、戦勝国の国民たちがどれほど喜んだかが。」(370) 戦争という大きな物語の中で「仕方がない」と個人の物語をかき消してきたのは、息子に被爆体験を伝えられなかった自分であり、一人のイスラム教徒の運命を意に介しない自分の親友であったという事実を前に、ヒロコは無力感に襲われる。

ヒロコを通してシャムジーが提示する被爆者像の新しさは、国境を越えて被爆体験を広めようとする、その外向きな態度にある。イギリスの介入による印パ分離、アフガニスタンをめぐるロシアとアメリカの主権争いと冷戦後の無法状態の無責任な放置、インドとパキスタンによる核実験の応酬、九・一一以降の対テロ戦争といった次々に起きる紛争やテロの報に接するたびに、ヒロコは原爆への怒りを新たにする。彼女は原爆を思い出し、アメリカ政府を憎み、核による威嚇競争を糾弾し、国境の分断による故郷の喪失と家族の離散を嘆く。戦後の東京でヒロコが出会ったアメリカ人たちのように、「アメリカ人の命を救うためには仕方がなかった」(63) と原爆投下を正当化し、日本人は「被爆を乗り越えられた」と美化することは、さらなる暴力を容認することにほかならない。ヒロコの戦いは、原爆投下を「仕方がない」過去の出来事として認めてしまうこと、そして忘れることとの、つまり、暴力の連鎖の正当化との終わりなき戦いなのである。

五．日本の外へ開かれる原爆文学

被爆者の呪縛から自由になりたい一心で長崎を出て、異国で新しい家族を得て第二の人生を生きてきたエッコとヒロコは、小説の最後で再び一人になる。エッコは沈黙のうちに被爆のトラウマを葬ろうとするが、その過度の抑制によって逆にその大きさを露呈する。ヒロコは「焦げた影」が象徴する被爆の怒りと悲しみを言語化し、現代世界に横行する国家による暴力を糾弾し続ける。原爆から遠ざかろうとしてもできないエッコと、原爆への怒りを抑えないヒロコ。一見対照的な生き方をする二人には、被爆体験は決して封印できないし封印すべきではないという作家たちの信念が投影されている。

イシグロとシャムジーは、長崎原爆の被爆者を描いた小説を英語で著すことで、「日本人の領分」として閉ざされてきた原爆文学を世界に開こうとしている。先述したように、これは原爆への無知と無関心が支配するイギリス文壇にあっては特筆すべきである。[14] 原爆文学を外に向かって開くことは、広島・長崎原爆の被害者とその家族という狭義の被爆者を、核が遍在する冷戦後の現代世界においては誰もが潜在的に負う運命という広義のヒバクシャへと、その定義を広げることにつながる。つまりそれは、エッコとヒロコの体験を過去の一個人の体験として片付けず、今日の世界で依然として公然と行われている国家による暴力の犠牲者と結びつけ、彼らが決して自分たちと無関係ではないのだという読者の自覚を促すことである。そこには、誰もがヒロシマ・ナガサキを語り伝え、理不尽な暴力の犠牲者をこれ以上増やさない努力をするべきだという作家の切実な危機感と使命感がこめられているだろう。トリートも認めるように、予告なしに突然原爆に襲われた広島・長崎の被爆者と、未来をある程度予測できるわたしたちヒバクシャのあいだには大きな開きがある（x–xi）。しかし、だからこそ後者のヒバクシャとして、理不尽な暴力が引き起こす悲惨な犠牲に目を凝らし、それを語り伝えることでその暴力を絶対に容認しない責任、つまり今日の自分たちを映す作品として原爆文学作品を書き、読み継ぐ責任がわたしたちにはある。国家によるさまざまな残虐行為の原点としての長崎原爆に光を当てたイシグロとシャムジーは、長らく「日本人の領分」に閉じこめられてきた原爆文学を、イギリス、そして世界の核文学へと橋渡ししようとしているのである。

註

（1）本論では、広島、長崎の地名を指す場合には漢字表記に、世界に認知された被爆都市として言及する際にはカタカナ表記にする。

（2）イギリス人が原爆の惨劇にいかに無関心であるかは、二〇一〇年一二月、BBCが人気お笑い番組「Q1」で、「世界一運の悪い男」として、広島と長崎で二重被爆した山口彊《つとむ》さんの体験を紹介し、原爆に無知なゲストのコメントを交えて事実上笑いものにした事件に象徴されている。山口氏の体験についてはその著書に詳しい。

（3）アメリカにおける原爆報道の検閲については繁沢を参照。

（4）その例外といえるのが、日系アメリカ人による原爆文学である。山本は、トニ・モリソンの「リメモリー」という概念を援用しつつ、日系アメリカ人原爆文学の意義を高く評価する。

（5）その顕著な例として、一九六二年にアメリカとの間で取り交わされたナッソー協定、同じく六三年のポラリス販売協定が挙げられる。イギリスの核兵器態勢の歴史についてはシンプソンを参照。

（6）イギリスの核エネルギー政策については、秋元、Hall、Roberts を参照。

（7）その歴史観は、トーゴヴニックも指摘するように、イギリスの帝国戦争博物館における極端に簡略化された原爆展示に端的に表れている。しかし二〇一四年七月、帝国戦争博物館の改装により、改装前にはほとんどなかった原爆展示スペースが広がり、より目立つ場所に移された。原爆を軽視してきたイギリス人の歴史観の変化の表れとして歓迎したい。

（8）核戦争を題材にした英米のSF小説でもっとも有名なものを挙げるとすれば、ネヴィル・シュートの『渚にて』(*On the Beach*, 1957)、ジョナサン・シェルの『地球の運命』(*The Fate of the Earth*, 1982) だろう。

（9）戦後日本における原子力政策の変遷については田中、有馬に詳しい。黒古は、日本の文壇と一般読者による原爆文学のタブー視、反核運動と原爆文学のあいだの分断を問題視してきた（一二―一三）。一方で、被爆者の高齢化にともない、近年新聞での被爆者の体験談特集、集英社による「コレクション　戦争と文学」の刊行（『ヒロシマ・ナガサキ』はその第一九巻）など、改めて被爆体験を風化させまいとする試みも見られる。

（10）この小説では祈念像の左手は「悪の力を抑える」とされているが、厳密には本文に書いたように、その手は「地上に恒久平和あれ」と全人類に諭しているとされる。祈念像は原爆投下後一〇年を記念して建立され、一九五五年八月八日に完成した。『遠い山なみの光』におけるエツコの回想部分の時期の設定は、一九五〇年六月二五日の朝鮮戦争開始後から一九五二年四月二八日のＧＨＱによる占領終了前までの間なので、実際は祈念像はまだ着工されてもいなかったことになる。

(11) エツコとサチコの心理的置き換えについて批評家にしばしば注目されてきたのが、アメリカ行きを嫌がるマリコをエツコが説得する場面 (172)、サチコ、マリコと行った稲佐山での思い出話のなかでエツコが当時妊娠していたはずのケイコが「喜んでいた」と言う場面 (182) である。麻生他参照。

(12) トリートも指摘するように、長崎原爆は広島に投下されたウラニウム型原爆より威力の強いプルトニウム型原爆で、一九四五年七月のニューメキシコ州での最初の核実験成功により、その実効性はすでに確認済みだった。したがってアメリカによる二発目の原爆投下は、「好奇心を満足させるための技術的・科学的能力の行使、そして権力欲を満たすための戦後の軍事力の誇示」にほかならず、「ヒロシマから核時代が始まるとすれば、ナガサキがそれを確立した」といえる (Treat 302)。

(13) 『焦げた影』の第一部に先立つプロローグでは、二〇〇二年の設立以来、アフガニスタン紛争やイラク戦争でテロリスト被疑者とされた人びとを収容してきたキューバのグアンタナモ湾収容キャンプで、収容者用のオレンジ色のジャンプスーツに着がえながら「なぜこんなことになったのだろう?」と自問する男が描かれる。この男性こそ、小説最後でアメリカ警察に逮捕されるラザ、つまり、アメリカ人の偏見によって自由を奪われ、これから想像を絶する非人道的な拷問を受けるであろう無実のパキスタン人男性である。

(14) 先述したように、『遠い山なみの光』は日本に対するイシグロのノスタルジーを反映した作品として読まれ、そもそもイギリスにはジャンルさえ存在しない原爆文学として読まれることはなかった。一方、『焦げた影』は原爆投下に言及したマイケル・オンダーチェの『イギリス人の患者』(*The English Patient*, 1992) との関連を指摘されてきたが、原爆というよりも九・一一テロを描いた作品として紹介されることが多い。九・一一テロに大きな注目が集まることに対してシャムジーは反発している。(Singh)

引用文献

Boyer, Paul. *By the Bomb's Early Light: American Thought and Culture at the Dawn of the Atomic Age*. Chapel Hill: U of North Carolina P, 1985.

Brians, Paul. *Nuclear Holocausts: Atomic War in Fiction, 1895–1984*. Kent, Ohio: Kent State UP, 1987.

Cordle, Daniel. "Cultures of Terror: Nuclear Criticism During and Since the Cold War." *Literature Compass*. Vol. 3, Issue 6 (2006). Web. 24 Jan 2013.

Derrida, Jacques. "NO APOCALYPSE, NOT NOW (full speed ahead, seven missiles, seven missives)." Trans. Catherine Porter and Philip Lews. *Diacritics* 14, 2 (Summer 1984): 20–31. Web. 24 Jan 2013.

Filgate, Michele. "The Kamila Shamsie Interview." *Quarterly Conversation*. Web. 11 Feb 2013.

Hall, Tony. *Nuclear Politics: The History of Nuclear Power in Britain*. Harmondsworth: Penguin, 1986.

Ishiguro, Kazuo. 1982. *A Pale View of Hills*. London: Faber & Faber, 1991.　小野寺健訳『遠い山なみの光』早川書房、二〇〇一年。

Lewis, Barry. *Kazuo Ishiguro*. Manchester: Manchester UP, 2000.

Roberts, Fred. *60 Years of Nuclear History: Britain's Hidden Agenda*. Charlbury, Oxfordshire: Jon Carpenter, 1999.

Shamsie, Kamila. *Burnet Shadows*. New York: Picador, 2009.

Shwenger, Peter. "Writing the Unthinkable." *Critical Inquiry* 13, 1 (Autumn 1986): 33–48. Web. 28 Jan 2013.

Singh, Harleen. "A Legacy of Violence: Interview with Kamila Shamsie about *Burnt Shadows* (2009)." *Ariel: A Review of International English Literature*. Vol. 42. No. 2 (2012): 157–62. Web. 11 Feb 2013.

Swaim, Don. "Don Swaim Interviews Kazuo Ishiguro". *Conversations with Kazuo Ishiguro*. Ed. B. W. Shaffer and C. F. Wong. Jackson: UP of Mississippi, 2008. 89–109.

Torgovnick, Marianna. *The War Complex: World War II in Our Time*. Chicago: U of Chicago P, 2005.

Treat, John Whittier. *Writing Ground Zero: Japanese Literature and the Atomic Bomb*. Chicago: U of Chicago P, 1995.

秋元健治『核燃料サイクルの闇――イギリス・セラフィールドからの報告』現代書館、二〇〇六年。

麻生えりか「カズオ・イシグロのコズモポリタニズム――*A Pale View of Hills* と *Never Let Me Go* における被爆の風景」青山学院大学文学部『紀要』第五二号。二〇一一年。五七―七六。

有馬哲夫『原発・正力・CIA――機密文書で読む昭和裏面史』新潮社、二〇〇八年。

一谷智子「核批評再考――Araki Yasusada の *Doubled Flowering*」『英文学研究』第八九巻。二〇一二年。二一―三八。

黒古一夫『原爆文学論――核時代と想像力』彩流社、一九九三年。

繁沢敦子『原爆と検閲』中央公論新社、二〇一〇年。

シンプソン、ジョン「『前向き』な核兵器国――戦略的不確実性の中の英国と核兵器」『主要国の核政策と二一世紀の国際秩序』(平成二一年度安全保障国際シンポジウム) 防衛省防衛研究所、二〇一〇年。一二五―五二。Web. 14 May 2014.

田中利幸、ピーター・カズニック『原発とヒロシマ――「原子力平和利用」の真相』岩波書店、二〇一一年。

中地幸「パキスタン系作家 Kamila Shamsie の *Burnt Shadows* における移動する主体と傷の共有」*AALA Journal* No. 17 (2011) アジア系アメリカ文学研究会。二二―三二。

山口彊『ヒロシマ・ナガサキ 二重被爆』朝日新聞出版、二〇〇九年。

山本秀行「日系アメリカ人が描いた〈ヒロシマ・ナガサキ〉――日系アメリカ人原爆文学における記憶と物語」、小林富久子監修、石原剛他編『憑依する過去――アジア系アメリカ文学におけるトラウマ・記憶・再生』金星堂、二〇一四年。六二―八〇。

第四部

日常に潜入する戦争

教育、自然、戦争
――『さびしさの泉』と『帰郷』

高橋　暁子

序

小説の語り、そして登場人物の思考や行動が、その人物たちが生きている具体的な環境に根ざしたものであるならば、その物語は同時に、個人と社会、あるいは個人と文化との関係から紡ぎだされた物語にもなっている。人間が社会的な存在である以上、舞台となる具体的な時代や場所に関係なく、小説は常に普遍的な社会とその文化的な規範の物語を内包しているのだ。だから一見して何ら関係もなさそうな小説同士の間にも、見ようとさえすれば人間の社会的な様相が共通の基盤として見いだされるのは、当たり前のことなのである。どのような恣意的な視点から見たとしても、この点で共通点探しに失敗する確率は低い。そうであるならば、ここで本当の問題となるのは、時代も場所も異なる作品の間にも、当たり前のこととして共通項を確認できるその指摘などではなく、この指摘によって前景化された共通点が、いったい何を意味しているのかを問うことにある。

ラドクリフ・ホール (Radcliffe Hall, 1880–1943) の『さびしさの泉』(*The Well of Loneliness*) とトマス・ハーディ (Thomas Hardy, 1840–1928) の『帰郷』(*The Return of the Native*) はそれぞれ一九二八年と一八七八年に出版さ

れた。五〇年の間をおいた両作品の間には、作者の性格や物語内容を見ても作品出版の背景を見ても、一瞥して互いを結びつける共通項は見いだせない。しかし両作品の社会的背景には、「戦争」がそれぞれ時代の自明の前提として顕在し、あるいは自明故にかえって目立たない背景に退き、その存在を感じさせる。ホールの場合の戦争は同性愛者である女主人公のアイデンティティの危機と精神的苦悩をあぶり出す顕在化された極限状態として、またハーディの場合では田舎社会と周囲の自然を舞台に描かれる悲劇に、不自然なほど不可視ながら不気味に現前する不安の環境として、戦争の存在が読者に伝わると言えよう。こうした社会全体に一見外部から不安定をもたらす戦争に対し、登場人物の成長の過程という、いわば物語が本格化する前段階で背景的に働く教育は、本来は社会・文化秩序の維持と安定的な発展に関わる制度として、戦争と対極にも見える。しかし多くの歴史が示すとおり、ある時代の社会が戦争をその社会のために望むとき、教育は社会を統合するために戦争を制度的に正当化し、大量の兵士たちを育てては軍部へと送り続ける公的機関となる。維持と安定は、静的な平和を意味するとは限らない。戦争と教育とを組み合わせると、個人と社会の物語に現れる共通項が明らかにする意味の範囲はがぜん狭まってくる。

戦争と教育は、ホールの『さびしさの泉』とハーディの『帰郷』では野蛮な自然または個人の本性としての自然と、文明と安定した秩序社会を培う自然の行為との対照と相互交渉のうちに、作品世界として提示されてゆくのだが、この語りの過程にも着目することで、分析に一貫した枠組みを与えたい。こうした二作品の分析から、その間にあぶり出されたものの意味を具体的に問うのが、本論の目的である。

一・『さびしさの泉』

『さびしさの泉』は、ヴァージニア・ウルフ (Virginia Woolf, 1882–1941) の『オーランドー』(*Orlando*, 1928)、ジュナ・バーンズ (Djuna Barnes, 1892–1982) の『淑女の暦』(*Ladies Almanack*, 1928) とともに英文学における三大レズビアン小説と言われることもあるのだが、女性の同性愛の心理を、これほど執拗に、そして赤裸々に追求した小説は他に類がないのではないか。この作品では、作者ホールによって、少女時代から三〇代になるまでのスティヴンの人生における葛藤が克明に描かれている。スティヴンを成人まで描ききることにより、年齢による変化をたどっても、結局のところ本性は変えることができない、というテーマをホールが提示したと読める。「教育」という本性を社会規範に適合させようとする社会制度、つまり個人を組織化しようとする社会に対する批判の視線を、この作品はもっているのだ。レズビアン小説の代表作である本作は、当然のことながら当時発禁処分を受けることになった。これは、当時のイギリス社会で容認されていなかった新しい性の姿を描いたハーディの『日陰者ジュード』(*Jude the Obscure*, 1895) やD・H・ロレンス (D. H. Lawrence, 1885–1930) の『チャタレー夫人の恋人』(*Lady Chatterley's Lover*, 1928)、そしてオスカー・ワイルド (Oscar Wilde, 1854–1900) の裁判と通ずる、とも言われている。ホールはこの作品以降、ハーディと同じく小説の筆を折る。

確かにこの作品における個人の資質、つまり自然の問題として最初に読者に印象づけるのは、男性の名前をつけられて育った女主人公、スティヴン・メアリ・オリヴィア・ガートルードの名目上から明らかな性倒錯と、生身の彼女が抱くレズビアン性であろう。現代ならこれは、性同一性障害という病名で呼ばれるかもしれないが、この時代には彼女のような存在は社会の目に自然な存在ではなく、差別の対象として認識されるしかなかった。

一二章に、スティヴンが自分自身のレズビアン性を自覚しはじめる記述が出てくる。

危険の醍醐味の味わえる男の人生、原始的で、逞しく、命令的なもの――男の人生、その人生こそ彼女のものであるべきだったのだ。（中略）彼女の瞳には重苦しい、無念の涙があふれてきた。だが、何のために涙を流しているのか、彼女には、すこしもわからなかった。ただわかったことは、何か大きな喪失感、何かが欠けているという強い感じに襲われたことだった。涙が頬をたれるにまかせ、指でその粒を、一つ、また一つと拭い払った。(110)

だが、彼女の人生の出発点において、表向き男性の装いを与えたスティヴンという名前が、どうして父親から与えられることになったのか。それは当時の家父長制社会を思い出してみれば簡単なことである。家の世襲は、男子なしには考えにくいことだったのだ。そもそもスティヴンの生い立ちには、彼女の父親の戦争の記憶がまとわりついている。二三章で彼女は父の南北戦争時代の昔話を、家の現在に直結するものとして隣人から語り聞かされる。続く第三部の終わりから第四部の中盤にかけては、断片的な挿話ではあるが、戦争の描写が細かく積み上げられてゆくのである。このような状況の下で、スティヴンは父親から高等教育を施され、男性として育てられる。彼女が乗馬を趣味としたり、スポーツ好きだったりするのも男らしいことだ。さらに男らしいことをほめてくれる父親の描写も出てくる。父親はスティヴンが男らしく育っていることを誇りに思うあまり、スティヴンを女性らしく育てたいと思う妻、つまりスティヴンの母親を厳しくいさめる。「私の関心はスティヴンだけなのだ。あれは来年オックスフォードへ行く予定だ。あれは君の子供であると同時に、私の子供でもあるんだから

な、アンナ!」(120)

社会に安定をもたらす教育の制度は、確かにスティヴンに同時代の支配的な社会的規範を与え、いわば彼女を野生の者から文明人へと育成することに成功するが、それは極めて皮肉とも言える転倒を引き起こすことにもなった。スティヴンという男性の名の下に施された男性的な教育は、彼女に男性的な社会規範を植え付けることに成功し、その結果彼女は男性のように戦争に志願するのである。注目すべきは、男性たちが前線へと出征したあとの第一次世界大戦期イギリスのホーム・フロントにあっては、若い働き手たちの間の男性の不在が目立って意識されたことだ。それは女性に就業の機会をもたらすことにもなった。そこに着目し、戦争のための仕事をするスティヴンとメアリ・パドルの二人の女性にとって、これは極めて好都合な事態だった。特に男性と同じように働くことが可能であるスティヴンには、ホーム・フロントで次々と仕事が舞い込んでくる。これは、より男性的な仕事に関わりたいスティヴンには、好都合なことであった。男性同様に前線の仕事に就いたスティヴンは、戦争の過酷な現実に直面するが、ひるむことはない。やがて、スティヴンはロジャーという身近な人物の死を経験する。

> 母の手紙によって、スティヴンはロジャー・アントリムの死を知った。彼は一人の傷ついた大尉の生命を救ってヴィクトリア十字勲章を得たとたんに弾丸に当って倒れたのだ。ただ一人、両軍のあいだの無人の境へ進んでゆき、そこに気を失っている戦友を救って、傷ついた友を安全地帯へ投げこんだその瞬間、頭部に一弾を受けたのだという。(328)

また、過酷な極限状況をもたらす戦争の盛り上がりと共に、スティヴンのレズビアン気質が加速されていく。

特に三七章三節のメアリへの葛藤を吐露するスティヴンの内的独白は凄みすら帯びている。

名誉か、おお何たることだ！　これがあたしの名誉か？　メアリ、神経が疲れきって、いまにも倒れそうなあの娘！　何の予告もなしに、情欲の迷路を引きずりまわすのは、唾棄すべき卑劣な行いだ。あの娘は、いま目前に横わる事態の真の意味について、このような者のために支払わねばならぬ代償について、何も知らされずにいてよいのだろうか？　彼女は若い。まったくの世間知らずだ。自分が愛していること、それだけしか知らず、若い心は、ひたむきになっているのだ。あたしが求めるすべてを、いやそれ以上を、彼女はよろこんであたしにくれるだろう。若い心は、ひたむきなばかりでなく、すこしも物惜しみをしないからだ。そして、すべてを与えることによって、彼女は、まるで無慈悲な野獣のように、八つ裂きにしようと襲いかかる世の中というものについて、何の警告も与えられず、それに対する何の武装もすることなしに、まったくの無防備のままで放置されることになる。怖ろしいことだ。そうだ、断じて、彼女が贈物の代償をちゃんと心づもりするまで、からだも心も元気を取戻して分別のある判断を下せるようになるまでは、メアリはその贈物をあたしに与えてはならないのだ。(340)

このようなスティヴン個人の本性にも関わるレズビアンの心情と、教育によって育まれ、強化された彼女の男性的な社会評価との乖離は、グロテスクに進行してゆくのだ。戦争が終了すると、今度は戦後の傷跡に関する描写が始まる。戦争の犠牲者マーティン・ハラムからスティヴンへの手紙には、傷病帰還兵が、傷ついた身体に刻まれた戦争の現前する記憶と共に生き続ける状況が綴られている。戦争が終わっても、個人の生身の身体として引き継がれる記憶は、その身体がもともと備えていた本性と共に、容易には消えない。

以上のように、教育によるスティヴンの文明化は、彼女の社会的アイデンティティと性的アイデンティティの矛盾と悲劇とを、時間をかけて準備した。彼女とその同性愛者としての性的アイデンティティは、教育によって強化される男性中心的な社会的なアイデンティティとの矛盾と葛藤から抜け出せず、戦争という時代状況と彼女の活動する現実の状況は、スティヴンが抱く解決不能の難題を過酷なまでに露呈させてゆく。ここで見られる物語は、性愛に関わる自然的本性を内にこめながら、社会化への教育と自己錬成の持続的な力によって、常に変化し続けている人間の物語でもあった。そして前述したように、この物語をさらに外側から囲い込むのが戦争であった。この戦争を継ぎ目なくスティヴンの生きる過程に織り込んでいく『さびしさの泉』の語りこそ、次章で取り上げるハーディの『帰郷』における不在としての戦争の表象に結びつくのだ。

二．『帰郷』

ハーディの『帰郷』は、本論の冒頭で述べたように作者の性も、書かれた時代も、物語の主たる舞台の設定が自然と境界を接する田舎であることも、中心的な女性の地位や知性も、上述の『さびしさの泉』とは極めて対照的な作品である。当然のことながら、ここで教育が登場人物に果たす役割も、一見まったく異なった様相を帯びることになる。

この作品における自然とは、内的なもの、つまり母なる大地のような存在であるユースティシアからも感受できる登場人物の本性でもあるが、同時に外的なもの、つまりエグドン・ヒースの大自然そのものを体現しているとも言える。野蛮にもなりうる本性も自然も、もとより別物ではない。それは性欲も知識欲も自然的欲望として区別なく包含する自然である。

『帰郷』における教育の有り様は、クリム・ヨーブライトの生き方に体現されると言っても過言ではない。ホールのスティヴン同様、クリムは教育によって日々変化し、その職も教育者から説教師へと変化する。ハーディがこの作品で見せる語り口も特徴的だ。数々の戦争が起こっている時代に舞台をとりながら、作品内での戦争への言及は皆無と言える。この異様なまでの戦争不在の不自然さは、むしろ本質的な前提として戦争を受け入れたことの表明、いわば戦争を不在の現前として提示する、既存の価値観の上に成り立つ語りだとも読める。それは当時の英国の言説に偏在した植民地主義の語りにもよく似ている。ホールの語りを意識しつつ、以下『帰郷』における自然と教育と語りについて述べてみよう。

トマス・ハーディが『帰郷』に描いた自然の中で、読者がまず連想するのは、作品の舞台となっているエグドン・ヒースの一風変わった、異教的あるいは太古的な自然であろう。この地における大自然が背景となってこの作品が成り立っていることは言うまでもないことである。しかし、もう一つの自然、つまり人間の内部から沸き起こる自然にも注目することこそが本論のねらいである。この作品は、ウォルター・アレンが指摘するような単純な二項対立の枠にはおさまらない。(1) 人間の内なる欲望という自然に焦点をあてた場合、登場人物の大多数に目を向けることになる。なぜならば、人間の内部から発せられる自然とは、恋愛感情、性的欲求、または知識欲、出世欲等を含むからである。例えば、ユーステイシア・ヴァイとクリムの恋愛、結婚、そして破局や、彼女とデイモン・ワイルディーヴとの愛人関係、またはワイルディーヴとトマシン・ヨーブライトの結婚生活や、トマシンとディゴリー・ヴェンとの結びつき、さらにクリムの知に対する飽くなき追求と、それに疑問を抱き、彼と対立するクリムの母親ヨーブライト夫人との関係性等が存在する。それらの錯綜した人間関係が絶えずエグドンの中に存在することから、自然界と人間界における自然のコミュニティーこそがエグドン・ヒースである、と言えるのではないだろうか。そこで、『帰郷』における二つの自然を、特に人間の内部から生じる自然の方を中心に、作品内での役割について考えていくことにする。しかし、人間関係についてここでは人物関係の中の、特に親子関係を中心に考察していく。なぜならば、親子関係を焦点化することにより、以下の事実が明らかになるからだ。親子関係と一番関連するのが教育であり、一番関連しにくいのが自然だ。であるならば、両極端に位置する教育と自然を、親子関係を間に挟むことによって一本の線で結ぶことが可能なのではないだろうか。以下では、まず自然と教育がいかにクリムと妻ユーステイシアの人格を形成したかを考察した上で、ヨーブライト夫人と息子クリム、ヨーブライト夫人とクリムの妻ユーステイシア、そしてワイルディーヴ夫妻とその娘ユーステイシアそれぞれの関係を考える。

始めにユーステイシアから見ていく。彼女はエグドン・ヒースの自然界を嫌悪している。ユーステイシアはエグドンの大自然に耳や目を傾けようと努力すらしない。彼女はエグドンのような田舎ではなく、パリやロンドン等の都会に憧れを抱いているものの、自分の意志でエグドン周辺を離れた経験がない。そのため彼女がいくらこの地に嫌悪感を示そうとも、村人からはコミュニティを破壊しない人物、つまり彼らの一員であるとみなされている。では人間が欲する自然とユーステイシアとの関係はどのようなものであろうか。性的魅力があると評されるユーステイシアは、ワイルディーヴと深い関係にあったり、知性ゆえにクリムから結婚を申し込まれたりする。ワイルディーヴもクリムもユーステイシアの内なる自然に魅かれたのは間違いないことであるが、その対象は異なっているのである。彼女は人間から自然に沸き起こる欲求を数多く内包している人物ということになろう。

ユーステイシアの夫クリムと「自然」の関係はどのようなものであろうか。彼はかつて故郷のエグドン・ヒースを離れ、パリ留学を経験している。そのためエグドンに帰郷した際、彼は村人からよそ者とみなされ、村人との間に壁を作ってしまう。帰ってきたクリムにも、村に留まっている村人たちより教育上洗練されている、というプライドがある。彼は村人教化という目的でエグドンに帰郷し、この地に再び精神的に戻ろうと努力するが、かえって村人から奇異な目で見られ、拒絶される。村人の教化は、クリムがエグドンの村人に認められようとした努力の一環なのである。自分のみが習得してきた知識を村人に披露することで、クリムは村人の尊敬を勝ち取り、名声を残すと同時に、なくてはならない存在として村に復帰しようと試みる。クリムはこの地に住み続けているユーステイシアよりエグドンの地を愛しているにもかかわらず、一度村を離れたという理由だけで村人によそ者扱いされる。クリムは彼個人の人生を犠牲にしてでも、村全体の知的レベルの向上を考えている。彼の目指すものは富ではない。生まれ故郷であるエグドンの文化的成熟度の低さに、クリムはメスを入れようとしているのだ。ここに教育が関係してくる。

一方、クリム自身の内部から沸き出る自然はどのような種類のものであろうか。クリムにとって、内なる自然の欲望、つまり恋愛的な欲求を駆り立てる人物はユーステイシアである。彼がいとこのトマシンにも淡い感情を抱いている可能性があることは指摘するだけにしておこう。ただし、彼がトマシンに抱いている感情とは、兄妹愛のようなものである。クリムがユーステイシアに恋愛感情を抱いて結婚したこと、つまり彼が彼女の性的な魅力に引きつけられたことは確かであるが、両者が結婚に至った理由はそれだけではなく、別の理由がある。クリムはユーステイシアと結婚することにより、エグドン・ヒースの村人の教化を目的とした学校建設の夢を一緒に叶えよう、という野心があったため、またユーステイシアはクリムと結婚することにより、エグドン脱出の夢を果たし、結婚前より遥かに裕福で華美な都会生活が送れる、という期待を胸に抱いていたため、二人は結婚するのである。ユーステイシアの側から考えると、彼女はクリムでは満足できない。(2) クリムの側から考えると、ユーステイシアへの性的欲求と村人の教化という目的の両者ともを同時に達成しようとしたために、かえって両方とも不意にするという結果となってしまう。ユーステイシアは村人の噂話を頼りにし、クリムの帰郷前から彼女独自のクリム像を作り上げていた。その中身とは、きらびやかで洗練された都パリに宝石商を目指して行った知的で容姿端麗なクリム像であり、彼女が考えるエグドンでの惨めな生活に突破口を開いてくれるクリム像であった。二人はお互いの思惑を充分に理解していなかった。(3) このような二人の結びつきを見ると、ユーステイシアのクリムに対する過大評価にクリムは翻弄されたに過ぎない。彼の興味は、むしろ知識欲の方に向けられている。人間の内なる自然というものが人間の本能から沸き起こるもの全般と捉えると、知性を高めるという知識もまた恋愛感情と同じく内なる自然に含まれる。クリムの内には村人の教育や教化という欲望と、ユーステイシアに対するそれまで経験したことのない恋愛感情や性的な欲望が同時に存在し、その二つの間で彼は葛藤している。クリムは初め、それら両方を上手くコントロールし、自分の中で並存させようと考えるが、やがて失敗する。それらの二つの一方でも活かそうと、対立関係におき、どちらか一方を選択しようとするが、やはりその難しさに閉口する。つまり村人の教化に失敗し、ユーステイシア獲得には一見成功したように見えたものの、結局最後には失敗に終わる。

J・ガーヴァー (70–71) やジリアン・ビアも指摘していることであるが、クリムの容貌は物語が進むにつれて鋭く知的に洗練されてくる。(4) このきっかけを作ったのが、クリムの母親ヨーブライト夫人である。そこで、次にヨーブライト夫人とクリムの親子関係を論じ、その後その他の親子と自然の関係について見てみる。

ヨーブライト親子の関係を見ていく際、重要な要素の一つが教育である。副牧師の娘で淑女であったヨーブライト夫人に幼少の時期から勉強することを教え込まれたクリムは、内に知識欲を蓄えていった。母親がクリムへ懸命に教育を授けたことには理由がある。彼女は、息子には自分の夫、つまりクリムの父親のようにハリエニシダ刈りの労働もするような農場経営者のまま、一生を終えさせまいという強い意志を持っていた。高い教育を授けることで、クリムには高尚な職業に就き、社会的地位の上昇を果たしてもらいたいと彼女は願っていた。母親は息子に、自分が成し得なかった夢の実現を託したのである。その実現の第一歩として、ヨーブライト夫人はクリムをパリに行かせ、宝石商の職に就かせようと考える。しかしクリムは母親の意図しない方向に向かい始める。つまり初めは母親の意図と一致していた精神充足目的のパリ滞在であったが、クリムの精神はパリにおける現実的出世と栄達に価値を見出せず、幻滅するのである。その絶望の代償として、クリムには別の目的が必要となる。ここで精神充足目的の内容が、クリムの内部で変質する。つまり、クリムは、都会で宝石商になるという世俗的な目的を見限り、故郷の田舎エグドン・ヒースで村人のための学校を建て、人々の啓蒙に努めるという夢を抱くようになるのだ。教師として村人を教化したいというクリムの夢は、クリムの自分本位な自己実現の手段とも言える。クリムとユーステイシア両者のエゴイズムが衝突した結果、後の二人の関係の破滅が起きたとも捉えられる。

彼はパリ滞在中も、おそらく勉強を継続していたのであろう。表層的に贅沢だと感じたパリでの生活に、空虚さを感じたクリムは、生まれ故郷のエグドン・ヒースに戻る。彼の村での目標は、主に独学で培った能力を活かし、村人に教育を施すことであった。こうしたクリムの計画に母親は反対するが、クリムの意志は固い。ユーステイシアとの恋愛、結婚、そして結婚生活の崩壊を経験し、さらに身体まで壊したクリムは、エニシダ刈りに身を落とす。ここで彼は肉体的にも精神的にも盲目状態になる。クリムは最終的にエグドンに学校を建てる夢を叶えられず、村の説教師となる。彼は村人を見下す存在から、村人によって「変わり者」扱いされ、敬遠される存在になってしまう。クリムは教育により悩み苦しみ、ささやかな幸せすら得ることができない。[5] クリムが説教師になったことは、それまで培ってきた教育の成果の表れ、とも言えるかもしれないが、実情は彼の自己満足でしかない。彼の独学はクリムに自己満足しかもたらさなかったということである。クリム本人は、説教師が天職であり、村人に自分の教養の一部を与えることで村人の役に立っている、あるいは村人と共存している、と考えているのであるが、村人から彼は最後まで異分子扱いされており、一員とはみなされていない。クリムと村人の間には超えることのできない壁が存在するのだ。

では実を結ばなかったクリムの教育理念とはどのようなものだろうか。イギリス人青年であるクリムは、同年代のフランス人青年とは異なり、諦めずに教育に立ち向かっていく。さらにクリムの定義する教育とは精神的に豊かになることに重点を置いている。彼は金儲けや社会的地位の向上等に興味がない。しかし、結婚相手のユーステイシアはクリムとの結婚の目的のうち、後者に重きを置いている。それはクリムの母親ヨーブライト夫人とも共通した考え方である。そのためクリムとユーステイシア、クリムとヨーブライト夫人との間にくいちがいが起こり、関係が悪化していくのである。ここに教育における社会的役割の二重性が出てくる。本来教育とは、精神性を豊かにするという目的・建前と、金儲けや社会的地位を向上させるという目的・現実がある。それらのうちのどちらかにみな荷担するが、クリムの場合は前者に、ユーステイシアやヨーブライト夫人の場合は後者に荷担し、教育の在り方を捉えている。教育に携わる限り、どんな人間もそれら両者の配分に引き裂かれ、分裂する可能性を秘めているのである。だからこそ、ここでのクリムも独学では済まない教育制度の中に入り込み、村人からの尊敬を勝ち取っている部分もある。これが教育の矛盾であり、社会対個人の戦いでもある。

ヨーブライト親子について論じる際、ハーディの他の小説『緑樹の陰で』(*Under the Greenwood Tree*, 1872)や『森林地の人々』(*The Woodlanders*, 1887)における親子関係と比べてみると、作者の意図が明瞭さを増す。『帰郷』にはすでに父親が居らず、『緑樹の陰で』や『森林地の人々』には母親がいない。そのため親子間に通常よりも濃厚な結びつきができる。ヨーブライト夫人も『緑樹の陰で』のジョフリー・デイも『森林地の人々』のジョージ・メルベリーも自分たちの考えている価値基準の中で子供に幸福になってもらいたいと考えている。その価値基準とは、社会的な地位向上である。ヨーブライト夫人は生前の夫を馬鹿にしたような発言をクリムに向かって口にする。ハリエニシダ刈りをやっていたこともある夫に夫人は始終不満を抱いていたため、このような言葉が口をついて飛び出す。当然、後にエニシダ刈りの職を選択したクリムの姿を見て、ヨーブライト夫人はひどく落胆するのである。しかし、クリムとクリムの父親はエニシダ刈りといっても、そこに至る過程は大きく異なる。クリムは学校設立に奔走したり、その疲労から視力が低下し盲目寸前になったりした後、結果的にエニシダ刈りになったのであり、父親のように望んでこの職に就いたわけではないからである。その結果、クリムは父親と母親両方の生き方を受け継ぐことになるのだ。父親からは、エグドンの自然に寄り添って生きていくことを学ぶクリムは、自然に対し好奇心を持ち、自然を慈しむように育つ。一方、母親は彼に無意識のうちに勉学の喜びを教える。これも精神充足の一つである。クリムはエニシダ刈りになる前には、エグドン・ヒースの学校設立、そしてそこでの村人の教化の計画があったた。しかしそれはヨーブライト夫人にとってはあまり意味のないことであった。なぜならば、二人の価値観は全く異なり、彼女は教育を、教化に使ってもらいたいとは全く考えていなかったからだ。むしろ母親は血統好きである。彼女は血統、つまり過去を大切にする。その理由は、現在に満足してもおらず、誇りを持ってもいないからである。過去の栄光にすがりつくがゆえに、彼女はクリムに教育を施し、社会的地位の上昇という世俗的な幸福を手に入れようとするのである。ハーディ自身も、過去の血筋というものを大切にし、大層こだわった。それが、ここにおいてはヨーブライト夫人に投影されている。ハーディの上昇志向という俗物根性やそのような自分を戒め、揶揄する風刺性が反映されている。これは『緑樹の陰で』と『森林地の人々』の父親たちが娘に思っていたことと同じ内容である。このように、ハーディは教育の二面性を巧みに描いている。

次の親子関係はヨーブライト夫人とクリムの妻ユーステイシアである。クリムを間に挟んで姑と嫁の関係になるため、何かと不都合が生じる。そのすれ違いは指摘されてきたことである。そこでここでは、二人の共通点について論じてみたい。先程も少しふれたが、教育を活かして社会上昇を目論むことは二人の重要な共通点である。その意味では、この作品においてハーディによって批判されている人物はヨーブライト夫人のみならずユーステイシアも然りである。ここから、クリムとユーステイシアの夫婦関係のみならず、ヨーブライト夫人とクリムとユーステイシアの関係、言い換えると母親と息子と恋人の関係にも教育問題が入り込んできている。(6) 教育が介在することで、夫婦間や親子間に亀裂が生じ、そのたびにお互いの気持ちが離れていくのである。

最後にユーステイシアの愛人ワイルディーヴとその妻でクリムの従妹トマシンとその娘ユーステイシアの関係である。この作品において出産して母親になる女性は、結果的にトマシンだけである。ワイルディーヴ夫妻の子供は意志が強く、「家庭の天使」を体現した母親トマシンに守られて生きている存在である。ヨーブライト家という社会的地位欲しさもあったワイルディーヴとトマシンが結婚し、トマシンが妊娠や出産を経ている間、父親らしい自覚のないワイルディーヴは全く家庭をかえりみない。エンジニアとして一旗揚げようと故郷をあとにするも不成功に終わり、結局はエグドン・ヒースに戻って宿屋を開いているワイルディーヴであるが、トマシンは子供の父親であるがゆえに別れようとはしない。また出戻りという点ではワイルディーヴはクリムと似ている。夫ワイルディーヴが、愛人ユーステイシアとともに死んだ後、トマシンは娘ユーステイシアと二人で残される。もちろん娘の名前は意図的にユーステイシアにちなんでつけられた名前だが、ここには夫にユーステイシアとの関係を断ち切ってもらい、そして子供に愛情の矛先を向けさせたい、と希望するトマシンの強さが感じられる。そして最後にトマシンは、一途に自分のことを愛してきたヴェンを夫に選ぶのである。トマシンと娘ユーステイシアには、ヨーブライト夫人とクリム親子のような母と子の強い絆が生まれている。トマシンは娘を授かったことで更に強い女性となる。あらゆる意味で地に足のついているトマシンは、性的魅力で男性を引きつけるユーステイシアと対照的な弱々しい女性と一般的にはみなされがちであるが、ワイルディーヴとの破綻した結婚生活の中、母親になり、ユーステイシアより意志が強い女性とも考えられる。この作品では、一見強そうなユーステイシアやワイルディーヴが内実は弱く、トマシンやヴェンが実は精神的に頑強である、という不思議な現象が起きている。なぜならば、たくましく生きているトマシンやヴェンは、自然の中で自己分裂を起こしていないからである。

ここで、特に自然に寄り添い、自然に淘汰されることのない人物であるヴェンのことにふれておこう。ヴェンは、自然界で淘汰されない実践的な知恵や技術――専門的または職業的知識――を身につけており、その技を役立てることによって自然界で生き延びている。ヴェンは適者生存の法則がある自然界で、それまでに体得してきた自然界の中で淘汰されずに生き抜く術である実践的教育や処世術を使って生き延びることが可能な強い人物である。彼は、エグドン・ヒースの自然界において人間の手の及ばない脅威があることも熟知しており、エグドンの自然界と深い関わりを持つ人物なのである。ヴェンが得た実践的教育を、ハーディは知的探求あるいは学問や精神的深化と同じく肯定的に捉えて描いてもいる。

さらにヴェンという人物には、戦争が不在の現前という形で表われている、と捉えることも可能であろう。なぜならば、ヴェンのような実践的な術を身につけている人間は、適者生存の世の中で生き残る力が強く、さらには戦場で生き抜く知恵、つまり他人に淘汰されない知恵というものを身につけている可能性が充分あるからだ。

> 荷車を持つその旅人は、紅殻屋と言って、農夫が羊の毛を染めるのに使う染粉を売って歩く商人だったのである。ウェセックス地方でもどんどん消滅しつつある階級の一人で、ちょうど前世紀にドードー鳥が動物の世界で占めていたような地位をこの田園的世界で占めている商売だった。つまり彼は廃れた生活様式と現在一般に行われている様式とを結ぶ珍奇な興味ぶかい、亡びかけた鎖の一環にあたるのである。(13–4)

新旧を結ぶヴェンは戦争が起これば、戦前から戦後に難なく移行し、エグドンの文明化という次の目標の実現に向かうことのできる人物だ。ハーディが戦争を念頭に置いていたからこそ、したたかに生きるヴェンを描けたのかもしれない。主人公たちに比べると、自ら村のコミュニティに入ろうとせず、孤独の生活を選ぶヴェンをあえて作品に登場させることで、ハーディは直接描くことは避けた戦争をヴェンに投影している、と言っても過言ではない。

ハーディの時代、秘密外交のことは国民には知らされず、彼が知っていたのは、ボーア戦争などの事実のみであった。それゆえ、ハーディは実際の戦争より、過去の戦争であるナポレオン戦争等への関心のほうが大きく、その関心が歴史小説『ラッパ隊長』(*The Trumpet Major*, 1880) や大長編詩『覇者たち』(*The Dynasts*, 1904–8) に描出されていると思われてきた。しかし、彼は同時代の戦争をはっきりと描くのを避けるために、過去の戦争に思いをはせたふりをしていた、とは捉えられないであろうか。戦争そのものに興味があったからこそ、それをテーマにした小説や詩を執筆しているハーディが、小説執筆当時の戦争を無視して書くほとんどの作品に、何らかの見えにくい形で同じように戦争を書き込んでいた、と考えるのは決して行き過ぎたことではないであろう。この作品内で中心人物たちから常に距離を置いているヴェンに、ハーディはその役割を託したのかもしれない。

最後に語りについて考える。先述したように、悲劇の語りという点で『帰郷』の語りは『さびしさの泉』の語りと共通する点を持ち、さらには植民地・戦争の語りという点でも共通する。ジリアン・ビアは、この作品における黒人の影を指摘し (510)、『帰郷』をR・M・バランタイン (R. M. Ballantyne, 1825–94) の冒険小説『珊瑚島』(*The Coral Island*, 1858) という一見全く異なる作品と比較することでこのことを論じている。『帰郷』においてはクリムやワイルディーヴが、そして『珊瑚島』においては三少年たちが、土着の人々から侵入者として扱われる。そのため、彼らはことあるごとに地域社会から排除されそうになる。ハーディが作品内ではっきりと植民地主義に言及している箇所はないが、教育を受けた後のクリムの洗練された表情をたびたび作品内に肯定的に登場させることで、村人に対する新たな指導者としてのクリム像すなわち侵入者による支配の可能性を描いている。クリムの指導者としての活躍はなかったが、その可能性を作品に描いたハーディは、同時代のイギリスがかかわっていた植民地戦争を不在の現前として表象したと考えても間違いではないであろう。さらに、同じ論文において、ビアはハーディのこの作品に見られる白人の語りの崩壊をも指摘している (514)。この点はこれまでに指摘されてこなかったが、ハーディが不在の現前として描く戦争を考えるとき、説得力を持つだろう。

『帰郷』においては、自然界での闘争を生き延びる力をもったグループ――ヴェン、トマシン、村人たち――と、そうではないグループ――クリム、ユーステイシア、ワイルディーヴ――が対照されている。ここで戦争の「語り」の構造が浮きぼりになる。帝国主義の戦争は、資本主義社会におけるもろもろの場面での競争を、一括して勝者の正義として単純化する。そして国外の植民地経営においては、英国本国内、たとえばロンドンでの市民生活に表れる資本主義競争の激化が、より露骨で単純化された仕方で現れている。こうした構図が、英国内にありながら田舎に位置するエグドン・ヒースの自然や共同体にも、相似して表わされるような語りが使われているる。とすると、闘争を生き延びる力をもったグループが勝者となり、もたないグループが敗者となっていると考えられる。敗者のグループに属するクリム、ユーステイシア、ワイルディーヴの三人は自滅し、存在自体が抹消されることになる。例えば、六章初めのユーステイシアとワイルディーヴの死を読者に伝えるドライな語りと比較すると、ヴェンとトマシンに関する語りは終始あたたかい。勝者のグループに属すヴェン、トマシン、村人たちは、勝ち残ること、世界を拡張すること、教育（訓練）することに加え、それら全てに対して結果を重視する風潮にある。教育もこの語りに荷担しているといえる。戦争の影が、生き残って勝つことに現実的な価値をおくこの小説の語りを外側から保証しているのである。

結び

『さびしさの泉』と『帰郷』が前景化した戦争とは、善悪二元論の顕在化だといえよう。極端な二極化――戦争の勝者は善、敗者は悪――により、勝者のグループに入れず悪の領域に入ったものの排除のされ方が露骨であり、どちらの作品内においても雑という印象すら与えかねない。排除された敗者とは、『さびしさの泉』では女性であるが故に戦場で戦うことのできないスティーヴン、戦争をあえて直接には描かない『帰郷』では根なし草であるクリム、村人とまじわろうとしないユーステイシア、ユーステイシアと同じく村の共同体を嫌うワイルディーヴである。戦争という切り口で読むことで、複雑な両作品のメッセージがはっきりと浮かび上がるのである。この二つの小説を戦争小説と決めつけることには問題があるであろう。しかし、自然と教育という要素を背景にそれぞれの語りによって表象される戦争を分析することで、一見かけ離れているように見える二作品の距離が思いのほか近いということが明らかになるのである。

註

引用は本文中に頁数のみを記す。訳は、大久保康雄訳と大沢衛訳を参考にさせていただいた。

（1）ウォルター・アレンは、「おそらく人間とその人間が生きている自然との間の二項対立が、この小説の中では顕著にあらわれている」(252) と指摘する。

（2）ペニー・ブーメラは、「ユーステイシアの性的欲求は、クリムとの結婚では満たされない」(60) と指摘する。

（3）メリン・ウィリアムズは、クリムとユーステイシアの見解の違いを、「どちらも、先入観によって盲目になっている。そして、お互いに期待をかけすぎている」(141) と述べている。

（4）「クリムは村にとどまっている村人より洗練される。彼は知的になる。『クリム・ヨーブライトの顔には、未来を見据えた表情が見受けられた』」(Beer 9)

（5）やはり父親の仕事を受け継いだヴェンの方には、教育によって幸福がもたらされ、彼はトマシンとの結婚という大きな幸福をも得ることができる。クリムは知的な能力を充分に活かせなかったが、ヴェンは実践的な能力を活かし、トマシンを支えていく。マージョリー・ガーソンは、クリムとヴェンの生き方の相違について、「クリムがこの小説内で共同体から孤独へ動いていくにつれ、ヴェンは反対に動いていく」(76) と指摘している。

（6）ヒリス・ミラーは、三人の関係を、「ユーステイシアはヨーブライト夫人のゆがんだ形のダブルであり、ユーステイシアに対するクリムの愛情は自分の母親に対する愛情の代替物である」(128) と分析する。

参考文献

Allen, Walter. *The English Novel: A Short Critical History*. Harmondsworth: Penguin, 1991.

Ballantyne, R. M. *The Coral Island*. London: Puffin Books, 1982.

Beer, Gillian. *'Can the Native Return?', The Hilda Hulme Memorial Lecture, 1988*. London: University of London Senate House Printing Services, 1989.

Boumelha, Penny. *Thomas Hardy and Women: Sexual Ideology and Narrative Form*. Brighton: Harvester Press, 1982.

Garson, Marjorie. *Hardy's Fables of Integrity: Woman, Body, Text*. Oxford: Clarennon Press, 1991.

Garver, Joseph. *Thomas Hardy, The Return of the Native*. London: Penguin, 1988.

Hall, Radclyffe. *The Well of Loneliness*. London: Virago, 2008.

Hardy, Thomas. *The Return of the Native*. London: Penguin, 1999.

——. *The Return of the Native*. New York: W.W.Norton, 2006.

Miller, J.Hillis. 'Topography in *The Return of the Native*'. *Essays in Literature*, 8. Western Illinois University, 1981, 119–34.
Williams, Merryn. *Thomas Hardy and Rural England*. London: Macmillan, 1972.
ハーディ、トマス『帰郷』（上巻・下巻）、大沢衛訳、新潮社、一九五四年。
ホール、ラドクリフ『さびしさの泉』（上巻・下巻）、大久保康雄訳、新潮社、一九五二年。

二度の大戦とブラックアウト
——ヴァージニア・ウルフの『幕間』

加々美　成美

はじめに

ヴァージニア・ウルフ（Virginia Woolf, 1882–1941）は自身のエッセイ『三ギニー』（*Three Guineas*, 1938）のなかで父親が絶対的な権力を持つイギリスの家父長制にファシズムとの類似性を見出し、その暴力性を批判している。その中で彼女は「家庭こそ女性たちがいるべき場所である」という『デイリー・テレグラフ』（*Daily Telegraph*）に掲載されたボールドウィンの発言と「国家の生活にはふたつの世界、すなわち男性の世界と女性の世界が存在する。（中略）女性の世界は彼女の家族、夫、子供たち、そして家庭にこそある」というヒトラーの言葉を比較して次のように述べている。

ひとつは英語で、もうひとつはドイツ語で書かれている。しかし、これらに違いがあるだろうか？同じことを言っているのではないだろうか？　英語であろうがドイツ語であろうが両方とも独裁者の声ではないだろうか。そして私たちは外国で独裁者に会ったとき、彼は非常に危険でひどく醜いことを認めるのではないだろうか。独裁者は私たちの中に混じっていて、醜い頭をあげながら毒を吐き、まだ小さく葉っぱの上で毛虫のように丸まっているが、それは英国の中心に入り込んでいるのだ。(229)

家庭という私的な空間における家父長制は男性の暴力性、戦争、ファシズムの思想をうみだす公的なものとつながっているとウルフは述べる。また、戦争を通してこの公と私の関わりに対する意識は彼女の晩年において重要な問題となっていた (Snaith 130)。

戦争やファシズムという公的なものがウルフの私的な空間に入り込んでくるきっかけとなったもののひとつとしてローレンスはラジオの存在を挙げている。ラジオで伝えられる戦況やヒトラーの演説はウルフにとって公と私、国内と戦地の境目をなくさせた大きな要因であったといえる (Laurence 227)。このことをウルフはエッセイ「斜塔」('The Leaning Tower,' 1940) のなかに表している。このエッセイで彼女はナポレオン戦争を経験したジェーン・オースティンとウォルター・スコットについて言及している。彼らがナポレオン戦争を生き延び、そのあいだも執筆をつづけていたにもかかわらず、戦争に関する言及が作品内に表れていないことは十九世紀の作家の生活が戦争によって動揺させられたり、変えられたりしていない証拠だと述べている。この理由をウルフは当時の作家たちにとって戦争は遠いものであったためだとしている。そんなオースティンやスコットの時代と比べ、今では作家の生活と戦争との距離がずっと近くなったことについてこう続ける。

そういった状況と今日の私たちを比べてみてほしい。今日、私たちはイギリス海峡での砲撃の音を耳にする。ラジオをつけると飛行士がその日の午後に侵入機を撃ち落とした話をしている。彼が侵入機を撃ち落としたこと、自分の機体が火にのまれたこと（中略）海に突っ込み、トロール船に救助されたことが語られる。スコットはトラファルガー岬で水兵たちが溺れているのを見たことがないし、オースティンもウォータールーで大砲が轟く音を聞いたことがなかった。そして二人とも私たちが夕方自宅で座りながらヒトラーの声を聞くようにナポレオンの声を聞いたことはなかった。(*Death of the Moss* 164)

ラジオ放送によって戦地にいなくとも戦争が起こっている事実、戦闘の詳細を近くに感じるようになったとウルフは主張する。それに伴い公的な事件、つまり戦争に対する彼女の関心は今まで以上に強まっていき、「公的な世界が目に見えて私の世界に侵入してきた」(*Diary5* 131) と感じるようにもなった。

戦争によって私的な空間が乱されるのを感じながら、彼女は遺作となった『幕間』(*Between the Acts*, 1941) の執筆をすすめていた。この作品の舞台は一九三九年の六月のある日、つまり第二次世界大戦開戦直前の英国に設定されているため、作品中には戦闘や空襲の場面などは描かれてはいないものの、登場人物たちの頭上を飛ぶ飛行機の描写や人々の会話の端々からこれから始まる世界大戦の存在を読み取ることができる。また、興味深いのはペンギン版のイントロダクションでビアが述べているように (Beer x)、この作品の中には一度も言及されないブラックアウト（灯火管制）が直接語られないかたちで描きこまれていることである。(1) そしてこの規制がしかれたこと、家の中にいるときもそれに従わなければいけないということも戦争という公的なものが私的な領域に入り込んできたことの「比喩」として定義づけることができる (Lant 114)。『幕間』の中では明示されないブラックアウトについてウルフは日記の中で「ブラックアウトは戦争よりも残忍なものである（中略）私は平穏なロンドン、灯りのある夜を想像することができない」(*Diary5* 263) と述べており、この規制が彼女の生活に影響を与えていたことがうかがえる。ウルフが感じていたのと同様に第一次世界大戦や空襲を経験した英国民にとっても、ブラックアウトは戦争に対する不安と強く結びついていたものであった。ウルフはこのような体験、ドイツ軍の英国への侵攻、二度目の世界大戦をどのように作品中に表したのか。本稿では『幕間』が執筆されていた第二次世界大戦初期の英国に焦点を当て、ブラックアウト、またそれによってもたらされた暗闇の存在が市民生活にどのような影響を与えていたのか、そしてそれらがウルフの作品のなかにどう描かれているのかを考えてみたい。

一・ウルフが描いた第一次世界大戦、空襲

これまで多くの批評家が指摘してきたように、ウルフは第一次世界大戦によってもたらされた恐怖や喪失感を繰り返し自身の作品中に描いている (Hussey 1-13)。例えば兄トウビーの死と第一次世界大戦で失われた多くの若者の死を『ジェイコブの部屋』(*Jacob's Room*, 1922) のジェイコブ・フランダース、『灯台へ』(*To the Lighthouse* 1927) のアンドリュー・ラムジーらの戦死などに投影して戦争の喪失感を描いている。ウルフにとっての戦争体験とは、その戦い自体が終わっても消えるものではなく、長いあいだいわばトラウマとして彼女の心に残り続けたのであった。

その中でも特に『ダロウェイ夫人』(*Mrs. Dalloway*, 1925) のなかには第一次世界大戦の傷跡などが数多く描かれている。例えば、第一次世界大戦時に兵士として戦地に赴き、その結果シェル・ショックを患った青年セプティマス・ウォレン・スミスの描写を見てみよう。戦争が終わった後も彼は戦死した友人エヴァンズの幻覚や幻聴

に悩まされ続けている。

「頼むから来ないでくれ！」とセプティマスは叫んだ。彼は死者を直視することができなかった。しかし枝はわかれ、灰色の洋服を着た男が彼らのほうに向かって歩いてきた。それはエヴァンズだった。しかし、体には泥がついていないし、傷もなく、変わっていなかった。自分は全世界に向けて話さなくてはいけない、とセプティマスは手を挙げながら叫んだ。(76)

彼は第一次世界大戦中、エヴァンズの死に直面しても何も感じなかった。しかし、戦争が終わった後になって戦地での経験はシェル・ショックの症状となって彼を苦しめ続ける。そして、その心の傷を回復することなく自殺してしまう彼の姿に戦争の残した傷跡を読み取ることができる。

また、セプティマスの存在以外にも主人公クラリッサ・ダロウェイの意識の流れを通して先の大戦を経験した英国民の悲しみが描かれている。

戦争は終わった。昨日の晩、大使館で悲しみに暮れていたフォックスクロフト夫人のような人にとっては別だけど。あの立派な息子さんは戦争で亡くなり、由緒あるマナーハウスは従兄弟が受け継ぐことになったのだから。それから息子が戦死したという電報を握りしめたままバザーを開かれたレディー・ベクスバラも。いや、しかし、戦争は終わった。ありがたいことに——終わったのだ。(4–5)

この場面でクラリッサは実際の戦争は終わったが、戦争で肉親を失った人々にとってはまだこの戦いは終わっていないのだと考えている。息子を亡くした悲しみに加えて英国を象徴するような存在であるマナーハウスが本来の相続者のものにならないことは、それまで続いてきた英国の歴史が戦争によって台無しにされる象徴としても読むことができるだろう。この他にも第一次世界大戦中にドイツ批判を支持しなかったために学校を追い出され学ぶ機会を失ったミス・キルマンなど、戦争によって奪われ、失われたものが登場人物たちの体験を通して描き出されている。ウルフ自身は第一次世界大戦で肉親や親しい友人を失う経験はしていないものの、母ジュリア、姉ステラ、父レズリー・スティーブン、そして兄のトウビーの死を通して親しい人の死によってもたらされる喪失感は何度か経験している。この経験は彼女に「生命の尊さ」と同時にその「はかなさ」を強く感じさせていた。それゆえこのはかない命に対してまったく敬意を払わない戦争はウルフにとって「無秩序な悪夢」のようなものであった (Bazin, Lauter 14–5)。

この悪夢のような戦争を思い起こさせるものが『ダロウェイ夫人』のなかには象徴的に描かれている。それはロンドン上空を飛ぶ飛行機の存在である。戦間期の英国では、国民のあいだで飛行機熱が高まっており (Deer 65)、特にその熱気を後押ししたのは民間人による軍事目的ではない飛行である。その代表的な例としては一九一九年のジョン・ウィリアム・オールコックとアーサー・ブラウンによる大西洋無着陸横断飛行が挙げられる。(2) 同年一月一六日付の『タイムズ』(*Times*) 紙上では二人の偉業を「英国航空機の勝利」、「英雄オールコックとブラウン」と大々的に報道されている (*Times*. 16 Jan. 1919)。また、『ダロウェイ夫人』のなかに描かれるような飛行機を使った宣伝も流行していた。一九二〇年代の不景気や植民地での暴動など、暗い話題の多かった英国内に飛行機は明るい話題をもたらした。そしてこの空への憧れが飛行機を用いて世界を横断すること、さらには大英帝国をふたたび拡大していくこと、英国が強い国になることへの希望の象徴となっていった。

しかし、このような英国内での熱気とは異なり、『ダロウェイ夫人』のなかに描かれる飛行機はそれを見上げるロンドン市民にプラスのイメージだけを与えているわけではないようだ。ロンドン上空を飛ぶ「飛行機の音」はそれを聞いた群衆の耳には「不気味なものとして伝わった」(21)という描写から、飛行機がこの時代に持っていた明るいイメージだけを登場人物たちに与えているのではないということがわかるだろう。これは第一次世界大戦時、一九一五―一七年にかけての空襲を経験したウルフ自身にとって、飛行機が戦争の記憶をよみがえらせるものとして存在していたからだと考えられる。ロンドン中心地の上空で聞こえる飛行機の音は「モル、グリーン・パーク、ピカデリー、リージェント通り、リージェント・パークにいるすべての人々の耳に入り込んできて」(23)、クラリッサの言う、終わったはずの戦争の記憶をロンドン市民のなかによみがえらせるものとして描かれている。セプティマスのようにシェル・ショックの症状としてあらわれなくとも、第一次世界大戦の苦い体験、記憶はたとえ戦争が終わってもそれを経験した人々の心に残り続けるのである。

ウルフにとって第一次世界大戦時の空襲警報やドイツ軍の飛行機の存在は非常に大きなストレスの原因になっていたようであり、日記や手紙の中で空襲によって夕食がたびたび中断されたこと、洋服、時計、明かりなどを持って地下室へ逃げ込んだ経験が何度か記されている。(3) これらの体験は『歳月』(*The Years*, 1937)の「一九一七年」の章に表れている。この章には主人公のエレナが従妹マギーとその夫レニーの家を訪れ、ともに夕食をとっている最中にドイツ軍からの襲撃が始まり、その場にいた登場人物たちが慌てて地下室へと逃げ込む場面が描かれる。

長くうつろな音が響いた（中略）

「霧笛かしら？　川の上の。」

しかし彼女はその音が何であるかを知っていた。

サイレンが再び鳴った。

「ドイツ人め！」とレニーが言った。「くそ！　ドイツ人め！」彼はいかにもうんざりだといわんばかりの身振りでナイフとフォークを置いた。

「また空襲……」と、マギーは立ち上がりながら言った。彼女が部屋を出るとレニーもそれに続いた。（中略）通りを急ぐ車の音が聞こえた。あらゆるものがものすごい速さで過ぎてゆくようだった。舗道の上ではこつこつと足音が響いていた。エレナは立ち上がってカーテンを少しだけ開けた。彼女のいた地下室は舗道より下にあったので、走り去っていく人々の足やスカートが手すり越しに見えただけだった。男性が二人、大急ぎで通り過ぎていった。それから年老いた女性がスカートを揺らしながら通り過ぎた。（210–11）

ここにはドイツ軍からの襲撃や逃げ惑う人々の様子が描かれており、戦時下の緊張感が漂っている。第一次世界大戦時と同様に第二次世界大戦時もドイツ軍による空襲は繰り返されるが、ラントはこの二度の空襲の違いを灯火管制の違いに着目して論じている。第一次世界大戦のあいだも灯火管制は存在していたが、それは一時的なものであり、規制されてもいなかった。(4) しかし、第二次世界大戦中はブラックアウトとして規制化され、罰金などの罰則も設けられるようになる。(5)「第二次世界大戦特有の現象」(Lant 128) であったブラックアウトは当時の英国民たち、また彼らの生活にどのような影響を与えていたのだろうか。

二．第二次世界大戦の影、ブラックアウト

本来、「ブラックアウト」という言葉はただ単に「劇の暗転」という意味でしか使われていなかったが、一九二〇年代以降は「一時的な記憶喪失」、「ニュースや情報の報道管制」といった意味でも使われるようになっていった。そして、一九三九年になるとこの言葉は戦争ともより深い関係を持つことになる。つまり、戦時下の灯火管制を意味する言葉として使われるようになったのである。この規制により交戦状態であった国々で敵国からの空爆を避けるために街灯や車のライトはいうまでもなく、路上でのタバコに火をつけることまでもが禁止され、また家の中でも部屋の灯りが外にもれないように窓に黒い布をかけることが義務付けられた (Dear, Foot 134)。英国では一九三九年九月一日、ドイツ空軍からの空爆を避けるためにこの規制がしかれるようになった。ラントが指摘しているように、ブラックアウトは階級・性別・地域などを問わずすべてのイギリス国民に課されたものであり、これは兵士として前線で戦っていなかった英国国民にとっては最初の一番身近な戦争体験であったと言えるだろう (Lant 114)。

また、第二次世界大戦中にはブラックアウトによって新たな流行や文化も生まれた。そのひとつがブラックアウト本である。ブラックアウトの規制がしかれるようになると英国民たちは夜、必然的に家の中で過ごすことが多くなっていった。すると、ブラックアウトや空襲で外出できない夜の長い時間を過ごすためのひまつぶしとして『アーサー・ミーのブラックアウト・ブック』(*Arthur Mee's Black-out Book*, 1940)、『ブラックアウト・ブック』(*The Black-Out Book*, 1940) など多くの本が出版された。これらの本の中にはクイズやパズル、詩、家の中で行う芝居などがまとめられていて、ブラックアウトの最中に空襲の不安を和らげながら長い夜を過ごすための娯楽本

という目的で編纂された。特に子供たちの不安を和らげたり、気を紛らわせたりするのに有効で、第二次世界大戦中は大変な人気を集め、クリスマスプレゼントとしてもたいへんよく売れた。

さらにこのような本の他にもブラックアウトをテーマにしたプロパガンダ・ショートフィルムも数多く作られた。例えば、ハンフリー・ジェニングスの『ロンドンは受けて立つ』(*London Can take It!*, 1940) は最も成功した作品のひとつとされている。このショートフィルムのなかでは爆撃のようす、空襲の後に燃える建物、人々であふれる防空壕などとともにがれきの隅で日常生活を送るロンドン市民の姿が映し出されている。ひとつの作品の中で戦争の悲惨な場面と日常生活を同時に見せることで、ドイツ軍からの攻撃にも決して動じない強いロンドン市民の姿が強調されている。このようなショートフィルムをプロパガンダとして用い、英国民として戦時下の苦難を乗り越える義務が伝えられた (Deer 112)。つまり、英国民として、実際の戦闘には加わっていなくとも、ブラックアウトを受け入れるというかたちで戦争に協力することが求められていたのである。

しかし、ドイツ軍の攻撃から身を守るために義務付けられたはずであったこの規制は、皮肉にも多くの英国国民の生命を危険にさらすこととなった。なぜならば街灯のついていない真っ暗な夜道を歩くことはたいへん危険で、水路や沼への転落、真っ暗な駅のホームからの転落事故などが相次いだ。特に交通事故の増加は著しく、ディアが指摘しているように、第二次世界大戦初期の段階では実際のドイツ軍からの攻撃で命を落とす人よりも灯りのない真っ暗な道路で事故にあい、亡くなる人の数のほうが多かったのである (Deer 111)。つまり、この規制のために当時のイギリス国民にとって歩き慣れたはずの家路ですら、もはや安全とはいえないものになってしまったのである。

このような事故はその後も減ることがなかったため、『タイムズ』紙上では一般市民に向けてブラックアウト規制中の歩行・運転の危険性がたびたび訴えられた。また、先ほど挙げたブラックアウト本の中のひとつ、イーヴリン・オーガスト著『ブラックアウト・ブック』のなかにもこの規制やそれによってもたらされる交通事故を揶揄するような絵がいくつか掲載されている。これら『タイムズ』や、ブラックアウト本の内容からもわかるように、ブラックアウトによって引き起こされる事故がいかに多かったかがうかがえる。

外出先での事故に加えて、いつくるかもわからない空襲の恐怖におびえながら黒い布をはった家のなかで夜をすごす生活も当時の英国国民にとってはストレスが多いものであった。ブラックアウトは戦時中の最も面倒な体験のひとつであったようで、例えばラントは当時の人々の日記などを参照しながらこう述べている。

> 当時、日記をつけていた人々の多くは英国本土への攻撃がないあいだもブラックアウトを厳守しなければならないことに関して不満を抱いていた。（中略）リーズに住む商人は「ブラックアウトはただ単に国民に不便さを強いただけであり、またこの規制のために私たちは戦争が起こっているのだということを実感させられた。」と不平を述べている。(128)

第一次世界大戦のときとは異なり、ブラックアウトは強制された。しかし、第二次世界大戦の初期、一九三九年九月―四〇年四月の奇妙な戦争のあいだには実際の戦闘はおこなわれなかったため、[6]英国国民は空襲がないにもかかわらず規制に従わなければならなかった。

この生活を強いられるなか、ブラックアウトが文字通り暗闇を表すだけではなく、気の滅入る戦時中の暮らしの象徴や、疎開先で親とはなれて暮らす子どもたちの不安定な精神状態を指すときにも使われ、この言葉は戦争のもたらすさまざまな負の側面と結び付けられるようになった。これに対して、戦前までは特別な意味を持たなかった灯りをつけることや光は平和への願望、平穏な日常生活の象徴となっていった (Lant 130)。このようにブラックアウトは戦時中の市民生活を危うくするものの象徴となり、肉体面でも精神面でもじわりじわりと英国民を苦しめていったのである。

三．『幕間』に描かれる第二次世界大戦の影

ブラックアウト規制がしかれていた第二次世界大戦の最中に執筆されていた『幕間』の中では戦争はどのように表されているのだろうか。この作品ではポインツ・ホールという古い屋敷を舞台に行われる野外劇を中心に、この屋敷に住むオリバー家の人々や村人たちの様子が描かれている。作品の舞台は一九三九年六月、第二次世界大戦の始まる数ヶ月前に設定されているため、実際の空襲やブラックアウトが実施されている場面は描かれてはいないが、村の上空を飛行するドイツ軍の飛行機、ヨーロッパ大陸の状況を話す村人たちの会話の中などにこれから始まる戦争を示唆するような場面がいくつか描かれている。ブラックアウトに関しては、例えばポインツ・ホールの住人、アイサとバーソロミューの会話の中にその存在を見ることができる。野外劇の最中、バーソロミューはアイサに今日の野外劇の目的について尋ねており、その問いに対してアイサは「教会に電灯をとりつけるための資金に使われる」と答えている。しかし、この野外劇が催されている一九三九年六月というのは先述したように、灯火管制、世界大戦の始まる直前であり、たとえこの催し物で十分な資金が集まったとしても、教会を

新しい照明で照らすことは戦争が終わるまでは禁止されてしまうだろう。ここには直接ブラックアウトの影響は描かれてはいないが、新しい照明を取り付けるという叶わない目的を描くことによって、これから義務付けられる規制や空襲を暗に表していると考えられるのではないだろうか。

これ以外にもこの作品の中には村人たちの集いや野外劇で集まった基金が台無しにされる近い未来を予感させるような描写がみられる。次に引用する場面ではこの日の野外劇で集まった基金について会計係のストレスフィールドが報告をする場面が描かれる。

「今日の催し物により、私たちの愛する教会に照明を取り付けるために三六ポンド一〇シリング八ペンスが集まったという嬉しいご報告ができます」（中略）彼は続けた。「しかし、まだ不足があります。」（彼は紙に目をやった）「一七五ポンド余りの不足です。そこで、本日の野外劇を楽しんだみなさんにはまだ機……」言葉はふたつに切られた。ブーンという音がそれを切断した。野生の鴨の群れのように完璧な編隊の十二機の飛行機が頭上にやってきた。それは音楽だった。観客はぽかんと口を開けてそれをじっと見つめた。すると、ブーンという音は低く続いた。飛行機が通り過ぎていった。「……会が」と、ストレスフィールド氏は続けた。「寄付する機会がみなさんにはあるのですよ。」彼は合図した。すると、集金箱が回された。

(*Between the Acts* 114–15)

これまで三六ポンド一〇シリング八ペンスが集まったが、照明を取り付けるためにはまだ不足があると会計係が報告しているのだが、その最中に彼の発言は飛行機の音によって遮られてしまう。この場面は『歳月』の中で空襲によって夕食を無理やり中断させられたエレナたちの姿に重ならないだろうか。これはウルフ自身の経験とも強く結びついていて、例えば彼女の自伝的エッセイ『存在の瞬間』(*Moments of Being*, 1976) には彼女が当時住んでいた家の真上をドイツ軍の飛行機が通過していったことへの苛立ちや恐怖が記されている。

ポインツ・ホールで上演される野外劇の中にも英国国民の日常生活を脅かすような、人々の不安を掻き立てるような場面がある。それは村人バッジ扮する警官がヴィクトリア女王の名のもとに警棒を振り回し、思想や宗教、着るものや結婚にも干渉していく描写、またキッチンや応接間といった家庭の中にまで目を光らせる彼の台詞にみられる。

> キリスト教の国、我らの帝国、白きヴィクトリア女王のもとに。思想・宗教・飲酒・着るもの・作法に結婚も。俺はそれらすべてのものに自分の警棒を振りかざす。（中略）帝国の支配者たるもの子どものベッドにまで気を配らなくてはならない。台所・応接間・書斎、一人でも二人でも人が集まるところはどこでも見張るのだ。(97)

このバッジの言動を灯火管制として市民の日常生活に入り込んできた戦争という暴力の象徴として読むことはできないだろうか。また、警棒を振り回すこのような乱暴な人物に「ホーム、スウィートホーム」という台詞を繰り返し口に出させることによって、もはや家の中も安全な場所ではなく、空からの攻撃に巻き込まれる可能性のある場所だということを示唆している。このバッジの姿を見たのち、「スウィートホーム」であるはずの家庭の中に何か不穏なものが潜んでいたことが観客の脳裏をよぎる場面が描かれているのだが (103)、そこには公的・

私的空間の境目がなくなり、家庭・日常生活に戦争や暴力が忍び込んでくることへの恐怖が読み取れるだろう。

上記の台詞のなかにある「帝国の支配者たるもの子どものベッドにまで気を配らなくてはならない」という言葉に注目してみよう。この言葉から本来は家庭の中の話であるはずの子育てにまで国家が介入してくるイメージが読み取れる。一九世紀の終わりから英国では家庭での子育てにそれまでとは違った特徴が表れ始める。それがバッジの台詞に見られるような国家の介入である。そのきっかけとなったのはボーア戦争の入隊審査の際に軍の基準に達する若者の数があまりにも少なかったことであり、この事実は英国社会に大きな衝撃を与えた。なぜなら健全な英国青年の数が減っていることは大英帝国の衰退をも意味していたためである。そして、国を維持していくために健康な若者を育て上げることが英国社会にとって差し迫った課題となっていった。そこで注目されたのが母親たちの役割である。乳幼児の死亡や体格の良い子供が育たないのは母親たちが適切な養育をしていないためだとされ、彼女たちに対する教育の必要性が叫ばれることとなる。その結果、母親たちへの産後のケアや子供に関する福祉にいくつかの改善が見られた。

しかし同時にそれによって弊害も生まれた。例えば、もし子供が病気をすれば、たとえ本当の原因が何であったとしてもその責任はすべて母親たちが負わされることとなった。また、結核にかかった経験がある、もしくはウルフのように精神的な問題を抱えている女性は母親になるのに「適して」いないとされ、子供を持たせてもらえないこともあったのである (Davin 20–21)。たしかに母親と子供に関する福祉という面では改善が見られたが、帝国を支える責任の一端を母親たちに担わせ、彼女たちの子育てに介入し、子供を育てることさえも国家に対する義務となっていった。このことと照らし合わせてみると、先ほどのバッジの台詞は子育てや母親の役割にまで口をだし、戦地に送り込むための健康な子供を育てるようにという国家の指令が家庭の中に入り込んできたものとしても読めるのではないだろうか。

しかし、この作品の中で帝国の母であるはずのアイサはこの国の介入に素直には従っていないようである。それは、オリバー家では家父長制を体現し、軍隊のようにアフガン犬を引き連れているバーソロミューから「お前の子供は臆病者だ」(14) と非難された時のアイサの態度に表れている。こう言われた後に彼女は眉をひそめ、自分の子供は臆病なんかではないと苛立ちを覚える。そしてアイサについて「家庭的であること、支配欲が強いこと、そして母性をひどく嫌っていた」(14) と書かれていることから、彼女が帝国を支える目的の子育てに賛成などしてはいないと解釈することができるだろう。このアイサの母性を否定する態度から『三ギニー』内のある記述が思い出される。ウルフは女性が戦争への不支持を表す効果的な方法について「教育を受けた女性が与えられる最も重要なものがひとつある。それは子供だ。戦争の防止を援助するための方法のひとつに出産の拒否がある」(370) と述べている。これをアイサの姿と重ねわせて読むと、第一次世界大戦を引き起こし、また新たな戦争を始めようとしている男性の持つ暴力性や家父長制の象徴のようなバーソロミューへの反抗、国家によって強制された母性を否定するアイサの存在には、ウルフの戦争批判が表れていると考えることができる。

このほかにもアイサが戦争に協力的ではない態度をとっていると読める場面がある。作品が終わりに近づき、徐々にあたりが暗くなってきたときアイサは「真っ暗になって何も見えなくなるまではカーテンは絶対に閉めない」と考える。

アイサたちは暗くなって何にも見えなくなるまで決してカーテンは閉めなかったし、冷え込んでくるまでは窓も閉めなかった。なぜ昼が終わる前にそれを締め出さなければならないのか。まだ花は輝いているし、鳥もさえずっている。魚を注文する必要がなかったり、電話にでる必要がないような何にも邪魔が入らないときは夜のほうがものがよく見えたりするものだ。(127)

このアイサの心情をブラックアウトに従わない姿勢の表れとして読むと、そこには同時にこの自由がもうじき奪われてしまう予感も読み込むことができる。つまり、アイサのカーテンを自由に開け閉めするというだけの何気ない日常の行動も戦時中には違反とみなされるようになる。ウルフが『三ギニー』の中で述べている「私的な家における自由を禁じる恐怖」(363) がここには描き出されているのだ。そして、そう遠くはない未来、ブラックアウトの規制によって強制的にカーテンを閉めさせられ、英国国民として当然のように戦争協力という義務を押し付けられていくことになるのだ。これは日常が非日常へと変ってしまう戦争の異常さへの批判と捉えることができるかもしれない。

四．おわりに

これまで見てきたように、『幕間』のなかには日常生活を脅かす戦争、第一次世界大戦の悲劇が再び訪れるかも知れない不安、家の中にいても外にいても関係なく襲い掛かってくるドイツ軍からの空爆の恐ろしさが描きこまれている。いつ始まるかわからない空襲の恐怖は得体の知れないものとして人々の心を蝕んでいった。実際、ウルフ自身もこの種の恐怖を感じており、いつか始まるであろうドイツ軍の侵攻、空襲に対する不安な気持ちを

「今、ヒトラーが百万人の部下たちに戦闘の準備をさせている。これはただの夏の演習なのか、それとも――?」(162)、「彼ら（ドイツ軍）は私たちの真上にやってきた。私は飛行機を見上げた。（中略）五つの爆撃機がロンドンへ飛んで行ったそうだ」、「人が爆弾で殺されるのはどういうことかと想像してみる。その感覚についてははっきりとわかるが、そのあとには窒息するような虚無しかない」(326) と、何度も日記の中に記している。また、戦時中に書かれたエッセイ「空襲下で平和に思いを寄せる」('Thoughts on Peace in an Air Raid,' 1940) の中でも家の上空を飛ぶ飛行機、そしていつそれらが攻撃を始めるかわからない不安な心境についてこう書いている。

> 昨夜もおとといの夜もドイツ軍の飛行機がこの家の上空を飛んでいた。そして、また今夜もやってきた。いつなんどき自分を刺し殺してしまうかも分からないスズメバチのブンブンいう音を聞きながら暗闇の中に横たわっているのは奇妙な体験だ。その音は平和について考え続けることを妨げる。（中略）いつなんどきこの部屋にも爆弾が落ちてくるかもしれない。一・二・三・四・五・六……数秒が過ぎた。爆弾は落ちてこなかった。しかし、その不安な数秒のうちにすべての思考は止まってしまった。(*Death of the Moss* 154–57)

ウルフが感じたようなすべての思考をとめてしまう戦争への恐怖は戦地だけではなく、一般市民の生活や家の中にも入り込んでいったのである。

そしてこの恐怖、何かが失われる予感は第一次世界大戦で大きな喪失を経験したからこそ、よりいっそう強く感じられるものだったのだろう。このドイツ軍の飛行機を表す「スズメバチ」の存在は『幕間』のなかにも表れる。オリバー家の庭には祖先たちが植え、何世代にもわたって受け継ぎ育ててきたアプリコットの木が植わっている。そして、このアプリコットの木にたくさん果実が実ると料理番のサンズ夫人がジャムを作ることになっている。しかし、この年はポインツ・ホールの住人の一人であるスウィズン夫人がアプリコットの色づきをよくするために果実を袋で包まなかったことが原因でスズメバチに穴をあけられてしまう。オリバー家の人間が代々育ててきたアプリコットの実がドイツ空軍の飛行機の象徴であるスズメバチに刺され食べられなくなってしまうという内容には、それまで人々が続けてきた生活が、スズメバチの一刺し、つまりドイツ空軍からの爆弾の投下ひとつで破壊されてしまう恐怖が表れているのかもしれない。新たな大戦がはじまり、ブラックアウトによって暗闇が訪れ、そのなかでまた尊い命が奪われていく。ウルフは光や来るはずであった未来が奪われる予感をこの作品の中に描くことによって、これから訪れる戦争の恐怖を表現したのではないだろうか。

註

（1）「この作品の中でブラックアウトについては一度も言及されることはないが、ウルフはたしかにそれを書き込んでおり、当時の読者も読み取っていた。」(Beer x)
（2）『ダロウェイ夫人』の舞台となった一九二三年以降、一九二七年に達成されたチャールズ・リンドバーグの単独大西洋無着陸横断飛行も英国国民の空への憧れを強めた。
（3）例えば一九一七年一二月六日の日記の中に食事の途中で地下室に避難した経験が記されている。『日記一巻』(84-5)
（4）この法的に規定されていない灯火管制は「ブラウンアウト」と呼ばれる (Lant 127)。
（5）ウルフ夫妻もブラックアウトを徹底していなかったために家の外に明かりが漏れているのを地区の監視員に注意されたことがある (Froula 287)。
（6）一九四〇年四月、オークニーで初めて空襲による犠牲者が出た。

引用文献

'Atlantic Prize Won. *British Air Victory*. Alcock and Brown the Heroes.' *Times*. 16 Jan. 1919.

August, Evelyn. *The Black-Out Book*. Oxford: Osprey Publishing, 2009.

Bazin, Nancy Topping and Jane Hamovit Lauter. 'Woolf's Keen Sensitivity to War.' in *Virginia Woolf and War*. Ed. Mark Hussey. New York: Syracuse UP, 1991. 14–39.

Beer, Gillian. 'Introduction.' *Between the Acts*. Ed. Stella McNichol. London: Penguin, 2000.

Davin, Anna. 'Imperialism and Motherhood.' *Hostory Workshop Journal* (Spring 1978): 9–65.

Dear, I. C. B. and M. R. D. Foot Ed. *The Oxford Companion to the Second World War*. Oxford: Oxford UP, 1995.

Deer, Patrick. *Culture in Camouflage: War, Empire, and Modern British Literature*. Oxford: Oxford UP, 2009.

Froula, Christine. *Virginia Woolf and the Bloomsbury Avant-Garde*. New York: Columbia UP, 2005.

Lant, Antonia. *Blackout: Reinventing Women for Wartime British Cinema*. Princeton: Princeton UP, 1991.

Laurence, Patricia. 'The Facts and Fugue of War: From *Three Guineas* to *Between the Acts*.' in *Virginia Woolf and War*. Ed. Mark Hussey. New York: Syracuse UP, 1991. 225–45.

Snaith, Anna. *Virginia Woolf: Public and Private Negotiations*. London: Macmillan, 2000.

Woolf, Virginia. *Between the Acts*. 1941. Ed. Stella McNichol. London: Penguin, 2000.

——. *The Death of the Moth and Other Essyas*. London: Hogarth Press, 1947.

——. *The Diary of Virginia Woolf*. Vol. One and Five. Ed. Anne Oliver Bell. New York: Harcourt, 1980.

——. *Mrs. Dalloway*. 1925. Ed. Stella McNichol. London: Penguin, 2000.

——. *Three Guineas*. 1938. Ed. Mora Shiach. Oxford: Oxford UP, 2000.

——. *The Years*. 1937 Ed. Jeri Johnson. London: Penguin, 2002.

空襲下の嘘と隠蔽
――ボウエンの『日ざかり』と言語の混乱

小室　龍之介

はじめに

第二次世界大戦の戦時下にあるロンドンを描いた二〇世紀以降の英語圏文学の一つとして、エリザベス・ボウエン (Elizabeth Bowen, 1899–1973) の代表作『日ざかり』(*The Heat of the Day*, 1949) を数えることができる。ボウエンはアングロ・アイリッシュの家系に生まれ、長編小説、文学批評、紀行文などの幅広いジャンルを手がけた。『日ざかり』を執筆中のボウエンは第二次世界大戦に飲み込まれていた。当時、アイルランドの港湾の使用を望むイギリス政府としては現地の政治的情勢を慎重に吟味することが喫緊の政治的課題であり、彼女はこの課題をクリアするべく諜報部 (Ministry of Information) へ勤務していた。また、防空警備員（Air Raid Precautions、以下ＡＲＰ）としての活動歴が彼女にはある。そして、一九四四年のロンドンの空襲によってボウエンの住居は爆撃され、私生活にも大戦の影響が及んだ。(1) 一七の章からなる『日ざかり』は一九四二年九月のロンドンを舞台とする。ヴィクターとの離婚歴があるステラは、ダンケルク戦で足を負傷した年下のロバートと二年間の交際を重ねている。そんな中、ハリソンがステラに近づき、ロバートにスパイ活動の嫌疑がかかっていると伝える。カウンタースパイとしてのハリソンは、ロバートのスパイ活動を報告しないことの引き換えに自分との交際を迫り、ステラをゆすする。このことは、恋人が敵国のスパイとして密告されかねないという政治的危機と、ロバートとハリソンのどちらかを恋人として選択するというセクシャルな危機、いわば二重の危機をステラに突きつける。このサブプロットとして、妻のカズン・ネティーを見舞いにイギリスへ向かうさなか、ヴィクターのいとこであるカズン・フランシスが死去する。その結果、ステラの息子で軍事訓練中のロデリックがアイルランドの地所であるマウント・モリスを相続する。また、ＡＲＰであるコニーとレズビアン的な関係を結び、出征中のトムを夫に持つルーイ・ルイスがテクストの開始と結末の両方を飾る唯一の人物として登場する。

このように、『日ざかり』の多くの登場人物は大戦とは無関係ではない。また、リアルな戦場の描写を避けながらも、このテクストは第二次世界大戦の戦況――ロンドンの空襲の他に、一九四〇年五月ダンケルク戦、同年六月のドイツ軍によるパリ陥落、エル・アラメイン戦、イタリアやロシアでの戦況、そして最終章の設定である一九四四年二月の（地の文で「リトル・ブリッツ」とされる）空襲――を記しているが、これは第二次世界大戦、特にドイツ軍によるロンドンの空爆時期と一致する。これらの歴史的事象の数々は時間軸を形成させたり、虚構の中に現実世界を織り交ぜる効果をもたらしたりしている。

多数存在する『日ざかり』の先行研究の中で最も包括的な議論を行っているのはコーコランであろうが、このテクストを第二次世界大戦やロンドンの空襲を主軸とする論考としてヘップバーン、ジョーダン、ラスナー、プレインの論考が挙げられる。また、アイルランドの政治状況を詳述するウィルズやマコーマックの論考は、『日ざかり』とファシズムとの関連を考える際に有益であり、本論考はこれらの研究を踏襲することとする。(2)

本考察の手順を示そう。『日ざかり』の中心をなすステラ、ロバート、ハリソンという主要登場人物の発言や行動が、第二次世界大戦という強力かつかき乱れた磁場によって振り回されながら展開していくさまを、彼らの嘘と隠蔽に注視しながら検討する。ステラとロバートが築く「閉ざされた世界」(90) と描かれる情事はハリソンの介入によって三角関係へと変容するだけでなく、そこから一気に第二次世界大戦の渦中に巻き込まれてしまう。[3] その中で、嘘や隠蔽を意図的に使用するハリソンを訝しく感じるステラはスパイと化してしまい、その結果、密室で繰り広げられる彼ら言葉の応酬が屋外で展開される空襲のイマジェリーを受けることを示したい。また、言語に対する不信感を払拭できぬロバートはステラと「本のページ」、「途切れぬ愛の物語」(99) などと言語的構築物として描写される濃密な関係を続ける一方、彼自身までもが「虚構的」に映る点に着目したい。

これらの議論を踏まえた上で、ファシズムや政治的中立にあったアイルランドの歴史的事象を加味して『日ざかり』のオープン・エンディングについて考察する。自分の結婚に関して下したステラの決意や、相続した地所、ひいてはアイルランドの未来について考え抜いたロデリックの結論が、結末がオープンであることと密接に関わるさまを提示したい。また、このテクストに散在する特異な文体についても注目する。多くの先行研究の中でもリーはこのテクストに溢れる二重否定、倒置、不適格な構文などひねりのある文体的特徴に苛立ちを隠さないが、その一方でその特徴が「戦時における経験の奇妙さや混乱」(158–59) を反映していると考える。いわば世界大戦によって爆撃され混乱した文体が『日ざかり』にもたらす効果について可能な限り触れたい。

一．計算と隠蔽――ステラとハリソンの関係

ステラとハリソンの関係は第二章と第七章で主に展開される。不審で計算づくのハリソンに対するステラの懐疑的な眼差しが徐々に高まり、彼らの言葉の応酬が世界大戦や空襲のメタファーで表される結果、結果的にステラもスパイ然としてしまうことをこの章で考察したいが、まず始めに第二章の地の文が明かすステラの素性について吟味したい。ここで注意したいのは、その描写が二つの世界大戦によって輪郭が与えられていることだ。部屋の照明漏れを防ぐ暗幕が窓に据えつけられているフラットに住むステラは両親をすでに亡くしており、二人の兄弟もフランダーズ戦で戦死している。離婚成立後に死去したヴィクターとの間には二〇歳になる息子ロデリックをもうけている。ステラは「秘密裏で骨の折れる、重要でなくはない任務（secret, exacting, not unimportant work）についており、一九四〇年以降のヨーロッパはこれに対してこれまで以上の重きを置いていた」（26）とあるとおり、彼女の任務は第二次世界大戦やロンドン空襲と無関係ではない。歴史的観点からも、一九四〇年五月はチャーチルによる戦時臨時内閣のダンケルク戦が展開された時期であり、八月にはドイツ空軍によるイギリス本土への空爆が開始されたことが思い出される。

ステラはハリソンに対し、一貫して懐疑的である。『日ざかり』の設定時期から遡ること四ヶ月、第四章にて描かれるカズン・フランシスの葬儀にてステラとハリソンの初接触がある。「厳重に私的」（66）であるはずの葬儀に姿を現すハリソンは、ステラのみならず他の参列者に違和感を覚えさせてしまう。その後の第二章で、ハリソンはステラの住まいに押し掛けロバートがナチスのスパイとして従事していることを彼女に打ち明けるが、ステラは彼に対する懐疑をにじませている。

「君も知ってのとおり、彼は陸軍省にいる。おそらく君が知っているのはそれだけだ。彼はどんな社会的関係でも人並みに思慮深くないと考える理由がない。君は彼がしていることを大まかに知っているかもしれないが、彼が君にこれ以上のことを教えているとは考えにくい。残念ながら、彼はずっと多くのことを別方面に伝えている。我々は情報の出所を突き止めている――すなわち、彼が手にする情報の肝心なことが敵に届いているのだ。長きにわたりこのことは疑われてきた。今では固まった、周知のこととなっている」

「おかしなことだわ」と彼女は言葉を差し挟んだ。(35)

この場面は、ステラとロバートの関係が世界大戦と無関係でなくなってしまう瞬間である。ナチスの手先と化したロバートによる敵側への情報のリークは「固まった、周知のこと」と彼女を説き伏せるハリソンは、彼を当局に密告しないことの引き換えにステラに交際を迫る。無論ステラはハリソンを新たな恋人として受け入れられるはずもないが、ロバートとの情事までもが世界大戦やロンドンの空襲という世界情勢に――特に英国とドイツとの対立に――巻き込まれる可能性を意識せざるを得なくなる。

ハリソンがステラの住まいへ二度目の訪問を果たす第七章においても、屋外の空襲や世界大戦が平行して描写されている。「ロンドンを占領していたのは、この国ではなく占領されたヨーロッパ」であり、「敵国の物理的な近さ」(126–27)によって、ドイツ軍の空爆という脅威が描出される(パリ陥落は第五章で描かれている)。同時に、彼に対するステラの懐疑は以前にも増して表面化する。ステラが彼の母親について探ろうとすると、ハリソンは質問をはぐらかし隠蔽を図ろうとする。例えば、ハリソンがある時期オーストラリアにいたことを伝えるとステラはその理由をたずねるが、彼は「長い話になってしまう」(134)と彼女の質問を受け流してしまう。この時の彼の様子を「そのことを語るまいとする明白な意図をもって座っている」(134–35) と語り手がわざわざ付け加えているのは興味深い。ハリソンのこのような態度はステラが彼の現住所を聞いた際にも貫かれている。彼女の質問に「立ち寄れる場所が常に二、三はあり」、「二、三のカミソリを持っている」(140) と答えることで、ハリソンは彼女の質問を回避する。「僕は計算する。それが僕の人生だ」(138 強調は原文) とハリソンが力強く語ることで、出自や現住所を隠蔽する彼の意図をステラは再確認することとなる。

ここで留意したいのは、ステラとハリソンのやり取りが住まいの外側で展開される世界大戦やロンドンの空襲のイマジェリーに繋がっていることだ。「なんらかの計算によらない行動は一つもない (No act was not part of some calculation)」と語られたり、空襲や爆撃に見舞われる危険な空間としての屋外と爆撃から身を守るシェルターとしての屋内という関係が反転してしまい、いわば屋内戦が展開したりする。

> この夜、彼女にとって「屋外」とは無害な世界を意味していた。災難は彼女自身や他の部屋にあった。戦闘のきしみや叫び声、身体や国家を痛めつける機械仕掛けの攻撃は、神経をずたずたにし木々を根こそぎにしながら室内で企てられた。これは窓のない壁の内側の、無意味な思考による戦いだった。なんらかの計算によらない行為は一つもない。自然さはボロボロになった。感情でしかないものから見れば、どんな行為も今では敵の行為だった。(142)

ハリソンとの言葉の応酬に明け暮れるステラにとって、この屋内こそが戦場である。その結果、ステラがスパイ同然の存在として次第に自覚するのも不思議ではない。彼女はハリソンに対し、「あなたにはスパイになることが何なのか分らないでしょう。私には分るの。あなたがあの話を私に届けてからずっと」(142)と語る。「あの話」、すなわちロバートに関するスパイの嫌疑を吹き込まれて以降、ロバートを守りたいはずのステラがスパイとしての気分を吐露する姿はいかにも皮肉だ。さらに、「物事は（中略）予期せぬ展開を取った。一つのことに素直に踏み出してみると（中略）すぐに他の何かが開けてくるんだ」(136)とハリソンは言い、「あるところより下の部分では、皆が恐ろしく似ている。あなたは私を見事にスパイに仕立てあげたのよ」(138)とステラは言う。これらのやり取りは誰でもスパイと化す可能性を仄めかしており、戦時下のロンドンにおける危機や恐怖が情報戦争という形を取って人間関係にも潜む状況を見事に反映している。[4] つまり、フランシスの葬儀に姿を現したりロバートと引き換えにステラに交際を迫ったりするハリソンは、ステラにすればただ怪しいばかりの人物であるが、常に信憑性の疑わしいハリソンを発端として、彼らの言葉の応酬は屋外で展開する世界大戦の様相を帯びてしまうのである。

二．虚構と嘘――ロバートとステラの関係

本章ではステラとロバートが登場する『日ざかり』の第五章、第六章、第一〇章、第一五章を考察の中心に据える。先述の「閉ざされた世界」と描かれる二人の関係は戦時下であるからこそ親密でロマンティックな情事となり、ステラがロバートにかけられたスパイ嫌疑を吹き込まれてから二人の恋愛が本格的に世界大戦に巻き込まれる模様を考察したい。同時に、二人の関係が「ストーリー」や「語り」といった虚構性の高い言語的構築物に

よって表象されていることにも注目したい。なぜなら、ロバートが生まれ育ったホーム・ディーンに見られる言語への不信や嘘への羨望が、ロバート自身やステラとの交際に暗い影を落としているからである。このことは第五章の冒頭の、「恋人たちは二年間、閉ざされた世界を築いていた。彼らは一九四〇年九月のロンドンで初めて会った。ダンケルクで負傷後の病院から解放されたロバートが陸軍省に来た時だった」というステラとロバートの初対面の描写でまずは暗示される。ロバートが被ったダンケルク戦争の傷跡と、言語の虚構性を伴う二人の親密さを仄めかすこの描写は注目に値する。二人の情事は「初のロンドンの空襲のあった激しいあの秋」(90)、歴史的には同年六月のパリ陥落やドイツ軍によるロンドン空襲直後、ダンケルク戦で足を負傷したロバートの退院とともに始まったことが語られる（原文の "discharge" は除隊、退院の意味を持つ）。彼らの交際は、「内部の力によってそれ自身を支えていた」という一節を考慮すると、世界大戦や空襲とは無縁で親密な世界を築いているように思える。また、「彼の経験と彼女の経験はますます分ちがたくなった。あらゆるものが彼らの背後で共通の記憶へと集まっていった」という一節によって、二年にわたる交際のなかで作り上げた二人の一体感は外部からの侵入や介入を許容しない隔離された空間であることが再度強調される。さらに、「何についてでもない理想の本のよう (like the ideal book about nothing)」であり、「途切れぬ愛の物語を織り込んでいく」(99) 情事は、それが言語的構築物に喩えられており、二人の交際は言語の虚構性に支えられていることが仄めかされる。つまり、この情事は言語の虚構性によって築かれた「閉ざされた世界」なのである。

また、この虚構性はステラの現実世界やロバートについての認識にも及ぶことで決定的となる。「見たり触れたりするものは、それ自身の現実の証さえ与えなかった」(97) という描写は、ステラがロバートを「虚構の

(fictitious)」人物だと感じてしまったり、彼との恋愛を「本のページ」に喩えたりする様子を象徴的に示している。つまり、ロバートという人物、彼との恋愛、そして二人を取り囲む世界のすべてはステラにいかなる現実味を与えることはないのである。「彼が提案した場所へは彼女は、たまたま、行ったことはなかった (To the place he suggested she, it happened, had never been)」とされる二人が落ち合う場面では、「多くの友人の多くの物語の中ではよく知られたその名は、フィクションの境界線を越えてしまっているようだった。それもかなりのものだったので、彼女はそこへ向かう途中、本のページの内側で恋人に会いに行くのだという気になった。そして本当のところ、ロバートは虚構の人物なのだろうか」(97　傍線部筆者) とある。しかし、どんなにロバートが虚構的であろうとも、「閉ざされた世界」は実際のところ爆撃にさらされる現実世界とは無縁ではなく、むしろ強力に影響され濃密になっている。「戦時は（中略）ロマンティックな愛に対し、これ以上優しいはずがなかった」(100) と語られるように、ステラとロバートの情事は、奇妙な表現だが大戦や空襲といった脅威があってこそ成立する。ステラの住まいで二人が過ごす空襲下のロンドンの夜は「瞬間全体の破壊」(96) と象徴的に表され、敵機の激しい空爆とその恐怖に包まれている。その後の第十章にてハリソンから聞かされたロバートのスパイ嫌疑についてステラが触れる場面は (189)、この恋愛沙汰が世界大戦や空襲に巻き込まれる危険性を孕んでしまう可能性を二人にはっきりと自覚させる契機となる。なぜなら、ロバートが真にナチス側のスパイであるならば、彼とロンドン上空で空爆を行うドイツ軍とが実線で結ばれてしまうからである。ロバートのスパイ嫌疑についてステラが触れることで、上空の戦闘機による爆破から生じる振動や爆音に晒されている現実世界に飲み込まれている「閉ざされた世界」はますます濃密になる。

彼らは歴史の産物だった。彼らが会うことは他の時代では不可能な性質のものだった。この時代はことの成り行きとして当然だった（中略）互いの関係は、一人ひとりが持つ時代や出来事に対する関係に振り回されるのだ（中略）この二人がこれよりも良い時代に、もっと良く愛し合えたであろうか。この時代でなかったら、彼らは彼ら自身にはなれなかっただろう。(194–95)

このように、世界大戦や空襲という現実世界と言語で構築される虚構世界とが複雑にからみ共存するさまに焦点を当てざるを得ないのは、この問題がホーム・ディーンで生まれ育ったロバートの境遇に深く密接に繋がっているからである。そのことを確認するために『日ざかり』のクライマックスをなす第一五章における、ロバートとステラの最後の逢瀬の場面に登場する「負傷」の一語に注目してみよう。

「ダンケルクが男たちを負傷させたんだ」
「負傷する前のあなたを私はまったく知らないわ」
「ある意味それは不可能だったろう――僕は生まれながらに負傷しているんだ。父親の息子だぞ。ダンケルクが僕たちを待ち構えていたんだ――なんという一族だ！」(272)

ここでの「負傷」とは身体的側面と心理的側面とを含んでいる。自身がダンケルク戦の負傷兵であると同時に、「父親から被った言いようのない侮辱が、息子の心の中に深く焼きついたままだった」(258) ロバートは父親の死去により「見事な安堵」(118) をかつて覚えたことから、彼が被った負傷の深刻さが伺える。つまり、ロバートはダンケルク戦で身体的外傷を負った一方で、いわば戦場と化したホーム・ディーンで心理的外傷を受けたと解釈できる。現実世界と虚構世界とが入り組むのは、この二重の「負傷」に原因がある。となると、ロバートの境遇について今後注視する必要が生じるのは言うまでもない。

第六章にて彼の実家に初訪問を果たしたステラの目には、ロバートの実家ホーム・ディーンは生気に欠いた不吉な空間に映る。またそのことはロバートについても当てはまる。窓から外を眺める彼女の視線は「裏切られた庭」、「錆ついた椅子」、「空を背景にボロボロになって目立っていたやせ細った葉」に向けられ、「色あせたバラ」は「今年だけでなくこの場所」(121　強調は原文)のために存在していると感じる。ロバートと母ミセス・ケルウェイと姉のアーンスタインが実家の売却をめぐって議論する第一四章の地の文においても、「何にも続くことのないカギ十字の形をした通路」(258)のあるホーム・ディーンは、「人食いの家」(257)と形容される。「人食いの家」とはまさにロバートの境遇に当てはまる。ロバートの部屋に入ったステラの印象は、「この部屋は空っぽみたい」(117)というものだった。また、幼い頃から毎年撮影され、実家の一室に飾られている自分の写真を「犯罪歴」(118)と感じるロバートは、「今も存在しないばかりでなく、これまでも存在したためしがなかった(I not only am not but never have been)」(117)と漏らす。ロバートは「虚構的」だというステラの印象は、彼の実家や過去に端を発しているのである。

ホーム・ディーンに蔓延する言語への不信はロバートに濃い影を落とす。彼の実家は「抑圧や疑い、恐怖、ごまかし、そして嘘」(256)に満ちているばかりでなく、「ケルウェイ家の人びとは、死せる言語で、困難を伴いながら意思疎通をはかっていた」(252)。さらに、ロバートの母は「軽蔑的に言葉を使用」(109–10)し、「彼(ロバートの父)の虚構の威厳は(中略)彼の未亡人と娘によって保たれていた」(258)。事実、スパイの嫌疑に関してロバートはステラに嘘を突き通す。第二章でロバートのスパイ活動に関する密告を聞かされ、第一〇章で「あなたが情報を敵側に回していると人びとが言っていた」(189) と初めて暴露するステラに対しそれを否定するロバートは、恥と知りつつも「嘘つきへのひそかな羨望に取り憑かれていた」(186) 状態に陥っていることがよくわかる。第一五章でロバートがステラに対し自らのスパイ活動をついに認める場面は、ステラに対して嘘をつき通していたことが明るみに出てしまう瞬間であり、ホーム・ディーンにおける言語の虚しさや蔓延る嘘に突き動かされるロバートはステラに向けて以下のように力をこめて語る。

「あの言葉のすべてが通用しない代物だって君には分からないのかい？（中略）あんな言葉、言葉、そう――言葉が心の中でいまでも舞い上がらせる埃が何とも素晴らしいではないか。君の心の中だってそうだ。僕にはそれがわかる。僕自身でさえ言葉に侵されないようにする必要があったんだ。本当のところ、言葉は何も意味しないと絶対的にはっきりするまで何度も何度も自分にそう言い聞かせて、やっと僕も言葉に侵されないようになったんだ。言葉がかつて意味したことは消えてしまった――君は驚いてしまったかな、ステラ？　君にとっては驚きだろう？」

彼女は答えなかった。(268)

心理的にも身体的にも外傷を負ったロバートの言語が「通用しない代物」であり「何も意味しない」となると、二人の情事は当然のことながら破綻せざるを得ない。なぜなら、「閉ざされた世界」は同時に「何についてでもない理想の本」、「本のページ」、「途切れぬ愛の物語」(99) などの言語的構築物として描写されること、そして、ステラにとってロバートとは実体のある人物というより虚構上の人物に思われてしまうことを考量すると、言語への不信感や嘘に貫かれるロバートが、屋外で繰り広げられる世界大戦によって濃密となるステラとの関係に幸せな結末をもたらすことができるはずもないからだ。そのため、第一五章の終盤で、ステラのフラットに立ち寄ったロバートが追っ手の存在におののき、屋根伝いに逃亡を試みるも転落死することでこの情事が終わりを告げるのも無理はない。

三．アレゴリーとしてのステラと『日ざかり』の言語使用

ステラを軸に二つの人物関係を追ってきたが、彼女のイメージの中のロバートとハリソンとは似通っている。第一に、足を負傷したロバートと両目の並びが不均衡なハリソンには均整のとれない身体的特徴という共通項がある。第二に、ステラにとってロバートは「虚構的」であるし、ハリソンも「フィクションのルールによると（中略）彼は登場人物としては『あり得ない』」(140) 存在である。第三に、ステラにとってスパイ活動に手を染めるロバートを追うハリソンこそ、「ゲシュタポのよう」(33) であり、「パリのドイツ人のよう」(44) でもある。さらに、最終章でハリソンの名もロバートだと判明する点が挙げられる。ロバートとハリソンの二人がダブルだという読みは決定的だろう。

このダブルの問題は第二次世界大戦中におけるアイルランドの政治的中立に深く関わる。ロバートが転落死したことで『日ざかり』の政治性は反ファシズムであるとの早急な結論はここでは避けたい。むしろ本論では、三

角関係にあったステラは結局のところロバートもハリソンも選ばず、「いとこのいとこ」(321) と婚約したことを重視したい。つまり、彼女はファシズムも反ファシズムも選択しなかったのだ。

ステラがどちらも選ばなかったことは、連合国にも枢軸国にも加担しなかった第二次世界大戦中のアイルランドと共鳴する。イギリスは第二次世界大戦に巻き込まれたが、デ・ヴァレラ政権下のアイルランドは大戦に関して中立の立場を保持していた。アイルランドにとってファシズムは脅威であったが、マコーマックやウィルズの指摘によれば、アイルランドにはファシズム支持者も決して少なくなく目に見える形で存在していた。ウィルズは当時のデ・ヴァレラ内閣の閣僚にはドイツではなくイギリスを脅威と見なすものまでいたと指摘する (Wills 122; McCormack 215)。つまり、ファシズムと反ファシズムという二重の脅威の板挟みとなったアイルランドの政治状況は、ファシズムの手先だったロバートとそのカウンタースパイだったハリソンという二重の脅威に晒される中、結局どちらも選択せず中立を貫いたステラの三角関係と合致する。すなわち、ステラはアイルランドのナショナル・アレゴリーと解釈できるのだ。

一九四九年に出版された『日ざかり』の結末に至っても大戦終結の描写は回避され、ノルマンディー上陸作戦や、V-1飛行爆弾やV-2ロケットでドイツ軍がロンドンを攻撃した一九四四年六月と九月で時間が止まっており、依然として、ステラやアイルランドが政治的ジレンマを解消するための糸口は見いだせない。この点に関して、「全てのストーリーはルーイに集約していく」(328) ように、テクストの結末はシール・オン・シーに帰省中のルーイにのみ焦点が当たることは看過できない。結末の直前で夫トムの戦死を電報で知る彼女に残されるのは、彼女がゆきずりの男との間に授かったトム・ヴィクターという子どものみである。ステラとルーイそれぞれの夫の名前をかけ合わせた命名の意図もついに明かされることはないものの、この二人が結末に関わっていると

判断してよさそうである。(5)

一、二分前、目に見えない高さを帰還する私たちの爆撃機が低音を響かせていった。赤ん坊は起きてはいなかった――彼女は赤ん坊がトムのように育っていくのを毎日見ていた。そして今度はまた別の音が鳴った――彼女は振り返って後方の空を見上げた。彼女は赤ん坊を乳母車からすばやく抱きかかえ、高々と持ち上げ、この子もわかってくれるだろう、きっと忘れずにいてくれるだろうと望んだ。三羽の白鳥がまっすぐ飛んでいった。三羽は上空を通過し、西へと消えていった。(329–30 傍線部筆者)

このオープン・エンディングはアイルランドやステラを揺るがした政治的選択の不可能性を反映したものであって、多くの先行研究が終始する楽観論、悲観論には期待できないだろう。(6) むしろ、ステラ／アイルランドがロバート／ファシズムやハリソン／反ファシズムという二重の脅威の板挟みにされたという政治的苦境の解決はステラやルーイの世代では困難を極めるけれども、「この子もわかってくれるだろう」とルーイが望むように、次世代以降に託され引き継がれていくことをこの結末は示しているのではなかろうか。

というのも、次世代以降に託されるこの問題は、ロデリックにも深く関わっている。なぜなら、イェイツを想起させる「白鳥」や「西」という方角は間違いなく『日ざかり』のもう一つの舞台であるアイルランドを連想させ、しかもそこにはロデリックが相続するマウント・モリスがあるからだ。(7) アイルランドの政情に苛立ちイギリスへの協力を画策していたフランシスの遺言から弁護士がコンマを一つ削除してしまったため(87–88)、彼が遺志として示したマウント・モリスの管理方法や「伝統」が曖昧にしか理解できないことにロデリックは当惑してしまう。しかも、彼はマウント・モリスという「無用の長物」(82) はすぐに売却すべきだというポウル大佐の見解をステラから聞かされている。それでもなおマウント・モリスを相続し、いずれはそこに居住すると腹を決め今後の世界のあり方を模索しようとする。ロデリックがマウント・モリスの管理法について思い悩むように、ロバートの死や世界大戦について「今の自分にできることはこの問題を解決することだけれども、これにしたってきっと一生かかってしまうだろう」(299-300) とステラに胸中を明かす。アイルランドが直面した世界大戦やファシズムといった政治問題は簡単に片付けられるはずもなく、問題解決は先延ばしにせざるを得ないのだ。[8]

『日ざかり』の登場人物によって象徴される政治的選択の保留は、第二次世界大戦やファシズムを言語表象することの不可能性を物語っており、これは倒置や二重否定などといったボウエンの一癖ある文体に起因するのかもしれない。先述したように、フランシスの遺志の曖昧さはコンマの削除に端を発する。また、ロバートもハリソンも実体を欠いた人物である。ステラにとって「フィクションの境界線を越える」かのようなロバートは「虚構的」であるし、ハリソンについても「フィクションのルールによると（中略）彼は登場人物としては『あり得ない』」存在であることを再確認されたい。ステラを揺るがした二人は共に虚構中の希薄な人物である。特にステラとロバートの関係に至っては、彼らの恋愛は物語や本になぞらえられるために、テクストの中に実在する恋愛というよりは虚構としての恋愛という側面が前面に出ている。観点を変えて言えば、ボウエン自身も登場人物や世界大戦を言語化することに相当の困難を感じたであろうと容易に想像できる。[9] 言語化することの困難の産物として混乱を招きかねないひねりの利いた文体やオープン・エンディングを認識してよいならば、形式と内容の一致をこのテクストに認めても良かろう。

結論

以上の考察から、第二次世界大戦下のロンドンを描く『日ざかり』はロバートとハリソンという二人に板挟みにされるステラを通して、大戦中にアイルランドが選択した政治的中立をアレゴリカルに描いたテクストであると言えよう。ドイツ側のスパイであり身体的にも心理的にも負傷したロバートがステラと築こうとした関係やロバートそのものの存在は、虚構性に満ちた言語的構築物として描かれている。また、彼は言語への不信を募らせ、嘘に突き動かされてしまっている。これらのことは、ロバートとステラとの関係を揺さぶってしまう。また、カウンタースパイとして事情次第で真実を隠蔽するハリソンはステラにとって疑わしき存在に他ならず、ロバートが転落死した後でさえもステラとの交際に至ることはなかった。嘘や隠蔽に表れる混乱した言語という磁場の中にあるこの三角関係は、ナチスのスパイとしてロバートが従事した情報戦争の様相を帯びていることから、世界大戦の縮図とも言えよう。また、最終的にステラがどちらとも結ばれなかったことは彼女がファシズムも反ファシズムも選択しなかったことを物語っており、このことはまさに当時のアイルランド政治を反映しているのである。

ステラの息子ロデリックが自分の世代だけでは世界大戦の総括を尽くすのは不可能だと考えることは、ルーイやその子どもが未来への眼差しを向けるかのようなオープンな結末と無関係ではない。第二次世界大戦終結の四年後に出版されたこのテクストが終戦の描写を避けているのは、ファシズムと反ファシズムの勢力が拮抗していたというアイルランド独特の政治的苦境によるものだろう。それを含めた戦後の政治的課題にロデリックやルーイの子ども、つまりステラやルーイの次世代以降が生涯をかけて取り組もうとする。その意志の象徴としてオープン・エンディングを捉えられるのではないだろうか。このように、このテクストは終戦後の「政治的正しさ」に基づく安易な判断を決して許しはしない。『日ざかり』は、世界大戦や戦後社会について考えるのはロデリック以降の世代であり、それはもしかしたら私たちであることを物語っているのかもしれない。

註

（1）以上の伝記的事項はグレンディニング（159–209）を参照。

（2）基礎的な文献としては、エルマン、フーグランド、リーの論考やグレンディニングの伝記を押さえたい。

（3）一般に第二次世界大戦は多くの市民を巻き添えにした戦争であり、『日ざかり』の登場人物はそもそも大戦に飲み込まれてしまっている。だがここでは、身近な恋人にかけられたスパイ嫌疑がステラにもたらす緊迫感を重視したい。

（4）ラウは、空襲やファシズムの脅威に晒される市民のうかつな会話さえ、敵国に有利な情報をリークしてしまう可能性を伝えるプロパガンダについて考察している（33–38）。

（5）登場人物名の紛らわしさに関しては、ロバートとハリソン、ルーイの子どもの事例に加え、ステラの息子ロデリック・ロドニーやルーイ・ルイスなどの同音をくり返す姓名も問題含みと言えよう。コーコラン（179–83）が特に詳しい。また、決して地味ではない男性遍歴や父なし子を共通して持つことから、ステラとルーイはダブルと解釈できるかもしれない。

（6）帰還する爆撃機よりもルーイの友人コニーが語る「戦争に気づくはずもない」（154）渡り鳥を想起させる三羽の白鳥を重視し、安寧で平和な未来が赤ん坊に約束される箇所として結末に楽観性を読み込むジョーダン（168）のような例が大半を占めるが、ルーイによる私生児の出産は結婚という女性的な伝統的価値観から解放された普遍的フェミニズムを体現するようでいて、実は労働者階級のルーイと中産階級のステラとの階級差は未解消だと断じるミラー（151–53）、ルーイによる表象や新たな言語創造の不可能性を論じるチェスマン（77–78）、私生児の赤ん坊が戦死したトムに似てきたというルーイの印象は単なる自己正当化に過ぎないと論じるコーコラン（197–98）は、結末に悲観性を読み込む。

（7）この「西」は、「大戦で破壊され尽くした中央及び東ヨーロッパの再建のために道徳的、経済的支援を供給した」ヨーロッパや米国などの連合国を匂わせているとヘップバーンは新説を展開している (135–36)。たしかに、「戦争が世界規模であるということは、それが地図の端から漏れてしまうことを意味した」(308) と『日ざかり』の一節にあるように、第二次世界大戦が地理的に限定的でないことを意識させられる。

（8）付言すれば、ロデリックがアイルランドの行く末を案じることは、史実とも関連づけられそうだ。『日ざかり』の出版前年にアイルランドは共和国法を制定し、出版年にはイギリス連邦を離脱、共和制へと移行することとなった。

（9）ボウエンが『日ざかり』の執筆に多大な労力と時間を費やしたことは有名だ。例えばリー (158) を参照。

参考文献

Austin, Allan E. *Elizabeth Bowen*. New York: Twayne Publishers, 1971.

Bennett, Andrew and Nicholas Royle. *Elizabeth Bowen and the Dissolution of the Novel: Still Lives*. New York: St. Martin's, 1995.

Bowen, Elizabeth. *The Heat of the Day*. 1949. London: Vintage, 1998.

Chessman, Harriet S. "Women and Language in the Fiction of Elizabeth Bowen. *Twentieth Century Literature* 29.1 (1983): 69–85. Web. 7 Oct 2011.

Coates, John. "The Rewards and Problems of Rootedness in Elizabeth Bowen's *The Heat of the Day*." *Renascence* 39.4 (1987): 484–501. Web. 7 Oct 2011.

Corcoran, Neil. *Elizabeth Bowen: The Enforced Return*. Oxford: Oxford UP, 2004.

Dorenkamp, Angela G. "Fall or Leap:' Bowen's The Heat of the Day." *Critique* 10.3 (1968): 13–21. Web. 7 Oct 2011.

Ellmann, Maud. *Elizabeth Bowen: The Shadow across the Page*. Edinburgh: Edinburgh UP, 2003.

Glendinning, Victoria. *Elizabeth Bowen: A Biography*. New York: Anchor Books, 1977.

Hepburn, Allan. "Trials and Errors: *The Heat of the Day* and Postwar Culpability." *Intermodernism: Literary Culture in Mid-Twentieth-Century Britain*. Ed. Kristin Bluemel. Edinburgh: Edinburgh UP, 2009. 131–49.

hoogland, renee c. *Elizabeth Bowen: A Reputation in Writing*. New York: New York UP, 1994.

Jordan, Heather Bryant. *How Will the Heart Endure: Elizabeth Bowen and the Landscape of War*. Ann Arbor: U of Michigan P, 1992.

Lassner, Phyllis. *British Women Writers of World War II: Battlegrounds of their Own*. London: Macmillan, 1998.

Lee, Hermione. *Elizabeth Bowen*. London: Vintage, 1981.

MacKay, Marina. *Modernism and World War II*. Cambridge: Cambridge UP, 2007.

McCormack, W. J. *Dissolute Characters: Irish Literary History through Balzac, Sheridan Le Fanu, Yeats and Bowen*. Manchester: Manchester UP, 1993.

Mengham, Rod. "Broken Glass." *The Fiction of the 1940s*. Ed. Mengham, Rod and N. H. Reeve. New York: Palgrave, 2001, 124–33.

Miller, Kristine A. "'Even a Shelter's Not Safe': The Blitz on Homes in Elizabeth Bowen's Wartime Writing." *Twentieth Century Literature* 45.2 (1999): 138–58. Web. 7 Oct 2011.

Parsons, Deborah L. "Souls Astray: Elizabeth Bowen's Landscape of War." *Women: A Cultural Review* 8.1 (1997): 24–32. Web. 7 Oct 2011.

Plain, Gill. *Women's Fiction of the Second World War*. Edinburgh: Edinburgh UP, 1996.

Rau, Petra. "The Common Frontier: Fictions of Alterity in Elizabeth Bowen's *The Heat of the Day* and Graham Greene's *The Ministry of Fear*." *Literature and History* 14.1 (2005): 31–55. Web. 21 Mar 2012.

Teekel, Anna. "Elizabeth Bowen and Language at War." *New Hibernia Review* 15.3 (2011): 61–79. Web. 7 Oct 2011.

Walsh, Keri. "Elizabeth Bowen, Surrealist." *Eire-Ireland*. 42.3&4 (2007): 126–47. Web. 7 Oct 2011.

Watson, Barbara Bellow. "Variations on an Enigma: Elizabeth Bowen's War Novel." *Southern Humanities Review* 15.2 (1981): 131–51. Rpt. in *Modern Critical Views: Elizabeth Bowen*. Ed. Harold Bloom. New York: Chelsea House, 1987. 81–101.

Wills, Clair. "The Aesthetics of Irish Neutrality during the Second World War." *Boundary* 2 31.1 (2004): 119–45. Web. 7 Oct 2011.

13

アメリカ侵攻の悪夢
――戦争映画としてのヒッチコック『鳥』

田中　裕介

序　ファミリー・プロットの罠

アルフレッド・ヒッチコック(Alfred Joseph Hitchcock, 1899–1980)監督の『鳥』(*The Birds*, 1963)は、まず映画史上屈指の「恐怖映画」として知られているといってよいだろう。鳥たちによる攻撃の場面が帯びている迫真性は、監督が無名の一CMモデルから大抜擢した女優ティッピ・ヘドレンをほとんど生命の危機に陥れさえした撮影を代償として得られたものである。平穏な日常を切り裂くような災厄が降りかかるのは、ヘドレン演じるメラニーに対してだけではない。メラニーがサンフランシスコの小鳥屋で出会い、そのボデガ・ベイの住居を突然訪問するロッド・テイラー演じるミッチ・ブレナーにも、そしてその母と妹にも、またミッチの恋人であった地元の小学校教師にも、その小学校の生徒たちにも、鳥たちは容赦なく襲いかかる。

この「鳥の襲撃」は何を意味しているのか。この問いに関しては、フランソワ・トリュフォーと監督自身の対話をまず考慮せざるをえない。「鳥たちがなぜ急に人間を襲うようになったかという、もっともらしい理由づけをおこなわなかったことは、この映画の成功だったと思います。これは明らかにスペキュレーションであり、ファンタジーであるわけですね」とトリュフォーが問いかけると、ヒッチコックは「そう、まさにそのとおりだ」と答える (Truffaut 286)。しかしながら、何をめぐる「スペキュレーション」であり「ファンタジー」なのかを論じる余地が論者たちには残された。「鳥の襲撃じたいにはなんの意味もない」という言葉につづけて、加藤幹郎は「それはただ家族を特徴づける逆説にみちた愛と憎悪の交錯劇に対応する映画的装置にすぎない」（三一）と述べる。そして加藤によれば「映画『鳥』のファミリー・プロットは基本的には夫に先立たれた女性が一人息子をいかに独占するかということにある」（二八）。スラヴォイ・ジジェクは、「鳥はなぜ襲うのか」という問いに対して想定しうる「宇宙論的」「生態学的」「家族的」という三つの回答を紹介しつつ「鳥たちは……家族関係における根本的不和が具体化したものである」と分析することで同系列の解釈を示している (99)。『鳥』論のほとんどは、精神分析やフェミニズムに依拠する濃度の差こそあれ、「ファミリー・プロット」解釈を中心に据えている。

　確かに、この映画を観る者ほとんど誰もが、鳥の襲撃の激化が、メラニーとミッチの関係の深まりと相関関係にあると直観するのであり、同時に、息子が女性と深い恋仲になるのを潜在的に恐れる母親の感情とも相関関係にあると考えることになろう。だがこの方向性にしたがって『鳥』を分析することは、進んでヒッチコックの術中に嵌まるような落ち着かなさを与えもする。つがいの鳥「ラブバード」が、メラニーがミッチに寄せる潜在的愛情の映像的相関物であるかぎり、それが町全体を恐怖と混乱に陥れる鳥の群れを呼び寄せたかのように思わせる映像構成にいたっては、監督の誘導の意図はあまりにも露骨である。ヒッチコックは、母親に対する息子の異常な愛着を主題とした『サイコ』(*Psycho*, 1960) を監督し、世上を賑わせたばかりであった。彼は『鳥』を意識的に前作の延長線上で解釈させるように「ファミリー・プロット」という誘導的な解釈の枠組みを導入しているのではないか。それでは一方で、この映画においてヒッチコックがひそかに持ち込んでいたものは一体何だったのか。

一・戦争小説としてのデュ・モーリア「鳥」

映画の原作となった小説に立ち返ってみたい。その作品とは、イギリスの小説家ダフネ・デュ・モーリア(Daphne du Maurier, 1907–1989) の短篇「鳥」("The Birds," 1952) である。現在デュ・モーリアは、『岩窟の野獣』(*Jamaica Inn* 1939, 小説は 1936) は措くとしても、『レベッカ』(*Rebecca* 1940, 小説は 1938) と『鳥』というヒッチコックの名作の原作者として一般に名を知られている感があるが、マーガレット・フォースターによる作家の伝記を参照すると、ヒッチコックの名前が登場するのは、わずか三か所三ページのみである。一つは、デュ・モーリアが映画『レベッカ』によって大金を得たという記述 (173)。さらにその映画化によって小説が有名になったアメリカで『レベッカ』の盗作疑惑問題が持ち上がったというくだり (218)。そして最後の言及である、初出発表の「鳥」を含む短篇集『林檎の木』にふれたページに付された後註の文章が決定的である。「『鳥』は一九六三年にアルフレッド・ヒッチコック監督で映画化された。ダフネはこの映画を嫌い、ヒッチコックが自分の物語をこれほどまでに歪曲したその理由が理解できないと言った」(437)。

かたや一八九九年ロンドンのレイトンストーンで青物商を営むカトリックの家庭に生まれ、映画製作の現場の技術スタッフから叩き上げて映画監督として成功し、ハリウッドに移住後はイギリス時代をしのぐ名作を撮り続けたという男。[1] かたや一九〇七年ロンドンのハムステッドで有名俳優の娘として生まれ、若年時に美貌の職業作家として名声を博するともに、高級軍人と結婚し(夫婦関係は円満でなかった時期があったにせよ)家庭的にも職業的にも故国イギリスで不足のない環境を享受していた女。ヒッチコックの方がやや年長ながら同世代に属し、ともにロンドン出身のイギリス人でありながら、その階級と経歴の違いを歴然と反映して、この映画監督と小説家の間には、実際の交渉がなかったばかりか、芸術上の共鳴が不在であるように見える。確かにこの種の冷ややかな関係は、ヒッチコックが原作者と結んだ関係の典型ではある。しかしそれにしても三度にわたりデュ・モーリア作品を原作として採用した事実が喚起する没交渉と執拗さが同居する奇妙な印象は、立ち止まって考察するに値する。

小説の舞台はイングランド南西部にあたるコーンウォール沿岸地域であり、そこで第二次世界大戦において傷害を負い年金を受給している主人公ナットは、農場周りの比較的軽微な仕事を行いつつ、妻子とコテッジで静穏な暮らしを営んでいる。そのようなナットの日常生活に突如として、鳥の群れの襲来という異常事が出来する。初めてその襲撃を家に受け必死にそれを防ぎ止めた夜が明けて、彼は呆然として部屋の床に転がる鳥の死骸を見つめる。

ナットは毛布から頭を出し、辺りを見回した。冷たい灰色の朝の光で部屋の様子がくっきり見えた。夜が明けて開いた窓から、生きている鳥たちは戻っていったのだった。死んだ鳥たちは床に転がっていた。ナットは無数の小さな死骸を見て、衝撃と恐怖を覚えた。それらはすべて小さな鳥で、大きなものは皆無だった。床に転がっていたその数は五〇もあっただろう。コマドリ、フィンチ、スズメ、アオガラ、ヒバリ、アトリといった鳥たちで、自然の法則に忠実に自らの群れと縄張りにしたがっていたものが、ここでは戦闘への衝動に一羽また一羽と加わり、寝室の壁にぶつかって自らの身を打ち滅ぼし、また争いの中で彼の手でたたき殺されていた。闘いの中で羽を失った鳥たちもおり、嘴には血が、彼の血が付いた鳥たちもいた。(5)

朝の白い光を冷たく反射する、もはや物体と化した硬質の嘴にエナメルコーティングのように凝結する自らが流した血。右の引用では、単に「戦闘 (battle)」、「争い (strife)」、「闘い (fight)」といった語の畳みかけだけでなく、「敵」の死骸に付着した自らの血の痕跡を見つめるという一歩踏み込んだ言葉による生々しい感触の喚起が、この小説を貫くテーマが〈戦争〉であることを伝える。そして後者によって、この鳥の襲撃の記述の核には、単に作者が頭で構成したものではない経験が潜んでいるのではないかと感じざるをえない。

もちろん彼女自身には戦場での経験はない。一〇代の頃から休暇で訪れてコーンウォールに魅せられていたデュ・モーリアは、一九四三年に、当地沿岸部の入り江の町フォウィの西にある由緒ある屋敷メナビリーに貸借契約のうえ定住することになった。『レベッカ』の成功で作家としての確固たる地位を築いていた当時三〇代後半の彼女が、第二次世界大戦の戦争状態の継続のなかで出征のために常時生活を共にすることが不可能になっていた夫とは別に、戦争の現実から離れて創作と生活のための自分の拠点を築き上げようとしたのである。しかしこの強固な自立への意志ゆえに、戦争状態という環境は彼女の想像力にいっそう濃厚な影を投じたともいえる。彼女がメナビリーに移ってまもなくの一九四四年一月に、かつて一九四〇年から四一年にかけてイングランド南西部の湾岸地域への侵攻が現実味を帯びていた時期に敷設された水雷の撤去作業が行われたが、その作業中に水雷が暴発し、一人の兵士が即死、もう一人が重傷を負うという事態が生じた。デュ・モーリアは、メナビリーにあってその爆音を耳にし、現場で瀕死の兵士を目の当たりにする。この出来事が、夫から聴かされていた戦場の凄惨な光景と重なり、彼女に戦争の現実を鮮烈に突きつけたと言われている (Forster 183–84)。

しかしながら、この小説における鳥の襲撃の描写に、彼女の実際の「戦争体験」が反映しているとして、単にそれは敵軍の侵攻の恐怖の中で育まれた血みどろの幻視が、無意識的に露呈したというだけにはとどまらない政治性の位相をもっている。鳥の襲来に対する防備のために窓に板を打ち付ける作業を行いながら、ナットが当時まだ独身であった戦争の開始当初を懐かしく思い出すという記述がある(12-13)。この鳥との〈戦争〉は、人並みの満足な労働によって家族を支えているという意識において欠如を抱えていた、第二次世界大戦の傷痍帰還兵であった彼にとって、家長としての役割を再認識することで、自らの男らしさに関わる不安を払拭する機会として捉えられている。防護を家に施すにあたり、ナットは「前線にいるのだ」(29)と自らを叱咤しつつ、家族に指示を与える。確かに、男らしさの回復の契機としてこの〈戦争〉が位置づけられているとすれば、そこには、すでに自立についての覚悟をもっていたデュ・モーリアが鋭く感じていた、戦後の日常生活に戻ってきた軍人としての夫の弱さに対する幻滅が反映しているという心理的読解も的外れではないだろう。しかし「鳥」における〈戦争〉の意味は、作家の個人史に基づく読解のみでは完全に再構成することはできない。

第二次世界大戦の記憶を導入した小説を、一九五二年時点で書くことの意味は大いにあった。当時のイギリスは歴史の大きな曲がり角の時期を迎えていた。前年の一九五一年五月から九月までイギリス祭が開催され、戦中から戦後にかけての耐乏の一九四〇年代の終幕とともに、「イギリス」という国の新たなアイデンティティを確立することが政策的課題として大きく要請されていた(川端 三)。折しも一九五二年二月にはジョージ六世が没し、新たにエリザベス二世が即位する。世界政治の観点からは、冷戦時代の東西対立構造が鮮明になり、一九四九年に北大西洋条約機構を成立させたイギリスは、一九五二年二月に原爆保有を発表し、一〇月オーストラリアで初めて核実験を行う。そのようなイギリス国内外の政治情勢を前提とすることが「鳥」というテクストの読解に必要と思われるのは、ソビエト連邦とアメリカという当時の二大国の存在が、鳥の襲来との関連においてそれぞれ示唆されているからである。

ナットの近所に住む農夫は、この鳥の突然の攻撃に関して「ロシア人がやったと町では言ってるよ。ロシア人が鳥に何かの毒を飲ませたんだと」(19) と噂話を軽い調子で伝える。また、最後に近い場面、ナットの家族は鳥の激しい襲来に怯えながら一夜を過ごすが、そのとき妻は「アメリカは何かしてくれないのかしらね。アメリカはいつだって味方だったじゃない。きっとアメリカは何かしてくれるわ」(38) と期待を述べる。鳥が招き寄せた戦争状態が、ソビエト連邦という敵国とアメリカという同盟国の存在を、登場人物たちの脳裏に自然に呼び起こす。鳥の襲撃は、単なる抽象的な戦争として捉えられているのではなく、イギリスという国が直面するならば、その軍事的位置により受動的に東西対立の構造の一方の側に組み込まれることになる潜在的に現在進行形の戦争と重ねられているのである。その意味で、戦後弱さを露呈しているように見えた軍人である夫への失望と叱咤の対象を、イギリスそのものへと拡大したともいえる。確かに、デュ・モーリアの「鳥」は、戦争を両大国を基軸とした戦略計算の一要素と規定する同時代の国際政治的思考に対して、血が匂い立つような攻撃の幻像を第二次世界大戦時のイギリスの記憶に結びつけることによって生じるナショナルな批評性を帯びていることは疑いない。小説中で同盟国アメリカの救援を期待する妻の言葉にナットは沈黙で応える。この沈黙に「鳥」の政治的な批評性が凝縮されている。

二．戦争映画としてのヒッチコック『鳥』

「鳥」が一九五二年という冷戦体制発足まもなくのイギリスにおいて、あからさまに過去の戦争の記憶を喚起することを主意とした小説であるならば、一九六三年のヒッチコックの映画『鳥』は、原作にあった〈戦争〉をどのように処理したのだろうか。この映画を観る誰もが、意識的にそう思うかどうかはともかく、『鳥』を戦争映画として受容するだろうと思われる。[2] 有名な「鳥瞰」のシーンがある。鳥の襲撃を受けて倒れたガソリンスタンド勤務員が放り出した給油ノズルから路上に流出したガソリンに、駐車場にたたずむ男の手から落ちたマッチの炎が引火して大炎上を起こす。この場面にも乱舞する鳥たちが次々と人々に襲いかかり、一帯は大混乱を呈する。それが上空からのカメラによって、あたかも鳥がこの人間たちの惨状を見下ろすかのように捉えられるのである。この描写が空襲の際の「上空からの戦果確認」（藤崎 二四―二六）とのアナロジーによって構成されていることは疑いない。また鳥たちが逃げ惑う小学生の集団を襲う場面、ミッチの家でメラニーとミッチ一家が鳥たちの大襲撃を何とか防ぎ止めようとする場面なども、まずもって日常生活を脅かす〈戦争〉の恐怖を喚起する。鳥の猛攻を受けた後その幻影に怯えるメラニーの所作に触れて「あれを思いついたのは、空襲のときの経験だ。戦争中ロンドンでは、クラリッジス・ホテルに独りでいた。爆弾が降ってきて銃声だ。どうしたらいいのかわからなかったよ」(Krohn 238) と自らの（一時的なものにすぎない）戦争体験を映像構成の発想源としてヒッチコックは雑談中で挙げてもいる。しかし彼は映画では、映像構成のために利用した〈戦争〉を、実際の国同士の間で展開する戦争とは異なる意味の方に引き寄せようとするのである。

鳥による小学生の集団の急襲の場面の後、メラニーが町の人々が屯するレストランで攻撃の事実を報告するのに対して、居合わせたバンディ夫人はそれを容易には信じない。「鳥たちがそのあいだずっと始めるのを待っていたというのはおかしいでしょう、つまり人類に対する戦争を (a war against humanity)」とこの鳥類研究者は述べる (Hunter 104)。ここに刻み込まれた「戦争」という語は、「人類に対する」という語句と組み合わされることで、相対的なリアル・ポリティクスの中で展開するはずの戦争という意味から逸らされている。そのようなヒッチコックの意味の誘導に唱和するかのように、カウンターの酔っ払いが聖書の一節を朗誦して「世界の終り」と何度も連呼する。映像そのものが喚起する〈戦争〉の意味をここでヒッチコックは、「人類の滅亡」という、壮大なヴィジョンと結びつくがゆえにそれ自体は政治性を欠いた観念へとあえて転換しようとしている。

加えてヒッチコックは、鳥の攻撃という現象を、心理的要因へと還元するかのような示唆的な場面を導入する。大惨事のさなか何とかレストランにミッチとともに逃げ込んだメラニーに対して、避難していた女性たちが一斉に冷たい視線を向ける。一人の女性がメラニーに対して叫ぶ。「あなたのせいよ。悪魔だわ」。この台詞はエヴァン・ハンターによる脚本には見られないかぎり、製作の最終段階での監督の意図が明瞭にうかがえる言葉であるといえよう。(3) この場面の導入に象徴されるように、鳥の襲撃をメラニーの登場に結びつけ、恋愛心理と家族感情がその要因であるかのように誘導することは、いかにも超自然的な因果関係であるがゆえに魔術的な説得力をもったといえるかもしれない。

ヒッチコックの『鳥』は、〈戦争〉に基づき場面が構成されている点で原作に忠実であるが、原作小説とは逆に、〈戦争〉のイメージが同時代の政治的文脈において解釈されることを注意深く回避する。同時代現象としての戦争を、監督自身がどのように潜り抜けてきたのかがこの点において問題となる。第一に指摘しなければならないのは、一九三九年にアメリカに移住したヒッチコックは、基本的に故国で戦争を経験していないという事実である。ナチスの空爆を受けていたイギリスを離れたことを戦時中イギリスの新聞のみならず元雇用主から非難されたこともあった (Spoto 235)。イギリス国策映画の製作者でもあった彼にとって、いわゆる非国民扱いは心外きわまりなかっただろうが、個人の合理的な選択してのアメリカ移住と本人が割り切りえていたかというと微妙といわざるをえない。本人自身はナショナル・アイデンティティをめぐる後ろ向きの感情とは内発的には無縁だったにしても、彼がその理知によって「イギリス人」が自らに向ける視点を繰り込むことで抱えざるをえなかった感情のイメージは、彼において実体に近いものにまで化していたのではないか。しかし彼はそれを抑圧とはせず、むしろそれと戯れる。アメリカで生きるためには「アメリカ人」にならざるをえず、そのためには映画で成功しなければならない。アメリカで成功するとはすなわち金を稼ぐことであり、その生活のアメリカ人らしさの肥大にしたがって、同時代のイギリス人の生活から乖離せざるをえない。ヒッチコックがハリウッドで営んだ必要以上に豪奢なブルジョワ風生活は、あえて選びとった現状のイギリスへの反発といった虚勢めいたもののように思われるのであり、アメリカでの成功の第一歩となった映画『レベッカ』の原作者こそがこの機微にもっとも敏感でありうることをヒッチコックの方が痛烈に知っていたからこそ、二人の間の断絶は埋めようがない性質のものであっただろう。そしてそれゆえに彼は図々しさを自己演出しつつ三度目のデュ・モーリア原作の映画に着手する。

三．「鳥」とイギリス人の〈戦争〉

第二次世界大戦下のイギリス国民の耐乏生活についてはよく知られている。『やりくりと修繕』(*Make do and Mend*) と題された当時政府が刊行、配布していた一連のリーフレットを集成した刊本をめくると、大戦時のイギリスが食糧のみならず、衣料、燃料の深刻な不足に直面しており、国民の倹約生活をいかに政府が具体的に指南していたのかが如実に伝わる。燃料については、一九四二年七月から一九四三年六月までが「燃料闘争」の年と設定され、国民の燃料使用につき厳しい制限が設けられた(5–6)。デュ・モーリアもそのような生活に無縁ではなかったことは、「鳥」における記述が示している。鳥の襲撃が激しさを増すなかで、ナットが近隣の農家を訪ねると、住人の夫妻は攻撃を受けて死体と化していた。「これから車に物資を詰め込む。石炭と、そしてコンロに使う灯油を入れるんだ。それを家に置いたら、新たに詰め込むために戻ってくる」(35)という、隣家が無人となったと知るやナットが妻と子供に告げた言葉には、いかにも戦時下の燃料不足を経験した者ならではの切迫感がこもっている。そして同時にこの言葉は、自分たちの生活は自分たちで守るという、戦時下でこそ強く要請される自立自存の精神から発せられたものでもある。「戦時中の空襲のようだとナットは思った。この国中のだれもプリマスの住民が目の当たりにし、苦しみを強いられたことを知らなかった。痛めつけられるまでは自分だけで耐え忍ばなければならないのだった」(9)。「『彼ら』は、間違いなくいまこの時、この問題を考えているに違いないが、『彼ら』がロンドンや大都市で何を決断しようと、三百マイルも離れたここの人々の何の助けにもならない。各家庭は自分たちでやっていかねばならない」(14)。

「鳥」において、戦争が産み出す苛酷な現実を黙々と耐え忍びつつ地方で生活を営む人々に対して、都市に住み国家の運営に関わる人々は一貫して「彼ら」と呼ばれる。ナットはBBCラジオ放送を通じて「彼ら」の存在を感受する。

「いま十分に安全だ」とナットは考えをめぐらせた。「防空壕のように快適で万全だ。もちこたえることができる。心配なのは食糧だけ。食糧とそして暖をとるための石炭。二、三日分はあるが、それ以上は無理だ。その時までには……」。

そんな先のことを考えるのは無駄だった。彼らがラジオで指示を伝えることだろう。何をすればよいか教えてもらえるだろう。そしてこの時、問題百出のさなか、放送されているのがダンス音楽だけだとナットは気づいた。「子供たちの時間《チルドレンズ・アワー》」ではないのに。ダイアルを見つめた。そう、間違いなく全国放送《ホーム・サーヴィス》だ。なのにダンスのレコード。「ライト・プログラム」に切り替えた。その理由がわかった。通常の番組は変更されたのだ。これが起こるのは非常時だけだった。選挙の時とか。戦時中、ロンドン大空襲の間、こういったことが起こったかどうか思い出そうとした。しかしもちろんそうだったろう。BBCは戦時中ロンドンにはなかったのだ。番組を他の臨時の局から放送していた。「われわれはここでうまくいっている。われわれはこの窓と扉を板で打ち付けた台所にいて、町にいる彼らなどよりもうまくいっている。町にいないことに感謝しなければ」。(22–23)

非常時下の国民として有用な情報を求めてラジオをつけても、具体的な行動の指針を得られないばかりか、流れてくるのは、陽気なだけに苛立たしい軽快な音楽だけである。ナットはBBCラジオ放送を通して「彼ら」がこの同じ全国的な攻撃を受けてパニック状態に陥っていると察し、むしろ「われわれ」の地に足の着いた防戦態勢の優越を信じる。(4)

もうひとつBBCと同じく、戦間期にイギリスという国のリベラルかつ効率的な国家体制と最先端の産業技術に支えられて発展し、「鳥」において「彼ら」の存在を伝えるものとして軍用飛行機がある(Edgerton 66–74)。ナットの妻はイギリスの軍用機の飛来音を聞きつけ、子供とともに、それが鳥たちを掃討することを期待する。

しかし聴こえたのは数回続いた衝突音だけだった。それが当の飛行機が空中で破壊された音だとわかったナットには、凶暴な鳥の群れに対して無効であることが明瞭な飛行機を差し向ける「誰か偉い奴が度を失っている」(25)としか思えない。

鳥の攻撃は、BBCラジオ放送と軍用飛行機が象徴する、高度な産業技術と高邁な自由思想を物質と精神の主柱とする近代国家イギリスが誇りとしてきた情報と軍事の体制をあっけなく崩壊させる。この異常時の発生によって、ナットが図らずも家長としての役割を演じるなかで男らしさを取り戻すのと並行して、イギリスという国を効率的に運営していたはずの「当局の非効率性」(37)が露呈し、一方で地方の人々がその日常生活の中で実現している、ヨーマン精神といえる古きよきイングランドのナショナリティが輝き出す。耐乏生活はイギリス人の国民性ときわめて相性がいい。国全体が攻撃に曝される中で抵抗の拠点になりうるのは、地方で窮乏に耐えつつ自立した生活を営む一般民衆であるという信念がこの小説には濃厚に漂っている。

四．『鳥』とアメリカ侵攻の悪夢

イギリスにおける戦争を結果的に回避することになったヒッチコックは、〈戦争〉への拘泥ゆえにこの小説に近づき、そして同時に「イギリス人」の理想としての〈戦争〉を鮮烈に提示していた小説の内実を悪ふざけに耽るようにまったく別のものに変えてしまう。鳥による襲撃以外は何もかも違うといってよい小説と映画だが、とりわけ重要であるのは、小説で襲撃の対象になるのが、イギリスという国全体であった一方で、ヒッチコックの

『鳥』では、局地に限定されているという点である。小説の単純な映画化を行うのならば、イギリスの一地方を舞台とした「鳥」においてその国全体が攻撃を受けるのであるかぎり、アメリカの一地方で展開する『鳥』において攻撃対象となるのは、アメリカという国全体だったはずである。だがここで、ヒッチコックはアメリカという国を攻撃対象として設定するのを避けている。

誰がこの映画を観ても、作者の嗜虐的な攻撃性が鳥の襲撃に注ぎ込まれていることは否定しようがない。『鳥』全編に横溢する異常なまでの攻撃性はいったい何に由来するのか。これを単に監督ヒッチコックの精神病理に還元できないのはもちろんだが、そうした病理を学者のように分析・構成する立場からこの映画が作られているとはさらに思われない。ほとんど実態は〈戦争〉として解放されているこの攻撃的な感情がヒッチコックのものだったとすれば、この攻撃性は「アメリカ」を対象としているからこそ迫真性を得たというのが、本論文が提起する一つの仮説である。映画の舞台としてヒッチコックが選択したアメリカ北西部沿岸が、かつてはロシア人の居住地域だった事実は、ヒッチコックが明確に意識している (Truffaut 287)。そうであるかぎりこの『鳥』がもつ地政学的意味から、冷戦下でのアメリカ北西部からのソビエト連邦によるアメリカ本土への侵攻という想定上の〈戦争〉が炙り出される。「非アメリカ人」としての彼は、「アメリカ」を強く憎悪し、それが襲撃の対象となることを夢想する。そして鳥による襲撃の一連の映像を通して、ヒッチコックは愉快犯のように、このアメリカ侵攻の悪夢を同時代のアメリカ人一般に鮮烈に突きつける。しかし同時にまた彼は、自らの内なる「アメリカ人」を育てた「アメリカ」への破壊衝動を解放している。彼は、冷戦下のアメリカの強国としての位置に保障されて、巨額の費用を投じた映画を通じた自己表現が可能になっただけでなく、自らが望んだブルジョワ的な生活を支える巨万の富を蓄えることができた。この「アメリカ人」としての演技によって築かれた経歴と生活の空虚な基盤としての「アメリカ」への衝動的な攻撃性が『鳥』の過剰なまでの攻撃のリアリティを産んでいる。

一方でヒッチコックは、『鳥』において攻撃の対象地域を限定することによってその映像が「アメリカ」への攻撃表現であることを隠蔽する。心理的な必然性はもちろんある。攻撃感情の裏返しで、イギリスにおいては手に入れることができなかった富裕階級の生活を維持したいという欲望にしたがうならば、「アメリカ」は外敵の攻撃から守られなければならない。現状肯定の感情に由来する〈戦争〉に対する防御感情も一方では、確かにこのフィルムには波打っている。攻撃への恐怖を伴うこの感情をもヒッチコックは映像構成において積極的に活用する。襲われることの悪夢がカメラによって克明に捉えられることで、恐怖映画としての『鳥』のリアリティが生じているのである。鳥の襲撃の場面において、襲う鳥と襲われる人間とが、第三者の視点に置かれたカメラによってのみ映し出されるのではなく、襲われる人間の眼としてのカメラに映る鳥のショットが差し挟まれる。結末に近い場面、メラニーがミッチの家で鳥の大襲来に怯える夜を過ごし、ミッチ他全員が寝入ったのち鳥の羽音を耳にして、二階の部屋に確かめにいき、そこで瀕死の重傷を負う場面では、階段を昇るメラニーの視点にカメラが重ねられて成立するショットが間に挿入されることで攻撃される側の緊張感が生成している。その延長で、ほとんど意識を失ったメラニーの眼に映る機械的な映像として鳥たちの猛攻撃のイメージが画面に定着しているからこそ、その非人間的な獰猛さが観衆の眼に灼きつけられる。

結　ヒッチコックの欲望の政治学

〈戦争〉を導入しつつも回避する構成をもつこの『鳥』という映画は、その両義性を受動的に反映して中途半端な映像の羅列になったのではなく、監督がむしろそれを積極的に活用して映像のダイナミズムを起こしえたがゆえに迫真性が生じることになった。〈戦争〉をめぐる両義性は、ヒッチコックの攻撃感情と防御感情が絶妙に縒り合されながら展開する情動の渦を画面上に巻き起こしている。そしてこの両義的な情動が、ヒッチコックにあっては必然的に、搖動していた「アメリカ人」としてのアイデンティティ感覚を巻き込むことになっている。

だが最終的にこのダイナミズムが、監督の統御を脱して自己運動を起こすことにはなっていない。『鳥』において、攻撃はつねに静止を次に伴い、かろうじて主人公たちが生命の防御に成功しおおせたことを伝えて終幕を迎える。画面を思うさま荒らし回った鳥たちは、家から車で逃れようとするメラニーたちの通行に対しておおむね静止状態を保ったままである。ボデガ・ベイを脱出すれば、彼らは襲撃に脅かされない空間に迎えられるであろう。襲撃を局地に限定して国全域が襲撃されているというあからさまな侵略イメージを回避したことは、単なる構成の操作にとどまらず、「アメリカ」への攻撃性の表現の自己検閲という意味を帯びざるをえない。ジェイムズ・ロレンスが示したような歴史的事実として、映画は冷戦期アメリカにおいて政治検閲の対象となっており、その政治的内容によってはブラックリストに掲載される危険性があった。「非アメリカ人」として当然この種の検閲に敏感であったはずのヒッチコックは、『鳥』において、外なるアメリカへの攻撃の隠蔽を内なる「アメリカ」への攻撃の抑制とすることによって、他者から強いられる検閲を悦ばしい自己検閲に転換する。「アメリカ」への攻撃をめぐる欲望を映像によって解放したとしても、それはアメリカの体制内での生活を営むことを選択したかぎり、意味として明示してはならない。そして国としてのアメリカへの攻撃が画面から抹消されるとともに、悦ばしくも、内なる「アメリカ」も保全される。『鳥』における攻撃と防御のダイナミズムは、この自己肯定を着地点として織り込み済みの運動であるように思われる。

このとき肯定される「アメリカ」とは、外的な民族集団の単位としての国とは異なっているだろう。ヒッチコックは、単にイギリスという国を棄てて、代わりにアメリカという国に同化することを狙ったのではない。長年かけて準備された心理的な正当化として、アメリカを国として考えないという彼の政治態度がここにうかがえる。「アメリカ」を、戦争においてひとつの主体となりうるネイションとしてではなく、物質的な豊かさによって証明されている、ある種の普遍的な正しさの基盤と捉えるのである。しかしこれこそが、当時イギリスも含めて西側諸国が共有していた冷戦「イデオロギー」のひとつの表出であろう。ヒッチコック映画の個人史的展開は、一九五〇年代に確立し、一九六〇年代を通じてその成果が喧伝された冷戦「イデオロギー」の勃興および拡大と正確な並行関係にある。(5)

しかし上の説明だけでは、まだやや言葉が足りないようだ。『鳥』を考える上でどうしても気になるエピソードがある。『鳥』の主演女優ティッピに対して、次作『マーニー』(*Marnie*, 1964) の撮影中、ヒッチコックが性的関係を強要したという事件である (Spoto 475)。ゴシップ的興味からこのエピソードをあげつらおうというのではない。これは、『鳥』において解放されたヒッチコックの攻撃感情が、「アメリカ」を表面的には避けざるをえなかったため、特定の個人に向かって暴発したということだろうか。『鳥』の撮影において激烈な鳥の攻撃に曝した主演女優をその延長線上で、自然に個人的な欲望の標的にしたということだろうか。そう考えるならば、ティッピに拒絶された後のヒッチコック作品『引き裂かれたカーテン』(*Torn Curtain*, 1966) と『トパーズ』(*Topaz*,

1969）の低調ぶりもよく理解できる。それらの作品は、あたかも作者の攻撃性の牙が抜かれ防御的な政治性のみが露わになっているかのように、当時の国際政治を背景としつつも、政治的な葛藤が映像のダイナミズムを産むまでにはいたらず、単にアメリカ中心の冷戦体制を微温的に前提としている。

しかしヒッチコックの欲望と政治性がそれほど単純なものとは思えない。ティッピとのエピソードにおいて、ヒッチコックは『鳥』を再演しているのだと考えたい。ヒッチコックは、自らの映画の主演女優に欲情し襲いかかる監督をあえて演じて攻撃的な感情をあらわにする。彼女が当然初めは拒絶することをヒッチコックが想定していないはずはないとすれば、ここで彼はむしろ自己を守る側のティッピを同時に演じることによって防御感情をも先取りしている。この演技の連鎖において、ヒッチコックはどのような結末を考えていたのか。ティッピが攻撃に屈するという可能性を夢見ていたことが充分ありうるとすれば、そのときむしろ彼女に化していたヒッチコックは、その屈服を、『鳥』という映画においては最終的に保全された「アメリカ」を滅ぼすことと同一視していたのではないか。ティッピを対象とした性的要求は、『鳥』の結末を書き換えたいという彼の欲望に発するもののように思える。『鳥』において最終的に生存を願った「アメリカ」と一体化している自分が攻撃を受けて屈する可能性と、ティッピを媒介としてヒッチコックは戯れている。しかし無論この幻想の結末は実現せずに、じつは自身が二転して織り込み済みだったように、彼女は拒絶を貫き、防御は成功する。

またしても宙に浮かざるをえなかった破滅への願望は、しかしながら『鳥』に見られる過剰な嗜虐性にはまぎれもなく充溢しており、その物語展開を離れた映像の瞬間において、確かにこの監督は「アメリカ」への破壊衝動を思うさま解放しているように見える。その意味において、確かにヒッチコックの映画監督としての履歴が、アメリカを一方の基軸とする冷戦体制の展開と並行しているとしても、それに対する抵抗の契機をもたず、ただそれを反映しているというのでは単純にすぎることになる。彼は「アメリカ」に従うことを意図的に選択しつつも、その決断への不満を映像の構成原理にひそかに導入することで、歴史の束縛を脱した複雑な人間心理の描写において卓越したいくつもの映画を冷戦体制の深まりのなかでこそ完成しえた。とりわけ『鳥』はそのような彼の本質的に政治的といってよい重層的な創作原理が時の利、地の利を得ることで功を奏した映画であるといえよう。

註

(1) ヒッチコックの伝記的記述については、本稿では主にMcgilliganとSpotoに依拠した。ヒッチコック伝の研究史的位置づけについてはLeitch 11–27を参照。

(2)「戦争」と「映画」の技術を媒介とした相互発展についてはVirilioを参照。ヒッチコックの戦時下における「戦争映画」である『海外特派員』(*Foreign Correspondent*, 1940)『救命艇』(*Lifeboat*, 1943)といった先行作品との具体的関連など、ヒッチコックのフィルモグラフィーを通しての「戦争」の意味と映像技術の分析については別稿に譲る。

(3)『鳥』の脚本の成立過程についてはMoral 34–56を参照。

(4) ＢＢＣは一九二二年に「英国放送会社」として発足、一九二七年には国王の特許状に基づく公共放送「英国放送協会」としての体制を確立すると戦間期に順調に発展し、第二次世界大戦下、政府から一定の独立性を保ちつつも情報省の管理下に置かれイギリスの情報戦における主役となっていた。Briggsを参照しつつ、引用文中のＢＢＣに関わる語句を簡単に説明しておく。「子供たちの時間《チルドレンズ・アワー》」はＢＢＣ発足当初から一九六四年まで放送された子供向け番組(73–74)。「全国放送《ホーム・サーヴィス》」は一九三九年対独開戦後、国防上の理由から「地方放送」「国民放送」を統合して成立したものであり(182–85)、「ライト・プログラム」は一九四五年の終戦直後に戦時放送に代わって創設された娯楽・軽音楽中心のＢＢＣラジオ放送局である(247–49)。

（5）ヒッチコック映画と冷戦体制下のアメリカという問題設定についてはCorberを参照。本論考の問題設定に近いCorberだが、彼の研究は冷戦期のリベラル知識人の思想とヒッチコック映画の対応関係を主に論じるものであり、さらに『鳥』は分析対象になっていない点で本論文と異なる。

引用文献

Briggs, Asa. *The BBC: The First Fifty Years*. Oxford: Oxford UP, 1985.
Corber, Robert J. *In the Name of National Security: Hitchcock, Homophobia, and the Political Construction of Gender in Postwar America*. Durham: Duke UP, 1993.
du Maurier, Daphne. *The Birds and Other Stories*. London: Virago, 2004.
Edgerton, David. *England and the Aeroplane: Militarism, Modernity and Machines*. London: Penguin, 2013.
Forster, Margaret. *Daphne du Maurier*. 1993. London: Arrow, 2007.
Hitchcock, Alfred, dir. *The Birds*. 1963. DVD. Universal Studios. 2005.
Hunter, Evan. *The Birds*. 29 March 2014 <http://www.hitchcockwiki.com/wiki/Scripts:_The_Birds_(final_draft,_2nd_rev,_02/Mar/1962)>.
Leitch, Thomas, and Leland Poague, eds. *A Companion to Alfred Hitchcock*. Chichester: Wiley-Blackwell, 2011.
Krohn, Bill. *Hitchcock at Work*. London: Phaidon, 2000.
Lorence, James J. *The Suppression of Salt of the Earth: How Hollywood, Big Labor, and Politicians Blacklisted a Movie in Cold War America*. Albuquerque: U of New Mexico P, 1999.
Mcgilligan, Patrick. *Alfred Hitchcock: A Life in Darkness and Light*. New York: Regan, 2003.
Norman, Jill. Foreward. *Make Do and Mend: Keeping Family and Home Afloat on War Rations*. Rpt. ed. London: Michael O'Mara, 2013.
Moral, Tony Lee. *The Making of Hitchcock's The Birds*. Harpenden: Kamera, 2013.

Spoto, Donald. *The Dark Side of Genius: The Life of Alfred Hitchcock*. Centennial ed. New York: Da Capo, 1999.（ドナルド・スポト著、勝矢桂子他訳、山田宏一監修『ヒッチコック――映画と生涯』全二巻、早川書房、一九八八年）

Truffaut, François. *Hitchcock*. Rev. ed. New York: Simon & Schuster, 1984.（山田宏一・蓮實重彦訳『定本　映画術　ヒッチコック／トリュフォー』改訂版、晶文社、一九九〇年）

Virilio, Paul. *War and Cinema: The Logistics of Perception*. Trans. Patrick Camiller. London: Verso, 1989.（ポール・ヴィリリオ著、石井直志・千葉文夫訳『戦争と映画――知覚の兵站術』平凡社ライブラリー、一九九九年）

Žižek, Slavoj. *Looking Awry: An Introduction to Jacques Lacan through Popular Culture*. Cambridge: MIT, 1992.（スラヴォイ・ジジェク著、鈴木晶訳『斜めから見る――大衆文化を通してラカン理論へ』青土社、一九九五年）

加藤幹郎『映画のメロドラマ的想像力』フィルムアート社、一九八八年。

川端康雄「１９５１年――イギリス祭の「国民」表象」川端他編『愛と戦いのイギリス文化史――１９５１－２０１０年』慶應義塾大学出版会、二〇一一年。

藤崎康『戦争の映画史――恐怖と快楽のフィルム学』朝日新聞社、二〇〇八年。

後書き

本書は、「英語圏文学研究会」の活動成果の一部です。

この研究会は、二〇〇五年九月二〇日に発足しました。それ以前は、少なくともわれわれの周辺では、同じ英語圏の文学を扱っているにもかかわらず、研究対象の作家や時代や国が違うという理由で研究者の多くが別々の学会や研究会に所属し、ばらばらに活動をしていて、情報交換をする機会が非常に少ないことが大変残念に思われておりました。

そこで、「戦争」というテーマであれば、共通の問題提起をすることができて刺激し合うことが可能になるのではないかと考え、この研究会を立ち上げることにしました。戦争は、人種、国籍、言語の違いにかかわらず、すべての人類にとって、悲劇をもたらす不幸な出来事でありますが、同時に、深遠な思想や文学を生みだす強力な素因ともなっているからです。

研究会発足当時のうたい文句は、「イギリス、アメリカ、あるいはアイルランド、カナダ、オーストラリアなどの英語圏文学に携わる研究者が、国境や時代を超えて刺激しあえる環境作りをめざしたものです。同国同士、同時代同士で固まって交流が途絶えがちな文学研究者が集まり、アーサー王からイラク戦争まで、戦争にかかわる文学作品や資料を幅広く読みながら、「戦争」というテーマで情報交換をし、学際的な成果を生み出そうというのが主なねらいです。当面、研究会の名称を『英語圏文学研究会』とします」というものでした。

実のところ、どういう反応が出てくるかわからず、また、まったく反応がないかもしれないという心配もあって、おっかなびっくり立ち上げた研究会でしたが、数多くの研究者が関心を持って参加して下さいました。たまたま研究会発足の立案者が青山学院大学の教員だったため、運営の都合上、事務局メンバーは青山関係者で会場も青山でしたが、「誰でも参加できる」ことをモットーにしておりましたので、他大学の専任教員、非常勤教員、大学院生も集まりました。ときにはアドヴァイザーとして、名誉教授の先生方にもご指導をいただき、読書会、研究発表、シンポジウムなどを行いながら、二〇一四年三月までに計二三回の研究会を開催することができました。

これまで本研究会で扱った作家は、ルイザ・メイ・オルコット (Louisa May Alcott)、アンブローズ・ビアーズ (Ambrose Bierce)、フレデリック・ダグラス (Frederick Douglass)、ウィリアム・フォークナー (William Faulkner)、カズオ・イシグロ (Kazuo Ishiguro)、ヘンリー・ジェイムズ (Henry James)、マイケル・オンダーチェ (Michael Ondaatje)、キャリル・フィリップス (Caryl Phillps)、エズラ・パウンド (Ezra Pound)、ウォルター・スコット (Walter Scott)、メアリー・シーコール (Mary Seacole)、レベッカ・ウェスト (Rebecca West)、ヴァージニア・ウルフ (Virginia Woolf)、W・B・イェイツ (W. B. Yeats)（名字のアルファベット順）などですが、これほど多くの英語圏の作家が戦争と関わっていることに、あらためて驚かされます。

また、文学作品ではなく、コーネル・ウェスト (Cornel West) の『民主主義の問題』(*Democracy Matters*, 2004) のような評論を扱ったこともありました。

数年前に「そろそろ会の成果として論文集を出したらどうか」という声があがり、紆余曲折を経て今回の論文集刊行にこぎつけました。当初の研究会のテーマが「戦争と英語圏文学」でしたので、初の論文集も「戦争」をテーマにして投稿を募りました。

集まった論文を見ますと、扱った作者や作品だけでなく、題材となった戦争も、ジャコバイト蜂起、クリミア戦争、アメリカ南北戦争、植民地戦争、第一次世界大戦、第二次世界大戦、核問題、冷戦など多岐にわたり、一口に「戦争」といっても、文学と関連づけながら論じると実に多様なアプローチが可能であることがわかります。切り口そのものは、基本的に執筆者の判断に任せましたので、読者の皆さまからはいろいろなご意見やご批評をいただくことになるかと思いますが、戦争と文学を論じる一つの試みとして、この論文集を受け止めていただければ幸いです。

執筆者は、主に英語圏文学研究会に長期的・継続的に出席していたメンバーの一部です。残念ながら、今回はさまざまな事情でメンバー全員による投稿はかないませんでしたが、もし次の機会がありましたら、より多くのメンバーに執筆をお願いいたしたく存じます。

編集には、研究会発足時から事務局をつとめていた麻生えりか、伊達直之、西本あづさ、福田敬子の四名（五〇音順：いずれも青山学院大学文学部英米文学科教授）があたりました。慣れない作業で勝手がわからず、四苦八苦しながらなんとか本の形にはしましたが、至らぬ点が多々見受けられると思います。ひとえに編集委員の不徳のいたすところで、不手際をお詫び申し上げます。

会の立ち上げから九年が経ち、「英語圏文学研究会」は、現在では「戦争」というテーマにこだわらず、純粋に「英語圏文学」について幅広い視点から意見交換をし合う場となってきました。これもこの研究会が成長した結果のひとつだと思います。今後も新しい参加者を歓迎し、いろいろな可能性を模索して会を発展させていきたいと切に願っております。この場をお借りして、これまでお世話になりました大勢の方々に深く感謝いたしますと同時に、今後もご指導を賜りますようお願い申し上げる次第です。

最後になりましたが、本書の刊行にあたって数多くの助言をくださり、辛抱強く見守ってくださった音羽書房鶴見書店の山口隆史さんに、心より御礼を申し上げたいと思います。

二〇一四年十二月

英語圏文学研究会論文集編集委員一同

Good 122

メイン法 47, 60
メルヴィル、ハーマン Melville, Herman 201
『タイピー』*Typee* 201

モーガン、ケネス・O Morgan, Kenneth Owen 9, 10
『二〇世紀のイギリス』*Twentieth-Century Britain* 9, 10
モース、マルセル Mauss, Marcell 193
『贈与論』*The Gift* 193
モダニズム（モダニスト）92–93, 95–96, 110, 113
モーム、サマセット Maugham, William Somerset 5

ら

ラッセル、ウィリアム・ハワード Russell, William Howard 169, 174–78, 187, 189
ラドクリフ、アン Radcliffe, Ann 16, 39
『アスリン城とダンベイン城』*The Castles of Athlin and Dunbayne* 16, 39
ランサム、ジョン・クロウ John Crowe Ransom 145–47, 156
「南部は何を望むのか」"What Does the South Want?" 146

リーチ、ジョン Leech, John 170
「家長の熱狂」"Enthusiasm of Paterfamilias" 170, 174
リッチー、アン・サッカレー Ritchie, Anne Thackeray 181, 183–85
『オールド・ケンジントン』Old Kensington 181–85, 187
リード、ジュリア Reid, Julia 199
リベラリズム 145, 152, 157, 161–63

ルイス、ダイオクレシアン Lewis, Diocletian 48, 54, 58, 60, 61
ル・カレ、ジョン Le Carré, John 2

「歴史戦争」97, 103
レズビアン小説 239

ローズヴェルト、フランクリン・デラノ Roosevelt, Franklin Delano 157
『ロビンソン・クルーソー』*The Life and Strange Surprising Adventures of Robinson Crusoe* 209
ロレンス、D. H. Lawrence, David Herbert 239
『チャタレー夫人の恋人』*Lady Chatterley's Lover* 239
ロレンス、G. A. Lawrence, George Alfred 180–81, 186
『剣とガウン』*Sword and Gown* 180–81
ロレンス、T. E. Lawrence, Thomas Edward 4
ロング、ヒューイ Long, Huey 144
ロングフォード伯 Lord Longford (Frank Pakenham) 102, 114
『試練による平和——一九二一年イギリス・アイルランド条約の交渉——』*Peace by Ordeal* 102, 114

わ

ワイルド、オスカー Wilde, Oscar 239
ワシントニアン運動 47

291–95
ファビアン、ヨハネス Fabian, Johannes 202–04, 206
フィールディング、ヘンリー Fielding, Henry 16, 18, 37
『トム・ジョウンズ』*Tom Jones* 16, 18, 37
復活祭蜂起 Easter Rising 96, 98, 100, 107–08, 111
ブラウン、アーサー Brown, Arthur 264
ブラックアウト 259–78
ブルック、ルパート Brooke, Rupert 5
ブルックス、クレアンス Brooks, Cleanth 148
『詩の理解』*Understanding Poetry* 148
フレイザー、ジョージ・マクドナルド Fraser, George MacDonald 178
『フラッシュ、自由のために』*Flash for Freedom!* 178
プレーガー、エミリー 119
プレストンパンズの戦い（プレストンの戦い）27, 31, 32, 37

ベイリー、ジョアナ Baillie, Joanna 16
『一族の伝説』*The Family Legend* 16
ヘドレン、ティッピ Hedren, Tippi 299, 315–16
ベルヴュー・ホテル 53–54, 61–62
ヘルム、エリザベス Helme, Elizabeth 16, 38
『ダンカンとペギー』*Duncan and Peggy* 16, 38
『ペンギン版第一次世界大戦短編集』（バーバラ・コート編）*The Penguin Book of First World War Stories* 1, 5
ベンヤミン、ウォルター（ヴァルター） Benjamin , Walter 5, 109–10,

ボーア戦争 2, 79, 253, 273
ボウエン、エリザベス Bowen, Elizabeth Dorothea Cole 279–98
『日ざかり』*The Heat of the Day* 279–98
防空警備員 279
『放浪者』*Wanderer* 15, 16, 39
ポスト・コロニアル 94
『ポストコロニアル研究』*Post Colonial Studies: The Key Concepts* 191, 209
ポーター、ジェイン Porter, Jane 16, 39
『スコットランドの長たち』*The Scottish Chiefs* 16, 39
ホール、ラドクリフ Hall, Radcliffe 5, 237–43, 256
『さびしさの泉』*The Well of Loneliness* 237–58
ホロコースト 119–41, 211, 215

ま

マカードゥル、ドロシー Macardle, Dorothy 100–03, 106, 114
『アイルランド共和国』*The Irish Republic* 100–03
マクニール、ウィリアム H. McNeil, William Hardy 6, 10
『力の追究』*The Pursuit of Power: Technology, Armed Force, and Society since A.D. 1000* 6, 10
マッケンジー、ケネス Mackenzie, Kenneth S. 208
マードック、アイリス Murdoch, Jean Iris 119–41
『かなり名誉ある敗北』*A Fairly Honourable Defeat* 130
「乾燥性を排して」“Against Dryness” 120
『ジャクソンのジレンマ』*Jackson's Dilemma* 134–35, 141
『地球へのメッセージ』*The Message to the Planet* 122, 127, 134–35, 139–40
『良き人と善き人』*The Nice and the*

77–78
『序曲』*Prelude: A Novel* 77–78
ニーチェ、フリードリヒ Nietzsche, Friedrich Wilhelm 107–08
ニューディール 145–47, 156–58, 163
ニン、バオ Ninh, Bao 5

農本主義 145–46, 148, 153, 156–59, 161, 165
ノルマンディー上陸作戦 292

は

ハイド、ダグラス Hyde, Douglas 94
パウンド、エズラ Pound, Ezra 5, 93, 95, 114
バークリー、ジョン Barclay, John 15
『アルゲニス』Argenis 15
ハーシー、ジョン Hersey, John 213–15, 222
『ヒロシマ』*Hiroshima* 213, 215, 222
ハーディ、トマス Hardy, Thomas 237–38, 243–57
『帰郷』*The Return of the Native* 237–38, 243–57
『森林地の人々』*The Woodlanders* 250–51
『覇者たち』*The Dynasts* 254
『日陰者ジュード』*Jude the Obscure* 239
『ラッパ隊長』*The Trumpet Major* 254
『緑樹の陰で』*Under the Greenwood Tree* 250–51
パブリック・スクール 65–87
バランタイン、R. M. Ballantyne, Robert Michael 201, 254
『珊瑚島』*The Coral Island* 201, 254
パリス、マイケル Paris, Michael 9, 10
『戦士の民族、一八五〇―二〇〇〇年のイギリスの民衆文化に見られる戦争のイメージ』*Worrior Nation: Images of War in British Popular Culture, 1850–2000* 9
『ペンギン版第一次世界大戦短編集』（バーバラ・コート編）*The Penguin Book of First World War Stories* 1, 5, 10
パンクハースト、エメリン Pankhurst, Emmeline 1, 9
バーンズ、ジュナ Barnes, Djuna 239
『淑女の暦』*Ladies Almanack* 239
『パンチ』誌 *Punch, the* 170, 177–78, 183, 187

ビーチャー、キャサリン Beecher, Catharine Ester 60
ビーチャー、ライマン Beecher, Lyman 57
ヒッチコック、アルフレッド Hitchcock, Alfred Joseph 299–319
『サイコ』*Psycho* 300
『トパーズ』*Topaz* 315
『鳥』（映画）*The Birds* 299–318
『引き裂かれたカーテン』*Torn Curtain* 315
『マーニー』*Marnie* 315
ヒットラー（ヒトラー）、アドルフ Hitler, Adolf 119–20, 126, 135, 140, 144, 153–54, 259–61, 276
被爆者（ヒバクシャ）129, 212–13, 216–22, 224–30
BBC 190, 230, 309–11, 317–18
広島（ヒロシマ）211–33
ヒューズ、トマス Hughes, Thomas 69
『トム・ブラウンの学校生活』*Tom Brown's Schooldays* 69, 79
ヒューム、ジョン Home, John 16
『ダグラス』*Douglas* 16

ファシズム 97, 145, 148, 153, 157, 162–63,

ダンケルク戦 279–80, 282, 286, 288–89

チャーチル、ウィンストン Spencer-Churchill, Winston Leonard 2, 7, 282
諜報部 279
チルダーズ、アースキン Childers, Erskin 2
『砂州の謎』*The Riddle of the Sands* 2

デイヴィス、ポーリナ・ライト Davis, Paulina Wright 61
ディケンズ、チャールズ Dickens, Charles John Huffam 70–71, 84, 189
『ニコラス・ニックルビー』*Nicholas Nickleby* 70
帝国主義 79, 113, 193, 199, 255
テイト、アレン Tate, Allen 146–47, 156, 161
「自由と所有に関する覚え書き」"Notes on Liberty and Property" 146
『誰がアメリカを所有するのか』*Who Owns America?* 146, 156
テイラー、ロッド Taylor, Rod 299
デ・ヴァレラ、エーモン de Valera, Éamon 97–106, 114
テニスン、アルフレッド Tennyson, Alfred 2, 170, 179, 187, 189
「軽騎兵の突撃」"The Charge of the Light Brigade" 170, 179
デュバリー、フランセス・イザベラ Duberly, Frances Isabella 173, 175–79, 181, 188
『ロシアとの戦争の合間に記録された日記』*Journal Kept During The Russian War* 173–74
デュ・モーリア、ダフネ du Maurier, Daphne 301–05, 308–09
「鳥」(小説) The Birds 301, 304–5, 308–10, 312
『レベッカ』(小説) *Rebecca* 301, 303
『レベッカ』(映画) *Rebecca* 301, 308
デリダ、ジャック Derrida, Jacques 212
テロ、テロリスト 3–4, 149, 152–54

ドイル、コナン Doyle, Conan 1–2, 10
「彼の最後の挨拶」'His Last Bow' 1, 10
『最後の挨拶』*The Last Bow* 1, 10
灯火管制 261, 266–67, 270, 272, 277
独ソ不可侵条約 153, 156
トラウマ 124, 139, 216–17, 221, 225, 228, 262
トリート、ジョン・W Treat, John Whittier 212, 214, 229, 231
トリュフォー、フランソワ Truffaut, François Roland 299–300, 319
トロツキー、レオン Trotsky, Leon 5
トンプソン、エリザベス Thompson, Elizabeth 186–87
『一八五四年のバラクラヴァの戦い』*The Battle of Balaklava in 1854* 187
『点呼』*The Roll Call* 187

な

内戦（内乱）1, 13–36, 91–92, 97–102, 109
ナイチンゲール、フローレンス Nightingale, Florence 169, 171–73, 184, 189
ナイルズ、トーマス Niles, Thomas 55
長崎（ナガサキ）211–33
ナショナリスト史観 103, 111, 114
ナショナリズム（民族主義、国民主義、国家主義)、文化的ナショナリズム 91–95, 105–07, 110, 114
ナチス 119, 145, 153, 215, 282–83, 287, 295, 307
ナポレオン戦争 16, 17
南北戦争 42, 44, 48–49, 58

ニコルズ、ビヴァリー Nichols, Beverley

ジョンストン、クリスチャン・イゾベル Johnstone, Christian Isobel 16, 38
『クラン・アルビン』*Clan-Albin* 16, 38
ジョンストン、メアリ Johnston, Mary 17, 38
『グレンファーンの当主たち』*The Lairds of Glenfern* 17, 38
『新観念史事典』*New Dictionary of the History of Ideas* 3, 10
『真の日誌』*A Genuine and True Journal* 15–16, 38
『真の戦争物語のマンモス版』(ジョン・E・ルイス編) *The Mammoth Book of True War Stories* 4
シンプソン、ウィリアム Simpson, William 186–87
『バラクラヴァの戦いにおける軽騎兵の突撃』*The Charge of the Light Brigade at the Battle of Balaklava* 186

スコット、ウォルター Scott, Walter 13–39
『ウェイヴァリー』*Waverley* 13–39
スティーヴンソン、ロバート・ルイス Stevenson, Robert Louis 191–210
『アマチュア移民』*The Amateur Emigrant* 207
「著述業に携わる者の倫理」208
『南海にて』*In the South Seas* 198–99, 201
『歴史の脚註』*A Footnote to History* 208
ステュアート、チャールズ・エドワード Stuart, Charles Edward 13, 15, 17, 21, 27–29, 31
ストウ、ハリエット・ビーチャー Stowe, Harriet Beecher 57–58, 62
『アンクル・トムの小屋』*Uncle Tom's Cabin* 57, 58
『ストランド・マガジン』*Strand Magazine, the* 1
ストレイチー、リットン Strachey, Lytton 172
ストーン、ルーシー Stone, Lucy 50–51, 61
スパーク、ミュリエル Spark, Muriel 5
スペイン市民戦争 5
スミス、シャーロット Smith, Charlotte 21
『デズモンド』*Desmond* 21
スミス、バーナード Smith, Bernard 208
スモレット、トバイアス Smollett, Tobias 18
『ロデリック・ランダムの冒険』*The Adventures of Roderick Random* 18

全国禁酒党 (NPP) 48–49, 50
『戦争の百科事典』(ゴードン・マーテル編) *The Encyclopedia of War* 3
全体主義 107

ソンム (の戦い) 7, 9, 81

た

『ダイアクリティックス』*Diacritics* 212
『タイムズ』紙 *Times*, the 169, 174, 188, 197–98, 264, 268–69
第一次世界大戦 2, 3, 5, 9, 65–67, 74, 76, 77, 79, 81, 83, 84, 108, 241
『第一次大戦の詩』*Poems of the Great War: 1914–1918* 10
第二次世界大戦 3, 9, 80, 129, 157, 213, 215, 227, 261–62, 266–70, 279–82, 291–92, 294–97, 302–05, 308, 317
ダーウィン、チャールズ Darwin, Charles 199, 209
『誰がアメリカを所有するのか』*Who Owns America?* (ハーバート・エイガー、アレン・テイト編) 146, 156

キーオン、ミシェル Keown, Michelle 199, 203
キーガン、ジョン Keegan, John 7
『戦いの顔——アジャンクール、ワーテルロー、ソンムの研究』*The Face of Battle* 7
キップリング、ラドヤード（ラジャード）Kipling, Rudyard 2
ギャスケル、エリザベス Gaskell, Elizabeth 181
『北と南』*North and South* 181
キャロル、ルイス Carroll, Lewis 171
九・一一［テロ］222–23, 226–28, 231
教育制度 75, 110–11, 114, 250
強制収容所 119, 121–23, 125–26, 132–34, 139–40
強制収容所症候群 124–26, 133, 136–37, 140
キリスト教婦人禁酒同盟 (WCTU) 48–51, 56, 61
ギルソン、R. P. Gilson, Richard Phillip 194, 208
禁酒十字軍 48
筋肉的小説家 179, 182–84, 186
金ぴか時代 52, 53

クリスティ、アガサ Christie, Agatha 7
クリミア戦争 169–90
『軍事学の百科事典』（G・カート・ピーラー編）*Encyclopedia of Military Science* 3

ゲール語同盟 94
原爆 129, 211–33, 304
原爆文学 211–12, 215, 228–31
高地兵 14, 16–17, 27, 31–32
コズグレイヴ、ウィリアム Cosgrave, William Thomas 99, 101, 104
コードウェル、クリストファー Caudwell, Christopher 5
コンラッド、ジョゼフ Conrad, Joseph 5, 223

さ

サイード、エドワード Said, Edward 94, 105–07, 113
「再メディア化」171
サスーン、シーグフリード（ジーグフリード）Sasoon, Siegfried 5, 96
『さまざまの戦争』（アンガス・コールダー編）*Wars* 5

ジェニングス、ハンフリー Jennings, Humphrey 268
シェル・ショック 97
ジェントルマン［シップ］66–68, 73, 87
シーコール、メアリー Seacole, Mary 172–73
ジジェク、スラヴォイ Žižek, Slavoj 300, 319
自然 92–93
資本主義 147, 255
ジャコバイト主義 13–14, 24
ジャコバイト蜂起 (1715) 13
ジャコバイト蜂起 (1745) 13–39
シャムジー、カミラ Shamsie, Kamila 211–33
『焦げた影』*Burnt Shadows* 213, 222–29, 231
修正主義 103, 114
一二人の南部人 Twelve Southerners 145, 165
『わたしの立場』*I'll Take My Stand* 145–47, 158
植民地支配 94, 111
女性参政権運動 49–51
『女性ジャーナル』*Woman's Journal* 51, 61
ジョリー、ロスリン Jolly, Roslyn 208

Imagination” 160, 163
『すべての王の臣』*All the King's Men* 144–45, 152–54, 160, 162–63
「徴候としての文学」“Literature as a Symptom” 147
『ナイト・ライダー』*Night Rider* 145, 148–59, 162, 165
「誇り高き肉体」“Proud Flesh” 144–45, 151–52
『ウナ』*Una* 61
ウルフ、ヴァージニア Woolf, Virginia 239, 259–78
『オーランドー』*Orlando* 239
「空襲下で平和に思いを寄せる」'Thouhts on Peace in an Air Raid' 276
『歳月』*The Years* 265–66, 271
『三ギニー』*Three Guineas* 259, 274–75
『ジェイコブの部屋』*Jacob's Room* 262
「斜塔」'The Leaning Tower' 260
『存在の瞬間』*Moments of Being* 272
『ダロウェイ夫人』*Mrs Dalloway* 262, 264–65, 267
『灯台へ』*To the Lighthouse* 262
『幕間』*Between the Acts* 259, 261–62, 270, 275–76

エル・アラメイン戦 280

オーウェル、ジョージ Orwell, George 5, 212–13
オーウェン、ウィルフレッド Owen, Wilfred 5, 96
『オックスフォード英語辞典』*Oxford English Dictionary* 2, 4
『オックスフォード国民人名辞典』*Oxford Dictionary of National Biography* 7
オーデン、W. H. Auden, Wystan Hugh 106–07
オールコック、ジョン・ウィリアム Alcock, John William 264
オルコット、アビゲイル・メイ Alcott, Abigail May 50
「アビー・メイ・オルコット他によるマサチューセッツ市民に対して行う女性の平等な政治の権利を求める請願書」“Petition of Abby May Alcott and Others to the Citizens of Massachusetts on Equal Political Rights of Women” 50
オルコット、エイモス、ブロンソン Alcott, Amos Bronson 45, 55, 60
オルコット、ルイザ・メイ Alcott, Louisa May 41–64
『仮面の陰で』*Behind a Mask* 41–42, 56
「禁酒講演の成功」“A Successful Temperance Lecture” 54–55
「銀の水差し」“Silver Pitchers” 43–44, 51–53, 56, 58
『仕事』*Work* 62
『成功』*Success* 56, 62
『第三若草物語』*Little Men* 43, 55
『第二若草物語』*Little Women, Part II* 42–43, 45, 53, 55
『花盛りのローズ』*Rose in Bloom* 43
『病院のスケッチ』*Hospital Sketches* 44
『若草物語』*Little Women, Part I* 42, 53–58
オンダーチェ、マイケル Ondaatje, Michael 5

か

核批評 212, 231
核文学 211–15, 229
加藤幹郎 300, 319
家父長制社会 240
カロドゥンの戦い 15, 29–31, 34

索　引

あ

アイルランド文芸復興運動 92, 94
「アイルランド歴史学会」103–04
『アスカニウス』*Ascanius* 15–17, 38
アスレティシズム 65–87
『アレクシス』Alexis 15, 38
アーレント、ハンナ Arendt, Hannah 130, 152–53
　『全体主義の起原』*The Origins of Totalitarianism* 92, 99, 102, 109, 152
アングロ・アイリッシュ 92, 99, 102, 109, 279
アンダーソン、ベネディクト Anderson, Benedict 37

イェイツ、W. B. Yeats, William Butler 2, 91–117, 293
　「イニスフリーの湖島」'Lake Isle of Innisfree' 92–93, 111
　「学童たちのあいだで」'Among School Children' 111
　「市立美術館再訪」'Municipal Gallery Revisited' 111–12
　『塔』*The Tower* 109
　「内戦時の瞑想」'The Meditation upon the Time of Civil War' 91–92
　「パーネルの葬儀」'Parnell's Funeral' 104–05, 111–12
　「復活祭、1916 年」'Easter, 1916' 96
　『骨の夢』*The Dreaming of Bones* 107
イシグロ、カズオ Ishiguro, Kazuo 211–33
　『遠い山なみの光』*A Pale View of Hills* 213, 216–21, 224–25, 228–31
ヴァン・クレヴェルト（ファン・クレフェルト）、マーティン van Creveld, Martin 8, 10
　『戦争という文化』*The Culture of War* 8–9
　『戦争の変化する顔、マルヌからイラクまでの戦闘』*The Changing Face of War: Combat from the Marne to Iraq* 7
ウィラード、フランシス Willard, Frances 48–50, 61
V-1 飛行爆弾 292
V-2 ロケット 292
『ヴィンテッジ・ブック版戦争物語』（セバスチャン・フォークス編）*The Vintage Book of War Stories* 5
ウェスト、ジェイン West, Jane 21, 37, 39
　『王党派』*The Loyalists* 21, 37, 39
ウェルズ、H. G. Wells, Herbert George 3, 7, 211, 212
　『解放された世界』*The World Set Free* 211–12
ウォー、アレク Waugh, Alec 65–87
　『パブリック・スクールの生活――生徒・両親・教師――』*Public School Life: Boys Parents Masters* 77
　『若者を織る機』*The Loom of Youth* 66, 69–70, 73–78, 83–85
ウォー、イーヴリン Waugh, Arthur Evelyn St. John 5, 65–87
　『衰退と滅亡』*Decline and Fall* 65–67, 69–70, 73, 80–83
ウォレン、ロバート・ペン Warren, Robert Penn 143–65
　『詩の理解』*Understanding Poetry* 148
　「純粋な想像の詩」"A Poem of Pure

執筆者紹介

小堀 洋（こぼり・ひろし）青山学院大学大学院博士後期課程

論文：「ドラキュラとドラキュラ・ハンターの逆転：『ドラキュラ』の構造」（『英文学思潮』青山学院大学英文学会 第82号 2009年）

高橋暁子（たかはし・あきこ）東京女子大学大学院博士後期課程満期退学

論文：「*The Hand of Ethelberta* における『教育』」（『ハーディ研究』日本ハーディ協会 No.33 2007年）／「*Under the Greenwood Tree* (1872) から *The Woodlanders* (1887) への軌跡——二つの田園的作品の教育問題を中心とした比較」（『テクスト研究』テクスト研究学会 第5号 2009年）／「『帰郷』における「自然」」（『論集』津田塾大学大学院英文学会 第31号 2010年）

加々美成美（かがみ・なるみ）東洋大学非常勤講師

論文：「Virginia Woolf と abuse——『灯台へ』における目に見えない虐待」（『論集』青山学院大学大学院文学研究科英米文学専攻院生会 第33号 2009年）／「ヴァージニア・ウルフの作品における内と外の暴力」（『紀要』青山学院大学文学部 第53号 2012年）

小室龍之介（こむろ・りゅうのすけ）上智大学非常勤講師

著書：『ヘルメスたちの饗宴——英語英米文学論集』（共著：松島正一編、音羽書房鶴見書店 2012年）／論文：「『灯台へ』における衛生、美学、そして帝国の再建」（『ポリフォニア』東京工業大学FLC言語文化研究会 第2号 2010年）／「都市騒音の政治学——階級、外国嫌いをめぐる『ダロウェイ夫人』の一考察」（『上智英語文学研究』上智大学英文学会 第38号 2013年）

田中裕介（たなか・ゆうすけ）青山学院大学准教授

論文：「文化の偶像崇拝——マシュー・アーノルドの批評体系」（『関東英文学研究』日本英文学会関東支部 創刊号 2010年）／翻訳：『シュニッツラーの世紀』（ピーター・ゲイ著、岩波書店 2004年）／『クロモフォビア』（デイヴィッド・バチェラー著、青土社 2007年）

tions and the Location of Gaelic Culture' (*Journal of Irish Studies*, IASIL Japan, Vol. 24, 2011)

三枝和彦（さいぐさ・かずひこ）山形大学専任講師

論文：「同情を欠いた空間――『一握の塵』(*A Handful of Dust*) におけるモダニティ批判とノスタルジアの揶揄――」（『Metropolitan』 東京都立大学大学院部会　第54号　2010年）／"The Circular World of Non-Development: Evelyn Waugh's Rendering of Bildungsroman in *Decline and Fall*"（『人間科学研究』北見工業大学　第9号　2013年）

大道千穂（おおみち・ちほ）青山学院大学准教授

著書：『転回するモダン――イギリス戦間期の文化と文学』（共著：遠藤不比人・大田信良・加藤めぐみ他編著、研究社　2008年）／『西部戦線異状あり――第一次世界大戦とイギリス女性作家たち』（共著：河内恵子編・著、慶應義塾大学出版会　2011年）／『第二次世界大戦後のイギリス小説――ベケットからウィンターソンまで』（共著：中央大学人文科学研究所編、中央大学出版部　2013年）

越智博美（おち・ひろみ）一橋大学教授

著書：『ジェンダーから世界を読むII――表象されるアイデンティティ』（共著：中野知律・越智博美編著、明石出版 2008年）／『モダニズムの南部的瞬間――アメリカ南部詩人と冷戦』（研究社 2012年）／翻訳：『民主主義の問題』（共訳：コーネル・ウェスト著、法政大学出版会　2014年）

加藤　匠（かとう・たくみ）明治大学兼任講師

著書：『ディケンズ文学における暴力とその変奏――生誕二百年記念』（共著：松岡光治編、大阪教育図書　2012年）／論文：「ある共同作業の痕跡――*Household Words* から読むギャスケル」（『ギャスケル論集』 日本ギャスケル協会　第18号　2008年）／「『迷い続けるひと』：ピーター・ケアリー『ジャック・マッグズ』におけるオーストラリア」（『FLC言語文化論集ポリフォニア』東京工業大学外国語研究教育センター　第1号　2009年）

編著者紹介

福田敬子（ふくだ・たかこ）青山学院大学教授

著書：『英米文学のリヴァーブ――境界を超える意思』（共著：鈴江璋子・植野達郎編、開文社 2004年）／論文：「ヘンリー・ジェイムズと南北戦争：作家の運命を変えた故国との戦い」（『紀要』青山学院大学文学部 第52号 2011年）／翻訳：『マーティン・ルーサー・キング』（マーシャル・フレイディ著、岩波書店 2004年）

伊達直之（だて・なおゆき）青山学院大学教授

著書：『ギリシア劇と能の再生――声と身体の諸相』（共著：佐藤亨・伊達直之・堀真理子・外岡尚美他編著、水声社 2009年）／『近代国家の形成とエスニシティ：比較史的研究』（共著：渡辺節夫編、勁草書房 2014年）／論文：「パウンドの『リトル・レビュー』誌編集――『個人主義』ということばの綱と結び目」（『オベロン』第29巻、第1号（通巻59号）、2001年）

麻生えりか（あそう・えりか）青山学院大学教授

著書：『ダロウェイ夫人』（共著：窪田憲子編、ミネルヴァ書房 2006年）／論文：「『犠牲のシステム』を可視化する――クリストファー・バンクスの語る戦争」（『紀要』青山学院大学文学部 第54号 2013年）／翻訳：『テロリズム――その論理と実態』（ジョナサン・バーカー著、青土社 2004年）

執筆者紹介（掲載順）

富山太佳夫（とみやま・たかお）青山学院大学教授

著書：『ポパイの影に：漱石／フォークナー／文化史』（みすず書房 1996年）／『文化と精読』（名古屋大学出版会 2003年）／『英文学への挑戦』（岩波書店 2008年）

松井優子（まつい・ゆうこ）青山学院大学教授

著書：『スコット――人と文学』（勉誠出版 2007年）／『イギリス小説の愉しみ』（共著：塩谷清人・富山太佳夫編著、音羽書房鶴見書店 2009年）／論文：'The Transnational Exchange of National Tales: C. I. Johnstone's Irish Connec-

War, Literature, Representations:
British and American Writers Challenged

戦争・文学・表象
試される英語圏作家たち

2015年2月10日　初版発行

編　　者　　福田　敬子
　　　　　　伊達　直之
　　　　　　麻生　えりか
発 行 者　　山口　隆史
印　　刷　　シナノ印刷株式会社

発行所　株式会社 音羽書房鶴見書店
〒113-0033 東京都文京区本郷 4-1-14
TEL 03-3814-0491
FAX 03-3814-9250
URL: http://www.otowatsurumi.com
e-mail: info@otowatsurumi.com

Printed in Japan
ISBN978-4-7553-0283-1 C3098
組版　ほんのしろ／装幀　熊谷有紗（オセロ）
製本　シナノ印刷株式会社